张　　锐　　锋　　作　　品

古灵魂

张锐锋 著

GUANGXI NORMAL UNIVERSITY PRESS
广西师范大学出版社
·桂林·

古灵魂
GU LINGHUN

图书在版编目（CIP）数据

古灵魂：全 8 册 / 张锐锋著. -- 2 版. -- 桂林：
广西师范大学出版社，2024. 10. -- ISBN 978-7-5598
-7063-6

Ⅰ. I267

中国国家版本馆 CIP 数据核字第 20247NU725 号

广西师范大学出版社出版发行

　广西桂林市五里店路 9 号　　邮政编码：541004

　网址：http://www.bbtpress.com

出版人：黄轩庄

全国新华书店经销

广西广大印务有限责任公司印刷

　桂林市临桂区秧塘工业园西城大道北侧广西师范大学出版社

　集团有限公司创意产业园内　邮政编码：541199

开本：880 mm × 1 230 mm　1/32

印张：97.5　　字数：2 060 千

2024 年 10 月第 2 版　　2024 年 10 月第 1 次印刷

印数：0 001~1 000 册　定价：598.00 元（全 8 册）

如发现印装质量问题，影响阅读，请与出版社发行部门联系调换。

第

五

册

卿云烂兮

糺缦缦兮

日月光华

旦复旦兮

——《卿云歌》

明明上天

烂然星陈

日月光华

弘于一人

——《八伯歌》

目　录

卷三百四十六—卷四百零九

卷三百四十六

渔翁

　　我独自一人在湖边垂钓，看着湖面上的微澜，注视着每一个微小的变化，因为鱼儿会扰动湖水。这是一种独特的水的语言，它告诉我鱼在哪里，也告诉我鱼是否上钩。天边涌起了乌云，一片漆黑笼罩了西边，一点点向我的头顶移动。一会儿，天就黯淡了，湖水变得深黑，但我的眼睛仍然是锐利的，能够穿透这深深的黑，看见水里的大鱼。因为它们只要游动，水面就会发生微小的变化。

　　我知道一场暴雨就要来了。我从不躲避暴雨，在暴雨中垂钓是快乐的。我披上了蓑衣，戴上了斗笠，静静地等待着。暴雨的前夕是稀稀拉拉的大雨滴，它们不慌不忙地打在了湖水上。湖面上激起了一个个泡沫，波纹变得凌乱。我知道湖中的鱼已经受到了这雨滴击打的惊吓，躲到了深处，观望着头顶突然出现的乱象。雨渐渐大了，雨线从天上一直通到了湖面，就像无数蜘蛛沿着自己吐出的丝线从很高很高的地方吊了下来，它们代表着天上的神灵，在空中飘荡。

　　水面既有着门，也有着窗户，这门和窗都是敞开的。我在垂钓的时候，可以用我的鱼钩在任何时候进入它的门，也可以用我的眼睛，在任何时候从它的窗中看见湖中的一切。对于湖水里的鱼也是这样，它们可以在任何时候跃出水面，也可以在任何时候看见外面的一切。它们窥视，看见了我，看见我一动不动地坐在湖边，就像一块从哪里掉下来的石头，坐在它们的身旁。它们为了看得更加清楚，就跳出水面，然后重新回到自己熟悉的水中。

我感到自己的浑身被暴雨击打，密集的雨滴打在了我的脸上，我的视线变得模糊。湖水被一次次扫过，湖面白茫茫一片。我甚至看不清这个世界的样子了。水浪从湖心向外涌动，冲到了我的脚边，又一次次退下去。它和我平时见到的完全不同，就是这从天而降的雨，使得一切面目全非。雨是多么神奇，似乎像天庭的暴怒，伴随着雷霆和闪电，从天而降。湖水是多么神奇，它不断接受着来自另一个地方的水，并将其收集到自己的怀抱里。这是水与水的对撞，是水与水的容纳，是水与水的融合，也是水与水的激烈的争夺。然而这争夺却最终化为无形，因为一切会最终平静下来，我眼前所见的，仍然是从前的湖水。

这个世界不会停止争夺，因为树上总是有果子。你摘掉了所有的，树却仍然活着，它还将结出果子，于是新的争夺又要开始了。这激烈的雨水是一种比喻。人世间的一切都是比喻。我们乃是生活在比喻中，所以我的生活本身也是一种比喻。我垂钓，但我只是用我的生活做比喻。可是那被比喻的，却藏在了我所看不见的地方。

然而最好的比喻莫过于水。你看这暴雨吧，它突然而来，它随着乌云和闪电而来，又在湖水中形成了我所看见的景象。这景象就像幻觉，因为它很快就会过去了。水在大河里涌起一个个大波浪，然而也

古灵魂

是暂时的涌起，它很快就消失了，就被另一个波浪所替代。湖面上产生了微微的涟漪，但这涟漪是不断变化的，它从没有停在一个地方。现在这暴雨夹着狂风，从我的眼前狂扫而过，一次又一次，冲动的激情令我感到震撼——可是它却什么都不会改变，最后将成为原来的样子。

这个时候，我既看不见湖面，也看不见我的鱼线，可是我仍然坐在湖边，看着眼前的一切，看着这世界上汹涌的激情和精彩的比喻。是的，我就在这比喻中坐着，我的手里拿着的钓竿，伸向一个空茫的地方。我既不知道我所做的是什么，也不知道我坐在这里的目的。我却在这空茫中似乎等待什么。可是我究竟在等待什么？我是真的在垂钓么？在这样的时候，我知道自己一无所获。

暴雨看起来是凶猛的，但它很快就过去了，世界恢复了原来的样子。我的面前仍然是一片宁静的湖，它的湖面上仍然涌动着一些细小的波纹，鱼群出现在湖水里。天边竟然出现了巨大的彩色拱门，也许那是神明进出的门。它在雨后向我们显现。天光又变得澄明，我可以看见很远的山峦，它起伏着，放出了淡蓝的光。彩虹倒映在湖水里，这神的门不仅在天上，也在这湖水里展现。神所出入的门，也让鱼群出入，而我仅仅是一个观赏者。一个比喻的观赏者，一个比喻中的比喻，一个虚幻中的虚幻。可是神明和鱼需要一个门么？实际上，人世间也不需要一个门。但我们要为一个个想象而筑造一个个门。

暴雨过后不久，湖边的路上出现了几辆车和一些人。他们匆匆赶路，踩着泥泞的路，脚上都是泥巴。有两个人向我走来。看上去他们是山林里居住的人，因为他们的腰间裹着兽皮，浑身被阳光晒得发黑，头发披散着，和那些乘车的人显然不一样。他们的样子有几分相像，就像兄弟。他们问我到晋国都城的路，我指给了他们。他们顺着我手指的方向看了一阵，又问，这条路好走么？我说，和你走过的路一样。其中一个看起来是兄长的人说，刚才我们的车陷在了污泥里，我们好不容易才将车拉出泥坑。

我问，你们为什么这么着急赶路？应该让道路干一点再走不是更好么？那个人说，乘车的是晋国的大夫，我们刚刚决定跟随他去。我本来是种田的，我的弟弟是山间的猎人，我们要改变自己，让自己拥有另一种不曾有过的生活。现在晋国的国君要去讨伐叛乱者，因为叛乱者赶走了天子，又要自己成为天子。你想，天下只能有一个天子，要是有两个天子，那不就天下大乱了么？正好这个大夫路过我们的房舍，也正好赶上大雨，就在我们的屋子里避雨。我们兄弟看见这个人相貌不凡，又懂得很多我们不知道的道理，就决定跟着他走，因为我们不愿意过毫无希望的日子。

我说，希望不过是一个比喻。从生活里看见的，从这湖水里也能看见。或者说，你们原来就可以从所种的田地里看见一切，你们也可以从山林里看见一切，可是你们抛弃了已经有的，却去没有的地方去寻找。那个年龄看起来较大的兄长说，我们看见的，已经看见了，我们要去看我们不曾看见。这个世界太大了，我们需要知道更多的东西。地里的庄稼已经看够了，山林里的野兽也已经看够了。

我说，要是仔细看，没有什么东西是可以看够的，就是一滴水里也有看不完的东西。就像我垂钓的湖水，它每时每刻都在变化中，你这个时刻看见的和下一个时刻所看见的不一样，永远不一样。你怎会

古灵魂

看够它呢？你不是看够了你所看的，而是厌倦了自己。他说，是的，我厌倦了从前，所以我希望不再厌倦。要么，你也跟着我们走吧。每天坐在这里，看着一片湖水，有什么意义呢？

我说，不，还是你们去吧，我还没有感到厌倦。我每天坐在这里，所看见的都是别人不曾看见的，我既没有希望，也没有绝望。我知道鱼儿游到了哪里，又不能完全知道它们的踪迹。因为它们有时候在这里，一会儿又到了别的地方。湖水是很深的，我能看见的只是其中的一部分，更多的东西，我不知道。我对着它们，看着我想看的，光阴从水面一点点退去，我的想法就越来越少了。我的想法越少，我就变得越明澈，就像这湖水一样。我喜欢这明澈，这明澈里有着无限的深奥。

我看着兄弟俩走向了马车，然后那马车和跟随者也渐渐远去了。他们顺着我所指的道路，消失在路的转弯处。他们的影子在湖水表面停留了一会儿，就不见了。这湖水既不会挽留他们，也不会理睬他们，无论他们是不是认真看一会儿，湖水都无所谓。因为它就在那里，它不会被改变，但它自己却在永远变化着。看啊，鱼游过来了，我该注视我该注视的水面了，它似乎要咬我的钓钩了。我看见这些游鱼已经围绕着我的钓钩徘徊，而我仍然一动不动，在这些鱼儿看来，我仅仅是岸边坐着的一块石头。

卷三百四十七

樵夫

我一大早上山砍柴，顺着山间的小路走向密集的山林。早上是最好的时候，太阳还没有升起，各种鸟儿都站在了树枝上，它们发出了各种鸣叫，好听极了。我好像一个君王，接受这盛大的欢迎仪式。它们在我的前面和后面，以及我的头顶上，欢叫着，它们有着自己的音乐，每一只鸟儿都是卓越的乐师。我手里拿着砍柴的弯刀和用来捆绑的绳索，被山间的一阵阵美妙的欢呼所感动。

我的内心是轻松的，是充满了快乐的。我每天到山间砍柴，并将这些柴草卖掉，换取自己的食粮。其实，对于我来说，砍柴这件事是简单的，甚至并不是劳累的，因为山林里到处都落满了枯枝败叶，我只要弯下腰身来捡拾就可以了。我手里的刀很少用到，它更多的是用来对付可能出现的危险，比如说遇见了野兽和毒蛇。

有一次，我感到自己踩住了软绵绵的东西，我一低头，发现是一条毒蛇，它的头已经弯曲回来，就要咬住我的脚踝了。我快速将手中的刀压住了它的头，另一只手提起了它的尾巴，轻轻一抖，它就失去了反抗的力量。这是一条奇特的蛇，它浑身有着红色的斑纹，它的头

古灵魂

呈三角形，嘴里吐着长长的分叉的舌头。它几次试图将头对准我，可是我又抖动一下，它就老实了。我看着它，它也看着我，我第一次和一条蛇对视着，我看出它的目光渐渐变得柔和悲伤，这是它表示驯服的表情。

我开始同情它了。尽管这是一条毒蛇，但它也有着生存的理由。它乃是依靠它的毒性而生活，它的毒性仅仅是维护自己生活的工具，就像我手里拿着的刀。此刻它已经卸去了铠甲，收起了暗藏的剑，我还有什么理由杀掉它呢？何况不是它要向我施放毒性，而是我踩住了它，那么它就有足够的理由攻击我。其实它身上的红斑已经警示我，告诉了它拥有的毒性，只是我没有看见它。于是我将这条可怜的毒蛇释放了。它由一个囚徒转化为一个自由者，迅速窜入了草丛，我看见它钻入草丛时最后消逝的尾巴。

它的尾巴将我带入了深深的丛林里。我想着这丛林里的生存者，它们各有各的生活手段，也各有各的护卫生活的工具。野兔依靠自己的牙齿来啃噬草根，凶兽用牙齿和利爪捕获其它野兽，毒蛇放出自己的毒，每一种动物既是捕猎者，也是被捕猎者。它们都想制服对方，以获取自己的生活，这是每一种动物都能活下来的原因。我听见自己的灵魂发出了尖锐的声音——它们活着，是，它们应该活着，它们有着自己的门，并有着出入的自由。它们活着，就像每一个人活着一样，只是它们拥有各自的形象。

实际上它们无论是捕猎者还是被捕猎者，都是可怜的隐藏者。它们都设法隐藏自己，这样才能获得各自所需。它们身上的各种色彩和斑纹就是它们隐藏的证明。蛇为了不被发现而在身上穿了具有斑纹的衣服，以便混同于草丛。飞鸟为了隐藏自己，装饰了各种羽毛，那藏在花丛里的，就需要艳丽的羽毛，让其它捕食者认为它不过是花草的一部分，从而忽视了它，放弃了自己的捕捉。青蛙把自己涂满了绿色，以便在青苔和野草间获得自由。

即使是丛林里的凶兽也是这样。尽管它们似乎是无敌的，但也必须将自己隐藏起来，不让被捕食者发现自己的意图和踪影。猛虎身上的斑斓条纹，也是为了隐藏。豹子身上的梅花斑也是为了隐藏。不过隐藏的意义却不同。被捕猎者的隐藏是为了逃脱猎杀，捕猎者的隐藏是为了更好地捕猎，但有一点是相通的，那就是都为了活命。那么它们的活命又是为了什么？最后的答案就是，活命就是为了活命，这是最后的意义。

我难道不是一个隐藏者么？是的，我也是为了活命。我到山间砍柴，又将这柴草卖掉，就是为了活命的食粮。我和这些山林里的野兽有什么区别呢？我也要隐藏，在山林里隐藏，在卖柴的街市间隐藏。我的隐藏就是处于卑下者的位置，这就不易于被人识别，不会引人注目，不会成为捕猎者的食物。

我不是捕猎者，而是一个被捕猎者。就像野兔一样，藏身于地洞，只有吃草的时候在外面寻觅。为了更好地藏身和觅食，每一种野兽都有着不同的时间节律。它们有的在暗夜活动，这样就可以借助夜色的掩护，获得更大的自由，也减少了自己的危险。有的在清晨活动，这样夜间的凶兽回到了睡眠，白日就是最好的藏身时间。因而，夜晚有夜晚的自由，白日有白日的自由，弱者尽可能躲避。强者尽可能寻找，对于时间来说，它们中的每一个，既躲避又相遇，既是追逐者，也是逃亡者。

而我所躲避的是人间的纷乱，是彼此的相争，我只是用我的力气为人们提供造饭的柴火，为严冬的人们提供取暖的柴火。我给人们的乃是人们的生活所必需的。这样我就可以在这所做的事情中隐藏，因为我并不与别人相争。我来到山林里，也不与山林相争，我不会将生长的树木砍伐，我只是将它掉落在地上的捡拾起来，用我的绳索捆住，背到所需的地方去。我也不与鸟兽相争，它们做它们的事情，我做我的事情。偶然我会侵扰它们的领地，但它们会躲开我，而不是袭击我。它们知道我是无害的，也是善意的。当我看见它们的时候，装着没有看见，这样它们就不会对我产生误会。我装着没有看见它们，也是为了隐藏，而它们则认为，自己因为隐藏而未被侵扰者发现。

我在山间也看见了天敌的合作。它们既是仇敌，也是亲密的合作者。有一次雨后，我看见了山洪的暴发。巨大的洪水从高处倾泻而下，进入了河道。激流在奔涌，它充满了激情，显示了平时看不见的巨力。它将巨大的石头卷入水中，又将旁边的山崖冲垮。我看着高高的山崖在倒塌，泥土和石头一起跌落到了洪水中。这时令人惊奇的一幕发生了，一只青蛙蹲坐在一条大蛇的身上，从岸上滑入了水中，然后向着对岸游去。我看着它们在洪水中挣扎，从我的视线里消逝。

我不知道它们上岸之后会怎样，是不是会恢复原来的本性？是不是这大蛇会将青蛙一口吞噬？还是因为这样的历险而缔结深情？是不是一个急于逃命，而另一个发起追击？我不知道它们各自的命运，但我却看见了它们美好的一面。若是人间能像它们在危难时的表现一样，那么每一个人都不再是可怜的隐藏者。因为一切都无需隐藏。

太阳升起了，它的光开始有点儿发红，就像烧红了的炭。这光芒是不可阻挡的，它从遥远的一端，穿越人世间所有的事物，照到了另一端。树林里也是这样，每一样东西都变得棱角分明，每一道细腻的纹饰都变得明暗有序，每一片树叶都现出了正面和反面，它让我感到了世界的细致入微，一切都一眼可见。每一样事物都有了发暗的影子，这影子交织，让人感到空中的和地上的东西有着某种神奇的联系。阳光从树枝的缝隙里投下，让林间的空地上有了闪光的图案。一个个光斑，让草地就像不断变化的水面，充满了激情和活力。

飞鸟突然离开的展翅一瞬，都会在地上落下投影，我会看见地上有一团小小的黑影快速离去，你抬起头来，它就不见了，好像它从来没有来过。我放下了手中的砍柴刀和绳索，坐在这山头上。不远处就是汹涌的大河。从这里看去，大河并不是奔腾而去，而是停滞的，宽阔的河就在那里，从远处而来，又伸向远处，我既看不见它的来处，也看不见它的归宿。它是无限的，但它是静止的。

我发现今天的大河与往常不一样。不知什么时候，很多兵马在河边集聚。旌幡飞扬，很多战车和马匹，很多人，他们的喧哗被河水声卷入其中，我所听见的只有轰轰作响的波涛声。那么多的大船停在渡口。兵车、战马和兵士都登上了船。前几天就听说，晋国的军队要去讨伐周朝的叛乱者，这一定是他们要出发了。

我从这山头上看去，每一个人都那么小，就像地上的蚂蚁一样。要是我看见地上的蚂蚁要去征伐另一群蚂蚁，我会看着它们发笑。但是我现在看见的，是真实的人，只不过是从我坐的高处俯瞰他们。他们若是站在我的面前，我就会知道这些人和我一样。但是这么远的

古灵魂

距离使他们变小了，变成了一群蚂蚁。这是多么意味深长啊。也许这可能才是人间的真相。如果我就在他们的跟前，我看见的或许是一个个幻象。

　　每一个人不就是被这幻象所迷惑么？谁又能在远远的高处看待一样事情？要是他们用剑指着你的脖子，你怎么会发笑呢？一切迷惑你的事情中，都包含着恐惧。很快这些船只起航了，那么多的船，布满了河面，那么密集地漂浮在河上。就像秋风扫落的无数树叶，漂浮在河上，然后它们顺流而下。我从这里看不见的一个个波涛，推动着，无数干枯的树叶，不知要漂往哪里。一切都是未知的，那么多的树叶怎会知道自己的命运呢？也许只有这推动着它们的河流知道些什么。

卷三百四十八

赵衰

国君命我率左军到汜上迎接天子，又命郤溱率右军包围王子带所居住的温地，国君和胥臣则左右接应。我们在大河边集结大军，然后乘船顺流而下。这是多么壮观的景象，几百艘大船，载着大军和车马，敷满了河面，船帆和旄幡遮蔽了日头，河面的波浪上翻滚着帆影，战马的嘶鸣和波涛的声响融为一体，我所听见的是天地之间的轰响，是万物的喧嚣。

晋国的兴盛在此一举。尊王是晋国的立国之本，因为晋国乃是与周王室一脉相连，从叔虞封唐到文侯勤王，又到武公复兴，再到先君拓土开疆，都是因尊王而成就大业。只有紧紧抓住这样的脉络，得到天子的封赏，才能号令诸侯，施展霸业。现在天子遭遇险境，只有解救和迎纳天子，平息叛乱之患，才能驰骋中原，实现晋国的复兴。

我倚在船边，看着这滔滔河水，迎着迎面吹来的河风，好像自己的胸前有着一扇敞开的门，接纳着前面的一切美景。这河水迎着船头灌入了我的身体，我的身形里席卷着一个个巨浪，飞扬着无数泡沫，一片波光粼粼。这是多么神奇，我在这巨浪里漂浮，这巨浪又在我

古灵魂

的身体里翻卷。我们互相包含，合二为一。我的眼前变得五彩斑斓，扑朔迷离。两岸的树木是那么遥远，它们也在漂浮着，随着这波浪涌动。

人世间就像这河水一样，处处都翻滚着波浪。它展现的样子每一处都是不同的。一会儿是凌乱的波纹，一会儿是深深的漩涡，一会儿又是滔天的巨浪。可这不过是它的一个个不同的影像。真正的河水只是由一滴滴水汇集而成，而水是宁静的，是晶莹的，是没有形象的。我将抛起的浪花握在手里，它仅仅是一片湿，我的手心里只有一片湿。它的那么汹涌的巨浪在哪里呢？我仅仅感到了一点微微的冰凉，这就是巨浪的真相。

我看着这河水，既感到虚幻，也感到了它的实在。在这个世界上，虚幻和实在从来都是一回事情。所以每一个人才去追求自己的志向，才将全部的激情投入虚幻之中。但这激情仍然充满了对根的留恋。河流之所以弯曲，是它对自己河道的留恋，它希望河道长一些，更长一些，以让自己的激情得以更好地展示。秋天的树叶在落下的时候，在空中不断盘旋，也是对它曾经赖以生存的树木的留恋，它不想一下子掉在地上，而是在空中久久停留。

我跟随国君四处流浪，那是多么值得留恋的日子啊。路上那么多坎坷曲折，那么多艰险危难，但因为和国君在一起，和他的希望在一起，看起来什么都没有，但又觉得什么都有。现在似乎一切都有了，但又觉得少了什么。虽然仍然跟随着国君，但所做的事情已经不一样了。那时和国君朝夕相处，现在却似乎相距远了。我统率着这大军在河上漂流，但内心却生出了许多孤独。我看着这河水奔流，似乎自己也在向远方流逝。

我的内心充满了激情，但也充满了迷惘。我不知道晋国的将来，但我已经看见了我自己。我的胡须已经发白了，我的眼睛也不再明亮。我所感受到的和我看见的已经不一样。我的感受是清晰的，但我看见这大河的波涛是眩晕的。它一浪接着一浪，却没有尽头。它的每一个波浪都不一样，但看起来却是那么相似。那么我和那么多人有什么不同呢？我不过也是这无数波浪中的一个，不断落到了低谷，又翻滚到了高处。与其说这是一种追逐，不如说这是一种挣扎，一种内心的挣扎。

天下竟然是那么不平静，永远像这河流一样。一个波浪下去了，另一个就会涌起。就连天子也不能安宁。天子和叛乱者原是兄弟，却不能和睦相处，竟然成为刀戈相见的仇敌。我从中难以看见人间美好的情感，只看见权力和利益，看见虚幻的荣誉。我也想起了曾经一起的患难者介子推，他好像已经看穿了迷雾。他隐去了自己的身份，也隐去了所有的一切，只剩下自己，一个真实的自己。他也许知道，生活并不是从追求中得到，而是在无追求中获得。他的追求仅仅是为了自己的某种承诺，这承诺实际上是在面对自己。他可以把自己的肉割下来侍奉国君，因为他的疼痛也是他面对自己的一部分。

我很想念他，但他已经选择了隐藏，他决意到一个我们都找不见的地方。一旦我们获得了我们想要的，他就离开了我们，再也不愿意和我们在一起了。他是高傲的，他蔑视我们所获得的利益。他只有离开我们，才能证明我们的卑下。在他的面前，我必须承认自己的卑下，他的想法已经实现了。因为我已从这河水里看见我的面容，无论

古灵魂

这巨浪掀起多么高，但最后仍然回落到最低的地方。那么它实际上就是最低的。最高的地方仅仅是一瞬间，你不可能停在那里，更多的时候它处于低凹之所。

然而，这是生命的源泉，是活力的源泉。因为卑下，所以要挣扎到高处，因为这挣扎，所以要落下，只有这不断地涨落，河流才拥有了力量，它才能将这么多大船托在手上。这里既没有善，也没有恶，它只是将我们放到了原初的、混沌的地方，它是蛮荒的，也是最有生机的。这波浪所映照的，是人世间所有的事物。那么，我所率领的军队要去执行正义，执行天道，也执行无所谓善恶的事情。可是这军队乃是由手执利刃的人们组成，或者说，就是利刃本身。它见证的并不是正义，而是血腥的梦。所有的兵刃上，都闪耀着无数人头和白骨，它将在这既有善也有恶的洪流里，掀起一个个坟墓。

是啊，一个个坟墓。这是不断隆起又不断削平的坟墓，死亡就躺在这起伏之中。我能说这是善么？可是叛乱者扰乱了天下的安逸，我将去平息它，我能说这是恶么？天下需要一个王，需要天子，需要用一个高高的位置，压住翻滚的洪波。可是这波浪是无穷的，你压住了一个，另一个就会继续涌起，既然生活本身充满了生机，你就不可能平息所有的波浪。这波浪既不是恶浪，也不是仁善的，它就是原初的、混沌的。它就是生命的源泉，就是活力的源泉，它既意味着自身，也意味着死亡。

我们都是由死亡堆积而成的，我是这样，我的船也是这样，我手中的兵刃也是这样。现在我要去迎接一个天子，天下最高的权威者，一个天意的代表。我去拯救他，就是拯救一个天意，实际上这不过是一个天意的名分，一个被诸侯认可的天意的名分。若是得到这名分的赐予，晋国就可以借助这名分获得自己的名分。

一只乌鸦落在了船桅上。它站在高高的地方，惊叫着。高处是危险的，但它有着可以起飞的翅膀。它的惊叫也许来自对大河里汹涌的巨浪的惊骇。可是它难道第一次见这大河么？不，即使是见过无数次，你依然会感到惊骇。这只乌鸦浑身是漆黑的，它是夜的浓缩，在白日的桅杆上停留。它转动着头，只有眼睛里放着若隐若现的光。它在窥视什么？也许它仅仅是渴望回归暗夜，但在这白日里却异常醒目。

我看着它，看着这暗夜的残留物，看着这来自暗夜的精灵，但它闪烁的眼睛却让我迷惑。也许仅仅是一只小小的虫子引诱它落在了那里。我似乎看见了虫子圆圆的脸，露出了狡黠的怪笑。乌鸦的长嘴将它夹起，但它仍然笑着。因为它的诡计得逞了，它让这啄食它的鸟儿留在了危险的地方。不要以为站在高处，就是远离危险，汹涌的河水却让它惊恐不安。它似乎不敢离开它的位置，除了这高高的桅杆，它不敢飞向任何地方，所以只有随着我所乘坐的大船飘荡。一阵疾风过来，吹起了它的羽毛，它就要被这风吹下来了，却又一次站稳了。

我一直仰望着它，我的视线从这船边伸向它，但它并不会害怕我。显然它并不害怕陌生的目光，它所害怕的只是它所占的高处。若它丢失了这个洪流之上的座位，就会失去一切。尽管它拥有能够飞翔的翅膀，但它仍然害怕。它的惊叫就是它的内心所想，它的惊叫好像是某种兆头。这是吉兆还是凶兆？据说，只有脖子上有着白色羽毛的乌鸦，才会发出不祥的鸣叫。但这只乌鸦是完全黑色的，它是光明里

古灵魂

遗留的唯一黑暗。

　　看来它将跟随我去迎接天子了，我将带着这小小的黑暗前往汜上。这是我无意中带给天子的礼物么？它将从天子的头顶飞过，一个黑色的影子将穿过他的脸。他也许不在意这样的礼物，但会看见我所率领的晋军，看见无数的长戈，无数的士兵，无数张仰望的脸。而我将踏着河水中飞动的影子走向他，并向他施礼朝拜。

　　世间的一切似乎是无情的，天神将残酷的阳光撒向天空，又落到了地面。天子既然有兄弟，就有感情，然而这感情却被无情抛弃。既然有兄弟就有相争，相争就是无情的。天子是天下的最高者，他就是天神差遣到世间的榜样。所有这一切都应该是天神的旨意。天神用这样的方式挑拨人们，使人们产生仇恨。就像我面前汹涌澎湃的大河，以仇恨作为波涛，将这大河一点点推向大海。也许仇恨是最大的力量，一个完全没有仇恨的世界是不可思议的。因为若是这个世界失去了仇恨，它的力量也将随之消逝。

　　让这乌鸦叫吧，它的惊恐是有理由的。这惊恐中有着凶险，也有着吉祥，谁也不能将凶险和吉祥分开。有人说这乌鸦的叫声是悲伤的，它的啊——啊——啊——啊——的叫声，既是苍凉的，也是悲哀的。可人世间总是悲喜交集，这叫声中难道就没有欢乐？就让这乌鸦一直停在那里吧。因为它的叫声不仅是发自它的内心，也是发自我的内心。它的叫声既属于它自己，也属于我。也许它也是天神差遣来的，它是提前来到我身边的信使，它用这悲凉的叫声告诉我，我的快乐乃是来自我的悲伤。

卷三百四十九

颠颉

　　我跟随右军的统帅郤溱登上了河岸。我是他的副帅，我的身边布满了士卒，他们手中的长戈掩蔽了天空。继而我登上了战车，车轮朝着叛乱者王子带所在的温地前进。战马早已昂起了头，迫不及待地跑着，它们的四蹄不断刨起地上的土块和石子，干硬的地上似乎迸溅出了火星。我的四匹战马的步伐是一致的，它们好像彼此传送着暗号，响亮的节奏使得地上的草木发出了轻微的振动。

　　左军由赵衰统领，已经到汜上迎纳天子，并由周召二公接回了王城。而我们的大军已经很快围住了温邑。我已经派军守住了每一条通往外部的路，这座城已经死了，王子带也已经死了，他已经在我的剑下了。尽管他仍然住在里面，他的守军还在城上巡守，但我已经看见了他惊恐的面孔，看见了他倒在地下的样子，也听见了他的血正在汩汩作响。

　　我们在城外等待破城的日子。我让士卒们向城里喊话，告诉他们周襄王已经回到了王城，重新号令天下，晋军已经随时准备破城，王子带死亡的日子已经越来越近了。夜晚又一次来临了，天穹渐渐晦

古灵魂

暗，然后星宿从黑暗中显现，前面的城邑轮廓变得线条分明，它不太像一个实在的城邑，而像用炭灰涂画出来的。它变得扁平，与天空连接在了一起，只有一条线将它们划开了。

我到军营巡察了一遍，就在营帐外枕着长戈仰面躺在了草地上。夜空从我的面前展开，漫天的星斗铺在了天幕上，它们那么深邃、高远、神秘，却熠熠生辉。我看着这开满了花的天穹，那么深不可测的、无限辽阔的天穹，它让我感到了隐隐的恐惧。我不知道这天空有多么大，但却知道自己是这样微小，在这天地之间，一个人不过是一粒尘埃。我仅仅是一粒尘埃落在了这草地上，这是多么卑微，多么让人恐惧。可是我却枕着长戈，以为可以纵横天下。我顺着大河奔涌而下的时候，曾感到多么骄傲，多么自豪，可是只有在这样的夜晚，我才能看见真实的自己。

我听说天上写满了关于人间运势的言辞。这些言辞是天神书写的，每一颗星就是一个字。这些闪烁的字每时每刻都在变化，它会突然到另一个地方，和另一颗星匹配，就会说出另一层意义。我看不懂这些言辞的意思，但那些通神者可以从星象中预知未来的变化。因为人世间只要发生的，这些闪烁的文字里就会提前发生。这是多么浩繁的天书啊，它的言辞是多么精彩，多么精确和简洁，可是它所说的一切要告诉谁呢？

我还听说人间的文字也是从这星空中得到的，每一颗星里都包含着很多笔画。为了不让我们看清，它用光芒来掩盖。每一颗忽明忽暗的星，都深藏着笔画和象形。但最早的人间造字者虽然和我一样，看不清这些笔画究竟是怎样勾勒的，但却从它的明暗变化里猜测出了一些，这就演化为我们的文字。因为每一个笔画都是猜测获得，所以每一个地方的文字都不一样，因为造字者对着星光所看见的和所猜测的都不相同，也因为人的眼睛不可能分辨所有的星宿，所以人间的字远远少于天上的字，我们的文字所能说出的只是很少的一部分，但我们毕竟能够通过自己的文字来理解天神的部分旨意。

我想知道的，乃是现在的星空，它们在说什么？我多么想知道它们所说的一切。但是我只看见了每一颗星的闪耀。无限的浩瀚将我的渺小的思绪淹没了，它们的闪烁使我更加迷惘。可是此时此刻，我的内心就没有无数的星在闪烁么？我的内心也有一个星空，我已经感到这星空的无限和浩瀚。可是我又从哪里来观看我自己呢？

我找不见观看自己的地方，我内心的光芒也掩盖了我的目光。在这里，光和暗是一回事，它都等同于黑暗。既然我都看不见自己的光，又怎能看得清天上的光？我所看见的和感受到的，只有无数的黑暗，无底的黑暗。天空从很高很高的地方倒扣下来，它压住了我，使我感到了压抑和窒息。渐渐地，一阵阵微风把我带到了一片光亮里。

我好像站在一个白色的云团上，给下面的花儿浇水。我看不见自己手里拿着的陶器是什么，但那里面有着倒不完的水。这么多的水是从哪里来的？ 我不知道。我只看见下面有着无数开放的花，它们向我招手致意，张开了饥渴的嘴。我不停地将水倾倒在它们的身上，它们的花瓣越来越大了。那么艳丽的花，我从来没有见过。它们的花瓣是那么奇特，拥有我从来没看见过的红，我所浇灌的水到了它们的花蕊间，立即就被它们吸收了。这样的花朵有着一个永远吃不饱的胃。

我边浇水边仔细地看，想看清这样的花朵是从什么样的土地上长出来的。我的手开始颤抖，我发现这些花朵是从一具巨大的尸体上长出来的。这具尸体已经腐烂，但似乎还能看出它的骨架和头颅。这是谁？他是怎么死去的？他用什么滋养这样的花？这是恶的花，还是善的花？他为什么死去？或者是被什么人杀死的？我被这一个个追问惊醒了。我感到了浑身寒冷。夜已经越来越深了，就像一个深渊伏在我的身下，我就这样悬空而睡。

这是一个什么样的梦？我不知道。也许就要有什么事情发生了？也许这是一个毫无意义的梦？我曾做过无数个梦，并不是每一个梦都是有意义的。很多怪诞的梦，已经像每一个夜晚一样过去了，它被一个个明媚的日子所遗忘。可是美好的事物都是在死亡中产生的，或者我所做的事情就是为了浇灌生长于死亡中的花朵？我就是那个站在云上的浇灌者？也许我所梦到的并不是我，而是我的替身，或者我仅仅是一个神灵的替代者？

也许无所不在的神灵仅仅是借助了我的身形，站在云上为这悲愤的人间浇灌。他既看见了叛乱者，也看见了我，还看见了我将要做的事情。或者是我头下所枕的长戈已经骚动不安，它有着对死亡的渴望，因为它的本性乃是向死亡致意。它就是我手上的陶器，它里面有着倾倒不尽的水。它的渴望不是在虚幻中，而是在现实中。它看见了死亡的无限饥渴，于是用我的手向下倾倒，而那些无比艳丽的、我梦中看见的花却因此而盛开。

一个夜晚就这样在一个荒诞的梦中度过。黑夜经历的，白日也要经历？黑夜只是白日的准备，它积蓄白日所需的力量，也积蓄即将开始的白日的一切。也许白日只是黑夜的爆发，是无数星光的汇集。它汇集到一个明亮的太阳里，而到了夜晚这光亮就又一次散开了，变为了光的碎片。世界一次次抛撒，又一次次集聚。我站了起来，看见天边已经显出了亮光，微微的亮光，这亮光一点点变大，就像我梦中的花在成长。

我眼前的温邑也渐渐明亮起来了，它从一个发黑的轮廓中暴露出了一个个细节，就像一个人从远处走到了你的面前，他的面孔、他的每一道皱纹，都清晰地出现了。它不再是一座虚幻的城，而是一座开始有了生命的城。它有自己的呼吸，也有自己的梦。无论是美梦还是噩梦，它都会沉浸于其中。它也会被惊醒，也会在梦中发抖，它既会在梦中恐惧，也会在梦中发笑。但它现在却在恐惧中。因为这城中有一个人在发抖。

忽然这座城邑骚动起来，我听见了城中的人们在呼喊。一会儿我看见了浓烟在升腾。城门打开了，我立即率领徒兵冲了进去。城中一片混乱。原来城中的人们听说天子已经复位，他们聚集起来，夺取王子带的守军的兵刃，发起了攻击。一些守军也开始反叛，并给晋军敞开了城门。我并没有受到抵抗，而且有人为我引路，告诉我王子带所住的宫室在什么地方。我看见几辆华车停在那里，有一个人就要登车逃走。

从这个人所穿的服装和头上的冠冕可以知道，这个人就是王子带。他的旁边是一个女人，这个人必定是被他封为王后的隗氏了。我手持长戈已经到了他面前，我的闪光的锋刃已经对准了他。他似乎已经预料到了一切，他平静地说，你若放了我，你会得到厚报。他的目光向我投来，就像一股洪流冲向我。我说，我身负国君给我的使

古灵魂

命，怎么能放了你呢？他又说，要么，你可以杀掉我，但要放走我的王后。

我说，你们两个谋反叛乱，我即使饶恕你，天子又怎会饶恕你？你们谁也不可能越过我手中的长戈。王子带说，这王位本来就是我的，但父王突然离去，他们秘不发丧，用诡计篡夺了本属于我的位置。我不过是取回我应有的，我有什么罪过呢？我才是真正的天子，你们被欺骗了，诸侯被欺骗了，天下被欺骗了。可是你不仅被欺骗，还为欺骗者来杀我，杀一个真正的天子，你们才是谋反者，才是真正的叛逆。你本来是无罪的，但你的长戈却对准了我，你已经开始沾染罪孽了，你现在放下你手中的戈，一切还来得及。

我微微一笑，对他说，我并不是来分辨你是不是天子，而是天下只能有一个天子。你既然已经被欺骗，就应该接受这事实。关键是，已经有一个天子了，我们已经承认了他。而你却不愿承认我们承认的，你不仅被欺骗了，你还不愿被欺骗，这就是你的悲哀。你的悲哀只有用自己的血来洗刷干净。

他说，我在想，我不愿接受这欺骗，可为什么你们却愿意接受欺骗？悲哀的不是我，而是你们，包括你们的国君。一个人欺骗了天下，天下却接受了这样的欺骗。是什么东西蒙住了你们的眼睛？还是你们故意不看？你们的悲哀是从来不相信什么是真的，因为你们愿意被欺骗。我说，你说得对，我们愿意被欺骗，我们只承认现在，不承认从前的原因。原因已经消逝了，只有现在才是真的。你的悲哀就是不承认现在，只沉浸于从前的原因。天下的原因并不重要，重要的是结果。

他说，可是从前毕竟存在，不承认从前，怎么会有现在？现在是从前的结果，从前是现在的源头。我说，你既然一直生活在从前，我还有什么话说呢？从前只是一个梦。从前已经不存在了。但你要执拗地生活在从前，那么我就给你一个真正的从前。现在我就把这个从前给你吧。说着我的长戈刺向了他，他的脸上显出了痛苦的抽搐。我想，这就是从前，它就在这抽搐中，就在这长戈的一闪中。

古灵魂

晋文公

没想到一切都这样顺利，赵衰已将周襄王迎送到王城，郤溱统率的右军已经攻破了温邑，我感到愤怒的是，魏犨杀掉了王子带和隗氏。要是将他们押解到王城，献给周襄王该有多好。可是魏犨竟然将他们杀掉了。人已经死了，不可能复活了，这让我见到天子之后，就少了一样真实的礼物。王子带作为叛乱者，也理应交给天子处置，这样也让他能够亲自感受复仇的快意。

我对魏犨说，你太鲁莽了，你可以将王子带擒获，却要杀掉他，岂不是失去了一样进献给天子的礼物？你也可以将隗氏擒获，可你还是杀掉了她。要是将她交给天子，岂不是更好？但他辩解说，若是天子要杀掉他，岂能等到现在？天子早一点杀掉他，怎么会有今天的叛乱？天子主宰天下，乃是诸侯的榜样。他是有所顾忌才一再忍受，以致有了让王子带谋反叛乱的恶果。若是我们将他交给天子，天子就会感到为难，他既然以前没有杀掉他，以后也不会杀掉他，因为他们毕竟是兄弟。天子不愿意因杀掉自己的兄弟而担负恶名。

——何况当初他继承王位的时候，也不是正当的。周惠王生前就非常宠爱王子带，本来是要将王位传给他的，但因得急疾而死，没有来得及这样做。而天子在周惠王死后秘不发丧，齐桓公召集诸侯将他扶立为天子。相传天子从小就害怕王子带，实际上是他对王子带心里有愧，所以才使得王子带有了篡位之心。天子早想借别人之手除掉心腹之患，我杀掉了王子带，天子应该十分高兴啊。他必定会因为杀掉了王子带而重赏国君的。

也许魏犨是对的。不然天子为什么不杀掉他呢？王子带第一次作乱，将王城的东城门都烧掉了，逃到了齐国，但天子仍然又接纳了他。这难道仅仅是害怕他么？不，不是因为害怕，而是因为害怕恶名。若是天子背负恶名，诸侯就不会再拥戴他，天子的权威就没有了，也不可能继续号令诸侯了。他的忍耐有着忍耐的理由。现在别人替他杀掉了王子带，他岂不是会窃喜么？也许，王子带的死就是最好的礼物，我就带着这个人的死去朝见他，这无形的礼物远比一个真实的礼物更让他欣喜。

果然，我觐见天子之后，天子设盛宴来款待。醴酒斟满了酒爵，香气飘满了四围，并赐给了我很多珠宝和锦帛。天子还要拿出土地来酬谢我，要把樊、温、攒矛等土地赏赐给晋国。我慌忙辞谢，我想，只要晋国强大，辟土拓疆并非什么困难的事情。我何不趁着这样的良机，向天子要一件我难以得到的东西？那么我究竟需要什么呢？

我已经年过花甲了，我不知道自己还能在这世间停留多久。一个人死后还需要多少土地？也许只需要埋葬你的一点土地就足够了。重要的是你在死后能够享受到什么样的礼遇。若是我能够在死后获得天子所能享受的随礼，那该多好。我将在地下以天子的身份见到我的列

古灵魂

祖列宗，那将是多么大的荣耀。也许我在这个时候向天子提出这样的要求，他会答应的。我在饮酒之际，试探地说出了我的想法。

天子想了想，回应我说，从前先王执掌天下，用王城周围的千里之地作为甸服，用来供奉天神以及山川间的各种神灵，也用它来让天子管辖的民众享用衣食，也预防诸侯作乱时用于渡过危难。其它的土地就分给了公侯们，让各种人们都得以安居，这是顺应天地尊卑法度，免受各种可能出现的灾祸的预策。那么先王还有什么私利呢？

——他的宫室里只有女臣九御，宫室外只有大臣九卿，这一切已经足够了。除了供奉神灵，他哪里敢放纵自己，以满足贪婪的嗜好？那样岂不是毁坏了天下的法度？他与别人的区别，只有生前的衣服和各种用具有着不同于别人的色彩和花纹，死后有着和别人不同的葬仪和埋葬的形制，用以区分天下的尊卑秩序。除了这些东西，天子和别人还有什么不同呢？

——现在上天突然给周朝降下灾祸，我还能做什么呢？我所能做的就是守护好先王留下的规训了。可是我实在太无能了，不得不让你来帮助我消除这灾祸。若是我能将先王遗留的大礼送给你，以酬谢你对我的恩德，那么你一定会厌恶我，我也会遭到先王的灵魂的谴责。否则，我怎会吝惜于将天子专享的大礼赐予你？

——我听说，一个人身上的佩玉变了，他走路的样子也会改变。因为这佩玉让他感到了自己的变化，但真实的情况是，他还是原来的自己。《易》上说，一个人把脚趾修饰得很漂亮，虽然有车在等待，但他放弃乘车而行。不是因为他不愿意乘车，而是他怕违背了礼法。若是他忘掉了自己的身份，就会受到世人的耻笑。一个人修饰胡须是为了美观，但也要按照一定的规矩修饰，若是违背了规矩，他即使将自己的胡须修饰得十分漂亮，在别人的眼里，也显得不伦不类。娶亲的人若是穿着简陋的衣衫，即使骑着白马而来，也像是打家劫舍的强盗。一个人所行的和所佩戴的，若是失去了礼法，就不会吉祥。

——当然，若是你能弘扬先祖的美德，改换朝代，开辟天下一统的功业，昭示自己的勋绩，就可以用天子的服饰和纹彩，到了那个时候，我也许被流放到蛮荒边地，又有什么话可说呢？若是你仍然保持周王的天下，仍然位列公侯，安于自己的职分，并以复兴先王的法度为己任，那么，天子所有享用的大礼就不能轻易更改。我相信，你只要发扬自己的德行，你所需的终将会归于你。

——说实话，我很想满足你的需求，但我却不敢这样做。即使我因为要酬谢你的恩德而改变先王的遗规，这不是玷污了天下了么？我又怎敢玷污天下呢？这样也玷污了我的先王和万民，我又怎敢玷污先王和万民呢？以后我还怎样号令诸侯和天下的万民？我想，你已经拥有足够的土地，若是你一定想要天子的至尊之礼，你即使私自开通大墓的隧道并举行随礼，我又怎么能知道呢？

天子说完了，我感到自己的脸发烫，我知道自己提出了非分的要求，我的贪婪已经超过了限度。我还能说什么呢？我只好收回自己所说的话，向天子致歉。说实话，天子对我的封赏已经很多了，我却要求更多的东西。我也许是因为这醴酒的缘故，这高爵中的美酒放大了自己的形象，我被这幻象扭曲了。《易》上有无妄之卦，得到这一卦就会吉利。它的爻辞所说的，就是要断绝虚妄之念，不存非分的奢望，一切才会显示真实。这样的真实不能保证一切会顺水而生，但却

古灵魂

能让人的言行不会荒谬。可是我做了一点事情，就心生虚妄，这怎么能行呢？这将是多么危险啊。我为自己的荒唐之言感到了羞耻。

我已经年逾花甲，仍然还在自己的幻象里沉溺，却看不见真实。我是一个国家的国君，只是做了一点事情就产生虚妄之念，还怎么治理这个国家呢？我不能摆正自己，又怎能摆正别人？别人都称赞我的仁德，可是我的仁德又在哪里呢？别人所说的，话语的背后还藏着话语，而自己所信的，它的背后仍有着不可信的。

天子虽然拒绝了我的非分之想，却使我回到了自身。天子所说的每一句话都像树上的落叶，让我知道了秋天的真相。我虽然做了一件不错的事情，却忘掉了前面的危险。在逃亡途中，我走了多少路，现在却不能识别眼前的路了。我的眼睛被自己的得意所迷惑，我的眼睛被蒙了一条染满了花纹的布，我所看见的只有这锦帛上的纹饰，却看不见我前面的一切。这和一个盲者又有什么区别呢？

实际上，天子所拒绝的，却该是我自己需要拒绝的。可是我却放纵了自己。我的内心突然有了一匹野马，我不能骑在它的身上并按照法度来奔跑了。我还没有驯服它。我只是欣赏着漂亮的毛色和飘扬的马鬃，却忘掉了自己随时可能从它的背上掉下来。现在，我该把它拴住了，该把它的野性除掉。现在我只有带着天子封赏给我的土地回去了，接下来我还能做些什么呢？我不知道。一切都需要仔细思索。《易》上说，一个人满怀着喜悦和自信去饮酒，本身并没有什么错，可是不加节制而饮酒过度，就会让呕吐出来的酒水脏污了脸，那么美好的面孔就会消逝。我的脸是不是已经沾染上了自己的呕吐物？

卷三百五十一

魏犨

晋国的平叛勤王，获得了丰厚的回报。不仅得到了天子的封赏，获得了四城之地，还获得了天下诸侯的赞赏。国君已派人接管了温邑和攒、茅等地，十分顺利，现在让我去接管阳樊。我让使者前往阳樊城邑去交涉，但阳樊的主人苍葛并不相信使者所说的话，他说，周王的土地已经不多了，晋国竟然割走了四个城邑，真是太贪婪了。我和晋文公都位列王侯，都是天子的王臣，我怎能臣服于他？又怎能听命于他？

他说，既然天子将这块土地交给我管辖，我就负有守护的天责。现在你们兵临城下，逼迫我交出阳樊，我只有让民众带着长矛和你们决战了。若是你攻城，我将用我的血来浇灌城墙，这样我的城是坚牢的，你们若能从我的手中夺走这城邑，那是你们夺走了天子的土地，你们就是可耻的叛逆者。

果然，这个苍葛带着民众在城头日夜巡守，我能从这城下看见他戴着王侯的冠冕在城上行走。我手中的弓张开，几次抽出了利箭，想射向这个人。我看不清他的神情，但从他行走的脚步可以看见他的傲

古灵魂

慢和平静。他一点儿都不慌张，他甚至不向我的大军多看一眼，显然他在以这样的方式蔑视我。我被他的傲慢激怒了。

但是我还是放下了手里的弓，我的箭也重新收回了箭囊。我的士卒向城里喊话，告诉他们，你们只有献出城邑，才能保住性命，若是顽抗就意味着尸骨无存。这个苍葛也让人回应说，这是王室的土地，怎能随便给你们？王畿内的城邑中所居住的都是周王的宗亲，晋侯不过是一个王臣，你们难道要依凭刀剑和兵威强占王地么？我就站在这里，看你们怎样从我的血中蹚过，你们的脚将沾染我的血，你们的手上会沾染血污，你们将带着罪活着，你们将每天用羞耻洗脸，但洗不净自己血污的面孔。

攻破这样的城邑只用举手之劳，但我还是不敢自作主张。我便派人飞马报于国君。很快国君的信函就到了，信上说明了这土地封赏的由来，说，这四个城邑并不是我索取，而是天子的赏赐。我也并不是要强占这土地，而是不敢违抗天子的命令。天子的宗亲们若不想继续在这里居住，那么你可以带他们回到王城，回到天子身边。

我将国君的信送到了苍葛手里，他看完信后，默不作声，他的眼里噙满了泪水。他显然是伤心的，我似乎理解了他，我的手里拿着的长戈也垂了下来。我本来是愤怒的，但我的心里却忽然转为了悲凉。他想对我说什么，但却说不出话。他在这沉默中度过了一段黑暗，才对我说，既然天子将阳樊赏赐给了晋侯，我就没什么要说的了。晋侯不敢违背天子的命令，我又怎敢违背天子的意愿？我是王臣，我只听命于天子，但我也不想臣服于晋侯，我就只有离开这一直居住的土地了。我以往在这土地上的一切，就让它在秋天的时候随着落叶飘零而去，我的脚印也让夏天的雨水洗掉吧。

城邑里的居住者开始了搬迁，很多人扶老携幼，走上了返回天子都城的路。他们已经在这里居住了很久，但要离开自己熟悉的城邑、熟悉的土地了。他们都是天子的宗亲，不愿意做晋国的臣民。他们是开在山头的花，不愿意在低洼里开放。他们宁愿接受高处的严寒，也不愿享受低处的温暖。他们不愿意放弃自己的身份和尊严。唉，天下的万物难道是由尊卑来划分的么？这就是秩序的由来？这场景中有着万物的迷茫。

晋国受到天子的赏赐是兴起的开头。国君派遣胥臣辞谢了秦国的出兵是一个高超的计谋，若是秦国也出兵勤王，那么这功勋和赏赐也就不会由晋国独享了。现在晋国的尊王之举将赢得天下的尊敬，诸侯们将会向晋国聚拢，因为晋国的威望会像春天的地气一样蒸腾。它将向天下广阔的地方弥漫而去，晋国的香气将注入天下的空气里，因为这香气乃是天子赏赐的，它乃是因天子的香气而生。

我曾在一个湖泽边看见一个老渔翁，他告诉我打鱼的奥秘。我问他，你为什么每天都待在屋子里，不到湖泽里垂钓？他说，我不需要，我要让湖泽里的大鱼自己到我这里来。我又问，你是怎样做的？他说，我只在夜晚乘着我的独木舟行在湖面上，大鱼就会跃到我的舟中。我又问，你是怎样做到的？他说，说来十分简单，我在夜晚的时候，坐在我的独木舟上，划到湖的中央，然后举起我手中的火炬。它们看见了我手中的光明，就会不约而同地向我的舟船靠拢，然后纷纷跃起，因为追逐我手中的光而跃到了我的面前。

我没有见过他怎样举着火炬在黑暗的湖中行船，但我可以想象这

古灵魂

个令人惊奇的场景——老渔翁坐在独木舟上，用木桨划着水。月光照在了水面上，残月的影子盈满了湖面，它总是在独木舟的前面闪耀。它的清冷的光在每一个波纹上闪烁，直到独木舟和渔翁的影子盖住了它。他高高举起了火炬，火炬顿时将他的脸颊照亮，他通红的脸上显出了每一条皱纹，他的双眼在火炬的照耀下发出了明亮的光。火炬的光亮开始铺满了河面，这光亮叠加到了月光上，使得湖水里的每一条波纹都呈现出了明暗相间的纹饰，就像天子的衣裳。

湖中的鱼向着这火光围拢，它们迅速接近了独木舟。它们紧盯着独木舟上的火炬，开始积蓄力量，然后一个个跃起，飞向了独木舟。它们银色的腹部被这火光照着，发出了自己的闪光。渔翁不需要注视它们，只需要将这手中的火炬高高举着。在他眼睛的余光里，一片银光闪闪。这银光起伏着，在空中飞翔着，就像这鱼儿都有了翅膀。然而，他不需要多看它们，他的目光只是不断扫向波光粼粼的湖面，而这湖面之下是深深的漆黑。一切都埋藏在这漆黑中，一切都是从这漆黑中跃起，而这漆黑却追逐着他手里的光。

我想，现在国君所做的不就是这样的事情么？晋国以尊王为手段，不就是那个高举着火炬的渔翁么？天子就是这火炬，只要将这火炬高举，光焰就会照亮漆黑，就会有漆黑中的鱼群游向独木舟，就会有众多的大鱼一跃而起，投向这船舱。这是多么好的比喻，一个捕鱼的比喻，也是一个绝妙的天下的故事。从湖水里看见的，也会从其它地方看见。国君就是那个举着火炬的渔翁，火炬照亮了漆黑的湖底，而华丽的马车从黑暗的深渊里驶向这光亮，满载着更多的光亮。

卷三百五十二

狐偃

　　我跟随着国君前来接受天子封赏的原邑。这原邑本是周王的公卿原伯贯的封地，但在周王遭遇王子带之乱的时候，他没有有效抵抗王子带和戎狄的攻击，周王十分失望。于是就剥夺了他的封地，转而封赏给了晋国。原伯贯不甘于就这样失去自己的封地，就用虚假的语言欺骗原邑的民众。他对民众说，阳樊被攻陷之后，晋军血洗了城邑，城中的民众都被杀掉了，你们难道要等待阳樊城的命运么？

　　原伯贯将城邑的民众带入了噩梦中，他们非常惊慌，将城门紧紧关闭，并拿起了各种兵器，日夜在城上巡守。国君只好命令大军在城外驻扎。赵衰谏言说，原邑的民众之所以将我们拒之城外，是因为不相信我们。他们听信了原伯贯的谎言，以为我们必定会大动干戈。既然民众深感自己逃生无望，必定会拼死抵抗。若我们真的强攻，那么就让原伯贯的谎言成真，我们也将失去信义，天子的封赏就会演变为兵戈的强夺。

　　我说，要是那样，我们还怎样向天子和天下交代呢？现在我们不论怎样都不可能取得城中民众的信任，他们宁肯相信原伯贯的谎言，

古灵魂

也不会相信我们的话。解释是无用的。我真想不出什么好办法，以兵不血刃地入城。可是我们怎样才能让城中的人们相信我们呢？

赵衰说，我有一个想法，不知道能不能实现。我想只要让他们看见我们的信义，他们就会相信我们。我们让大军准备三天的粮食，若三天之后不能攻破城池，就下令撤军。这样的军令也要让城中的人们知道。在这三天之内，我们假装攻城，实际上仅仅是为了用撤军来取得信任。

国君说，这也许是一个示信的好办法，现在就可以做了。于是国君命令大军开始攻城，每日从早晨开始发起攻击，到正午时分收兵。这些天的天气很好，天空就像用泉水洗过一样，蓝得让人发晕。微风轻轻吹拂着城外的树木，军营整齐地分布在一片空地上，让城头的守卫一眼就可以看见军中的动静。大军秋毫无犯，军纪严明，军容齐整，对四周的百姓毫无骚扰。每一次攻击，国君都亲自擂响战鼓，云梯从城下升起，当先锋接近城头的时候，兵刃交接，但很快就会退下来。

我们又挑选了一些原邑一带的居住者，不断向城里喊话，把接掌阳樊的真相告诉他们。还让一些在原邑有着亲戚的人们混入城内，将国君的命令告诉他们的亲戚。民众已经开始怀疑原伯贯的谎言了。三天的期限已经到了，这时原邑派遣使者相约投诚，准备第二天开门献城。可是国君却下令撤军。

军中大臣进谏说，既然原邑的民众要献出城池，我们已经攻击了三天，为什么不等待明天的到来？若是再等待一天，我们就可以获得原邑了。国君说，我们约定了三天的期限，若不撤军，岂不是失去了信义？仅仅为了获得原邑而失去了信用，获得这座城池又有什么意义？一座城池远不如信义重要。你看那井里的水，为什么永远汲取不尽？因为井底有着涌泉，而人们汲取了一些水，另一些就会涌出。一个人或者一个国家，信义就像井里的泉眼，若是失去了信义，泉水就会枯竭，水井就会废弃。若是获得了信义，一座城又算得了什么呢？

我说，眼看我们就要接管了这座城，若是现在放弃，实在是太可惜了。三天的期限不过是一个为了取信于原邑民众的计谋，现在原邑的民众已经相信我们了，所以才决定献出城池。我们的目的已经达到，这座城就要归于晋国了。若是国君现在撤军，意味着功亏一篑。《易》上说，用瓶罐汲取井里的水，吊绳已经拉出了井口，瓶罐在即将离开井口的时候碰到了井壁上，那么瓶罐就破碎了。我们若现在离去，就是前功尽弃。

国君说，《易》上也说，井水乃是有清浊之分，若井里的泉眼被淤塞，就会集聚污泥，井水就会浑浊，那么汲取的水又有什么用处呢？即使是鸟雀也不会饮用。我们采用三天期限来攻城，固然是取信于人的计谋，但这计谋是用作长远的，而不是仅仅谋取眼前的利益。我们所做的，乃是为了获取源源不绝的源泉，而不是仅仅为了一座城池。若是我们因获取小利而放弃了源泉，岂不是得不偿失？一个计谋若是仅仅为了一时的得失，那么这样的计谋不过是小计，或者是诡计，但晋国若要强盛，仅仅凭藉诡计是不够的。

我觉得国君说得对，他想得更加长远。现在我们放弃了一座城，而获得了天下的信用，这岂不是更好么？何况，这座城已经封赏给我们了，得到它仅仅是时间问题。若是一样东西迟早可以得到，那么为

古灵魂

什么必须现在得到它呢？若是晚一点获得，却能获得更多，为什么不能等待呢？若是值得等待的，那么就要耐心等待。若是不值得等待的，那么即使放弃了又有什么值得惋惜？

于是，国君谢绝了原邑民众的献城，选择了撤军。他对城里的使者说，我们觉得信义比一座城更重要。我们曾约定三天的攻城期限，那么三天的时间已经到了，我不能言而无信。若是因为贪图利益而放弃了仁德，那么晋国还能凭藉什么来立国呢？我还有什么理由做晋国的国君呢？天子对我的赏赐岂不是错了么？我即使得到了原邑，又有什么理由来推行我的政令呢？民众又怎样会臣服于我呢？若是这样，我得到一座空城又有什么意义？

我们便收起了营帐，走向了归途。将士们听说了这件事，都在摇头叹息。更多的人都会为眼前所失去的可惜，但国君却看见了这失去的背后所隐藏的大有。车轮的滚动是沉闷的，士卒们列队行走在沉默中。骏马也似乎变得缺少力气，平日的生气似乎也失去了。道路两旁的树木只是木然地立着，就像站满了肃穆的戍卒，等待着什么。微风也停下来了，我们所呼吸的空气静止了，世界静止了，只有车轮在缓慢滚动，只有人的步履在路上行进，而每一个人更像是独行者，他们的眼里显现前面的一片空茫。

忽然，大军的后面传来了呼喊，几匹快马飞奔着追来。开始我仅仅是听见了呼喊，看见的只是几团飞扬的尘土，就像是几朵云悬浮在背后的路上。接着这尘土里露出了马匹，飞扬的鬃毛和骑在马上的人形。他们穿着白色的衣服，犹如从一片灰云中突出的白云。这几匹马快到我们面前的时候停住了。

几个人下马之后就向国君施礼而拜，说，你们的大军撤走之后，原邑的民众为你们的信义而感慨，都说晋侯宁肯失去一座城，也要留住信义，这样贤明的君主哪里去寻找呢？我们都看见你们的军纪严明，从不骚扰民众，即使攻城也是适可而止，不愿意伤害守城的士卒，我们还从来没见过这样的国君。这样的国君我们都不愿归附，那么我们还要归附谁呢？原伯贯也不能阻止民众的归附之心，人们在城头竖起了降旗，但你们却已经远去。

——所以，原伯贯派我们来追赶你们，他说，我对民众说了假话，已经有了欺骗的罪过，我不能再次犯错了。既然民众已经知道了真相，也看见了晋国君主的所作所为，看见了信义，我又怎能阻挡他们呢？我所阻挡的已经不是民众，而是在阻挡信义本身，可是天下谁能阻挡信义呢？原伯贯已经知错了，他希望你能返回去接受原邑。

国君还在犹豫，我说，既然城中民众希望归附，我们还等什么呢？使者说，原伯贯已经在城门前等待国君治罪，既然原邑为天子所封赏，国君就不要推辞了。我又说，我们还是返回去吧，若是不去接管原邑，岂不是违背了天子之命？国君终于答应回去接掌原邑。我们的车马和士卒原路折返，这时我们的马匹也昂起了头，我们的车轮又轧着原来的车辙，士卒们又踩着原来的脚印，回到了原邑。

果然原伯贯已经在城前等候，国君以卿士之礼相待。原伯贯说，我不想献出城池乃是出于私心，又用欺诈对待民众，乃是失去了信义，而你却能以信义获得民心，我只能补救自己的过错，请求你的谅解。我没有在太叔的叛乱中取得功绩，理应被天子剥夺我的封地，现在又失去了德行，已经不配再做原邑的主人了。看来天子将原邑封赏

古灵魂

给你，的确是有理由的，因为你的仁德配得上它。

此时天上的白云呈现出了一条条祥瑞的花纹，好像大湖里的微澜，阳光在这微澜之间闪耀，露出了背后宝石般的蓝。原邑的城墙围绕着里面的街道和房舍，民众都倾城而出，前来迎接国君。国君向这些民众施礼，众人的脸上洋溢着欣悦的笑。我感到内心同样是欢愉的，因为我们毕竟接管了天子的封赏之地。看来只有仁德才可以让别人臣服，而用残暴和兵威获得的，哪会有这样的快乐呢？

我看见国君忽然皱起了眉头，在这样的时刻，他又有什么忧虑？他问我，现在我获得了原邑，我应该将它封赏给谁？我摇了摇头。因为我不知道这个地方应该给谁。他又问身边的寺人披。寺人披回答说，我听说赵衰跟着你流亡的时候，有一壶米都舍不得吃，要留给你，而他却在路上忍受着饥饿。国君用信义取得的，应该给有信义的人。

国君说，是啊，我怎么没想到呢？赵衰跟着我流亡，的确是这样，他忍着饥饿却把一点米留给我，这是多么有信义的人啊。可是我做了国君之后，给得他很少，他却从来没有怨言，这是多么有信义的人啊。现在我以自己的信义获得了原邑，只有赵衰配得上这座城邑，那就将这座城邑封给他吧。

卷三百五十三

公孙固

这个冬天太寒冷了，西风整天刮着，卷起了细小的雪粒，扑打在脸上。我感到针刺一样疼痛。晋文公在逃亡的时候路过宋国，宋襄公虽经历了泓水之战败绩，自己也受了伤，但仍然在十分沮丧中接待了晋文公重耳。重耳成为晋国的国君之后，宋襄公也因泓水之伤复发而死，他的儿子成为宋成公。不仅因为两国的友情，还因为宋成公被晋文公的仁德感动，就叛离了楚国，而决定亲近晋国。

宋国一直崇尚仁德之美，宋桓公病重的时候，兹甫是太子，本应是宋桓公的继位者，但他在父亲面前恳求让自己的庶兄目夷继位，他说，目夷不仅年长于我，而且仁德也胜于我，请求你将目夷立为国君。

宋桓公将兹甫的想法告诉目夷，目夷说，我怎么能够接受太子之位呢？一个人能够将国家让给我，这不是最大的仁德么？我的仁德又怎能比得过兹甫啊。而且废黜嫡子而立庶子为太子，也不符合祖宗的礼法。若是因为我而抛弃了礼法，以后将怎样治理国家呢？于是目夷就到山间躲避起来，最后还是兹甫即位，成为宋襄公。现在他的儿子

古灵魂

继位，同样也崇尚仁德，因为这样的缘故，宋国背离了楚国，开始亲近晋国。

还有另一段故事，是宋国亲近晋国的另一原由，那就是重耳到宋国的时候，和我也有着一段情谊……我对宋襄公说，晋国公子流亡多年了，已经长大成人，但不改原来的本性，喜欢仁德而从不自满，待人有礼而谦逊，从他做人的样子可以看出他的仁德。宋襄公问我，你从哪里看出他心中所怀有的仁德？

我说，我观察过他的举止言行，没有不符合法度的。他对待自己的舅父狐偃，就像孝敬自己的父亲一样；对待自己身边的赵衰，就像侍奉自己的老师一样；对待身边的贾佗，就像尊敬自己的兄长一样。他身边的人都是有本领的，狐偃仁爱而又拥有智谋，赵衰的兄长赵夙曾是晋献公的御戎，而他本人又善于辞令和富有文采，为人又忠厚仁义。贾佗这个人出身高贵、见多识广又谦逊有礼，懂得怎样治理国家。一个人的身边有这么多有才能的人，而他们不论怎样艰辛都愿意跟随他，这还不能说明这个人的德行么？

——有这样贤明的人跟随，也说明了重耳的贤明。我听说，林中只有相同的鸟儿在一起聚集，而不同的鸟儿凑在一起就会互相争吵打架。重耳有这些人的辅佐，必定会有一番作为。他对这些人平日都谦卑恭敬，只要遇到什么事情都要向他们询问，从幼小的时候直到现在，从来没有改变这样的习惯。他不论做什么事情都从不懈怠，可以说符合礼的规范，若是一直是这样，就必然会得到上天的酬报。《诗》上说，商汤能够礼贤下士，他的仁德就每日升高。所以，我们应该善待这个人，而不是将他视作一个流浪的公子。

宋襄公听从了我的进谏，十分欣赏重耳。他说，这样的人一旦成为晋国国君，晋国必定强盛。他不仅心怀仁德，还有那么多贤明之士辅佐，试看今日天下，哪一个国君有这样的幸运呢？他现在在逃难中，却也是在磨炼中，就像铜匠炉火里的炼铜，只有经过烈火的焚烧和重锤的击打，才可以去除其中的渣滓，然后经过磨砺，才会出现锋利的剑。于是，宋襄公送给重耳八十匹骏马的厚礼。

现在楚国对宋国发起攻击，面对楚国的坚兵利矛，宋国已陷入危亡的边缘。宋成公想到自己先父曾在晋文公奔逃之际伸出过援手，就差遣我前往晋国求助。冬天是这么寒冷，我紧紧裹着自己的衣裳，蜷缩在车上。前面的山林都落满了霜花，差不多每一棵树都呈现出了满树银白，就像无数白头翁坐在山上。它们似乎经历了时间的严酷，看着人世间的一切。我的耳边充满了寒风的呼啸，这呼啸从一棵树又一棵树的中间穿过，好像是一个个神灵驾驭着它，巡察这光线不断变化的深林。

我的马车也从这林中穿过。我的后面跟随着几辆马车，上面载着献给晋国的锦帛和兽皮，还有宋国出产的飞鸟的长羽。我相信仁德者必定会有所酬报，因为我已经看见了一幕又一幕的仁德者所获。宋国也是这样。宋国不会在楚国的围攻中灭亡。晋国必定会施以援手，因为宋襄公曾给予重耳的，重耳也会予以回报。现在我想起当初宋襄公的善举，他虽然已经死去，但他曾经所做的，却有着深远的算度。

他从重耳和他四周的人的形象里，看出了晋国将来的形象。他从一个流亡的晋国公子身上看见了德行的重要，也看出了仁德者将要拥有的东西。这样也就为宋国的将来铺设了一条无形的道路。现在这条路就在我的脚下，被我的车轮碾轧出吱吱的声响。我的内心是焦急的，我恨不得立即见到晋文公，见到那些在流浪中的面孔。但他们已经不一样了，现在是宋国有求于他们，可是他们究竟会怎样回应我呢？

渡过大河就到了晋国的境内了。这条大河也曾是波涛汹涌的，但现在它被光滑的冰层所覆盖。这么开阔的河面，变成了一面巨大的镜子。它似乎被工匠精心打磨，它将要映照谁的面容？我的马车在冰面上投下了倾斜的暗影，而这暗影的周围却是一片耀眼的明亮。在这里，道路消失了，但你可以将这河流的冰，视为无数的道路，因为你可以随意在上面行走。拉车的马匹知道这光滑的危险，所以它们迈着小步，小心翼翼地踩着每一步。

在我的后面，有一匹马竟然滑倒了，在冰面上发出了沉闷的一响。车辆立即失去了平衡，它向前倾倒，将其它几匹马一起拉倒了。马匹挣扎着试图站起来，但几次都没有站起，每一次就要站起来的时候，又一次滑倒了。它们根本没有预料到这样的场景，而自己已经从这巨大的镜子里看见了自己滑倒时的样子。车上的人只好下来，将下垂的车辕扶着，让马从这冰上站立起来。

天上的太阳是苍白的，它映照在冰上的样子也是苍白的。严冬的一切都失去了曾经的热力，就像从炉火里拿出来的炭，渐渐变得冰凉了。我就是在这样的冰凉中走向冰凉的晋国，现在我还看不见晋国都城的影子，但我知道距离它已经不太远了。我也走下车来，在这冰上慢慢走着。每向前走一步，都可以低头看见自己。在这里寒风是没有遮拦的，它吹得我在冰面上摇晃。

大河啊大河，我看不见你从前的样子。你的匍匐、跳跃，你的气势雄浑和波光闪耀，你的奔流不息和震耳欲聋的轰响，你的起伏汹涌和席卷一切……可是你现在却被严寒所凝固。你的激情和血液，你的力量和飞扬的激流，你的波峰上腾空而起的泡沫，都被严寒所凝固。你变得平静、冷漠、没有表情，似乎在死寂中躺卧在一片荒芜里。曾经在你的波浪之间飞着一群群水鸟，它们的翅膀掠过突然跳起的浪花，它们的喙伸向了激流，寻找着所需的食物。可是它们不见了，你的曾经也不见了。因为鱼儿已经藏在了冰层之下，它们只能从头顶上的坚硬的冰层看见上面苍白的光亮，它们不能自由地在波浪间飞跃，水鸟也看不见它们了，所以彼此都决然地抛弃了对方。

　　这样的抛弃是因为失去了所需，我的内心感到了一阵阵苍凉。楚国已经兵临城下，已经对宋国发起进攻了。可以预见，宋国还缺少抵御的力量。楚国是强大的，它要对宋国的离弃处以惩罚，可是宋国希望自己有抉择的自由。我不喜欢的为什么必须臣服和归附？我喜欢的为什么不能亲近和靠拢？难道我必须听从强者的支配么？

　　可是我不知道我能不能说服晋文公，不知道他此时究竟是怎么想的。毕竟人是会变的。曾经所想的，不一定是现在所想的。因为他已经是一个大国的国君了，他不再是一个流浪者了。那时所怀有的仁义现在还有么？面对着冰封的大河，我所能看见的是一片苍茫。天上的一片乌云飘了过来，太阳被一点点遮挡，天地之间立即显现出了暗淡的一面。冰上的光也黯淡下来了，我的马车从这暗淡的冰面上走着，大河的彼岸是什么在等待着我？

卷三百五十四

晋文公

公孙固来到了晋国，故人相见，十分高兴。但他带来的却是坏消息，楚军围住了宋国，宋国已经十分危急。我摆设了盛宴来款待他，但他因为心里焦急，没有消受美酒佳肴的心情。我们畅叙了在宋国时的情景，也谈了离开宋国之后的许多事情，他依然高兴不起来。他说，现在宋国危急，我的国君等待着你的援救。

我说，我路过宋国的时候，宋国给了我温暖。你们没有像一些国家那样轻薄我，也没有把我看作一个逃亡的公子，而是以诸侯的礼节接待了我，并以厚礼相赠，我怎么能忘记呢？而且我和你曾饮酒畅谈天下大势，让我领略了宋国贤臣的风采，也让我受益良多。宋国给我的快乐我怎么能忘记呢？现在宋国遭遇了危难，我又怎能袖手旁观？我听说，在饥饿的时候别人给你一粒米，你应该用千斛之米来报答，我接受了宋国的恩惠，怎能不回报呢？楚国攻打宋国，我怎能不伸出援手？

我召集大臣在朝堂议事，我将楚国攻打宋国的情况告诉他们，让他们谈谈自己的想法。狐偃说，楚国军力强大，要想与楚国对抗，必须将二军增加到三军，并加紧训练军队，让晋军与楚军有足够的对抗能力。我们必须解救宋国，不然我们勤王赢得的威望就会丧失，天下诸侯也不会再信服我们。若我们面对强敌选择躲避，中原各国都会远离我们。这不仅关乎将来的天下大势，也关乎晋国的生死。

赵衰说，我听说山林里有一种猛禽叫作厉，它的体形很大，也十分凶猛，但它却总是被另一种叫作忌的弱鸟所击败。这种鸟儿从来不跟厉正面交锋，因为它知道自己不是厉的对手，在交手中随时可能成为厉的猎物。它发现不论敌手多么强大都有它的弱点。这种叫厉的猛禽有两个窝，那么忌就趁厉不在的时候，攻击它的一个窝巢，将它的雏鸟扔到地上，又把它的蛋踩碎。厉听见了自己雏鸟的呼唤，就会飞回来救它们，但这时候忌就会飞到它的另一个窝巢，做同样的事情。所以厉就会失去自己的窝巢，不能在山林里继续待下去了，只有飞往另一个山林。忌就这样获胜，并将厉的窝巢据为己有。

——现在楚军虽然强大，但它有着自己的弱点，我们必须找到它的弱点才可以一击制胜。它的弱点不在于它自己，而在于归附于它的其它弱国。若能攻击它必须要救助的国家，那么它就会感到疼痛，宋国的危厄也可解除。这就像那个厉鸟一样，我们要先攻击它的另一个巢穴，踩碎它的蛋，让它在左右之间不得兼顾。

狐偃说，曹国刚刚归顺楚国，并成为姻亲，若是攻打曹国和卫国，它们必定向楚国求救，楚国也必定相救，那么宋国之围就可以解除了。而且这两个国家都是弱国，它们的国君也缺少好的德行，国内的民众也不会为国君死战。我们曾在流浪中路过卫国和曹国的时候，它们也不曾善待我们，我们攻打它们也理所应当。

我说，我听说，一个有仁德的人不应该计较个人的私怨，过去的事情就不要再说了。何况我们那时候是在逃亡途中，卫国和曹国的国君轻视我们也在情理之中。他们没有预料到今天，是因为他们的心胸狭隘，缺少眼光，但这不能埋怨他们，因为这是他们自己的选择。我们还是要从解救宋国的大局着想，以报答宋国对我们的信赖。若我们不能报答宋国的恩惠，以后若要晋国有难，谁还会援救我们呢？

胥臣说，曹国已经投靠楚国，它是楚国的同盟，我们讨伐它是顺应天道。但卫国现在还犹豫不决，尽管它的国君倾向于楚国，但由于民众的反对，还不敢完全投靠楚国，我们攻伐它还缺少理由。若我们先向卫国借路讨伐曹国，卫国必定不会借路给我们，那么我们攻打卫国也就有了理由。《易》上的师卦说，只有猎杀害稼之禽，才能向人宣称正义。这一次与楚国对抗，一旦失败则前功尽弃，一定要做好充分的准备。这也是上天赐予晋国的又一个良机。若能一举击败楚国，解救宋国，晋国的霸业可定。

我说，我是不是应该卜筮问神？然后再做出决定？胥臣说，不用了，我们只有在遇到疑难的时候才卜筮，现在事情就摆放在那里，我们所做的是必做之事，还需要卜筮么？在卜筮中最讲究的是虔诚，所以卜筮中最重要的是原筮。原筮为什么这么重要？因为它和你的虔信联系在一起。你若一再祈问同一件事，就说明你对神灵缺乏诚信。现在，宋国派使臣来求助，而我们曾接受过宋国的恩惠，这已经说明了神灵的意愿，还需要卜筮祈问么？

我想了想说，那就让荀林父作为御戎，魏犨作为我的戎右。狐偃和赵衰各自统率军队，讨伐曹国吧。赵衰说，我的国君已经将原邑封给我，我不能再贪功了，而且还有更贤能的人适合担当重任。狐偃说，我和赵衰的想法一样，国君也该考虑让更有才能的人来做军队的统帅。这次与楚军作战，需要智勇双全的人来领军，才能立于不败。

赵衰说，我看郤縠可以担当重任，他已经五十岁了，擅长各种兵法，懂得法度和德义，他不忘民众的疾苦，重视诗书的学习，在道德信义方面堪称典范，这样的人若能统率大军，必定令人信服。栾枝忠贞忠厚又细心谨慎，懂得进退之道，作为辅佐再合适不过了，这两个人都是元帅之才，我不如他们。若能任用他们，则必定能够在两军对垒中获胜。

我明白了狐偃和赵衰让贤的意思，他们是照顾大局，让我能充分利用晋国的各种力量，倾力抗拒楚国。我采纳了狐偃和赵衰的谏言，也为他们的仁德和忠贞而赞叹。那么我就让郤縠作为中军将，郤溱为中军佐，狐毛为上军将，狐偃为上军佐，栾枝为下军将，先轸为下军佐，这样就将二军扩增为三军。

狐偃说，国君刚归国的时候，民众还不懂得道义，也不安于他们的所处。国君帮助周襄王复位，又在晋国为民谋求利民之事，这就让民众依恋自己的生活。讨伐原邑之后，民众看见了国君的信义，他们就能够奉献自己的物力，也对国君产生了恭敬之情。国君又制定了礼仪和整顿了吏治，国家大事都有章可循，民众已经对国君没有什么疑虑了。现在还需要训练大军，让民众看见礼仪的实现，以让民众更加信服。晋国要兴盛，要通过这次征伐获得霸业，最重要的就是采用文教，而不是单纯通过武力来做到。

我听从狐偃的话，决定开始一次大蒐兵，检阅我的将士作战的能力。地点选定为被庐。我要以田猎之名展开演练，让军民都知道法典和礼仪，也让军队增添自信和力量。这是我将要经历的真正的激战，我不能知道最后的胜负，所以我的内心里充满了躁动和不安。一棵树还没有长大，我怎能知道它将结出怎样的果子？可是我却盼望着用一场真正的取胜获得安慰。我需要这样的安慰，晋国需要这样的安慰。

我曾在列国流浪多少年，不就是为了今天么？也许我的愿望就要实现了。可是我为什么感到忐忑不安？尽管大臣们觉得胜券在握，可我的内心还是盈满了担忧。我想了几种结局，但每一种都是令人忧伤的。我多么需要有一个神在我的身边，让他告诉我究竟将面对什么。我似乎回到了孩子的时代，觉得自己是那么的脆弱，我的身边的每一个人都比我高大，都比我更有力量。我只能沉浸在自己的世界里，看着比我还要弱小的虫子和蝴蝶。因为它们不可能伤害我，我是安逸的、安定的、安全的。我甚至回忆起那树上的虫子，那些圆圆的脸，突出的嘴巴，复杂的表情，以及滑稽的、怪异的动作。

一个孩童虽然脆弱，却会受到无形的力量的庇佑，一个神灵不能救助他的时候，还有另一个神灵。他的旁边总是有着无数的神灵。他可以倾诉自己，可以不断求助，他永远有着无穷尽的可能。可我能向谁去求助呢？一个人长大之后，神灵就消失了，他觉得你已经不需要庇佑了。谁又知道一个人是永远无助的，因为他是一个人，一个孤单的人。这样的孤单是多么折磨人啊，我在成为一个大人之后，我就是孤单的，尽管我的身边有着很多人，他们对我的忠贞是不必怀疑的，但我仍然觉得孤单。

好像我的生命就是为了小心地喂养孤单，神灵消失了，但这孤单却无处不在。我知道许多邪恶和神圣都是产生于孤单，因为孤单的原因，内心就会在混乱中，若不能及时整理自己，许多恶念就会涌起。孤单是一种不能说出的东西，它是无形的，却不断对自己发生困扰。它既不能被命名，也不能被表达，但它却无处不在。我现在就在这样的孤单中挣扎，它就像一个巨大的漩涡，使我深陷其中。我要从中脱拔出来，就像地里的庄稼逃脱它的根须。

实际上是我需要这次大蒐兵，需要克服自己内心的虚弱。我需要在这样的大蒐兵中看见神的影子，看见我将要获得的东西。我要亲临大蒐兵的现场，要观看大军的演练，看他们在将要发生的血战中会发生什么。甚至这不是一次大蒐兵，而是我要看天神会不会站在我的身边。我要看天上的神灵是不是离开了我，是不是还像我弱小的时候一样在庇佑我。

冬天真是太冷了，寒风在呼啸，它卷起了我的衣角，我的脸上被这寒风击打，就像峭壁一样忍受着峡谷里的寒流。我登上了戎车，向着我即将蒐兵的被庐而去。我倦怠地闭上了眼睛，这倦怠不是来自我的身体，而是来自我的心魂。我已经老了，这一点不得不承认，但我的心似乎更加苍老。我不能这样，不能这样让自己衰老下去。我不能让自己的内心依凭柱杖，我要把这柱杖扔掉。只有这样，我才可以对抗寒冷的怀疑。

可是我的确是孤单和无助的。我想起了狐突的故事，他在去往曲沃的路上曾遇到了太子申生的灵魂，看见太子申生从秋风横扫的落叶里出现，并和他一起坐在车上。他是多么幸运，竟然有一个死者和他一起乘车而行。我的前面是狐偃的战车，我只看见他的背影。他是

古灵魂

多么像他的父亲狐突啊。若是在恍惚之间，就像他的父亲仍然活在人世。现在我多么希望自己能够遇见一个死者的灵魂，遇见一个能够看见人世的未来的人，让他和我一起乘车，一起说话，一起行进在这弯曲的路上。

卷三百五十五

赵衰

三军整编之后，在被庐进行了大蒐兵。这是多么雄浑的战阵，士卒们排开了整齐的阵容，中军统帅郤縠登上了高坛，向大军发布命令。我陪同国君在高台上观看大军的演练。旌旗飘扬，寒风吹拂，天上飘着一些零星的雪花。经过三通击鼓，大军操演阵法，年少者在前面，年长者在后面，进退有据，阵形不断变化，就像湖泽中的波澜，不断在涌动中闪耀着不同的波纹。这军阵在旗帜挥舞中，后退或前进，旋转或分散，包围或侧击，变化无常，令人眼花缭乱。我看见国君不断点头表示赞赏。

国君问我，这是什么阵法？我说，郤縠精通兵法，我看像来自虞舜的兵法战阵，这个阵法的名字叫作星月阵。据说是虞舜在观天的时候获得灵感，用群星拱月的方法来设置战阵，明月是在移动中，星群也在移动，但始终围绕着一个中心，但变化无穷。就像明月悬空的时候，群星就会隐去，但明月被遮住的时候，群星就会显露。它分为二十八宿，分布在八个方向，每一个星宿也在奇正变化之中，这样敌人就会在其中迷乱，不能保持自己的阵形，然后对方的主帅就会被不知不觉中卷入中心，被围困捕捉。我从前也是听说过这样的阵法，据说已经很少有人知道这种虞舜之法了。我现在亲眼看见了，这个郤縠真的精通兵法，看来皓月显示它的明亮，乃是需要获得时机，这是国君赋予了他展露才能的机会。

国君说，是你推荐的贤良之才，有这样的贤良，还怕不能取胜么？我知道他在先君和惠公时代一直隐藏不露，说明他一直在积蓄自己的才能，所以才会有现在的表现。那些随意显现自己才能的，在关键时刻却不能发挥作用。只有从那些沉默中的人群里才可能找到真正的良才。他沉默于众人之中，是因为他在沉默中积累，而他一旦不再沉默，就已经具有了惊人的能力，因为他的才能已经不能让他继续沉默了。就像幼虎可以躲藏在草木的背后，一旦成为猛虎之后，就不能继续在草丛里藏身了，它身上的花纹就会被一眼看见。

不断有人过来报告操演现场的情况，我们听着他们所看见的和听见的。郤縠只要看见在演练中不合法度的士卒，就教导他，让他怎样改正自己的步伐和动作，怎样在军阵中找到最好的位置。教导三遍仍然不能听从号令的，就驱逐出军阵，要是有不听从命令的，就使用刑法来惩处。在三天之中，一连操练，从早晨到傍晚，郤縠都宽严适度，让蒐兵中的将士心悦诚服。我的内心感到自己推荐的人是得当的，是有才能的，觉得自己做对了这件事情，也许这是天意的一部分。

但是突然刮起了大风，吹起了地上的尘土，军阵立即被弥漫的尘土覆盖，仿佛这大军沉入了乌云的下面。过了好一会儿，这尘土才渐渐散去，军阵重新显露出来。在大风中，没有一个人惊慌，也没有一个人因这大风而改变自己的姿势和动作。又过了一会儿，一个巨大的旋风卷起，从士卒的阵容中卷向了高高的帅坛，它从郤縠的身上卷过去，似乎就要将他卷起来。他一动不动地站立着，就像脚下长着深根。

我们看见这奇异的旋风围住了主帅，急剧旋转着，郤縠的身形变得模糊起来，他似乎不再是一个真实的人，而是一个灵魂般的影子。他的身躯看起来已经变形，好像被这旋风拉宽了，就要被撕碎了。但他却屹立不动，只是被罩在了一个巨大的透明的罐子里，或者像很多绳索将他绑缚起来了。

过程似乎是十分缓慢的，但在场的每一个人都紧张起来，不知道发生了什么。我看见国君的面色是严峻的，他的面部就像被寒冷冻住了，他的目光也紧紧盯着那强大的旋风。我好像看见他的两道目光从他的脸上延伸，一直通往旋风和旋风中包裹着的郤縠。然后旋风移开了，却扫向了高坛上的帅旗，竟然将帅旗的旗杆吹断了。帅旗的旗杆从中间折断，缓缓倒了下来。就像林中的砍柴人将一棵树砍断一样，只是我们在这里看不见凌空飞舞的斧头，这旗杆就已经折断了。

旋风悠然远去了，渐渐消失于冬天的旷野上。郤縠从这噩梦般的旋风里挣脱，他大声喊，帅旗折断，不一定是不吉利的，而是上天给我们的警示，我们还不能理解这究竟是什么意思。即使真的是不吉利的，也和你们毫无关系，因为它是主将的事情。也许我会在疆场战死，不能和众位分享取胜的快乐，但是此次出征必定会成功，这一点不必怀疑。他的大声呼喊也渐渐在风中飘散。

人们看见主将镇定的样子，很快沉静下来了。可是国君的面容依然是冰冷的，他就像一块大冰块坐在那里，似乎还没有从这噩梦中醒来。可以看出他的内心充满了疑虑。胥臣说，在遇到险恶的处境时，主将能保持镇定自若，士卒能很快恢复平静，这就是吉祥之兆。《易》上说，一个人刚从一个坑洼里爬出来，却发现了前面仍然有着坑洼，因为路上的很多凶险是不能预料的，但是会有人从窗口递进酒和饭，险情就会解除。这旋风只是提醒我们要谨慎行事，不可鲁莽罢了。但一旦你遵循这样的提醒，就是大吉之兆。

——《易》上的震卦爻辞还说，刚刚听到惊雷，就会让人感到恐惧，而由这恐惧而生出戒心，惊雷再次出现的时候，就能谈笑自若。以后即使惊雷震惊百里之远，手中勺子内的美酒都不会洒出一滴。主帅的旗杆摧折，看起来好像不吉，但阴阳互生，彼此转化，演练中的不吉就会转化为实战中的大吉祥。所以，国君不必为此忧虑。

我接着说，我也听说，遇到事情的时候，仅仅担忧是不够的，因为担忧会减损人的阳刚，就让人变得卑微，那样就会在真正遇到危厄的时候失去平常心，就不能做出好的选择。我还听说，鸿雁幼小的时候只能在水涯边行走，就像幼童学步一样惊恐。它没有生成高飞之念，乃是一种知险而止的明智之举。但到它逐渐长大，也积蓄了一定的力量，就不再满足于在水涯边行走了。它要从河边走向陆地，并避免野兽的袭击。当它羽毛丰满之后，就可以处于高位，上升到大树上筑巢，然后完成自己高飞的宏愿了。

——晋国也是这样。国君刚回国的时候，上下一片混乱，民众不知礼义和法度，众臣人心惶惶，经过几年的整治，民众看见了国君的诚信，也看见了国君的仁德，民气就开始恢复。现在我们已经积累了力量，安顿好了高树上的窝巢，可以展翅高飞了。因为我们已经不再是从前的样子，我们从二军增加为三军，有着千乘之车和万军之用，已经积蓄了足够履险的能力，这演练中被狂风折断旗杆又算得了什么呢？即使在两军激战中折断旗杆又算得了什么呢？旗杆只是一个标志，而将士的勇力是在内心里，又何须借助这外物的标志呢？

国君说，我们遇到了很多事情，我总是听从你所说的，现在每一件事情都说明我做对了。现在我仍然听从你们的话，因为你们也许比我看得更清楚。我也听说，鸿雁高飞的时候要逆着疾风而行，这样它才能借助着风力飞得更高更快。风吹断了旗杆也许不是坏事，它是让我借助着这风力而飞得更高更快。旗杆的折断只是说明这风的强劲，说明我们有了可以借助的力量，这难道不是吉祥之兆么？我的心里已经没有什么忧虑了。我看见我的主将在狂风面前毫无惧色，还有什么可忧虑的呢？我看见我的士卒在狂风中仍然保持演练的姿势，还有什么可忧虑的呢？狂风为我吹来了忧虑，那是我原本就有的忧虑。狂风又吹走了我的忧虑，那是因为我原本的忧虑已经消散。这难道不是吉祥之兆么？

寒风仍然吹着，但已经渐渐小了，剩下了彻骨的严寒。就像那些细小的寒风无处不在，一点点钻入人的骨缝里。我的身上尽管穿着珍兽的皮毛，但仍然感到寒冷的侵袭。我看见演兵场上的将士们却浑身冒着热气，他们手中的长戈在这热气中挥舞着，他们身上的铠甲在苍白的暮日中闪光。我似乎看见他们在雾气的包裹中完成每一个动作，就像飘动在原野上的一朵朵云，轻盈、飘逸、敏捷……我从他们的身上看见了一个个神灵。

卷三百五十六

郤縠

我率军渡过大河，因为卫国不借给道路，就讨伐卫国，占领了卫国的五鹿。我又派一支军队攻打卫国，卫成公逃亡到了陈国，将卫国的朝政交给了他的弟弟和大夫元咺。于是我绕道讨伐曹国。大军很快就接近了曹国的都城。我部署大军围住了这个都城，但好像曹国早有防备。我摆开战阵，但曹国大军坚闭城门，不出来应战。我只好发起强攻。士卒们推着云梯冲向了城墙，他们奋勇争先，手持长矛，我看见我的士卒一个个在攻击中从高处坠落。我的内心充满了焦急，于是命令弓箭手向城墙上的曹国守军齐射，箭羽就像一片白色的雪花，扫向从城垛边缘露出的面孔。

连续几天的攻城，士卒们都已经疲惫不堪，战死的人越来越多了。难道演兵的时候狂风刮断了旗杆真的是不祥之兆？国君在一边观战，也十分焦急。若是我不能攻破曹国的城池，我将辜负了国君和众人对我的信任，我还怎么继续活下去？我不能带着耻辱活着。若是一直强攻，不知我所率领的大军能够坚持到什么时候。而且士气将有用尽的时候，若是士气耗尽了，那么对曹国的讨伐也就失败了。这不仅不能解宋国之困，还失去了晋国的声誉，国君入主中原的可能也将丧失。

现在曹国的守军将晋国战死者的尸体摆放在城墙上，还有的用绳索把尸体垂吊在城门上，用来侮辱我们。他们的骇人之举激怒了我们的将士，可是我反而冷静下来。我想，他们之所以这样做，就是因为我们急促攻城都无功而返，他们用这样的方式嘲笑我们的无能，就是想把我们激怒，以便发起一次次强攻。就是说，我不能再这样做了，否则就正好中了他们的计策。那么我将用怎样的方法才能击破他们的奸计？

对付奸计的最好办法不是鲁莽行事，而是用更好的计谋来破解他的奸计。我必须有更好的对策。我们攻城是为了解除宋国之困，这是因为打击曹国能够击痛楚国，让它放下手中的宋国。就像一只野兽嘴里咬着一个人，解救这个人的最好办法不是直接去和野兽争抢，而是用石头击打它最薄弱的地方，这样它就会因为疼痛而舍弃口中的食物。那么，什么地方是曹国最疼痛的地方？

我向国君谏言说，现在曹国人把我们战死的人陈列在城墙上，使我们的将士非常愤怒，他们一心决一死战，入城捉拿曹共公。可是曹国的都城十分坚固，若是强攻则需要更多时日，我们的死伤也会很大。必须以计谋对计谋，以凶狠对凶狠，才能解脱困境。若不能以巧取胜，不仅宋国之危不能解救，我们也将陷入危困之中。

国君皱着双眉，显然他也和我一样忧虑不安。他说，显然曹国就是想激怒我们，使我们久攻不下，然后消耗我们的锐气。可是你有什么办法可以一击制胜？我说，必须击中敌人的疼痛之处，方能让他妥协。现在我也不知道从哪里入手，我们将怎样使敌人疼痛，然后放弃现在令人愤怒的行为呢？

国君说，宋国又派遣使臣前来求助，尽管我们围住了曹国都城，但楚国仍然在进攻宋国，要是再过些日子，宋国恐怕就坚守不住了。我现在也是焦急万分。我仍然不想和楚国正面交锋，因为我流亡在外的时候，楚国曾给过我恩惠，我怎么能忘记这恩惠呢？我想放弃救助宋国，可是宋国也在我流亡的时候给过我恩惠，我又怎能忘记这恩惠呢？在这恩惠和恩惠之间，我已经难以取舍了。我本以为围困曹国之后，楚国就要前来解救曹国，这样我的想法就得到实现，可是楚国却置曹国于不顾，仍然咬住宋国不放，我不知道怎么办才好。

身边的荀林父说，曹国的祖墓就在附近，一个国家若是祖墓被毁坏，就意味着灭国之祸。若是我们放出风声要在曹国的墓地上安营扎寨，他们就会惊慌失措。因为我们一旦占据他的墓地，曹共公就会认为要挖掘他的祖坟了，这样他就会把我们战死的士卒，用棺木运出来交还给我们。趁着他们惊慌的时候，我们一鼓作气即可击破曹都。

国君说，这不是君子所为，侵扰别人的祖坟是大逆不道之事，我们岂可这样做？我听说，死去的人应该得到安宁，埋葬他们的坟墓也该不被骚扰，这是对死者的尊敬。一旦人死去，他的灵魂就会变为神灵，若是我们对神灵都不尊敬，我们就会遭遇大祸。这样的事情，我们不能做。尽管曹共公没有仁德，应该受到讨伐，但死者是无罪的。我们怎能以无罪者代替对有罪者的惩罚呢？又怎能因贪图一时的得失而侵犯死者的神圣的安宁？若是我们这样做，可以攻破曹都，但却失去了天下的信任，一个曹都怎能比天下更重要呢？

魏犨说，国君不必为此担忧。我们并不是真的要挖掘曹国的坟墓，而是声称要在他们的墓地安扎军营，我们只是说说而已，怎能真的这样做呢？我们这样说，仅仅是一个计谋，而曹国必定认为我们将真的这样做。这样我们什么都不会有所减损，但曹国的都城很快就能击破。自古以来军事就是诡诈之术，所说的和所行的从来都不一样。而在亦真亦假的变化中，才能迷惑对方，达到制胜的目的。这真假的变化也是阴阳的变化，也是奇正的变化，这是从黄帝以来就使用的智慧，从来是合乎礼法的作为，我们岂可不用这智术取胜？

国君默许了我们的想法。我们就开始与要进入曹都的商人和樵夫，以及走亲戚的人们散布晋军要在曹国墓地扎营，我们也在曹国的墓地不断走动，士卒们也开始撤走现在的营帐。这一切都被城墙上的曹军看得一清二楚。城内很快就派遣使者来求见。他们答应将晋军的战死者装入棺木，运到城外，因为曹共公害怕我们挖掘了他的祖坟。第二天清晨，我在高台上观察曹都的动静。头顶的白云在飘动，天空是晴朗的，除了郊外的风声仍然在呼叫，几乎所有的事物都是安静的，我选拔的斗士都隐藏在树林里的土丘后面，等待着时机。

忽然城墙上开始向我们喊话，说就要将战死者交给我们。城门开了，曹国人抬着棺木从城中出来了。就在他们将死者交还之后，我举起手中的令旗，埋伏的勇士们立即从暗处冲出，在混乱中冲入了曹国的都城。然后我率领的大军随之而入，就在这个时候，我突然感到自己的脖颈上一阵疼痛，从城上射来的一支箭射中了我。我的身体感到就要飘起来了，血顺着我的铠甲涌泉一样喷涌。我一阵头晕目眩，脚跟站不稳了。

古灵魂

我就要死去了么？我将这支箭用力拔了下来。这是一支漂亮的箭，它的箭头上带着我的血肉，但仍然在阳光下发出了炫目的光。它的羽尾是一种少见的羽毛，也许来自珍鸟，我似乎还没有见过这么绚烂的羽毛。上面有着红和蓝两种颜色，这究竟是一只什么样的鸟呢？我从来不认识这样的鸟，它的羽毛竟然这样美好。我紧紧盯着这支箭，就像是我从自己的箭囊刚刚取出，捏在了手中。

它的箭杆经过了精心打磨，似乎已经被弓箭手不断揣摩，它的上面似乎刻着几个字，这字迹在我的眼前变得模糊起来。我使劲睁开眼辨认着，好像是"有孚失是"四个字。这是《易》上的最后几个字，它说的是一个人饮酒过度而呕吐，又将这呕吐物脏污了自己的面容，那么纵然你有多少才能，最后也无济于事。这一卦叫作未济，看来我所做的并不能最后获得完成。

当然，这仅仅是一个比喻，是一个非常精彩的比喻。我不是被一支箭所射中，而是被一个比喻所射中。一个比喻的后面藏着无数真实，没有什么比喻是空洞的。因而每一个比喻中都住着一个神灵，若是没有比喻，神灵就没有藏身之处。因而，我将死在这个比喻中，这个比喻中有着深渊，无底的深渊，那里是完全漆黑的。这是多么可怕。可是我总是要面对这一深渊的。以前我在折断的旗杆上看见了这个深渊，现在我又在这漂亮的箭上看见了它，即使是这样可怕的深渊，也是藏在比喻中。

我就要沉入这比喻中了。一个卦象中的深奥的比喻，它让我用这样的方式来理解它。我必须被它射中，才能获得理解它的权利。不过这一卦是吉利的，因为在人世间，有什么事情能够圆满呢？我在演兵场上的旗杆被折断，似乎已经说明了这样的结局。那就是一个很好的暗示，我当时就已经感到了，也说出来了，看来我的命运就应当是这样，因为在人世间，有什么事情能够圆满呢？

古灵魂

卷三百五十七

先轸

邵觳死了，他在攻打曹国的时候死去了，这也许应验了当初旗杆被狂风所折断的不吉。他是被一支箭射中的，不知是谁射出了那支箭，使他在血流如注中死去。他死后一直紧紧攥着那支箭，也许他很喜欢那支箭，也许他仇视那支箭——就是它夺去了他的生命。在交战中，谁都可能遇到一支箭，因为自己的箭囊中就装满了箭。据说那支箭上还刻着几个字，只是我没有看见它。它刻的是什么字？是一句可怕的咒语？

国君让我接替了邵觳，成为中军的主将。我们攻入了曹国，国君列举了曹共公的各种罪过，比如他不任用贤良的僖负羁，而乘车的大夫就有几百人之多，让那些没有任何功劳和德行的人获得爵禄。他还纳娶了三百个美女，又不听僖负羁的劝谏。曹共公的罪过不能得到饶恕，必定要受到惩罚。但国君命令不让任何将士进入僖负羁的家，也赦免了僖负羁的族人，这是国君报答僖负羁当初的恩惠和施与。

我听说国君当初在流亡中路过曹国的时候，僖负羁曾私下款待过国君。当时曹共公不愿意以礼接待国君，认为他不过是流浪的公子，还因对国君的骈胁好奇而偷窥沐浴，这让国君感到莫大的侮辱。僖负羁曾一再劝谏，但曹共公却拒绝了他的良言。僖负羁说，爱护自己的亲属和尊重贤明的人才，是一个国家的重要政事，用必要的礼节来接待客人，同情和怜悯陷入穷困窘迫中的人，是国家礼仪的根本之道。若是失去了先王之道，国家就失去了自立的根基，这是所有的君主莫不遵循的原由。

——对于国君来说，没有自己的私亲，国家就是一切的一切。我们先祖曹叔振铎乃为周文王的儿子，而晋国的先祖唐叔虞是周武王的儿子，文王和武王建立了一个个姬姓的封国，因而我们作为二王的后代，不能抛弃这种一脉相亲的关系。而且晋国公子重耳从少年时代就开始流亡，但有三个贤明和卓越的人一直跟随着他，这难道不可以称作贤人么？若君王轻视这样的贤明，就易于失去先王流传下来的仁德。何况，重耳流亡在外，我们应生发同情和怜悯之情，我们以礼相待乃是情理之中的事情。

——若是我们对处于困境中的人不加以帮助也就罢了，又不能以礼相待，守着众多财富却不能施与，符合道义的事情也不去做，那么所聚敛的也将散失。玉帛和酒食不过是为了活命的东西，那多余的不过是粪土。喜爱粪土而毁弃先王之道，就可能丢失自己原本有的。而丢弃不需要的而施行仁善，这样做有什么难处么？

可是曹共公并不听从僖负羁的劝谏。据说，僖负羁的夫人认为重耳必定归国获得君主的位置，将来也一定会报仇，就对僖负羁说，我仔细观察晋国公子重耳，跟随他的人都可以做卿相，有这些人辅佐，他就必定会回到自己的故土。而一旦回到故土，就像猛虎得到了山林，将会称霸诸侯，那么就必定将过去遭受的屈辱化为复仇的力量，将会讨伐对他无礼的国家，曹国就会因此而遭殃。

——若是曹国遭难，你又怎会逃脱？要是你明察秋毫，就要早做计算。你若能以礼相待，就会得到好的回报；若是对他无礼，就可能会遭到祸患。僖负羁听了夫人的话，觉得很有道理，就用壶盛着美食，又在下面压上了珍贵的玉璧，送给了我的国君。但是国君享用了美食而归还了玉璧。这是一段美好的往事，国君一直记着僖负羁的恩惠。

可是魏犨和颠颉却没有听从国君的命令，他们因为曹国人残忍地将晋军战死者陈列于城墙深感愤怒，又觉得自己跟随国君十九年，四处流亡而拥有功勋，擅自攻击僖负羁，还纵火焚毁了僖负羁的家宅。魏犨还在这次攻击中受伤。国君知道这件事之后，想赦免他们的罪，但众臣认为，以后若是国君的命令不能听从，晋国的法度就难以维护，国君的威望就会受到损失。于是国君因爱护魏犨勇武过人，让他戴罪立功，然后将颠颉杀掉。大臣们议论说，跟随国君的人都因过错受到了惩处，我们以后还敢不听国君的命令么？一个人在任何时候都不可恃功自傲啊。

宋国又派遣大夫门尹般前来求助，宋国的情况已经十分危急。国君召集大臣议事。国君说，现在我们讨伐曹国，楚国却无动于衷，也许楚王已经看出我们攻打曹国的用意。我若不去救助宋国，宋国就会和我们断绝关系，也失信于天下。若是请求楚国解除围困，楚国绝不会答应。若要和楚国交战，齐国和秦国不会和我们一起参战，而我们单凭自己的力量恐怕也不是楚国的对手，我真是日夜焦虑，不知怎样才能做到最好。

　　我说，让宋国丢弃晋国而去求助于齐国和秦国，这两国就会请求楚国解除宋国之围。但楚国绝不会答应这样的要求。这样秦国和齐国既喜爱宋国的厚礼，又对楚国的顽固之举感到愤怒，那么秦国和齐国就会和我们一起联合，楚国就会陷于独木难支的状况。我们捕获了曹共公，将曹国和卫国的土地分给宋国，楚国也必定不舍得失去这两个国家，就会和我们讲和，这样不就解决了宋国的危难了么？

　　国君采纳了我的进谏，事情完全按照所预料的进行。当国君宣布将曹国和卫国的部分土地分给宋国之后，楚成王就派人前来交涉。使者说，若你们能让卫成公复位，把土地归还曹国，那么我们也解除宋国之围。但是国君在楚国使者提出交换条件之后，却又一次犹豫了。他觉得已经宣布的事情再收回去，就会失去信用，自己所得到的再交还别人也不甘心。狐偃说，我们不如拒绝楚国的要求，因为即使按照楚国的要求做了，两国交战仍然不可避免，或者说，我们来到这里就是为了和楚国决战，这还需要犹豫么？

　　我说，我觉得应该答应楚国的条件，我听说安定别人的国家，这才可以算作遵循礼法，按楚国的使者所说的，可以使得宋国、卫国和曹国都安定下来，若是我们予以拒绝，就可能断送这三个国家的命运，那样我们将失去了礼法之道。若是一个国家没有了礼法，也失去了理由，还怎能与敌人交战？若是不答应楚国的条件，就等于丢弃了宋国。我们讨伐曹国和卫国，原本不就是为了解救宋国么？现在我们却又丢弃了它，这样天下将会非议我们的所为，我们就会丢掉天下对我们的信任。

古灵魂

——楚国提出的条件可以使宋国、卫国和曹国都得到好处，要是我们断然拒绝，这三个国家将会怨恨我们，就会与晋国为敌。我们若是有了那么多敌人，又怎能取胜呢？我认为，我们应该私下答应曹国和卫国恢复自己的国家，让他们脱离楚国而亲近晋国，然后将楚国的使者扣留，就会激怒楚国的统帅子玉。子玉这个人脾气暴躁而易于在怒气中行事，就必定会来进攻。这样不仅宋国的困境得以解除，我们也有足够的理由与楚国交战。那么，要不要恢复曹国和卫国的问题，也留待两国相争之后再做定夺。

国君听从了我的想法，就对使者说，要是楚国不去围困宋国，我们也不会这样做。现在楚国决定从宋国撤军，那么我也将曹国原本拥有的，仍然让它拥有。但是我们需要你暂时住在这里，以后我们会送你回去。你先让别人把我的话传递给你们的令尹子玉。使者说，我是楚国的使者，你们怎能扣押我？国君说，我们不是扣押你，而是留你暂住一些时候，这也是我们的待客之道。当初我到楚国的时候，楚王不也留我住了一段时间么？

国君退兵九十里，不仅仅是兑现自己曾与楚王许下的诺言，而是能够以此获得天下的信任，还可以让我军取得主动地位，获得绝地反击的理由，也使楚军的进攻失去了道义。另外也能避开楚军的锋芒，以便选择更为有利的时机。狐偃开始不赞同我的想法，现在他明白了，答应了楚国的条件，并不是对楚国示弱，而是为了获得开战的正义。

狐偃对将士们说，凡是用兵之道，理由充分顺直，士气就会旺盛张扬，若是失去了理由和正当，士气就会衰竭，就不能在用兵中取胜。而士气的旺盛和衰落，并不会因为时间的长短而出现波折。当初我们的国君若没有楚国的帮助，我们怎会拥有现在？现在我们撤军九十里，就是为了报答楚王的恩惠。如果我们忘记了别人对我们施与的恩惠，就会激起楚国对我们的仇恨，楚军的士气就会旺盛，而我们的士气就会衰落，因为我们失去了道义，而我们失去的正是楚军得到的。

——楚军的士气一向是饱满的，现在还不能判定他们已经衰竭。若是我们的退兵也能换取楚国的退兵，一场激战就可以避免。这不是很好的结局么？我们已经答应归还曹国和卫国的土地，也答应恢复卫国国君的君位，若是他们仍然追击不放，那么他们将失去了正当理由，然后我们就可以予以反击，天神也会偏袒正义者。

狐偃说得真好啊，谁又能不信服这样的言辞呢？这样，宋国之围解除了，曹国和卫国也和楚国绝交，齐国和秦国也与晋国联合在一起，楚国心有不甘地从宋国撤军了。似乎一切都是顺利的。可是那么多人战死了，他们都用棺木装殓，运回了晋国。郤縠也战死了，他是一个博学的将才，但也很快就陨落了。生命是多么短暂，万物是多么虚幻。死亡让眼前的一切变得失去了真实，对于死者，所有的胜利还有什么意义？他们甚至不知道为什么而死，或者，他们从一开始就怀抱着死亡，只是他们不知道自己怀中所抱的究竟是什么。他们就这样抱着自己不需要的沉入了黑暗。

国君虽然对僖负羁从前的恩惠有了报答，但颠颉却死了，他也成为这报答的一部分。这样的报答却失去了另一个报答，颠颉跟随国君流浪四方，受尽了辛劳，不但没有获得报答，还跟随国君死在了异

古灵魂

乡。他不是被别人杀死，而是被他跟随的人所杀。难道这是公平的么？他做了什么？他不就是因为曹国杀掉了那么多晋军将士而感到愤怒么？他不就是为战死者而复仇么？他所做错的，就是一时冲动，没有听从国君的命令，这就应该被杀掉么？我相信，他即使死了，也未必信服这样的判决。

颠颉不仅跟随国君流浪，还在作战中建立了功勋，却不能和他的罪相抵，再者，他并没有杀掉僖负羁，只是因一时的激愤之情而烧掉了僖负羁的住宅，他的功勋还不如一处住宅么？我没有看见他死后痛苦的表情，但他心中所想的已经留在了他的面容上，但这面容也被泥土覆盖了。然后这表情不会被人们记住，而是在泥土的黑暗里渐渐腐烂。也许这就是国君对他的报答？在更多的人看来，似乎颠颉应该被处斩，若没有颠颉的死，公正将失去，可是他的死就是他应该得到的么？他应该获得的酬报又在哪里呢？世界为什么对一些人仁慈而对另一些人却是残暴的呢？

魏犨虽然逃脱了，但他必定内心里受到了震撼。世界温馨的一面藏起来了，冷酷的一面朝向了人们。这两面究竟哪一个更为真实？也许这两面都是真实的，但残酷的一面更加真实。因为面对死亡，温馨已经失去了意义，只有残酷摆放到可悲的目光里。虽然国君的想法一一实现，可是我没有一点儿欣喜之情。我的心似乎被这冷酷冻住了，就像失去了奔腾之势的冰河，只有苍白的落日伴随着我，在我的冰面上投射出它的日影。而我的希望就是在这苍茫的日影里么？

卷三百五十八

栾枝

就要到四月了，这是一年中最好的季节，天气不冷也不热，土地正在开花，在我的呼吸中充满了野花的馨香。树上的也在开花，它们在空中显示着人世的繁盛。现在楚国虽然从宋国撤兵，却与我军在城濮对峙。狐偃对国君说，我们可以在这里与楚国一战，虽然我们的军力不及楚国，但晋军士气旺盛，而楚国刚从宋国撤退，士气衰落，我们可以趁此机会击败楚国，就可以成就霸业。

国君说，我们在楚国受到了楚成王的厚待，现在却反目成仇、兵戎相见，这岂不是忘恩负义？我听说，获得别人的恩惠就要报答，若没有能力报答，就等待报答的机会。若是我们现在撤军，就是对楚国的报答。若是我们不顾及从前的恩惠，而执意与楚国作战，将会让天下耻笑，以后晋国还怎么获得别人的信任呢？

我说，汉水以北的姬姓各国，已经被楚国都吞并了。也许它们的国君也和你所想的一样，楚国也曾经施与它们恩惠，它们的国君也想予以报答，但最后得到的是自己的覆灭。我们决不能因为想着小的恩惠，而忘记了大的耻辱。天下从来不会嘲笑胜者，却会嘲笑失败者。

先君曾用各种手段吞并了一个个小国，其中也许有着不义，却获得了晋国的强盛，那么不义就转化为天下的羡慕和敬仰。其中的道理不算深奥，但应该值得想一想。

国君说，楚成王曾问过我，将来你做了国君之后怎么报答我的恩惠呢？我就回答，若是我做了国君，我也不知道怎样报答你。但若是两国交战，我会后退九十里，若是君王仍然要和我交战，我只好拿着我的长戈，挽着我的强弓，来和你一较高下了。现在我采纳你们的谏言，就要和楚国较量了，可是我仍然没有必胜的把握。我所忧虑的不是和楚国交战本身，而是我国能否取胜。若是不能取胜，我们以前的所得也将失去。

狐偃说，每一件事情都不可能事先料定，每一件事情只有在投入之后才能知道结果。就像一个农夫，他每年都撒下种子，但不能保证每年都获得好收成。有时会遇到干旱，有时会遇到雨涝，但他每年播种的时候都充满了希望。若是在春天就开始忧虑，希望永远不会存在，他就不会撒下种子，他也必定一无所成，他的忧虑就会日益加深，最后这个农夫就会在忧虑中被饿死。我们怎能做这样的农夫呢？

国君终于决定要和楚国交战了。我的内心却和国君一样焦虑。我并不是有什么制胜之道，而是想着怎样能够获胜。这是另一种忧虑，这样的忧虑和交战前的犹豫不决是不一样的。忧虑和忧虑是不一样的，看起来似乎有着相同的外形，但一种忧虑是身怀希望的忧虑，而另一种是毫无希望的忧虑。我要将这忧虑注入我的希望。我记得童年时候，曾看见过一只毒蛙，它身上的颜色是鲜艳的红色，那红色里夹杂着黑色的斑点，它的耀眼就是一种警告，但我在避开它的同时，用树枝给予它致命的一击。

还有一次，我在路边发现一块漂亮的石头，就想着把它搬回去，可是我刚刚搬起这块石头，自己的手就感到一阵剧烈的疼痛。我的半条胳膊都在疼痛，而这疼痛来自石头下面的一只蝎子，它有着狰狞可怕的面目和弯曲的尾巴，这尾巴上藏着毒针。它刺伤了我，将它的毒液刺入了我的手。那一次的经历使我特别害怕蝎子，以至于再也不敢随便搬动一块石头。

现在楚国就是那只有着艳丽色彩的毒蛙，它已经将自己的颜色呈现在我的面前，我已经知道它的厉害，知道它的毒性，但我早已看见了它，那么它还有什么可怕的？可我确是那只藏在石头下面的蝎子，我也有着凌厉的毒性，但楚国却看不见我。它只想搬开它前面的石头，却不知道我就在石头下面窥伺着它。我将把我的毒刺伸向那只搬动石头的手，让它永远记着我给它的疼痛。

楚国的令尹成得臣派遣使者斗勃前来挑战，说，我们的统帅让我来告诉你们，让我们来一场角力吧，不要缩在那里不敢应战。若是你们的君主愿意，我们的统帅可以陪同一起观战。我说，我们的国君已经知道你说的是什么。我们的国君从前曾在楚国接受过你们君主的厚待以及厚礼，国君从来没有忘记，总想找一个良机来报答楚王的恩德。所以我们才一退再退。我们国君曾答应楚王一旦两国交战，将后退九十里作为酬谢，现在我们已经后退了九十里，楚国曾施与的恩惠已经得以报答。我们本以为楚王将要退兵，不想却追到了这里，那我们还能说什么呢？

楚国使者斗勃说，既然是这样，一切按照你们的想法来做。我们早已用战车和长戈来等待。我想，若是你们不会胆怯，必定会照着约定来交战。我说，那么你们就准备好自己的战车和长戈吧。若是你们的国君想要这样做，我们也会照着他的想法去做，这样也算是另一次对楚王的酬报。你们既然忠于楚王，我们也用战车和长戈表达敬仰之意。

夜晚到来了，一切变得这样宁静。微风吹动着树梢，发出了轻轻的响动，就像树林中暗藏着伏兵。整个世界变得警觉起来。明天一早就要交战，军帐中有着轻微的鼾声。我不知道明天究竟将发生什么，但必定是一场激战。这一点是肯定的。天上的明月四周，有着一些暗淡的星，它们隐没于明月的光辉里。只有仔细打量，才可以看见它们的踪影。这宁静里有着不安的躁动，有着刀戈交织的残酷和血腥，也有着冷漠的希望。

月亮渐渐被一片云遮住了，地上更加暗淡。我在军营中巡视，我的手中拿着长戈，看见这暗淡中的隐约的山影。我的鼻孔里灌满了淡淡的花香，我大口大口地呼吸着，觉得浑身充满了力量。我生来就是为了等待一场场血战么？我从前曾有过怯懦的时候，但一想到自己是一个武将，就渐渐变得有了勇气。因为我的生命就是用来与敌人搏杀的，我怎能有丝毫的胆怯？我若不能杀掉敌人，我就会死于剑下。我必须踏着血迹向前，才能获得新生。

我曾在山林里练习自己的胆量，也练习和野兽搏斗的技巧。有一次，我在山林里迷失了道路，整个夜晚都在山林里寻找。然而却遇到了一个巨大的黑影，它与我迎面相撞。我看见了它荧荧发光的夜眼，张开的大嘴里雪白的利牙，在我的面前展现。我感到了一阵阵恐惧，我的毛孔似乎都张开了，毛发竖立起来。但一想到自己将死去，一切都在最后的一搏中了。我看不见它的样子，但我知道必定是一只凶兽。

我将手中的剑向它刺去，但它敏捷地躲开了。它竟然绕到了我的身后。我趁着它和我拉开距离之后，纵身一跃，像一只猴子一样爬到了树上。但它似乎也要爬树来追杀我。它跳跃着，对我吼叫，但它也似乎缺少足够的胆量。我挥舞着手中的剑，剑光在夜晚的山林里闪着暗淡的寒光，这寒光和它的眼睛里的寒光彼此映照。我的内心感到从脚底升起了一股力量，我想着怎样将对方杀掉。也许它和我所想的一样。

我大吼一声，那只凶兽惊恐地看着我，以为发生了什么。我似乎看见它的浑身在颤抖。就在它的惊恐的一瞬，我飞身而下，骑在了它的背上，用我的剑直刺它的脖子，又用我的拳头击打它的眼睛。疼痛使得它不断吼叫，又挣扎着跳了起来，把我摔到了地上。它在惊恐中逃入了黑暗的山林。我看见它逃走的方向沉浸在惨淡的、微弱的月光里，留下了一阵树木的骚动。

我在一棵大树的枝杈上蜷缩了一夜，我好像睡着了，又好像醒着，一整夜就是在半醒半睡中度过。我似乎不断在做梦，一次次梦见一个怪兽向我扑来，就被一次次惊醒。那只怪兽的样子我还依稀记得，它就像工匠在许多铜壶上铸造的那些怪兽，有着两支短角，又似乎是竖立起来的双耳，它的眼睛圆睁着，脖子很短，尾巴又粗又长，可是在黑暗中那尾巴似乎是无限的，一直延伸到了最黑暗的、我所看不见的地方。但它的牙齿却是清晰的，尤其是前面长长的獠牙，曾一

古灵魂

次次对准我。

天亮之后，我遇到了一个樵夫，先跟着他砍柴，又跟着他顺着山林里野草丛生的小路回家。他说，这是一条野兽的路，只有野兽能够辨认出来。他是循着野兽的粪便找到这条路的。在这样的路上，我怎么不感到迷惘？我至今不知道我在夜间究竟遇到的是什么野兽，我的记忆里，只有一个巨大的黑影和镶嵌在黑影上的荧荧发光的眼睛。那一次凶险的经历，使我觉得自己以后不论遇见什么，都不会感到恐惧。

现在我不是又一次踏进了山林么？只不过，现在所遇到的是楚国的大军，这是更加巨大的凶兽。我就要对付这只巨兽了。我背上的箭囊已经装满，我的长戈的尖端已经磨利，我即使是睡觉也会穿着沉重的铠甲。我的柔软的肉体已经被铠甲包裹起来，它似乎阴暗而充满预知，我将迎候敌人的箭镞和利刃，我的战马在暗夜发出了长鸣。

卷三百五十九

子玉

　　我是楚国的令尹，我统率着楚国强大的军队。在讨伐宋国前，国君进行了大蒐兵，他先让前任令尹子文演练大军，他只用一个早晨就完成了演练，而且没有惩罚一个士卒。这简直太敷衍了，这样没有惩罚的演练怎么能使得士卒完成他们的使命？要在与敌人作战中制胜，必须奖罚分明，没有严厉的惩罚怎能获胜？两国交战就是用性命搏杀，生与死就在一念之间，没有惩罚怎会获知这可怕的也是关键的一念？

　　我是子文推荐的，我非常尊重他，但我的治军方法和他不一样。也许他已经太老了。我比他更知道如何取胜。一个将军没有求胜的渴望，怎会率领一支军队？他的军队又怎样会拥有求胜的渴望？一个将军就是大军的灵魂，他需要把自己的灵魂注入所率领的军队中，让所有的士卒都拥有这样的灵魂。要把自己的血注入自己所率领的军队中，他的血肉就是他的军队的血肉。这样大军才能像一个人一样，调度有序，进退自如，立于不败。所以训练自己的军队，就要像驯服野兽一样，必须施以严厉的惩罚。

　　第二天，该我上场了。我用了整整一天的时间，这一天中，我操

古灵魂

演军阵，用鞭子抽打了七个士卒，还用我的长箭刺穿了三个士卒的耳朵。我让他们知道怎样服从，也知道若是在战阵中不能守好自己的位置，就会受到惩处。我告诉他们，这是在操演之中，若是在战场上犯错，即使不被敌人杀掉，我也会杀掉他。所以我所布置的阵法，每一个士卒都能找到自己的位置，他们使用各种兵器都能配合，他们的步伐是协调的，就像农夫地里的一垄垄庄稼，齐整地排列。若是战阵变化，他们就会迅速适应，做出正确的调整。

演练完毕，国君举办了盛大的夜宴，观看演练的老臣都向举荐我的子文祝贺，赞美他能够举荐贤良，他们也纷纷向我敬酒。我的欣喜之情溢于言表，那天我饮酒无数，感到从未有过的快乐。还有什么比别人承认自己的才能更为高兴的事情？但司马的小儿子蒍贾却出言不逊，他不仅没有前来敬酒，还在旁边说，这有什么可祝贺的？这个人既不可治理民众，也不能很好用兵，他最多只能带领三百乘战车以及甲士，不久你们就会看见他兵败而归。这么大的楚国，一个统帅只能率领这么少的军队，我们应该感到忧虑，可你们却在祝贺他，这有什么可以祝贺的？

他这么小的年纪，却对我胡乱猜疑，我当众对他斥责，你懂得兵法？你读过多少兵书？你能看得懂我所布的军阵么？你年少狂妄，却说你所不懂的，我已经看出，你这样的人，将来长大之后也不会有什么作为。我知道，这也许不是他的想法，而是他的父亲借他的口说出了自己的嫉妒。若不是在这样的场合，我会将他扔到野外的草丛里，让凶兽吃掉他。他的言辞激怒了我，我突然感到眼前眩晕，面前的一个个人影晃动，我已经看不清他们的面孔。

现在我们讨伐宋国，因为他背叛了楚国。再给我一点时间，我就可以攻破它的都城了。但晋国却出兵攻击卫国和曹国。卫成公太胆小了，竟然逃走了，将卫国拱手相让。而曹国太经不起攻打了，曹共公若是能够坚守一段时间，我就可以拿下宋国并捕获它的国君了。可是并不是天遂人愿。晋文公却将曹国和卫国的土地分给宋国，这怎么能行？我只好派遣使者前往，用我撤除宋国之围与之交换，让他归还卫国和曹国的土地，并允许卫成公归国恢复君位。但是这晋文公太狡诈了，他不仅扣押了我的使臣，还挑拨曹国和卫国与楚国绝交。

我必须与之一战才能消除这耻辱，但是我的国君却要撤兵了。他也许畏惧晋国的力量，可是晋国有什么力量？它怎能与楚国相比？即使是晋文公的君位都是楚国赏赐的，没有我的国君对他的款待和提议，他怎么可能到秦国去，又怎么可能获得秦穆公的赏识？又怎能成为晋国的国君？他不就是一个流亡者么？一个无家可归的晋国公子而已。

我坚决请战，我对国君说，现在晋国扣押了我的使臣，又将曹国的国君捕捉，让卫国的国君出逃异乡，若是楚国就这样撤兵，将让天下耻笑。何况他又让卫国和曹国背叛了楚国，君王和曹国可是姻亲啊，这样的耻辱怎能不报？你当初是怎样对待晋文公的？你不仅给一个流亡公子以诸侯的礼遇，还馈赠给他厚礼，又将其送往秦国，不然他怎能成为晋国的国君？你对他仁善，而他却用叛逆相报，这还不是楚国的耻辱么？

国君说，晋文公一直遭受困厄，在外流亡十九年，备尝艰辛，也看惯了别人对他的侮辱。有了这样的经历，他就能善待他的民众，也能善待他的大臣。他不仅任用有才能的人，也使自己国家的民气旺盛，这就能够使得上天佑护他。若是上天为他开路，又有谁能阻挡他呢？这次虽然用兵不顺，也是上天的旨意，我们还是顺从天意吧，非要违逆天意，可能就会受到惩罚。与其这样，还不如暂时撤军，等待最好的时机。

我说，自从国君给了我重任，我就把自己的生死置之度外。我不能允许晋国藐视楚国，也不能允许晋国给我们屈辱。我从来不敢有建功立业的想法，但希望能堵住别人诽谤的嘴。若是我不与晋国决战，别人不会说国君的坏话，但会认为我是胆怯的，会说我只要看见晋国的军队，就望风而逃，我怎能接受这样的侮辱呢？

国君说，你只想着自己会不会受到屈辱，却没有想到楚国会不会受到屈辱。你是楚国的令尹，你所率的大军是楚国的大军，你这样想，就容易鲁莽行事。晋文公在楚国的时候，我曾仔细观察他，他不仅有胆量，而且有见识和文采，他的跟随者都是将相之才，却甘愿做他的仆人，面对这样的对手，必须谨慎又谨慎。晋国的军队不如楚国强大，但他们跟随这样的国君，会士气旺盛，所以会有更多的斗士。我们应该先撤军，然后再做谋划。一旦与晋国交战失利，楚国的命运就会改变。

我说，现在正是击败晋国的最好时机，晋国之所以讨伐卫国和曹国，就是为了解除宋国之围。若是他们具有足够的力量，就会与我正面交锋。显然他们不敢面对强大的楚国。他们想联合秦国和齐国一起抗拒我们，但秦穆公和齐昭公都各怀想法，看起来他们有着联合的意图，但实际上是以晋国的单薄之力单独与我交战。若是等待一些时日，他们就可能真的结为同盟，到了那个时候，我们在中原的势力就彻底失去了。

国君似乎对我的谏言很不高兴，但还是准许我与晋国决一死战。国君太过谨慎了，而且也高估了晋国的国君。他不是害怕晋国，是已经害怕晋国的国君了。这个人来到楚国的时候，我不知道国君为什么对他那么尊敬。不就是一个流浪的公子么？我也没看出他究竟有什么才能。他看起来似乎谦逊，实际上处处表现出傲慢和狂妄。他还没做国君，就口出狂言，声称要与楚国较量。这不是不自量力么？

我不喜欢这个人，他的傲慢使我感到愤怒。尤其是我给他敬酒的时候，他毫不在意地朝我微笑了一下，就把头转向了别的地方。而且他的微笑中带着某种轻蔑。跟随他的那几个人，我也看不出有什么才能，但国君却那么重视他们。我不知道国君究竟是怎么想的。他见到这几个人之后，竟然那么欣喜若狂，他究竟在高兴什么？我曾向国君谏言，我们应该将他们扣押在楚国，或者杀掉他们。国君既然知道他们将回到晋国，而且将来会成为楚国的敌人，为什么不杀掉他们？若是杀掉他们，岂不是一劳永逸、高枕无忧？

可是国君还是把他们放走了，还馈赠以厚礼，将他们护送到秦国。他为什么这样？我一点儿也不理解。现在机会终于来了，我要将他们击败，让国君看见他所看中的人才原本是不堪一击的。我要让国君的幻觉像泡沫一样破灭。我要扫除这些泡沫，让它在波浪上闪烁一下就消失在无尽的流水里。虽然我只见过晋文公一次，但这一次已经足够了，他对我的轻蔑的一笑让我难以忘怀。我要将他捉住，押解到国君的面前，再一次让国君看清他的面目，看清他不仅是一个落难的公子，还是一个楚国的囚徒。

古灵魂

国君也许是真的害怕晋文公，他的害怕中还带着欣赏和赞美，这让我更加不能忍受。以楚国的强大，为什么会害怕他？我从来没有恐惧，因为我从来没有将生与死放在重要的位置上。一个武将若是顾及自己的生与死，那还怎么在血战中搏杀？我也从没有思考生与死的问题，因为这不值得思考。谁能决定了自己的生与死？这是天神的事情，人间应该将这样的想法排除。或者说，一个人生来不就是为了最后的死么？我们所做的一切都是为了死。表面上看来，都是为了生，但所有的生都通往死。

何况，人的生与死又有什么呢？若是连生与死都遗忘了，世界上还有什么事情是能够让你恐惧的？如果我的左耳听见了恐惧，我的右耳就会水一样流出。它不会在我的身体里停留，更不会在我的内心停留。我的心是硬的，因为它已经被厚厚的铁壳包住了，我的身体在铠甲里，我的心也在其中。我不害怕肉体的伤害，但晋文公的傲慢的、轻蔑的微笑却伤害了我，这傲慢和轻蔑一直留在了我的身体里，让我感到隐隐作痛。所以，我只有让那给我伤痛的以伤痛，我的伤痛才可以解除。

我已经派遣我的使臣斗勃前往晋国的军营，让他前去挑战，用让他们感到羞耻的语言激怒他们，不然他们怎么敢与我交战？他们已经后退了九十里，说明他们已经害怕了。我众多的兵车就在那里，我的骏马随时待命，它们已经熬不住这寂寞的时光了。我已经排开了三军，从每一个方向等待着晋军。我们的长戈已经磨亮，士卒们已经穿好了铠甲，血在身体中涌动，随时准备流到地上。让这血和敌人的血混合在一起吧，用以映照他们惊恐的面影。

卷三百六十

胥臣

　　这几天我一直夜不能寐，每天都在想，怎样能够将楚国的强军击败。现在我军的力量弱，若是寻常的交锋，必然不能取胜。我坐在夜晚的星空下，想着一件件事情。楚军的主帅是子玉，这个人骄横而脾气暴躁，注重细节而不能考虑全局，在两军对垒的时候，他应该考虑得十分周全。听说楚国蒐兵的时候，他用了一整天来操练军队，并鞭打了七个士卒，又将三个士卒的耳朵刺穿。这样的将领不懂得爱惜自己的士卒，士卒们只是因为害怕惩罚而能够听从将令，一旦遇到危急的时候，军阵就会混乱。这样的大军虽然表面看起来十分强大，但它却像笨工匠打制的剑，坚硬而质脆，容易被折断，而后彻底崩溃。

　　必须用计谋击败他，而不是用坚硬碰撞坚硬。必须攻击它最脆弱的部分，才可以克敌制胜。我想起了童年时代的一个个游戏——这些游戏看起来是不起眼的，因为它仅仅是孩童的游戏而已，但其中却蕴含着深邃的道理。这乃是计谋的演练，是面对将来的预备。唉，多么有趣的童年啊，可惜一去不复返了。我现在已经年老，胡须已经苍白，过去的事情竟然愈发清晰了，而现在的许多事情反而记不住了。

古灵魂

我记得那时候，几个孩子一起玩游戏，在地上画一个大圆圈，然后用力将对方推出圈外。谁能够将对方推出去，谁就能够获胜。但有一个体弱的孩子，他每一次都会失败。一次我站在圈子中央，接受别人的挑战。突然一只猛虎出现了，它大摇大摆地向我走来，吓得我飞快逃走。但我的身后却传来一阵大笑，回头一看，原来是那个孩子蒙着虎皮吓唬我，但他却站在圆圈的中央，宣布他已经获胜。

我为什么不能采用儿童的计谋？我忽然大笑起来，似乎回到了从前的光阴里。可是我却坐在深沉的暗夜，头顶是无限的星空。我的从前早已消散在这无穷无尽的天空里，就像农夫们屋顶上的炊烟。它来自炉灶里的烈火，但这烈火已经快要燃尽了，这烟雾也要断绝了，做饭的人已经不再往炉灶中添加柴草了。每当想起这些，内心就充满了悲凉。

但是孩童时代的游戏给了我灵感的源泉，我想到很多小动物都有着如何对付强敌的手段。比如说有一种鸟儿，面对更强大的对手，就会将自己脖子上的羽毛竖立起来，从前面看去，它突然变为了一只庞大的、凶狠的鸟，这样对手就会因这样的恐吓而选择逃离。这是在真与假之间的一种令人震惊的迷惑，是十分有效的树上开花之计。树上还没有开花的时候，你用假花缀满了树枝，让人看起来树上已经开花了。

我所面对的正是强大的楚军，我必须采用好的计谋，才可以以寡敌众。我是栾枝的副将，我将我的想法告诉他，他说，我也在想，我们怎么能以弱胜强。子玉是一个细心的统帅，若是正面搏杀，他想必已经做好了足够的预备。尽管这个人骄横狂妄，但他以严厉训练军队著称，他有着众多的战车，也熟读兵书，我们不论摆出怎样的战阵，他必定能够想出破解的办法。所以我们必须采用诡诈奇妙之策，才可以战而胜之。

我奉命迎战楚国的右军，主要来自陈蔡两国的军队，他们的战马众多，势头凶悍，我们必须让他们看见我们更强大的一面。这样的强大也许是虚假的强大，但这虚假的将转化为真实的。我让人从猎人手里搜集了很多虎皮，将这些虎皮蒙在我的战马上。这样我的战马就变成了一只只猛虎。它们既是假的猛虎，也是真的猛虎，若是人们不能辨明它的真假，真假之间又有什么界限？

我看着自己的得意之作，我的心也重新回到了孩童时代。我将重演从前的游戏，是的，两国交战不也是游戏么？只不过这是残酷的、血腥的游戏，而孩童时代的游戏则是温柔的，它不会对人造成伤害。也许每一个人终其一生都生活在游戏里，只不过你不会认为它是游戏。因为你觉得这游戏是严肃的和令人心碎的，游戏的乐趣就会从这严肃和令人心碎的痛苦中消逝，剩下了生活残酷的一面。

时辰到了，我让先军冲向敌人，敌军摆开了战阵准备和我军展开厮杀。但在先军即将接近敌阵的时候，却向着两侧闪开，突然我的蒙着虎皮的战马出现了——在战车的后面拖着长长的树枝，带起了巨大的尘土团，一时间烟尘滚滚，在这烟尘中众多的猛虎出现了。敌军的战马看见这么多的猛虎，突然受惊了，它们不受驭手的控制，疯狂逃跑，战车上的人被甩到了车下。士卒们也看见了这震惊的一幕，怎么会出现这么多猛虎？

多么奇妙，多么不可思议，让敌军多么惊恐。看着他们丢盔弃甲

古灵魂

的样子，我立即暗自发笑。我的战车冲到了散乱溃逃的敌军中间，无数敌军做了俘虏，又有无数敌军被杀掉。血在地上形成了一个个血泊，我的车轮从这血泊中驶过，血溅满了我的车轮，我的身上也沾满了血。我的战马的四蹄从敌人的死尸上踏过，它们昂着头，马鬃在激情中飞扬。我的旗帜也跟着这马鬃飞扬，若是有天神从云头上窥望，他们所看见的一定与地上所见的不同，在这风声和尘烟里，我仰天大笑。

卷三百六十一

栾枝

　　我所率领的下军用战车拖曳着树枝，不战而退，为的是后面扬起更多的尘土，以迷惑敌军，让他们以为我们的军队太庞大了，以至于在尘土中望不到边际。而率领上军的狐毛则设置了两面旗帜，分别表示主将和辅将，也佯装撤退。楚国的主帅子玉看见自己的右军已经败退，激起了自己的恼怒，就让楚军追击。但在追击中，忽然出现了先轸和郤溱所率的中军，将楚军拦腰截断，冲破了子玉设置的阵形，楚军陷入了混乱。

　　然后我率领的下军和狐毛率领的上军突然掉头，形成了对楚国左军的夹击之势，楚军很快就溃败了。这时子玉已经十分沮丧，看见左右两军都已经惨败，尸横遍野，只好命令中军停止进击。这样还可以保存一点实力，不然楚军将面临全军覆没。子玉率领残军退出了战场，狐毛想继续追击这些残兵，但我命令停止追杀。我说，虽然楚军已经战败，但仍然拥有很强的力量，若我们继续追杀，则必定遭到绝地反击，晋军也必将付出巨大代价。何况，楚国曾经给予晋国以恩惠，我们应该心存感激，让楚王知道晋军乃是仁义之师。

古灵魂

楚成王原本就不赞同子玉与我国交战，现在楚军已经战败了，这让楚成王十分生气。我听说，楚王派遣使者对子玉说，申、息两地的子弟都跟随你出征，现在大都战死沙场，你应该感到羞耻。我不知道你归来之后将怎样面对他们？他们的父老问你的时候，你将怎样回答他们？我把楚国的大军交给你，是让你击败晋国，可是你轻率冒进，思虑不周，现在你得到这样的结果，还怎么和国人交代？

但在使者还没有到达之前，子玉已经心灰意冷，感到十分绝望，他准备挥剑自刎。在场的人劝住了他。子玉说，国君曾劝我退兵，以避免与晋国交战，但我没有听从他的话，而是坚决请战。我原以为楚国势力强大，击败晋国乃是意料之中的事情。谁知晋军士气高涨，能够击破我精心布设的战阵。看来国君真是比我看得长远啊。

——我曾看不起晋文公，也看不起他身边的人，可事实上他们远比我想象的更要狡诈，他们的诡计也比我更多。现在我已经彻底输了，我还能说什么呢？我只有死去才能酬谢国君对我的信任。在蒐兵的时候，我曾斥责司马的小儿子所说的狂言，看来他说对了。一个孩童都能看出我的弱点，晋文公怎能看不见呢？我的失败也许是天意，我的死也是天意。国君说得对，天意已经站在了晋国一边。可我还是想不通，国君既然早已看出晋文公的将来，为什么不将他杀掉呢？

使者来到了军营，将楚成王的话告诉了大臣们。大臣们为子玉辩解说，他本来要自杀以酬谢国君的信任，也用自己的死交代国人，可是我们夺下了他的剑，劝他回去接受国法的裁决。使者又将众臣的话转告楚成王，于是楚成王又派遣使者传达免死的命令，但使者还没有抵达军营，子玉就自杀了。他临死前说，我原本并没有想活着回去，因为我一旦接受了君王的委任，就已经随时准备好死去。我从不惧怕死，因为人生来就是要死的，既然这一天迟早都要到来，我还为什么惧怕呢？只是我脾气暴躁，曾惩罚过很多士卒，我希望死后他们能够原谅我。我听说，他最后的话只有一个字，一声长叹——唉！

　　一个字，这是多么悲凉的遗言啊。这个人就这样从人世间消逝了。他的背影只留在了失败中。这个人是可悲的，可是什么样的人生不是可悲的？国君已经老了，可他仍然率军奔驰于疆场，胥臣也年龄大了，他的胡须已经白了，可还是跟随国君在军中作战，生与死从来都是彼此相随，我所见的一切都是可悲的，春天长出的草，到了秋天就会被扫荡干净，田地里不断鸣叫的虫子，也在严冬灭绝。池塘里的蛙声让人心烦，可是有一天，它们的叫声就消失了，我们也看不见它们的身影了。万物都是这样，人又怎能例外呢？

　　那么所有田地里的叫声都是悲鸣，即使你听起来是快乐的，但这快乐深处所隐藏的却是更大的悲凉。不然那么多虫子都要拼命地叫喊，这是一种无助的呼喊，一种绝望的呼喊，这呼喊并不是对着自己的，而是对着天上的神明。它们渴望神明的救助，但神明也是冷漠的，因为神明对所有的事情都是这样，只是冷漠地观看，并倾听着绝望者的挣扎声。就像这个子玉一样，实际上他的悲鸣早已出现，只是他不知道。他的悲鸣是从他的快乐开始的。他向楚王请战的时候，已经开始了绝望，只是这绝望乃是隐藏在他的快乐中。快乐不过是假象，它仅仅是为了包裹悲凉。从那时起，也许更早的时候，他已经走在了悲凉的路上。他却以为自己走在了获胜者的路上，走到最后才看见真正等待他的是什么。

古灵魂

我们焚烧了楚国的阵地，大火一直燃烧了几天几夜。白天的时候，我们看见原本的战场上浓烟滚滚，烟雾在蓝天中上升，直到在高空消散。烈焰藏在这浓烟后面，就像天上的乌云落在了地上，里面有着闪电和炸雷。地上的野草和树林都一起加入了这燃烧，无数楚军的死尸都化为灰烬，散发出一种奇怪的气味。在火焰的梢顶，一些发黑的碎片在飞动，就像无数亡灵在舞蹈。夜晚的时候，远处火光冲天，地上点燃了巨大的灯，它要把从前、现在和将来都要照亮。

国君望着这样的大火却紧锁双眉，好像有什么更深的忧虑在烟雾中穿梭。我问，我们已经击败了楚国，国君还有什么忧愁？国君说，我听说获得大胜之后而可以心情安静的，只有圣人能够做到。我不是圣人，所以我感到这胜利中有着恐惧。而且子玉虽然撤兵，但他是那种有仇必报的人，楚国虽然战败，但它仍然是强大的，随时可能反攻，我怎能不感到恐惧呢？这次大获全胜完全在我的意料之外，我并没有多么大的德行，却获得这么大的胜果，我怎么能不感到恐惧呢？

我说，子玉大败而归，楚成王责怨他不曾听从自己的话，只是想着获取战功，却让楚军将士死伤无数而大伤元气，子玉还没回到楚都，就已经在半途自杀身亡。何况强与弱并不是不变的，而是彼此转化、此消彼长。在《易》上剥卦是阳爻退居于最上面，就像放在阴暗处的床一样，它的底部将因潮湿而一点点向上剥落。看起来这最坏的卦象，却隐含着弃旧图新的用意，因为紧挨着的下一卦就是复卦，阳气回升，否极泰来，万物复兴就要开始了。

——楚国和晋国虽然强弱有别，但强大的要剥落，弱小的要复兴，这怎么能挡得住呢？城濮一战已经说明楚国在衰落，而晋国在复兴，强弱的对比已经发生了变化，国君还有什么可忧虑的呢？国君在外流亡多年，已经积蓄了足够的德行和力量，这样的事情本应在预料之中。之所以国君不曾预料，乃是由于国君的谦逊和忧虑之心，这乃是仁德的表现。就像春天万物都开始生长一样，这是经历了寒冬之后，田地积蓄了力量的表现，国君还有什么忧虑的呢？而楚国的子玉一味逞强，却遭遇了不曾预知的败绩，落得楚国上下怨言不绝，自己也不得不带着羞耻而自杀。国君还有什么可忧虑的呢？

国君渐渐舒开了眉宇，露出了微笑。他说，唉，我已经没什么可说的了，事情一旦变得糟糕，内外都一起变质，我在外面击败楚国，而楚王却诛杀自己的大将，我还能说什么呢？我说，听说楚成王派出使者之后就后悔了，又一次派出使者，要免除子玉的兵败之罪，但使者还没有到达，子玉就已经自杀了。国君说，看来楚王还是明智的君王，我当初到了楚国，楚王就非常高兴地用诸侯之礼接待了我，还送了我厚礼，说明这个人还是仁心宽厚的。要是按照子玉的想法，就会将我杀掉。但是我没有被杀掉，子玉却已经死了。只是我没有报答楚王的恩德，却击败了楚国，内心总是不安。

我看着阔野上燃烧的大火，我的内心也感到了某种不安。我的不安乃是我的不安，与国君的不安不一样。我所不安的是无数生命在这样的交战中失去了，我曾亲手杀掉了那么多敌人，我的手上还沾着他们的血。我听说死去的人并不会完全死去，只是获得了重生的可能。他们的亡灵依然在这火焰上飘动。我和他们毫无冤仇，却杀掉了他们。他们是无辜的，他们曾是一个个活生生的人，现在却死去了。他们仅仅是接受了楚王的命令，这并不是他们个人的意愿，可是他们却

古灵魂

死去了。

我从这大火和浓烟里，看见了一个个活的身形，一个个仇恨的面容。现在他们都在烈火中。我看见火焰的中心有着一个个暗影，在那么明亮的火光中，它们那么黑，那么漆黑，似乎里面藏着一个个深渊。我还从中看见了我自己。我怎么会在里面呢？我难道和这些影子交织在一起？我也是无数亡灵中的一个？我还活着，我还是一个大火的观看者，但我怎么却在这燃烧的火焰中呢？

卷三百六十二

晋文公

　　我把楚国的俘虏献给周王，共有一百余辆披着甲胄的驷马和战车，还有上千个楚国的士卒，以及兵器和铠甲几十车。周王十分高兴，亲自迎接我，还在践土的行宫设宴，以设置享礼的美酒招待我，还命王室的卿士尹氏、王子虎和内史叔兴父在旁陪酒助兴。周王饮酒赋诗，歌咏起兴，让我倍感荣耀。周王还赏赐了我各种祭祀用的大辂车和全套礼仪服饰用具以及众多物品，还有周王用于作战的戎辂车，红色的弓一副，红色的箭一百支，黑色的弓十副，黑色的箭一千支，黑黍酿造的美酒一卣，以及许多美玉和三百个勇士。

　　周王还作了晋文侯令一篇，说，希望晋侯能够永远恭敬并服从天子的命令，用道义让诸侯之间和睦相处，以显明文王和武王的功绩。文王和武王之所以能够令天下臣服，乃是他们能谨慎处事，并修养自己的仁德，使得天神感动，民众信服，因而天神将帝王的大业赐予文王和武王，他们的功业在天下传扬，恩泽万代。也因为他们的庇佑，我才能继承先祖的基业，永保王位。希望你能够安定四方诸侯，惩罚恶行，弘扬周王的世代祖业，让周王的至尊永不丧失。

古灵魂

我再三辞谢，施之以礼，接受了这高贵的赐赠，周王命令王子虎和内史叔兴父册封我为侯伯，这样我就成为天下霸主，可以代表天子讨伐不义的诸侯。王子虎还代表周王对前来会盟的诸侯宣布了盟约——共同辅佐周王，诸侯之间不能互相伤害，若要违背所定的盟约，就要受到神明的处斩，并且毁灭他的兵卒，焚毁他的战车，让他丧师灭国。即使他的后代有所违背，都要受到同样的惩处。

卫成公不敢自己前来，就派遣大夫元咺前来接受盟约。于是我恢复了卫成公的君位。但早前卫成公逃亡之后，有人告诉他元咺要扶立叔武为国君，他竟然听信谗言，回国之后就将自己的弟弟叔武杀害了。就在我庆贺击败楚国并被封为侯伯的时候，卫国的大夫元咺诉说了叔武的冤屈，他哭泣着，对我说，我的国君奔逃之后，我辅佐叔武代他治理朝政，叔武从无取代国君的想法，总是盼望着国君归来，但他归来之后做的第一件事情，就是杀了叔武，这让卫国上下都感到寒心啊。

我对卫成公的错杀无辜者感到愤怒。这个人既没有远见，也没有主见，他只是听从别人的话，从来不听从自己内心的声音。他生怕别人夺走他的君位，遇到事情却胆怯而不敢面对，又把危险的事情推到别人那里。既然任用别人就不要怀疑，但他却又要怀疑别人的忠诚，这样的人有什么德行呢？他所做的就应该受到惩处。我对元咺说，你先住在这里，卫君这样做必要受到严惩。

庆功盛宴仍然进行，元咺的到来仅仅是一个短暂的停顿。现在应该赏赐功臣了。那么谁应该获得头功呢？我思虑再三，应该让狐偃获得头功，让先轸获得次一等功勋。于是我将这个决定予以宣布。但一些大臣表示不同看法。有一个大臣进谏说，国君应该再予以深思，我们以为先轸应为头功，因为城濮之战若没有先轸的谋略，面对力量占优的楚军，晋军就难以取胜。我们也曾私下谈论，觉得先轸应该获得首功。

我说，你们说得不错，先轸的确为我进行了好的谋划，没有先轸的计谋，我们很难获胜，他的谋略让我的大业玉成。可是，这样的计谋只是取得一时之胜，而狐偃的话却让我有了取胜的信心，他的坚决请战让我做出了正确的决定。而且他让我不能失去信义，若是一个国家失去了信义，这一时之胜又有什么意义？只有抱有信义，才是千秋之策。你们觉得千秋之策重要还是一时之胜重要？先轸告诉我，两国交战应以取胜为要。而狐偃告诉我，若要晋国昌盛，必要以信义为重，所以我将头功给了狐偃。

又一个冬天来了，初雪染白了旷野，万物的生机似乎已经消失，寒冷和狂风占据了世界。我的内心开始想念自己的都城了。但我的大业才刚刚开始，一切似乎十分顺利。城濮获胜之后，我将曹国和卫国的部分土地分给了曾帮助过我的人，一部分给予秦国、宋国和齐国，因为郑国和鲁国已向我求和，我原谅了他们从前的过错，也将部分土地给予它们。我在逃亡中从来没有去过鲁国，现在鲁国的君主已经与我亲近，因而我给他的也多。

晋国与楚国交战的时候，许国投靠并帮助楚国，践土会盟中许僖公又没有前来参加，所以我决定讨伐许国。我听说楚成王讨伐许国的时候，许僖公让人捆绑了自己的双手，嘴里含着璧玉，又让自己的大夫穿上孝服，而后面又让人抬着棺木，求见楚成王。楚成王看见他这个样子，就问身边的大臣逢伯，这是什么意思？逢伯回答说，从前武王灭商后，纣王的兄长微子启就是这样做的，他袒胸露肉而两手反绑，让人牵羊和拿着祭祀用的茅草，跪在地上向武王求告，武王就亲手解开捆绑接受了他口含的玉璧，并释放了他。若是你也这样做，就要解开他的捆绑，接受他的玉璧，烧掉他的棺木，然后给他以必要的礼遇。

我的大军已经围住了许国，我却病倒了。我感到头晕目眩，浑身无力，难道我违背了上天的意旨，因而要受到惩罚？或者我的生命将走到尽头？我的内心感到了一阵恐惧。我总觉得有一片黑影在眼前晃动，那是谁的影子？它究竟是什么？它的形状在不断变化，有时看上去就像是一个人，有时看起来又什么都不是。但它似乎很深很深，我的目光总是探不到它的尽头。它似乎很轻，就像一朵乌云，一直在飘忽之中。但它又好像很重很重，我的手拿不动它，它究竟是什么？

我想接受这黑暗的信使，但它是那么冰冷，就像雪团那么冰冷，它将所要给我的都凝冻在里面了。我的手既抓不住它，也不可能打开它，但我知道必定有什么秘密藏在其中。我好像看见它的眼睛了，是的，它有着一双眼睛，发出了亮光，但这亮光也是那种阴暗的、不可捉摸的光，它从最暗处射向我，有一种深邃而刺眼的暗。它看着我，可是我已经不敢凝视它。但它却绕着我飞翔，我又不能摆脱它的缠绕。

我十分痛苦，也十分恐惧。多少年来我遇到了无数事情，可从来没有感到这样恐惧。我还有很多事情要做，我想做很多事情，可是这黑影遮住了我，我无法穿越它。也许我就要死了，就要到黑暗的地方去了，这个黑影就是引路者，它要我进入其中，跟着它往前走。我的内心在挣扎，我还不想走，不想到另一个地方去。或者，它要引诱我去往我的来路么？我将沿着来路返回？那么返回到什么地方？回到母亲的怀中？回到她的肚子里？回到更远的地方？回到永恒的幽冥之所？那又是哪里呢？

一个人的来路就是他的去途么？这是怎样的来路，又是怎样的去途？我听说人在将死之际，会顺着他的来路一直退回去，他会看见来时的所有景象，我就要看见这一切了么？我从前一直在流浪，十几年都在流浪中度过。我还要继续流浪么？实际上我现在不是仍然在流浪么？从前我从晋都到蒲邑，又从蒲邑到狄国，然后从狄国又到一个个国家，那些国家有的善待我，有的轻视我，有的侮辱我，可是我毕竟是在流浪中，一切都没有什么可说的。无论他们怎样对待我，都有他们各自的理由。

一切都无可争辩，因为我在这无可争辩的事实中。前面的路对我来说是一个谜，对于外面看我的人来说也是一个谜。他们和我都是猜谜者，可是谁又能猜得准呢？既然我自己都不知道这个谜，又怎么让别人知道？所以我接受一切，承受一切，因为这一切不在别处，就在我自己之中。当我知道了这个谜的时候，我已经老了，知道它又有什么意义呢？就像潮水退去之后，原本淹没在水下的石头才显露出来，可是水已经退去了，我的湖泽已经干涸，我还能指望什么呢？

我就是一个永远的流浪者，从前是这样，现在还是这样。现在我仍然在流浪的路上。我虽然已经是一个国君，已经被天子封为侯伯，已经是诸侯的霸主，可是我仍然在流浪。只不过我现在是率领

古灵魂

着大军，有更多的人已经跟随，在越来越远的地方流浪，在鲜血中流浪，在残酷的不断杀戮中流浪。从前脚踏的是冰雪和寒风，是秋天的落叶，是初春的草尖，是无数砂石和水洼，现在脚踏的却是血迹和死尸，是战车的印辙，是悲惨的呼号和席卷而起的狂风，是我自己孤独的影子。我所看见的难道是我自己的影子？它像蝴蝶一样颤动着双翅，一只黑色的蝴蝶，落在我的眼前？也许流浪就是我的宿命，我的一切从流浪开始，又要在流浪中结束么？现在我仍然在征服的途中，征服不也是流浪么？

我好像听见了微弱的声音在呼唤我。我吃力地睁开眼，看见原来跟随我的狐偃和胥臣都在我的跟前。我说不出话来，也不知道应该对他们说些什么。狐偃告诉我，许僖公已经在城头竖起了降旗，说要亲自打开城门迎接你。我微微颤动着嘴唇，用很轻很轻的气息说话，我说，那就好，那就好了。可是他们听见了么？也许他们已经猜到了我所说的话。

我对胥臣说，我不知道自己能不能好了，我觉得自己病得很重，是不是我哪里做得不好，天神要降罪于我？胥臣说，那就让筮史卜卦吧，我们问问天神的意旨，也许能得到回答。不一会儿，我的掌管卜筮的筮史来到了我的面前，他按照卜筮的规矩，洗净了双手，点燃了香火，摆好了蓍草。我在昏暗中看见了一张张眩晕的脸，我一会儿认出了他们，一会儿他们又变成了一些发黑的影子。

卷三百六十三

侯獳

我是曹共公身边的侍从，多年来我一直跟随着他。我听说晋文公染病在床，就向国君谏言，若是能够贿赂晋国掌管卜筮的筮史，就可以复国复位。他被囚禁在京师，我仍然在身边服侍他。他惊喜地问，你说一说你是怎么想的？我说，我听说，卫国的国君已经归国，并恢复了君位，现在只有你一个被囚禁于这里，只要贿赂晋文公身边的卜筮官，那么他在给晋文公卜筮的时候，就可以给他的病因以好的解释，这样晋文公就会释放你了。

国君欣喜万分，他说，那你就赶快去办吧，若要能够获释，我要重赏你。我只是担忧晋文公路过曹国的时候，我曾偷看过他沐浴，他太恨我了，恐怕不肯释放我。唉，我真是目光短浅，也对他的骈胁感到太好奇了，就做了这么一件错事。当时僖负羁曾劝过我，可是我实在忍不住，还是偷看了他沐浴，实际上我并没有看见他的骈胁究竟是什么样子。早知道今天这样，我怎么会做这样的事情呢？

我说，事情已经过了很久了，我听说晋文公是一个仁德君子，也许他会原谅你的。他既然能够原谅卫国的国君，怎么不会原谅你呢？

古灵魂

再说，他当初是一个流亡的公子，谁能料到他会返国做了国君呢？过去的事情就不必再说了，我们还是说现在吧，只要晋国的筮史能够被收买，一切都好说。我也听说这个人虽然身为大夫，但十分贪婪，面对贪婪者，就必定能够一击而中。因为他的贪婪就是他的靶心，我们的箭就可以射中他。

于是我带着金盏和美玉在夜色中找到了晋国的筮史，我向他说明了来由，并将厚礼赠送给他。我说，我的国君还让我告诉你，只要你能够成功，还有更多的厚礼相赠。他说，我只能做我能做的事情，至于国君怎样决定，只有看他的心情了。也许他会原谅你的国君，也许他不会忘记在曹国的屈辱，即使我为他卜筮，他也不肯放弃自己的想法。

这么寒冷的冬天，这冬夜的狂风一阵阵吹向我，可是我的内心却散发着不可思议的热量。我从晋国的筮史所住的地方出来，感到一件事情已经差不多了，我的君主不会继续被关押在囚房里了，我也可以随着我的主人返回曹国了。我的脸颊迎着寒风，但却感到在发烧，就像脸上烧着一团火。我看见天空是那么深邃，白日的蓝消失了，剩下了深深的黑。无数的星就像明灯一样，在夜空发亮，我的心似乎已经被高高的、在云朵之上的星光所照彻。

我仅仅是曹国国君的一个侍从，但我却能解救我的国君。他怎么能想到我能做到这样的大事情？事实上，每一个人都不是卑微的，都有着自己独特的才能和智慧。国君是生来就注定的，而我则凭着自己的能力，做到国君所做不到的事情。我将这好消息告诉国君，他将给我很多的奖赏，我不再是现在的自己。我将成为别人，成为另一个人。我让我的国君解除自己的恐惧，解除绝望和痛苦，而我将成为另一个人。那个人还是我自己么？

不，我不知道事情将怎样发生，但无论是我，还是我的国君，都从现在看见了希望。可是这希望是多么珍贵，哪一个人不是怀着希望生活？可悲的是，国君从来不知道希望是什么。但他现在知道了，这对他来说是多么不同寻常啊。当初晋文公在流浪的时候，不就是怀着希望么？若是他没有希望，又怎能支撑他继续走下去？可是他一旦做了国君，这希望就被毁灭了，他将成为一个无希望的人。他在城濮之战中仍然是怀有希望的，但现在他的希望在哪里？他只有在病榻上通过一个掌管卜筮的大夫来决定他的未来了。

希望是对自己的发问，而绝望的人则只能询问天神了。我从来不问天神我该做什么，我只是问自己，因为我相信自己，相信自己怀中所抱的希望。天神只管别人的事情，我则在自己的心中。我乃是自己的天神。我走在这夜晚的路上，依稀看见眼前一条发白的路，我知道那是我的路。我将从自己的路上走向别人，我要改变自己，从这条路上改变自己。就像一条毫不起眼的虫子，一条丑陋的虫子，就是从一个茧壳里突然长出了翅膀，我就是这样的虫子。我已经长出了翅膀，我的翅膀上有着自己的花纹和斑点，有着自己美丽的图案，这一切都是自己的。它将带着我飞翔，带着我用最漂亮的姿势飞向一朵朵花，我将因此获得自由，获得我的权利，获得我的快乐。

可是这个我寄予希望的筮史会怎样说呢？他会怎样向晋文公解释天神的语言？怎样用人的语言解释神的语言？我不相信天神，也不相信自己的头顶上有一个掌管人间的神，若是我的一切都由天神来掌

古灵魂

管，人世间为什么会这样混乱？我不相信一个正义的神，就是让一个个人去交战，去厮杀，去让一个个无辜者死去。我也不相信有一个正义的神，让一个个的好人得不到他所应得的，而让那些无德者获得自己不该有的。若是我们头顶上的确有一个神，而这个神却是邪恶的，那么我们为什么要信奉这个邪恶的神呢？

我相信这个卜筮者也不相信，不然他怎敢篡改神的意旨？怎敢接受我的贿赂？他难道不害怕神的惩罚？既然通神者都不相信神，为什么要让我相信？一个人既然不相信自己，又怎能相信自己所相信的？一个人相信神，是因为自己迷失了自己，而迷失则是绝望的开始。所以我为我的国君想出了这个计谋，即使神真的存在，他也会相信人的计谋，并鼓励这样的计谋。也许神所创造的不是他自己，也不是人，而是人的计谋。晋国与楚国在城濮之战中，不就是用计谋取胜的么？

这样的夜色就是为了掩盖我的计谋，也掩盖所有的计谋。暗夜就是计谋的比喻，它掩盖住人的视线，却并不掩盖人的智慧。白天就是让人看见，看见你想看见的一切。而夜晚就是让一些人看见，而另一些人看不见。这是多么绝妙的设计。若是天神真的存在，或许就在人的计谋里。我的国君不是一个有计谋的人，所以他必然要遭遇今天的祸患。他竟然对一个人的骈胁感到好奇，就像一个孩童对树上的虫子和地上的蚂蚁感到好奇一样。这样的好奇单纯而可怜，而一个人若要取得成功，就要克服这样的单纯，抛弃那些简单的想法，而向复杂的计谋靠拢。一个猎人要捕捉山林里的野兽，必须施用野兽想不出的计谋。

后来的事情都在意料之中。果然晋文公将卜筮者召去，他就照着我的话为晋文公解释卦辞，说，齐桓公当初与诸侯会盟，是封赏异姓诸侯，所以他得到了诸侯的护持和拥戴。而今国君同样是作为霸主主持诸侯会盟，但却灭掉了同姓的诸侯，这既不合乎礼仪，也不合乎道义。这必定会被上天降罪，这就是国君得病的原因。曹国的始封君主是曹叔振铎，是周文王的儿子，而先君唐叔虞则是周武王的儿子。

——会合诸侯而消灭兄弟，这怎么能合乎礼的正义呢？若不合乎礼，怎能不获罪于天呢？天神对人的惩罚是多种多样的，他可以为人降下各种灾祸，给人病祸仅仅是让你一时痛苦，这是惩罚中最小的一种。这就是天神让人悔改，不再做这样的事情。若是固执己见不予悔改，那么更大的灾祸就会降临。曹国和卫国一起获得国君的赦免，卫国的国君已经返国复位，而曹国的国君却仍然被囚禁，这就是不守诺言。国君的名声来自你的仁德，正是这仁德获得了天下的拥护，而现在失去了遵守诺言的信用，天下将怎么看待你呢？

我的国君就因为卜筮者的一番话，获得了释放，回到了自己的曹国。可是令人惊奇的是，晋文公因为释放了曹共公，身上的病也渐渐好转。难道卜筮者的话中真的藏着神意么？虽然这些话都是我和卜筮者所商议的，但也许我编撰的语言里却遇到了神的语言，不是因为我猜到神所要说的，而是因为我的计谋获得了神的庇佑。难道天神真的存在么？若是他不在我的头顶，他又在哪里呢？那么我究竟是应该相信神呢？还是应该相信自己？有一点是肯定的，一个不相信自己的人，神也不会到他的身边。

古灵魂

卷三百六十四

烛之武

晋国联合秦国围住了郑国，他们的理由是，在晋楚之战中，郑国背叛晋国却帮助楚国攻打晋国，而且郑文公怂恿楚成王出兵与晋国交战。更重要的是，晋文公在逃亡途中路过郑国的时候，郑文公没有以礼相待，还几乎杀掉他。大夫叔瞻曾劝谏说，重耳是贤明的公子，你应该以礼相待，这样你就可以积德济仁，以后说不定会有所图报。

郑文公说，一个叛逃的公子，失去了忠孝之义，到哪里会受到礼遇呢？不然他为什么会屡遭饥寒呢？他的父君都在追杀他，我们为什么要以礼相待？叔瞻又劝谏说，你若不能以礼相待，那么就杀掉他。因为我看这个人心怀贤德，知人善任，跟随他的都是有才能的人，若他日获得国君之位，则会给郑国带来后患。

但郑文公没有听从叔瞻的劝谏。叔瞻又说，晋国的公子重耳有三个佑助，对于天佑的人我们不可慢待。郑文公好奇地问，我愿意倾听你的看法，告诉我他究竟有哪三个佑助？我还是第一次听到这样的说法。叔瞻说，重耳乃是狐姬所生，而狐氏和姬姓乃是同宗，我听说同宗的婚姻所生的，必然会成为有着异能的大才，这不是第一个佑助么？国君没有听从叔瞻的话，他说，我不相信有这样的佑助，若是有这样的佑助，为什么他一直都在流浪？

叔瞻接着说，重耳在外流亡十几年了，这十几年间晋国一直处于混乱之中，无人能够让之安定，这不就是在等待一个贤君么？可是这个贤君至今还没有出现，而重耳就是这个人选。表面看起来他在流亡，实际上乃是在流亡中等待。这不就是第二个佑助么？

郑文公说，我听了你讲述的两个佑助，那么第三个佑助是什么呢？叔瞻说，第三个佑助你们已经看见了，你从跟从重耳的人就可以看见他的将来。我听说狐偃、赵衰、介子推都是当今的豪杰，不仅具有非凡的勇力，还有很高的智慧。胥臣是重耳的老师，他更是足智多谋，不仅博学多才，还精通易书卜筮，可以远观星象，洞察秋毫，推演天下大势。有这样的贤明高才辅佐，怎能不成大业？这不是第三个佑助么？

郑文公听了叔瞻的劝谏，大笑着说，你说的太荒唐了，你所说的三个佑助太离奇了，我以前从未听说过。重耳年近花甲之年，以这样的老迈之躯，他还能做什么呢？而跟随他的人都衣衫褴褛，饥寒交迫，不论走到哪里都无人理睬，这样的人会有什么作为呢？至于晋国的混乱，难道要等待这样的人去治理么？同宗的婚姻很多，并不算稀奇，所生的人也很多，我还没见过出类不凡的人呢。你所说的我绝不会相信。

叔瞻又劝谏说，你若不愿意给他礼遇，那么就杀掉他，这样郑国就不会留下遗患。我听说，在杂草刚刚生出的时候农夫就要拔掉，若要等到野草丛生的时候，一切就来不及了。郑文公笑着说，我不知道

古灵魂

你究竟想说什么，刚刚还说要我给他相应的礼遇，要很好地接待他，现在却又要我杀掉他。我真的不知道你所说的道理是什么。我对他以礼相待既然没有什么好处，那么杀掉他又有什么好处呢？何况我和他并没有仇怨，我为什么要杀掉他？他是一个可怜的流亡者，我杀掉这样的人，岂不是让天下耻笑？他路过那么多国家，没有一个国君杀掉他，我为什么要做别人不愿意做的事情？

总之，国君不听从叔瞻的话，下令紧闭城门，将重耳拒之城外。重耳知道了郑文公的轻视怠慢，只好改道前往楚国。我想，重耳当初应该是十分痛苦的，他怎么会不怨恨郑国的国君呢？这样的羞辱不会被忘记，即使是现在晋文公已经成为天下霸主，难道不会想起从前的一切么？所以郑国应该料到今日的危境。

现在我的国君害怕了，以秦国和晋国的强大军力，郑国已经不可能支撑下去了。郑文公派遣使者前往晋军的军营，请求晋文公的原谅。问，郑国怎样做才能让秦晋撤兵？得到的回答是，晋国要得到叔瞻，因为晋文公路过郑国的时候，不但没有获得应有的礼遇，叔瞻还想着杀掉他。国君把晋国的答复告诉了叔瞻。

叔瞻说，若是晋国的讨伐是因我而起，我愿意以自己的一死换取郑国的圆满。可是恐怕晋国的图谋不仅是这样，即使我死去，晋国也不会撤兵，因为它们所贪图的乃是郑国的土地。晋文公路过郑国的时候，我们固然对他有所轻慢，但事情早已过去，今天的讨伐乃是用这个理由作为借口而已。现在我太后悔了，当初即使国君不愿杀掉他，我也应该杀掉他。现在一切都晚了，我还说什么呢？我所说的，我就要承担，我能做的就只有一死了。我从来不害怕死，只是我的死并不能换取什么。

说着，叔瞻伏剑身亡。他的血流在了地上，他的眼睛仍然睁着。显然他不甘心这样的结果，因为他的目光仍然看着这个世界，他相信自己的死不会改变一切。叔瞻又一次说对了。国君又派遣使者，带着叔瞻的死尸前去朝见晋文公，他却说，叔瞻仅仅是郑国的大夫，他所说的，仅仅是一个大夫所说，而做出决定的乃是国君。若是国君否决了大夫的谏言，叔瞻固然应该死去，但国君罪不可赦。因为他不听从自己大臣的良言，已经失去了一个国君应有的仁德，又固守自己的傲慢，对一个流亡的、遭遇困厄的人予以轻蔑，失去了应有的礼义，就失去了一个国君的道义。我本来可以原谅他，但他不仅背叛了晋国，还帮助楚国来攻打晋国。若是我不对他予以惩处，我又怎能获得天下的信任呢？现在，为了天下的公正，我必须得到郑国的国君。

叔瞻的目光是多么锐利，他已经看见了今天的结局。但是我的国君却不听他的话。国君当初是怎么想的？也许是他的内心是骄傲的，他既不想厚待一个晋国的流亡公子，也不想杀掉一个遭遇困境的人，这样很易于被别人非议他的德行。他乃是陷入了自设的陷阱，他被自己的绳索所捆绑，又不想让别人为他解开这捆绑。可是一切被叔瞻言中，一条小路通往了绝境。现在国君感到恐惧已经降临，他急忙召集大臣在朝堂商议。

大夫佚之狐说，秦国和晋国各怀异心，它们的联合并不是牢固的，也许派遣使臣前往秦国，说明事情的真相，秦穆公就会醒悟，它们的联合就会被瓦解。佚之狐向国君举荐了我，让我作为使者去说服秦穆公。国君将我召去，对我说，郑国处于危险之中，随时可能被灭国。现在需要你去说服秦穆公，让他放弃对郑国的围攻，若是秦军退去，晋国也不会继续围城了。

我说，我年轻时尚且不及其他人，现在我已经老了，怎会有做事情的能力？国君说，我从前没有重用你，这是我的错误，谁还能没有错误呢？我又不是圣贤，怎能看见今天的事情呢？现在郑国已经危急，我只能在危急中向你求助，除此之外我已经没有什么办法了。要是郑国灭亡了，对你也将不利，大树被砍倒了，树上的鸟巢也要遭殃。

我答应了国君的请求，决定前往秦国的军营去见秦穆公。夜晚来临了，在夜色的掩护下，人们用绳子将我从城墙上吊下来。我刚刚落地，就被围城的秦军捉住。我说，我是郑国的使者，我奉国君之命朝见你们的君王。我被士卒押解着，来到了秦穆公的军帐前。就这样，我在烛光摇曳中见到了秦穆公。他的脸被烛光照耀着，显得轮廓分明，他还没有卸掉铠甲，手里持着长戈。

我并没有对他威武的姿势感到恐惧，也没有被他严厉的目光逼退。我向前施礼，对他说，郑国的灭亡并不会给秦国带来好处，而且会带来祸患，君王为什么要和晋国一起攻打郑国呢？秦穆公说，晋国乃是我的睦邻，晋文公也是我把他护送回国才获得君位的，而且我已经认定晋文公是一个贤明的、有才能的君主，现在已经证明了我的预言。晋国已经成为天下的霸主，被天子封为侯伯，所以我应该接受晋国的请求，和晋国一起进退。

我说，若是郑国被攻破，那么晋国将得到郑国的土地，而秦国能获得什么呢？若是留下了郑国，秦国还可以借助郑国获得进取中原的门户，而郑国也必定感恩秦国，这门户永远为秦国敞开。晋国现在和秦国修好，是因为它需要秦国。从前晋文公要返回晋国，需要秦国的扶助，现在晋国虽然称霸，但它的力量仍然不足，击败楚国乃是一时之胜，而楚国又怎会善罢甘休？若是晋国真的再次击败楚国，那就必定会图谋秦国的土地，君王不要忘记，晋国曾割让给秦国的河外五城，他怎么会没有收回的想法呢？

——何况，晋国的国君怎能信任呢？想一想当初的晋惠公吧。他不就是你护送他返回晋国的么？他逃亡的时候是怎样许诺的？他做了国君之后又是怎样做的？我想君王对从前的事情还历历在目。他所许诺的乃是失意时所许诺，但他得意之后立即反悔。他弱小时求助于人，所说的都是动听的，一旦变得强大则立即反转了面目。秦国对晋国的恩德，他们可以忘记，再次给予的恩德仍然忘记，但你要从他那里取一滴水都需要你拿着铜瓢去换取。既然晋惠公是这样，你怎知晋文公不是这样？

秦穆公说，晋文公还是不一样的。尽管他们乃是兄弟，但本性却完全不同。他的父亲晋献公去世之后他是那么悲伤，他也从不记恨他的父亲，在蒲邑若不是逃得快，就失去了性命，据说他还一直保留着被砍断的袍袖。面对父亲的追杀，他没有像夷吾一样抵抗，而是选择了流亡天涯，这都说明了一个人的忠孝。他尽管到处流浪，但仍有那么多有才能的人跟随着他，说明这个人待人宽厚，也值得信任。我也曾和他在饮酒中咏诗唱和，让我看见了他的文采。他的举止符合礼仪，没有不足和过度的时候，说明他能够掌控自己，也有着足够的仁德和修养。因而，这个人还是给我深刻的印象，总之我觉得他值得我

古灵魂

信任。

我说，君王只是看见他的表面，一个人要看他所做的事情，还要看他的父亲和兄弟，他们都是一脉相承。我见过很多人，他们看起来十分忠厚，但你仔细观察，他们的身上都有着别人的影子。一般说来，他的父亲是怎样的，他也会是那样，他的兄弟怎样，他也会是那样。因为他们乃是出自同一血脉。一个人最初所学的样子，就是他的周围的人的样子，他怎么会独自成为另一个人？

——晋文公也不会例外。他表面上看起来都是好的，但他乃是做给别人看，他的内心和他的外表不会一样。他流浪十几年，每到一个地方，都是有求于别人，因而他总是揣度别人的心思，而他自己则要装作别人喜欢的样子，所以会用自己的外表迷惑别人。这本来是一种诡计，但久而久之，似乎就变为了别人喜欢的样子，用装出来的面孔替代了自己真实的面孔。这就是你喜欢他的原因。你又怎能相信他的外表呢？

——我听说山林里有一种毒蛙，它会随机应变。它要是跳到树上，就会变成树皮的颜色；要是在绿叶之间，就会变成绿叶的颜色，到了沙土上；就会变成沙土的颜色，而要是在石头上，又要变成石头的颜色，看起来就像是一块小石头。这种蛙的名字叫作辨。因为人们总是不能把它从其它事物中辨认出来，就给它起了这么一个古怪的名字。可是它却藏着毒性，一旦有机会就会从舌头上放出毒汁，猎杀别的鸟虫。也许晋文公就是这样的毒蛙，你怎能相信他的外表呢？他不过是借用了别人的外表而已，你又怎么辨认出他是谁？

——就拿这次围攻郑国的事情来说吧。他先说要得到我国的大夫

卷三百四十六—卷四百零九

叔瞻，因为叔瞻曾劝谏郑文公杀掉他，所以怀恨在心。但我们献出叔瞻的死尸之后，他又说要得到我的国君。他这样出尔反尔，岂不是露出了和晋惠公同样的本性？他的信义又在哪里呢？他所许诺的为什么又要反悔呢？你越是不容易分辨他的外表，他的毒性就藏得越深。你又怎么能相信他的外表呢？因为他的外表下面还有外表，外表下面又有外表，可是我们怎样才能将他一层层剥开来看？也许连他自己也不知道哪里才有他真正的外表。

——何况，晋国灭掉郑国，晋国就会变得更加强大，一个强大的邻居是可怕的，就像我们的身边有一头强大的凶兽一样，秦国又将怎样获得安宁？现在是他求助于你，因为你是强大的；若是情况出现反转，他就会欺凌你，甚至吞噬你。而且，晋文公已经年过花甲了，他也会死去，若是晋国换了君主，你又知道那个人是谁？他又是怎样的人？可是，若晋国是弱小的，你就能有一个和睦的邻居，因为你的强大可以慑服它，你不就可以躺卧在高榻酣然而眠么？这样对秦国有什么不好呢？而郑国距离秦国很远，即使它强大起来，也不会威胁到秦国，你又为什么不放弃与晋国的联合，而与郑国结为友好呢？

秦穆公听了我的话，用手托着脸，在那里陷入了深思。他显然被我的话说动了，他的内心在翻滚，就像大河一样涌动着波澜。也许他在想，究竟是我说得对呢？还是他一直在迷惑之中？我不仅仅是用言辞打动了他，而是用言辞作为利剑，劈开了可怕的人的本性。一个果子从树上摘下来，只有用牙齿咬开，才会发现里面的虫子。

是的，我不是一个武士，但我却有我的利剑，我的利剑就是我的言辞，它比真实的宝剑更加锋利，它有着早已被磨砺的剑刃，有着闪

古灵魂

耀的剑尖，有着长长的握柄。它的上面镶嵌着无数宝石，它的每一个棱面上都写满了智者的箴言。我用它随意挥舞，它遇到所有的事物，就像碰到柔软的风，柔软的水，它既不会损伤别人，也不会损伤自己，但它却把事物劈开了，让人不仅看见别人，也看见自己。是的，而利剑就在我的怀中，就在我的舌头上，就在我的牙齿间，就在我呼吸的气流中。它是无形之形，它是无刃之刃，它的锋芒躲藏在看不见的地方，只有博学者和智慧者可以感受到它。

我的言辞是锋利无比的，它将人的身形从中间劈开，露出他的心。你既不会看见流淌的血，也不会看见眼睛中的泪滴。你只看见他的心，但这却是令人惊心动魄的震撼，它将别人手中的真正的剑震落在地上。过了很久，我不知道究竟过了多长时间，也许很长，日晷下面的日影已经移动了几尺长，也许很短很短，只有电火一闪就熄灭了的时间，秦穆公对我说，我不应该听从你的话，因为你乃是为了你的君主所来，你所说的话都是为了你的君主所说，因为你的君主已经陷入了死亡的绝境。

他的目光紧盯着我，我看见两道漆黑的光逼迫着我，以至于我竟然后退了几步。我从来没有对任何人的目光感到害怕，刚才也不害怕，可现在我为什么会这样？我不知道。难道是我一瞬间变成了另外一个人？现在我是谁？这是多么凌厉的光，多么冷酷的光，我已经感到了这目光中的巨大冲力。他接着说，你所说的都是为你而说，不是为我而说，但你的说法却让我深思。因为你的言辞中含有更多的言外之意，正是这言外之意触动了我。我看见的只是人，而你看见的却是人的本性。我看见的只是人的衣裳，而你把外表用来遮盖的衣裳脱掉了，留下了赤裸的人。我决定从郑国退兵。不是我害怕郑国，也不是害怕晋国，我乃是害怕我自己。

古灵魂

卷三百六十五

晋文公

为什么秦国要退兵？我们曾经商量好了的，要一起攻打郑国，并将它的土地分割成几份，分别给自己和别人。但秦国的大军却突然撤走了，只留下几个将军和很少的士卒。秦穆公究竟受到了什么诱惑？他施用的是什么魔法？他究竟要做什么？这是一个谜，一个我不能破解的谜。在我看来，秦穆公还是一个很好的国君，他说了的话必定要去做，他给人的许诺也必定会实现，但现在却突然撤兵了，只留下我的大军独自面对郑国的都城。

我是进攻还是跟着撤退？我拿不定主意。我的内心就像微风中的烛火摇曳不定。在这微光里，我所看见的已经很少，我将怎样做出决断？于是我召集大臣们商量，也许他们能为我提供好的想法。狐偃说，现在秦国一定是听了哪一个人的谏言，觉得即使灭掉郑国也不会获得什么，还不如退兵之后，给郑国以恩惠，以后还可以寻找机会图谋中原。也许这是秦国和晋国疏远的开始。我们若跟着秦国退兵，则会让天下诸侯耻笑，作为霸主的晋国竟然跟着秦国进退，晋国的威望就会被减损。

先轸说，即使秦国退兵，凭藉晋国的力量也可攻破郑国。我们还不如一举攻破郑国，捉拿了郑文公再说。秦国退兵之后，郑国的土地就没有他们的份儿了，我们可以将之分给支持我们的诸侯。这样岂不是可以树立晋国的威信，也可以获得其他诸侯的拥戴？而且我们已经将郑国围住，郑国将叔瞻的死尸献出，说明他们兵无斗志、将无良策，已经失去了抵抗的意志，还不如一鼓作气拿下郑国。

胥臣说，秦国之所以退兵，必定和郑国有所勾连，若是我们强取郑国，就会得罪秦国，那么晋国和秦国的关系就会失去。而秦国不仅有恩于晋国，而且是我们的强邻。若是因此而与秦国反目成仇，秦国就可能和楚国联合，晋国的霸主地位也就岌岌可危。晋国现在获得霸业不久，还不足以强大到天下无敌，因而不可轻易树敌，还是要谨慎为上。固然我们的大军可以攻破郑国，但还是要立足长远，不可贪图小利而忘却长远的宏业。

我说，你们说的都有道理，若是我们围住郑国却不能灭掉它，又不能轻易退兵，那我该怎么办？这岂不是进退两难？被困住的不是我们所围打的郑国，而是我们自己反倒被无形的力量所困。我们必须选择一个办法，获得退兵的一个充分理由，而且这理由能够让天下信服。我现在还想不出这个理由。

栾枝说，我们若能废黜郑文公而另立新君，事情就好办了，这样郑国既不会倒向秦国，也会听从晋国的旨令，我们也可体面地退兵而去。国君在郑国所受的屈辱也能得到昭雪。我说，这是一个好办法，但是怎样才能做到呢？胥臣说，现在郑文公的一个儿子不是在我们手上么？我们将郑国的公子兰送回郑国，让郑文公将之立为太子，这样既不伤害郑国，也为我们埋伏了取而代之的力量。

我知道，公子兰就在我的军中，与我们一起攻打郑国。当初郑文公有三个夫人，生了五个儿子，但因为太子有夺君之举，郑文公就将太子和他的兄弟杀掉了，因害怕争夺生乱，就将所有的公子驱逐出郑国。其中的公子兰逃亡到晋国，现在已经是晋国的大夫，一直跟随我征伐四方。他一直对我十分尊敬，也细心地服侍我，我很喜欢这个人。我若能借此机会将他送回郑国，晋国和郑国就会结为友好，郑国也会听从我的旨令。

这次讨伐郑国，我本来想用公子兰作为向导，因为他非常熟悉郑国的一切。但公子兰非常恭敬地对我说，我听说君子虽然流落异乡，但不可遗忘自己的父母之国。现在国君要攻伐郑国，我怎么敢前去讨伐我的父母之国呢？请原谅我不能和你一同前往。我说，你能不忘自己的宗国，这是好事情，说明你的心中怀有大义，我怎么能怪罪你呢？所以他虽然随军而来，但一直待在军中。我喜欢这个人，他既聪明又有智谋，若是他做了郑国之君，岂不是晋国的幸运么？

先轸说，这是一件好事情，我们先猛攻郑国，郑国必然会向国君求和，到时就可以提出要求，让公子兰回到郑国，这乃是万全之策。即使不能让公子兰获得君位，也可立为太子，为以后晋国和郑国之间的友好奠定长远之计。我觉得他们所说的符合我的心意，若能这样，则可以脱除眼前的困境，我们可以获得我们所需的，秦国也可以获得它所要的，郑国也可保全自己的国体。

果然，事情按照预期而行。郑文公在晋国强大的攻势中，被迫派遣使臣前来求和。我说，郑文公从前对我的不礼之罪必须被惩罚，不过因为郑国的真诚求和和悔罪，可以获得原谅，但必须迎接公子兰回到郑国，并将其立为太子。因为公子兰多少年来心怀故国，一直对郑文公怀有忠孝之义，却被迫流浪异国，难道郑文公还要抛弃仁义之道么？

使臣将我的话带到郑文公面前，我听说他的大夫石癸劝谏说，据说姞姓为后稷的后裔，他的后代必定会长盛不衰。公子兰虽然为庶子，但他的母亲乃是姞姓，国君也许没有忘记他的名字的来历吧？他的母亲曾做过一个梦，天神派遣他的使者送给她一朵兰花，并告诉她，我是你的祖先，将这兰花送给你，因为兰有国香，你只要佩戴它，别人就会像爱兰花一样爱你。从此她就开始佩戴兰花，然后就生了公子兰。这样说来，公子兰乃是上天所赐，你拥有这样的儿子岂不是一件好事？现在晋国的大军压境，要让他们退兵，就要答应将公子兰立为太子，这样既能保护郑国不遭遇祸患，也能让郑国以后繁荣。

郑文公听了石癸的话，答应了我的要求，那么我只有退兵了。我只是感到有一点遗憾，这一次没有让郑文公受到惩处，我感到被秦国戏弄了。我从前在郑国遭受的耻辱，仍然在我的心中徘徊，不过以后还有机会，只是这一次放过了它。说实话，我并不想杀掉叔瞻，我只是想借用叔瞻来羞辱郑文公，但不曾想到叔瞻却自杀了。这个人还是个贤臣，他的死真有点可惜，因为他曾劝说郑文公杀掉我，却也劝说郑文公善待我。

卷三百六十六

卜偃

　　也许国君觉得自己的日子已经不多了，城濮之战班师回朝之后就在清原蒐兵，将赵衰任命为上军的主帅，这是为了报答赵衰跟随他流亡的恩德和治理朝政之功。赵衰不仅忠心可见，还能够使得朝臣和睦相处，晋国上下一心，不然怎能取得城濮之胜？国君的确是贤明之君，能够知人善任，而且有德必报，言而有信。不然晋国怎能获得繁盛？

　　国君又任用箕郑作为上军的副将，因为这个人具有非凡的才能。以前晋国遇到饥荒，国君曾问他，用什么办法来拯救饥荒？箕郑回答说，国君要从内心里有信用，要在尊卑名分中有信用，在政令施行中有信用，也要在调理民事中有信用。国君又问，若是信用有了又能怎样呢？箕郑回答说，如若国君的内心有信用，那么善恶就不会混淆了。如若尊卑名分有信用，那么上下就会各守其位，彼此不会相犯。如若政令的施行有信用，那么人们在行事的时候就不会互相推诿以延误时机和枉费工夫。如若在调理民事中有信用，民众就会各从其业、各守其道而各得其所，每一个人都知道自己该做什么。若这些事都能做到，民众就会了解国君所想，即使身处贫困又有什么要紧呢？那些富裕的就会将自己多余的分出来用于赈济，送给别人就像送给自己的家人一样。那么即使遭遇饥荒，又怎么会感到匮乏呢？国君觉得他所说的，乃是有智慧的，现在就任用他作为上军的副将。

一切安顿好了，国君也就要踏上自己的归途了。这一年夏天，郑国的国君郑文公离开了人世，到了冬天，晋国的国君也离开了我们。也许他应该离开了，他已经做了他所做的事情，他的使命已经完成了，他也只能做这么多事情了。也该说，他不会有什么遗憾了，因为他想做的已经做了，剩下的是他做不了的。既然一切不由自己，既然还有做不了的事情，那么还有什么要遗憾的呢？

我作为晋国掌管卜筮的大夫，我的卜筮都是灵验的，我对每一个卦象都做了最好的解释，我所预言的，都一一实现，那些还没有实现的，需要等待时间的验证。但我想，那些等待的，也仅仅是等待，它似乎已经没有悬念。既然已有的都获得验证，没有验证的也会被验证。

我曾预言毕万的后代必将繁荣，因为万是盈满之数，他的封地魏，则是巍峨高大之意，他的名字里就含有天启。现在他的后代已经有了繁荣的迹象，真正的繁荣还在后面，也许我看不见这样的景象了。当虢国的国君在桑田攻打戎人的时候，我就说，虢国就要灭亡了，因为它丢失了下阳而不感到恐惧，又要去讨伐戎人以建立武功，所以其痼疾将会加重。上天已经夺走了它的镜子，因而它已经照不见自己的面孔，它将被晋国灭掉的时间不会超过五年了。结果虢国很快就被晋献公灭掉了。

我也曾因为沙麓崩塌而预言说，晋国将遇到灾祸，几乎就要亡国

古灵魂

了，果然在韩原之战中晋国大败，晋惠公也做了秦国的俘虏。王子带之乱中，秦国已经陈兵河上，晋文公仍然犹豫不决的时候，我也曾卜筮预言说，这乃是大吉之兆，就像黄帝战于阪泉一样。结果晋文公派人辞去秦国之军，晋国独自前往勤王平乱，晋国得到了应有的大获。

其实我已经预料晋文公将不久于人世，但我不敢说出。我没有说出的，也被应验了。现在晋文公已经走完了他的路，将灵柩停放在晋都，很快就要出殡了。他将被葬于祖先之地曲沃。我想着晋文公已经走过的路，他的路太长了，也太曲折了。一条曲折的路比笔直的路更长。我从他逃亡的路上仍然能看见他，我从他归国的路上仍然能看见他。我曾多少次对他的路做出预言，每一次都是吉利的，但每一次都充满了不吉。他总是行走在吉利和不吉相冲突的路上，因为没有什么事情是完全吉利的，也不是每一个选择都是不吉的。这吉利中蕴含着不吉，不吉中又有着吉祥，因为这两者从来都是交织在一起的。

我一直看着他所行的路。他每到一个地方，我就想着他究竟走错了还是走对了？后来我知道他所走的路并没有对和错，因为他即使是走错了的，也是必须走错的，即使是走对了的，也是暂时走对了，有时这走对了的，又要重新返回来。所以，一个人的路还有什么对和错呢？一切都是必须做的，既然是必须做的，所有的事情又有什么对和错呢？从这一意义上说，所有的预言都是没有意义的。

可是又必须有一个预言，因为有预言的世界是可信的，一个完全没有预言的世界是多么可怕啊。就像一个人在茫茫黑夜漫游，他既看不见灯火，也看不见山峦和树影，他甚至不知道自己在哪里，又将走向哪里，那样一个行路者将会陷入多么深的孤独和绝望。其实许多事情即使有了预言，他仍然会去做，即使没有预言，他也仍然会去做。但预言是肯定的，它不针对现在，乃是针对将来，甚至很远的将来。预言既不能改变什么，也不能说出事情的真相，但却能确定什么。甚至一切并不是预言所确定，而是事情本身就是确定的。从这一意义上说，预言本身是残酷的，它所说的是不可改变的必定。

必须先有一个被预言的东西，才有预言本身。那些就要被预言的，乃是先住在了万物的形象里，然后这万物的形象和人的形象形成了对照。也就是说，万物的形象中包含了人的形象，人的形象里也有着万物的形象。也就是说，一个人的一切乃是在一面镜子里。这是镜子里面的世界和镜子之外的世界，表面看起来，这是同一个世界，可是你见过一个人生活于镜子里么？

但是镜子里的世界和镜子之外的世界乃是同样真实的，你从镜子里看见的自己难道会是别人么？但你却不能生活于其中。你虽然不在其中，但其中却有你的形象。一个人所做的所有事情都会有一面镜子照着，所以你并没有秘密，也许镜子里不仅有你的现在，还有你的将来。这镜子也许是无形的，但我能看见这无形的镜子，也能看见这镜子里的别人。这是卜筮能够得到未发生的事情的原由。而未发生的并不是不发生的，而是必将发生的。一件事既然有开始，就必有结果，这开始中已经包含了结果。一朵花中已经包含了它的果实，一粒种子也包含了它的成长直至死亡的全过程，所有的形象都已经在其中了。

从前的圣人都将这形象放到了自己的文字里，这就是易。《易》上所说的都是圣言，圣言里说出了一切，你只要通过卜筮来对照自己，就可以获得事情的结果。它就是镜子。它就是种子。它就是一朵

古灵魂

花，属于你的花。我的卜筮中有我对圣言的领悟，我只是将圣言里所说的，再次说出来。所以每一次预言，都是一次转述。因为圣人已经代表了天上的神，文字也就成为神的文字，里面就含有神的意旨。

我和众臣们在守灵，我隐约感到晋文公的灵魂就在我的身边徘徊。也许他还有很多留恋，他不想走得太远？还是有着另外的原因？我的眼前仿佛有着蝴蝶一样的一些黑斑，它在翩翩飞舞。它围绕着棺椁，一会儿升向了半空，一会儿又在棺椁前低飞。我紧盯着它，它就停留在我的目光里。它的翅膀颤动着，似乎在微风里飘浮。它是什么？是不是国君的灵魂？晋国已经是失去他的晋国了，那么他还要什么？他的晋国已经不属于他了，属于他的仅仅是过去的晋国，可是他的灵魂还在飞舞。

也许他还不放心身后的事情，那么是不是要有什么事情将要发生？我不知道。但他的灵魂不肯离去，必定有着什么原因。这是一个冬天，我们在寒冷中守望。现在需要将他的灵柩运到曲沃的宗庙去停放。寒风吹拂着我，我和人们一起跟着运送棺椁的灵车走出了都城。就在刚刚离开都城不远的地方，突然从棺椁中传来了类似于牛叫的声音。这种声音是那么低沉而有力，也像那种擂击战鼓的声响，我知道这是国君发出了最后的某种命令——它意味着什么？

我立即让众臣跪地而拜，我说，这样的声音我从来没有听见过，我也没有听说过，但以我的判断，这是国君最后在发布命令。他看见有敌军从晋国的疆土穿过，若是发起攻击，必定可以获胜。国君已经指出，敌军就在西边，也许是秦国的军队越过了晋国的国境。国君的灵魂已经飞到了那里，他已经看见了一切，现在需要我们出征。我也似乎顺着这声音看见了远方。我似乎看见了很多人，他们的身影是模糊的，但我看清了他们的战车和兵器，看见了众多的铠甲，看见他们正在向东而行。他们要做什么？

我告诉人们，我也看见了他们，但我不知道他们是谁。既然国君已经发布命令，我们就应该出征。国君是英明的，他所看见的必定是真实的，他所发布的命令必定是有把握的，秦国已对晋国的强盛有所嫉恨，它从我们联手讨伐郑国的时候，就已经背叛了我们。秦国固然对晋国有恩，但这恩惠已经酬报，若是它借助国君之丧而与晋国争夺霸权，我们必须击败它。你们听吧，国君的声音犹如牛的吼叫，也像他亲自击鼓，我们还等待什么？国君向来对有恩者必报，但对背叛者也必惩。我们还等待什么呢？

我在国君的棺椁前倾听，我听见了各种声音。仔细辨析，是兵器交织的声音，是战场上交战的声音。我好像听见了秦国战车的车轮声，也听见了晋国的战马在嘶鸣。我的眼前也一片模糊，在这模糊中出现了各种影像，我似乎看见了国君也在战车上，他亲自张开了强弓，射出了一支支箭，每一箭都能命中。我想，这是国君的灵魂给我的影像，我怎能不将这影像的样子告诉人们呢？

一阵狂风吹起，地上掀起了一团团雾霭。去年的残叶被卷起，高高地飘到了空中。这是国君在引路么？既然我看见了一个个异象，就必定是上天给予了启示。我们要遵守这天启，要服从国君从天地的另一面传来的号令，这号令中有着不可违逆的天意。我的脸上被严寒一阵阵击打，我感到了灼热的疼痛。这样的疼痛也许不是来自寒风，而是来自国君对我的责罚。我是不是没有领悟国君的旨意呢？

古灵魂

卷三百六十七

蹇叔

　　秦国从郑国退兵的时候，留下了三个将军，杞子、逢孙和杨孙帮助郑国防守都城。这样做的意义在于，既没有完全违背和晋国联手讨伐郑国的约定，还能守护秦国进取中原的门户，不至于被晋国独占中原。秦穆公乃是听从了郑国大夫烛之武的话，才决定从郑国退兵的，但这已经得罪了晋国，这让晋国已经成为暗藏的敌人。

　　驻守郑国的将军杞子派人回到秦国，向秦穆公说，郑国人已经让我们掌管了北门的锁钥，若是趁机出兵，就可以轻取郑国，郑国将归于秦国。秦穆公觉得这是一个好机会，若是现在能够得到郑国，则可以获得和晋国争霸的力量。他召集群臣在朝堂商议，他说，我们掌管了郑国的钥匙，若是此时派兵前去突袭，就可获得郑国。而且晋国的国君刚刚死去，他们也不可能顾及远方的郑国，待我们获得郑国之后，他们即使醒悟也已经晚了。

　　我说，大军要去远征，必然人疲马乏，到了郑国之后恐怕力量已经消耗殆尽，郑国的君主也必然有所防备。我们即使尽量隐匿自己的行动，也不可能在劳师远征中不被知道。我们派遣的不是一个人，也不是几个人，而是一支大军，怎么可能销声匿迹呢？若是秘密泄露，郑国就必定加固防御，那么我们劳师兴众而毫无所得，就会引发士卒的怨恨之情。行军千里，翻越山林和屏障，谁会不知道我们的行踪呢？我们的秘密又怎能得以保守？

百里奚谏言说，蹇叔说的有道理，我们即使隐蔽潜行，也不可能不被郑国获知消息，因为路途太长了。也许沿途的国家也会将我军的行踪告诉郑国的君主。而且，虽然晋国新丧，但他们仍然有能力在中途截击，若是遭遇晋军在山谷中埋伏，那么必然凶多吉少。虽然现在是一个夺取郑国的良机，但越是良机，越要三思而行。有的良机看起来是良机，但可能是祸患的开始，因为这良机一眼可见。我们可以看见的，别人也能看见。所以真正的良机在别人没有看见，而唯独我们看见的地方。万一郑国有所防备，我们不能很快夺取，那么必将惊动晋国，要是晋国出兵，不但秦晋之间的良好关系破裂，也将给我们将来的大业添加更多的障碍，那样我们将得不偿失。

但是国君不听我的劝谏，也不听百里奚的劝谏，他执意奔袭郑国。他让孟明、西乞和白乙率兵从东门出征。我的眼泪止不住流了下来。我说，我今天看见大军出征，却不能看见大军归来了。国君知道后就派人告诉我说，你能知道什么呢？若是你能活到古稀之年，你能够明白这道理的时候，你坟上的树已经长到可以被人合抱了。你所不明白的，就仔细想想，你若能在活着的时候明白，说明你仍然是一个有智慧的人。

我的儿子也随军出征，我在他出发的时候哭了。我说，晋国必定在崤山埋伏，可是国君却不听我的劝说。那里有南北两座山，南面的一座是夏朝国君皋的坟墓，北面的一座则是当初周文王躲避风雨的地方，你将死在这两座山的峡谷里，唉，看来我要到那里去为你收尸了。我现在与你相见，也是最后一次了，你若死了，就让灵魂飘回来看我吧，我不知自己能不能等到你的灵魂归来。

我看着我的儿子消失在大军之中，他成为众多将士中的一个。他不再是一个人，也不再是他自己，而是一个将要和晋国激战的士卒。他和别人穿着一样的铠甲，拿着一样的长戈，我已经不能从众人中辨认出他。这大军就像一道洪流，向着东方奔腾而去。几百辆战车的车轮，从路上碾过，发出了沉闷的、仿佛来自地下的轰响。徒兵跟在战车的后面，在高出他们头顶的地方，是兵戈的锋芒，在并不强烈的阳光里闪烁。

因为寒春的缘故，万物仍然处于萧瑟之中。远近的山丘是荒凉的，还看不见那种繁茂的绿色，树木的枝丫上也没有花朵，是的，这萧瑟中孕育着的乃是黑暗里的死亡。我已经感受到了这死亡的气息了。它塞满了我的鼻孔，我的身体里也充满了这死亡所带来的绝望。我想，我为什么要来到秦国呢？我仅仅是由于好友百里奚而来，我仅仅是为了这彼此相知的情义而来，也因为秦穆公乃是一个贤明的君主，所以才来到了秦国。可即使是贤明的君主，也会陷入幽晦之中，他的视线一旦落入了这幽暗之境，那些跟随他的人也要遭殃。可是他是一国之君，他内心所想的，就要变为他想象中的事实，谁又能阻拦他呢？

我当初过着与世无争的日子，那样的日子是多么好啊，可是我抛弃了它。我的房舍不如现在所住的房子奢华，但那样的房舍却处处闪烁着明媚的光。它在简朴中蕴含着高雅，在平淡中暗藏着奇迹。那里没有恩宠与屈辱，没有名和利，也没有一个凌驾于自己之上的君主。一个人既是自己的君主，也是自己的奴仆。那时不论遇到什么，都可以从容面对，这样泰然自若的日子是多么珍贵。

我在农忙时和农夫一起耕田、播种和锄草，在秋天到来的时候和农夫一起收获。在闲暇之时和邻居一起去山林观泉和倾听万物的声音。无数的鸟鸣把我带到了另一个世界，这个世界好像与人间完全无关。偶然有好友来访，就一起去登山和捕鹿，去溪水里捉鱼，坐在山顶的石头上高谈阔论。或者和家里的人们围坐在一起，享受着天伦之乐。我既不是那种锋芒毕露的人，也不是平庸的生活者，我似乎已经看淡了人世间的一切，但却保持着我对万物的所爱。可是百里奚的到来将我的日子推到了远处。

过去我只是遥望着远处，但并不奢望真的走到远处。我总是想着，远处不是让人走近它，而是供我观望的。我也不想走近这远远看见的地方。因为你一旦走近，就会发现远处并不是那么迷人，而是和近处的风景一样，充满着混乱和迷茫，也充满了缺陷和丑陋。但从远处看去，一切都是那么美好，远处的山是深蓝的，它所展现的是一个蓝的、单纯的色彩，是冰冷却又温馨的光阴。

我不想到远处，不是因为对远处没有迷恋，而是因为对远处的恐惧。我害怕失去远观的美好，害怕失去稳定的、安逸的生活。因为远处没有确定的、可以把握的木柄，我拿不住它。远处也是危险的，因为我只能远远看见它，它究竟是什么样子？我不知道。远处的样子和近处的样子是不一样的，就像我所看见的远处的山，它的里面究竟藏着怎样的凶险？有着怎样的凶兽？我接近它的时候，会不会将自己置于险境？我不知道。未知是可怕的，我不希望自己在未知中生活。

可是我还是来到了秦国，开始我觉得一切都是陌生的，但却有着希望。可是我现在就要失去我的儿子了。他的日子才刚刚开始，可是他就要走向死亡。我痛恨自己，他本来应该有着美好的生活，可是我将他的生活推向了死亡。我和他一样，我不是一个人，但我的一个选择，一个决定，却把我的儿子推向了死亡。可是我是秦国的大夫，我的儿子必须去做他的事情，现在我既不能改变自己，也不能改变别人。因为我曾经改变了自己，也在无意中改变了别人，我只有在痛哭中与他告别，除此之外我还能做什么呢？

我看着儿子稚气的脸，他的胡须还不多，他的眼睛里没有任何浑浊的东西，眸子是透亮的，没有悲观和绝望，他还不知道死亡和凶险，他根本不知道自己的去处。可是我是清楚的。我的眼睛虽然是浑浊的，这是因为我已经看见了太多的事物，看见了我该看见的和不该看见的，这些污浊的东西已经充塞了我的瞳孔，所以我能从过去的事情里看见将要发生的。我看见我的儿子被铠甲紧紧裹住，他就像蜷缩在死亡中的人，而沉重的头盔压扁了他的脸。他向我笑着说，你不要哭了，我会回来的，我要从你说的峡谷中穿过，重新走到你的面前。他替我擦掉了眼泪，可是我的眼泪就像泉水一样涌出，他的手怎能擦干净呢？

但是，他的手还是离开了我的脸，我的眼泪还是流个不停。我多么想让他的手一直停留在我的脸上，让他一直给我揩擦眼泪。可是他还是离开了。我的视线是模糊的，我只看见他汇聚到了众多的兵卒之中，无数的人头，无数的兵戈，无数的战车，渐渐远离了我。我只看见一道洪流向远处奔腾而去，可是这就像时光的流逝，再也不能返回来了。

我久久站在那里，看着这洪流消逝在远方。也许他们永远消失了，消逝于时间深处。远处不是意味着距离，而是一个无法逾越的距离。曾在我眼前的，都将消失于远处。可是我所能看见的远处，仅仅是一些山峦和树木，甚至连树木也看不见了，只剩下一片蓝蓝的山和它的头顶飘着的几朵白云。可是它们再也不是美好的，而是令人痛彻肺腑的绝望和悲伤。蓝天是绝望和悲伤的，山峦是绝望和悲伤的，残月是绝望和悲伤的，一切都是绝望和悲伤的。可是那些远方的，曾令我多么向往，又多么恐惧。

我开始憎恶天下所有的国君，包括我的国君。他们对眼前的拥有永远不会满足，近处的一切是不够的。他们要占有远方，占有更远的远方。可是远方究竟有什么呢？都是一些自己捕捉不住的幻象，只是一片片蓝，一朵朵白云。他们要占有这样的蓝，以及这样的白云。可是这些东西和他们究竟有什么关系？他们真的可以得到这些蓝和白云么？

他们真正的用意，是不愿意让所有的生活者获得近处的安宁，也不愿意让那些深蓝的山和白色的云拥有自己的宁静。你的生活已经足够奢华，你所要的已经足够多了，你想拥有的都已经给了你，可是你为什么不愿让远方获得自己的安宁？我曾在闲逸的山林和人们谈论天下，可我谈论的却是这样的残酷的天下，我所谈论的不仅仅是别人，而且包含我自己。我所谈论的是血，是尸骨，是死亡，而不是真正安宁的生活。这样说来，我自己不也是残酷的和肮脏的么？这样的日子实际上已经在我的内心中了，可它一旦真的降临的时候，我是这样绝望和悲伤，痛彻肺腑的绝望和悲伤。

我已经没有力气站在这里了，也没有力气继续遥望远方了。因为我的儿子和那么多人已经消失到远方，那么纯洁的背景，乃是他们消失的地方，他们已经是这背景的一部分。我所看见的已经不是从前的山和从前的云了。它意味着我的儿子以及那么多的即将死去的人，意味着尸骨和灵魂，意味着无辜的青春和血。那么我为什么还要看它呢？我越是盯着它看，就越是觉得自己太无用了，我不能拯救他们，也不能拯救自己。

夜晚就要来了，我已经站立不住了。我只好坐在地上，无力地将自己的身体摆放在那里，以便接受这夜晚，接受神秘的、充满了死亡预感的夜晚，不祥的夜晚。乌鸦的叫声从哪里传来？这不祥的叫声，好像不是来自近处，而是来自远方。好像也不是来自地上，而是来自地下，很深很深的地下，它通过泥土传给我。好像也不是来自外面，而是来自我的内心，我的内心里竟然是那么深邃，有一条秘密的暗道，通往我所不知道的地方。乌鸦的叫声引诱着我，它似乎要把我带到一个更加可怕的地方。

河水在流动，我在渐渐发暗的天空下倾听河水的声音，它听起来似乎是杂乱无章的，但更仔细一点，就会发现其中有着隐秘的节奏。河面上已经没有什么船只了，它比地上的一切更黑，但却隐约有着一点点跳跃的光斑。天上的星辰也是稀少的，地上就尤为黑暗。在我看来，夜晚比白日更有意义。天神让人进入睡眠，就是让人忽视夜晚中隐含的东西。万物的本性都不能逃脱夜晚的捕捉。

白天是虚幻的，天神用光给人以各种形象，让你看见原本不能看见的，但它不过是天神对人的迷惑。它将真实藏在形象的背后，因为真实不在这形象上，而是藏在了形象中。所以《易》上所说的，都采用形象，但却用形象暗示真实，你必须从这暗示里捕捉真实。形象只是启示，它是一种话语，是一种表达，但表达不是真实，因为一切表达都不是那个东西本身。而天神用形象迷惑人的时候，并不在这形象上停留，却把自己的脸转向了暗夜。

是啊，这暗夜里所含的，才是我想知道的。白天的一切我已经看见了，我想看见我看不见的。所以我也将脸转向黑暗。黑暗中的一切都是绝望的。天神在白天为我们所展示的，就是让人看见希望，可是他并不是这样想，而是把绝望深藏在黑暗里。现在我即使是在白日也看见了黑暗，看见了这绝望。因为希望只是让人活下去，但绝望却让人死去。我顺着这黑暗看去，一条大路通往的地方，乃是无比的寂静，寂静和死寂乃是同义。

古灵魂

卷三百六十八

王孙满

我在周王的都城北门前面玩耍，我的后面是齐整的士卒在沿着城墙巡梭，他们一个个神情严肃，或者说面部没有任何表情，就像一块块石头从我的身后移动。他们身上所穿的铠甲，就像是石头上刻着花纹，我则将目光投向四周的树木和天上的云。这个时节天气还略感寒冷，树上隐隐现出了一些淡绿，发黄的那种淡绿，但你一旦走近它，就看不见了，仍然是那种冷酷的发黑的枝条。

因为我是王孙，所以没有同龄的孩童和我玩耍，只有照看我的人和我在一起。可是和大人们一起是多么无趣。他们所说的我不爱听，可我所说的他们却听不懂。我喜欢在夏天的时候在花丛中捉蝴蝶，可是现在却看不见一只蝴蝶，它们都在哪里呢？也许它们藏在什么地方，我却看不见它们。可是一到天气热了的时候，花儿都开了，它们竟然突然出现了。它们围绕着花朵，在花蕊上停留，颤动着两只翅膀，就像被眼前的景象惊呆了一样。它们一定是害怕什么，不然为什么浑身颤抖呢？那花蕊里藏着什么秘密，值得它追逐和停留？

每一只蝴蝶都是不一样的。它们有的很大，有的很小，而且翅膀上有着不同的颜色、花纹和斑点。它们有着细长的腿，还长着两根长长的胡须。那么小的头，眼睛发黑，它的目光也是黑的，那么亮，我能想见它能够看见很远的东西。可是它们的翅膀上也有着眼睛，一个个斑点，带着不同的色彩，中间的色彩尤其明亮和鲜艳，就像眼睛一样闪光。多么漂亮的眼睛，可是这是一个个假眼，它用这样的眼睛来迷惑别人。

也许这样的翅膀才是它们真正的脸，因为我发现每一只蝴蝶的翅膀上都有着不同的表情，有的天生就是愤怒的，有的十分平和，也有的带着微笑。有一次我捉住了一只很漂亮的蝴蝶，它的翅膀上有着很多眼睛一样的圆斑，那种宝石一样的蓝色圆斑，又被一圈圈白色和黑色围绕，它就像是对我微笑，我不忍心将它拿在手里，就将它放飞了。我看着它一直飞到很远的地方，然后我看不见它了。它飞翔的样子也十分迷人，忽高忽低，在半空中被风吹得摇摇晃晃，就像飘着一片鲜艳的树叶。

可是我现在看不见蝴蝶，而周围的一切已经让我感到厌倦了。我听见大人们所说的都是互相争斗的事情，他们为什么要互相争斗呢？他们筑起城墙，又有那么多士卒守护，每天都过着提心吊胆的生活，这有什么意思呢？可是在草丛里，蝴蝶不与任何蝴蝶争斗，它们仅仅是寻找花朵，并携带花朵的香气飞走。我曾看见过一只翅膀上有着人脸的蝴蝶，它带着这样的人脸不断飞来飞去，我不知道它究竟是带着谁在飞。但那被携带的人一定是快乐的人，他浮在蝴蝶的翅膀上，观看所有的花朵，这究竟是谁呢？

就在我琢磨今天的游戏的时候，秦国的军队出现了。他们要到什么地方去？不过看样子他们要和哪个国家交战了。几百辆战车浩浩荡荡而来，左右两旁的士卒都摘下战盔，向王城致敬，而车上的武将也跳下了战车，也摘下头盔向王城致敬。他们刚刚从战车上一跃而下，就敏捷地跳上车去。他们看起来并不是真诚地向着周王致礼，而是匆忙地、毫不在意地做一件潦草的事情。

我回去对我的祖父周王说，秦国的军队从这里路过，还向你致礼，但是他们是轻狂的，没有对你足够的敬畏。他们并没有真正的礼貌，每一个动作都显出了骄傲，这样的军队必定会失败。轻狂无礼和骄傲蛮横就必定缺少计谋，没有礼貌又怎会具有严明的律法？他们已经就要交战了，还这么随意而为，凶险就在他们的前面，但他们却毫无察觉，这不就是失败的前兆么？若是秦国能够获胜，自古以来相传的道理就不起作用了。

周王说，你的年纪还小，但是已经看出了秦军的破绽。以前晋侯之所以不断取胜，就是尊敬我才获得天下的认可，但秦国的大军这样不尊敬我，天下就不会拥戴，也不会信任他，他的失败很快就会看见。不过，你还小，不必操心这些你还不懂的事情。可惜周王已经不是从前的周王了，我所看见的是周王的衰微，所以诸侯就不会像从前那样尊敬我了。虽然他们还在向我致敬，但他们并不在意我，我已经不能节制他们了。

那么他们为什么总是互相厮杀呢？不能安心守护自己的国家么？周王说，正是他们看见了天下的混乱，所以每一个诸侯都试图扩大自己的疆土，都想将别人的东西拿走。但拿走别人的东西的时候，他不知道要小心谨慎，所以就会让自己伸出的手被别人的剑砍中，就会失去自己的手指。他们不明白这个道理，所以才依仗自己的强大而恣意妄为。

——万物都有自己的秩序，在人世间也是这样。只要一个人生下来，就要给他一个位置，因而每一个人都可以找到自己的东西，但别人要想拿走，就要付出代价。每一个国家也是这样，因为每一个国家都是从前文王和武王分封的，他们在确定这些国家的时候，都有着先于分封的法度。若是随意违背了这法度，就会受到惩罚。现在尽管我没有对他们进行惩罚的能力了，但天神仍然在无形中掌握着惩罚的权力。因为从前天神赋予了周王以权力，现在我的权力已经被天神收走了，他也许是不放心我的能力，但他不会放任不管。

我问，可是天神真的有么？周王说，有的，不然我为什么要为天神祭祀呢？只有我有权祭祀，只有天子有祭祀天神的特权。你看吧，万物都着自己的秩序，我们拥有白天和夜晚，太阳和月亮交替出现在天空，所以天下的人们要在白天劳作，夜晚安息，没有什么人违背。每一年都有四季，冬天的时候寒冷，夏天的时候炎热，春天的时候农夫会播种，秋天的时候就会庄稼成熟，他们就开始收获。这都是天神安排的。林间的野兽供我们狩猎，地里的庄稼给我们食粮，若是没有天神，这一切都不可思议。

——还有，你看这天下虽然在争夺，但一些国家灭亡了，而另一些国家却变得强大。有的原本是很强大的，但却很快衰弱了，另一些原本是弱小的，却又变得强盛，这是为什么呢？为什么强大的要衰亡，而弱小的要强盛？因为它们的国君不一样。而为什么这些国家会出现一个昏庸的国君，而另一个国家会产生一个贤明的国君？这都是

古灵魂

天神的旨意。若是没有一个天神在挥手，每一个国家兴衰的原因就不能理解。

——我想，秦国是想趁着晋国君主刚刚死去而趁机出击，可以捞取利益。以我所断，他们要袭击的是郑国，因为郑国解围之后，秦国的将军还留在那里，而郑国的位置也十分重要，只要占取了郑国，也就占据了中原的中心，就像射箭的人，将自己的箭射向了靶心。他能不能成功？我不能妄加预断。人的智慧是有限的，而天神却知道一切，因为这一切原是由他来决定。

我说，我不懂你说的道理，但我似乎知道了。因为我不知道我的以后会是什么样，但总有什么让我变成那个样子。人间的道理不是出自人间，而是由天神制定律则。若是不遵循这律则，一个人就会一事无成，一个国家也不可能强盛。一个人必须怀有善意和仁德之心，才可能令人信服，一个国家的国君也是这样。重要的是在自己的国家施行仁政，让民众安居乐业，让天下称颂，这样所有的人才会效仿和归附。但是秦国这样趁着晋国新丧而奔袭其它国家，想乘人之危而夺取好处，这已经失去了仁德。失去了仁德，可能一时会获得利益，但不可能长久。甚至他们的做法已经说明他们将失败。

——我虽然年龄小，但我也听说很多从前的事情。夏禹施行仁德之政，诸侯们就把各自的奇珍异宝献给天子，九州的酋长也将自己的珍品贡献给天子。于是夏禹就将贡献的金属铸造为九鼎，上面铸出了各种奇异的兽形和各种纹饰，这样民众就不会在山泽遇到妖邪，所做的事情也会顺利和吉祥，所以天下和睦，民众拥戴，天神也会赐福。但是夏桀荒唐昏乱，商朝就获得了这些器物，而商纣暴虐荒淫，就让这珍贵之物转移到周朝。现在我看见这九鼎，就知道对于世间来说，美德是最重要的。上天并不惧怕骄横和强力，倒是护佑那些具有美德的人，也护佑有美德的国家。失去了美德，不仅会失去眼前的东西，也会失去自己已有的东西。所以秦国的远征看起来气势很大，实际上是失败的开始。

——我喜欢蝴蝶，那是多么美丽的蝴蝶。我看见它飞得那么轻盈，它又是那么弱小，但每一个人都喜欢它。我知道山间的野兽喜欢争斗，它们互相要想方设法吃掉别人，但没有一种野兽要与蝴蝶为敌。也没有恶鸟想要吃掉一只蝴蝶。因为它自己带着美丽和艳丽，尽管它并不躲避任何敌人，但却没有敌人。我曾见过一条毒蛇在蝴蝶面前停住，它甚至放弃了使用自己的毒性。我也看见一只鸟儿在蝴蝶面前停住，久久地看着它，也许它觉得自己是惭愧的，美好的事物总是让人羡慕。

周王说，你虽然年龄很小，但已经明白了大道理。这些道理自古就有了，若是追寻它产生于何时，那么必定是来自天神。人们违背美德，就是违背天神的旨意，就必定会受到惩罚。可是更多的人不知道这个道理。也许人们能把这样的道理讲出来，但他却不能用这样的道理来引导自己。

——更重要的是，许多人目光短浅，只要看见小利就要图谋，却看不见背后的大义。唉，周王的天下之所以衰落，就是因为一个个天子的德行比不上文王和武王了。失去了美德，天下怎能不衰败呢？现在周朝的天命仍在。你说的话对我也是警醒，我要努力保持自己的仁德啊。你从小就知道仁德的可贵，让我知道尽管天下已经混乱，但周朝仍然可以延续。你说得对，秦国的军队不尊重我并不重要，但不尊重我，就是不尊重天命，不尊重天命，就是不尊重天神，不尊重天神，他们也就离败亡不远了。

我从祖父的身边离开，外面的天已经黑下来了，天上布满了星辰。我坐在王宫的庭院里，发呆地望着辽阔的星空。这样的星空是那么深邃，那么浩瀚，那么令人产生无限遐想。那是一个人不可能抵达的地方，飞鸟也不能抵达，只有天神能在那里居住。对于我来说，我只能仰望，只能在遐想中遨游。天上的每一颗星都在闪耀，它们是那么神奇，那么纯净和光明，只有在夜晚才能被看见。

在白天的时候，它们就隐藏起来，因为它们要让位于太阳。它们是多么谦逊啊。在暗夜的时候，它们给地上的人们以启示，让人们按照星辰的法则来安排自己的生活，可是人们却很少仰望它们，也不知道自己的日子。要是地上的人们、地上的国家，能够像天上的星一样，各自守护自己的位置，各自发出自己的光亮，那该是一个多么美好的人间。可是有谁能够做到呢？谁又仔细思索天上星辰告诉我们的秘密呢？

卷三百六十九

弦高

　　临近中午的时候，我已经走在了滑国一带的路上。我是从郑国的都城出发的，要去周王的都城做生意。我是一个商人，我带了十二头牛，还有很多牛皮，我去周都把这些东西卖掉，再从那里换回粮食，然后再回到郑国把这些粮食卖掉。当然我还有一些从别的地方收集的玉器和宝石，还有一些珍贵的羽翎，以及山林里的兽皮。一路上已经十分疲惫，我坐在路边饮水解渴。

　　我的确感到疲乏了，一坐在那里就不想站起来。赶牛人将牛群带到溪水边，它们也渴了，可惜现在草地上的野草还没有长起来，几头牛在光秃秃的地上寻找着去年的枯草，也寻找着埋在土里的草根。它们对于哪里有草根和枯草是知道的，因为野草已经在下面萌芽，它们的鼻子可以闻到草的气息。我听着溪水的声音，内心开始变得舒畅，就像这溪水一样，我的浑身是清澈的，我的疲惫也渐渐消除。

　　但是我前面的路上出现了长长的军队，战车的车轮声碾碎了这旷野的宁静。战马的蹄声是混乱的，但车轮却有着它自己的节律。一匹匹战马昂着头，而车上的将士则同样目不斜视，呈现出飞扬骄傲和蔑

古灵魂

视一切的气势。几百辆战车布满了道路，这是哪国的大军？我从飞扬的旌幡上辨认出了，他们乃是来自秦国。观察他们行进的方向，他们必定是要去奔袭郑国。这可怎么办？他们会不会杀掉我？我的内心升起了一阵阵恐惧。

我立即想着，他们将会杀掉我，我的牛和牛皮也会被哄抢。我不知道我所遇见的是一支什么样的军队。那么我该怎么办？我的浑身的毛孔突然因着惊惧而张开了。他们不仅会杀掉我，还要去攻伐郑国，郑国必定要灭亡了。可那是我的国家，我的家园，我怎能让我的国家遭遇祸患呢？那里住着我的亲人，我的亲人怎能遭遇祸患呢？一想到这些，我的心里就发慌，我真的不知自己该做什么。

自从秦国从郑国退兵，郑国的国君一直对秦国怀着感激之情，他怎么能知道秦国将要降祸于郑国呢？现在晋国的军队也已经归国了，以郑国的力量根本不可能抵御这样强大的秦军。我必须让人赶回郑国，将秦国来犯的消息告诉国君，让他们有所准备。尤其是在郑国还有三个秦国将军留守，他们一定准备好要里应外合，郑国怎能抵挡住呢？我立即派人赶回去为国君报信。

秦军士卒向我要水喝，我将自己罐子里的水给他们，我告诉他们前面就有溪水，你看我的牛都在那里。我忽然在内心闪现了一道灵光，就像闪电一样，我好像在这闪电里看见了什么。与其我死去，与其我的所有东西都将失去，不如将这些东西献出去，是不是可能免除自己的灾难？也许，我告诉他们，郑国已经获知了秦军的行动，这样他们就不敢轻易进犯了？即使我做不到我所设想的，也许会保全自己的性命？

我找到他们的首领，向他施礼。那个人戴着头盔，身上披着铠甲，把长戈放在一旁。他跳下车来向我问路。我说，不用问路了，国君派我前来引领你们。他吃惊地问，你们的国君知道我们的大军要来么？我说，是的，他知道秦国的大军要路经郑国，就派遣我来慰劳秦军。秦军曾抛弃晋军而从郑国退兵，国君一直记着秦国的恩惠，所以先让我冒昧地慰劳秦军的将士。郑国比起秦国来并不富裕，也没什么土产的珍宝玉器，让我奉上四张牛皮和十二头牛，作为微薄的礼物。秦军要是在郑国驻扎，那么郑国将每天供给粮食和战马的草料。要是准备离开，国君已经安排好护卫，让你们在夜晚睡得安逸。

我暗示说，将军就放心吧。国君已经准备好一切，你们的军营不会受到任何侵扰。我们的城头布满了兵卒，让你们在郑国得以很好地休息，我们不会让任何人靠近。说完，我就让人将四张牛皮奉上，又让人将我的十二头牛牵了过来。他们满脸狐疑地接受了我的礼物。我笑着对他们说，若要让我领路，你们先休息好了，我就走在你们的前面。

我想，我派的报信人已经走出很远了，我希望秦军多停留一会儿，以让郑国的国君做好预备。我走到了大军的前面，想着怎样带领他们，让他们走一条远一点的弯路，这样就会为郑国赢得更多的时间。接受我礼物的将军召集几个人一起开始商量什么。我看他们似乎在争论什么，但很快就平静了，好像对某个想法达成了一致。一会儿，那个将军把我叫到面前，对我说，你先回去吧，你向国君转达我们的谢意，我们不需要领路，去往郑国的路，我们是熟悉的，也许我们不会经过郑国，若是经过郑国，我会告知你们的国君。

古灵魂

我说，好吧，那就按照你们的想法做吧，我就先回去向国君禀告。我慌忙离开了秦军，向着郑国的方向而去。我的生意做不成了，还将自己的牛献给了秦军。好在他们相信了我，也没有杀掉我。失去了自己的牛，还可以再买到，但若是被秦军杀掉，岂不是一切都化为乌有？我坐上自己的车，车上的许多东西还在，我还在，我的减损也许会给郑国免除灾祸，所以我开始感到了幸运和快乐。

可是我的心还是狂跳，我究竟是快乐还是逃出恐惧之后的庆幸？我究竟是怎样做出这样一个决定？我想，我当时只是想着如何让自己脱离灾祸，我只是因为自己的恐惧，所以想着献出自己的牛和牛皮，若是我仅仅是一个商人，而且面对骄傲而轻狂的军队，我可能面临死亡。我不知道这军队会不会有严明的纪律约束，我不知道我将要面对的是什么。我的选择乃是出于摆脱危险的选择，是天神指引的结果。不然，我怎能逃脱这危境呢？

一个人在恐惧和绝望中，仍然有一条通往开阔处的路。我回头看去，秦军已经转向了另一条路，看来他们已经听信了我的话，转到另一条路上去了。他们已经不去郑国了。那么他们将去哪里呢？也许是突然从惊惧中脱离，我的两腿发软，竟然感到一阵晕眩。太阳已经向着西面偏移，它仍然是那么灿烂，我的身上似乎散发着强烈的光，好像不是天上的太阳在发光，而是我自己在发光。我似乎将四周的一切照亮，世界变得那么耀眼，让人睁不开眼。原野是模糊的，树木是模糊的，山峦是模糊的，我眼前的一切都飘浮在一片炫目的光晕里，我只是坐在车上，我自己也同样飘浮在这光晕里。

卷三百七十

杞子

秦国从郑国退兵之后,我就留在郑国帮助戍守都城,主要是预防晋国再次对郑国发起攻击。因为秦国的退兵,晋国也退兵了。我知道,无论对于晋国还是秦国,郑国都是十分重要的。晋国讨伐郑国,不仅仅是因为晋文公曾在这里受到了冷落和嘲弄,而是晋国一直觊觎郑国的土地。只有获得郑国,它的霸业才更其稳固,也可以借助郑国来抗拒南方虎视眈眈的楚国。可是,我的国君何尝不想得到郑国呢?

我很快就和郑国守城的将士非常熟悉了,我们好像彼此十分信任,他们甚至将城门的钥匙都可以托付给我了。夏天的时候,郑文公死了,被晋国逼迫郑文公立为太子的公子兰即位,成为郑穆公。冬天的时候,我就听说晋文公已经死了,晋国忙着料理晋文公的丧事,已经顾不上做其它事情了。这是多么好的机会啊,若是能趁着晋文公出殡期间奔袭郑国,一举夺得郑国,秦国将可以在中原与晋国分庭抗礼,以秦国之强,必定会战胜晋国,取得诸侯霸权。我的国君胸怀鸿志,一直不甘于偏居一隅,这乃是实现大志的天赐良机。

现在已经是春天了,我派人前往秦国报信,希望国君可以派兵东征，这样我就可以里应外合，兵不血刃获取郑国。不久报信人就回来了，国君已经派兵出发了，用不了多少天就可以来到郑国。我还听说那个蹇叔竭力反对国君出兵，原因仅仅是路途太远，军队容易疲劳，也容易走漏风声，而且征伐的路途上会有危险。

这个蹇叔太老了，他也许原来是聪明的，一旦老了就容易糊涂，而且会越来越胆小。我不知道国君为什么要将这样的老人拜为大夫。还有那个百里奚，已经七十岁了，还要用五张羊皮把他换回来，让他成为秦国的大夫。这个人从来没有什么人任用他，四处流浪乞讨，好不容易才得到虞国国君的赏识，可虞国的国君完全是一个昏君，竟然将一个国家断送了。国君怎么会任用这样的人呢？

幸亏国君没有听从蹇叔的话，不然这样的良机就会白白失去。机会并不是每一刻都有的，上天给一个人的机会并不多，一般都不会超过三次。对于一个国家也是这样，上天不会将机会放在那里，你可以随意拿取。在晋国内乱的时候，我的国君没有趁机灭掉晋国，而是一次次将晋国的公子护送回国，秦国因而成为一个受害者。从前一次次被晋惠公欺骗，他一次次违背自己的承诺，从来不知道秦国给他的恩惠。后来国君又将晋国的公子重耳送回晋国，但这个人做了国君之后，竟然成为天下霸主。现在，这个人死掉了，这难道不是一个夺取霸主的好机会么？

国君还是采纳了我的谏言，我们的大军再有几天就来了，我和我的十卒们已经磨利了兵刃，捆绑好了行装，喂饱了战马，随时准备从里面策应。一旦大军赶到了，就打开城门，围住郑穆公的宫殿，将他的护卫杀掉。这样一切都成了。但郑穆公派大夫皇武子突然来到了我的住所，他带来了郑穆公给我的话，他向我施礼说，国君让我告诉你，你们在郑国居住的时间已经很长了，我们是一个贫弱的国家，能够为你们提供的粮食也不多了，看见你们打捆好行装的样子，想必你们也就要走了，国君让我前来慰问。

我尴尬地回答说，我们捆好了行装，并不是要离开，只是想着到什么地方去狩猎。我们在郑国待了这么长时间，十分思念自己的秦国，但因为协助郑国守护都城，又有我的国君的命令，不能想离开就离开。但士卒们的心里有着烦闷，这一点你们也可理解。皇武子说，我看你们的兵器都磨得很亮，我知道你们将去打猎，可这里的猎场麋鹿也不多，这个季节也不是狩猎的季节，不知你们将要到哪里狩猎，我还不知道春天的猎场里能有什么。

我说，我也是这么想，即使不能有所收获，也出去让我的士卒观赏一下郑国的山林，让他们能够想起秦国的猎场。皇武子说，春天的猎场是荒凉的，恐怕要让你失望。郑国有狩猎之地，秦国也有狩猎之地，但郑国的狩猎之地远不如秦国。若是你们回到秦国的狩猎之地，或许能够猎获更多的麋鹿。你在这里做不到的，回到秦国就能做到。这样郑国的麋鹿也就能安宁了。这样岂不更好么？

说完之后，他就走了。我坐在房子里，皇武子所说的话让我心烦意躁。看来郑国已经知道了我们偷袭的意图，已经加强了防备。皇武子的话里藏着锋芒，他并没有直接说出要说的话，但又都说出来了。他在暗示我，若是秦军一到，我将成为围场里的麋鹿，而告诉我在郑国的猎场中不会收获任何东西。也许我们的大军在行军中已经走漏了风声，郑穆公已经知道了一切。但他不愿意与强大的秦国为敌，所以才这样跟我说话。可我已经从这话中感到了其中埋藏的刀锋，暗中已经有弓箭对准了我。

我赶快派人将这个消息告诉了逢孙和杨孙，让他们马上逃走，郑国已经不能久留了。我也慌忙逃往齐国，因为齐国从没有和秦国交战，我也许在那里可以获得庇护，然后再选择时机返回秦国。若是向着归国的路上逃跑，或许郑穆公会派兵追杀。我到了齐国后，得知逢孙和杨孙已经逃到了宋国，也知道了秦国的大军已经踏上归途，因为领军的孟明在路过滑国的时候，获知郑国已经有所防备，若是强攻，恐怕没有取胜的把握。若是不能取胜，围城又没有援军，只好顺路灭掉滑国，然后就开始班师回国。

唉，也许我是愚蠢的，不然为什么会把事情做成这样呢？我以为自己设计得已经十分周全，可我还是落得这样一个结局。我一直感到不解，他们是怎样探知我们的计划的？难道他们真的未卜先知？或者是秦军路过滑国的时候，滑国人赶来告诉了郑国？不，不会的。那么是谁告诉郑穆公的？也许以后我会知道这个秘密，也许我永远不会知道了。现在看来，或许蹇叔和百里奚是对的，他们已经预见到了现在的结果，可是他们又是怎么知道的呢？

总之，这次出兵也许并不是全无所获，至少秦军灭掉了滑国。但是，秦国的行为已经彻底背叛了晋国，我们将多了一个强敌。这也许并不合算。我若回到秦国，也许将会受到国君的惩罚，难道我就一直留在齐国么？即使国君原谅我的误算，我也会感到羞耻。也许我太急于求成，也许我太急于建功，也许我的目光短浅，不论怎样说，我已经沦为一个逃跑者，我逃到了齐国，仅仅是为了活命。作为一个武将，这是多么大的耻辱。一个本应战死疆场的武将，却成为一个懦弱的逃命者。

现在我坐在齐国都城的一处石阶上，久久不愿回到房屋里。春天的微寒从我的身上穿过，我仍然不愿回到房屋里。因为我宁愿在这深夜的漆黑中，也不愿在明亮的梦中，因为我不知道那梦中究竟有着怎样的恐惧在等待我。那必定是一个噩梦。我害怕噩梦。我在醒着的时候已经经历了一场噩梦，怎能经受得住暗夜里再次经历噩梦？我想在这春寒里躲过噩梦，可是那噩梦又在哪里呢？我看着天上的明月，它还是像往常一样，从高高的天穹发出冷冷的光，也许将侵入我睡眠的噩梦就在这冷光里。

天上只有稀疏的星，就像这春天一样荒凉。我抬头看着这无垠的、深邃的、暗淡的天空，明月的光辉也不能将其照亮，它只能将我的孤独的影子摆在地上。这影子也是暗淡的，只有我能看见。这是一个痛苦的影子，一个烦恼的影子，一个失去了依托的影子，因为我现在感到自己并不在这里，而是升到了寒冷的月光里。是的，我已经被月光肢解了，我已经在月光里腐烂，我似乎已经不在人世了，我已经死去了，只有我的影子还留在异国的土地上。我希望我的影子也随着月光飘走，不要继续在我的目光里停留。

卷三百七十一

先轸

　　我的国君已经死了，但他却不肯离去。他的棺椁中传来了吼叫声，他为秦国的背叛而愤怒。卜偃说，这是国君在传达命令，因为秦国的军队正穿越晋国的疆土。果然，很快就有人来报信，秦国的大军由孟明视为主将，西乞术和白乙丙为副将，穿过了晋国的领地，偷袭郑国去了。

　　来人还说，听说秦国的大夫蹇叔和百里奚都坚决反对这样做，这两个人觉得劳师远征，还要穿越崤山，不仅将士劳累，也容易走漏风声，暴露秦国的意图，这样郑国就会有所准备。若是不能一举攻克郑国，就会一无所获。更重要的是，晋国若是知道了秦国的行动，必然会派兵出击，这样秦军就凶多吉少。但是秦穆公没有听从他们的劝谏，觉得这是夺取郑国的良机，决然派兵东袭郑国。

　　卜偃真是能够通神啊，他每一次都能做出预见，事情还没有发生的时候就知道了结果，我相信他所说的话。众臣们放下先君的棺椁，就地商议怎样应对。我说，秦国违背蹇叔和百里奚的谏言，这对我们来说是一个天赐良机。别人认为的良机就是我们的良机。秦国太贪婪了，看见晋国被封为天下霸主，既羡慕又嫉妒，这就转化为仇恨。秦穆公觉得先君曾依靠他归国为君，从前并不把晋国放在眼里，现在晋国已经强大，他就不甘心了。这样的机会，我们决不能放弃，若是这一次放走秦军，我们将后患无穷。卜偃已经说了，这是天意，我们若违背了天意，也将受到惩罚，因而我们一定要讨伐敌人。

狐偃说，秦国本来和晋国联手围攻郑国，但他们却违背了约定，擅自退兵了。这已经是背叛了晋国。秦穆公是一个有雄心的君主，我和先君在秦国的时候，他曾在筵席上吟咏诗篇，他的雄心已经显露出来了。现在他不愿意看见晋国的强盛，所以趁着国君新丧，就急忙出兵夺取郑国，他的意愿并不在于仅仅夺得郑国，而是为了在中原立足，以便和晋国争霸。他这次出兵，已经被自己的贪欲冲昏头脑，所以才违背蹇叔和百里奚的良言劝谏。蹇叔说得对，秦军远途奔袭，必然劳累疲惫，我们可在他们的归途埋伏，一举击败秦军。先轸说得对，敌人的机会就是我们的机会，因为机会中还有机会，机会中又有机会。先君虽然躺在棺椁，但他的灵魂仍然在引导我们，若不顺从天意，晋国怎会吉利呢？

栾枝说，我们不可以这样做，秦国对先君有恩，我们不报答秦国的恩惠，却去攻打它的大军，这样我们的心里还有死去的国君么？若要先君在世，他一定不让我们这样做。即使秦国在围攻郑国中独自退兵，他们也应该有自己的理由，这不能视为背叛晋国。毕竟秦晋两国还有姻亲关系，若是我们讨伐秦军，一定要有充分的道理。不然让天下诸侯怎能信服？若是丢掉了天下的信服，我们又怎能作为霸主号令诸侯？

我说，我和你的看法不一样。先君刚刚死去，秦国应该为晋国的新丧举哀，但它却趁着这样的机会讨伐我们的同姓之国，这是秦国的无礼。我们固然曾获得过秦国的恩惠，但它的无礼已经抵消了它从前的恩德，那么我们还有什么恩惠需要报答？我曾听说，如若在关键时刻手下留情，放弃了对敌人的攻击，就会给后世留下祸患。即使不为今天的晋国着想，也要为晋国的将来着想，我想这就是先君在棺椁里也不放心的原因。他所发出的吼叫之声，就是为了警示我们，所以我们讨伐秦军，也是先君的意愿。

晋襄公刚刚继位，他耐心地倾听我们所说的，最后他说，那就按照先轸的想法去做吧。既然是先君的意愿，那就是他的命令，他的命令我怎敢不服从呢？你们都是先君的老臣，曾跟随先君建功立业，你们的想法也必定是先君的想法。我的父君新丧，我还在悲哀之中，所以也想不出更好的办法。不过先轸说得对，我的父君新丧，秦国不为我们举哀，却乘人之难，夺取我们的同姓之国，这怎么能称得上仁义呢？天子将先君封为侯伯，就是为了让我们惩罚邪恶，匡扶天下正义，秦国的不义之举，理应受到惩罚。我们不仅仅是为自己而惩罚秦国，而且是代天子执行正义。

于是我奉新君之命，开始调动大军，发布命令。晋襄公则放下先君新丧的悲哀，将白色的孝服染成黑色，让梁弘为他驾驭戎车，又让莱驹担任戎右，决定在崤山设伏，在秦军的归途击打秦军。忽然又有人来报，说秦军知道郑国已有预备，就没有攻打郑国，而是为了建功而顺手灭掉了滑国，就要班师回朝了。看来军机不能延误，必须立即率兵奔赴崤山了。看着先君的棺椁停放在那里，只有让先君等待了。等我们获胜归来，再为先君出殡吧。

卷三百七十二

晋襄公

四月了，寒春已经过去了，地上已经生出了野草，树上也长出了新叶，晋国的土地上一片生机。农夫早已将种子播撒在地里，他们每天都在操心幼苗的生长。我看见沿途许多地里都有农夫在巡视，顺手拔除刚刚生出的野草。父君已经去世了，他离开我独自去了另一个我所不知的世界了。我的心仍然在严冬，可我的眼前所看见的光景，就要到夏天了。

父君的死让我感到自己失去了依仗，我必须成为一个国家的主人。我面对大事情的时候，不知怎么去应对。我的内心既是悲痛的也是迷惘的。当为先父出殡的时候，竟然听到了棺椁内发出的似乎是牛吼之声。这是什么声音？这声音是这样令人痛心，也令人警醒。它是那么低沉，也是那么有力。先父为什么要发出这样的声音？他必定是要我去做什么。卜偃告诉我，西边来了敌人，需要我们去讨伐。

我不能违背父君的命令，既然他用一个死者的灵魂告诉我应该怎样做，我还有什么可犹豫的呢？于是我们停下棺椁，立即召集大臣商讨这样的大事情。我必须依靠父君的老臣，他们经历过各种事情，有着应对事情的谋略和智慧。卜偃说出了天意，狐偃说出了办法，先轸使我有了信心，栾枝告诫我要谨慎。我听说没有一只野狐是纯白的，但却有纯白的裘皮，因为从每一只野狐那里收集一小块，汇集起来就成为纯白。

父君棺椁里的吼声让我的内心十分痛苦。他的面容一直在我的眼前浮动，我觉得他没有死，他仍然在人世间，仍然在我的面前。他的面容仍然是生动的，他的嘴角微微上翘，既像是对我微笑，又好像在沉思。因为我看见他的眉头紧皱着。他的表情看起来是那么古怪，我不知道他究竟想告诉我什么。他所要说的，都在他的表情里。这就像一个谜一样，我怎么都难以猜出他要说的话。

是的，他分明还活着。不然我为什么还能这么清楚地看见他？他是一个有德行的人，对于这样的人来说，死亡并不是真正的死亡，而是一次彻底的更新。他所失去的只是易于腐烂的食物的滋养，却获得了更好的我所不知的滋养。这是上天对仁德者的酬报，是一个比人间生活本身更为适当的安排，是天神对他的奖赏。他曾在地上所得的，在幽冥之处将获得更多。所以死亡不是那么可怕，重要的是，谁成为死亡的新人，谁又能从死亡中得到比生者更多的欢乐。

父君之所以仍然在死亡中发出吼声，不是因为对这死亡的不满，而是因为死亡而放弃了原先的生活，这放弃乃是因得到了新的东西而快乐，却也因这样的得到而留恋人间的缺憾。没有这样的缺憾，就没有现在的完满，所以他所迷恋的不是结果，而是获得这结果的原因。他将这原因放在自己灵魂里，又将这原因用这么深沉的声音说出，因为这原因里有着忧伤、痛苦和各种令人心碎的可能。

也许他仍在发布命令，就像卜偃所说的那样。这命令似乎是含混的，但对于能够听懂他说话的人来说，一切都是明确的、清晰的。卜偃听懂了，我也好像听懂了。卜偃听懂了，是因为他有着和上天沟通的能力；我听懂了乃是因为我是他的儿子，我生下来之后，他已经住在了我的身体里。我想要像他一样，做一个有德行的人，要对所有的事情多加斟酌，不能随性而为。我也要像他一样有宽大的胸怀，能够容纳和我不一样的人。这个世界就是由不同的人共同生活的，若是完全和由自己选定的人一起，我将变为一个人，一个孤独的人，我将要犯的错误，就是一个国家所犯的错误，我就会生活在一个错误的世界里。

现在我所依赖的仍然是曾一直跟随父君的人们，他们跟随父君，也会跟随我，因为我和他们一样，乃是由父君选定的，所以我们必定是同路者。因为我也是跟随父君的，所以我和他们的步伐是一致的。尤其是我乃是晋国的新君，我还不知道我该怎么做，他们将把父君所做的样子给我，使我也变为父君的样子。当然，这也是我想要变成的样子。我虽然不会完全是他的样子，但我已经在开始调整我自己。

现在我的大军正在向崤山开进，我看着沿途的风光，开始领略我的疆土上这么漂亮的美景。这些都已经属于我了，我是这个国家的主人。我把自己白色的孝服染成了黑色，匆匆从我的路上穿过。我让梁弘为我驾驭戎车，做我的御戎，又让莱驹为我的戎右，他们在我的身边，使我感到踏实。一场激战就要开始了，这是我第一次参加这样的激战，我的心里既兴奋又恐惧，这不仅是生与死的恐惧，也是对未知的恐惧。因为我不知道在这次讨伐中将获得怎样的结果，也不知道会

古灵魂

在激战中发生什么。

我们来到了崤山设伏以等待敌军的到来。这里布满了高山绝谷，峻坂迂回曲折，据说南面的山头上乃是夏朝君王皋的埋葬之地。他的祖父十分喜欢他，希望他成为像皋陶一样的圣人，才给他起了这么一个名字。结果他成为夏王之后，真的明断是非，和众臣和睦相处，能够听从别人的谏言，没有辜负他的祖父为他命名的寄寓之意。我仰望着南山，看着那高峻的山头，古人的形象在山顶的云团中若隐若现。那是怎样的云团，它似乎飘忽不定，但里面却包含了我对自己的期待。

北面的山则相传是文王躲避风雨的地方。周文王在归途中突然暴雨降临，就在这两座山互相嵌合之间度过了一个风雨之夜。高高的悬崖绝壁从头顶盖过，两山之间彼此衔接，遮住了上面的天空，不论多么大的暴雨也不能落在地上。这是上天对文王的恩赐和庇护。上天必定将佑护有德行的人，即使在暴雨中也不让他的身上落了雨滴。但是从前的圣贤都不是顺风顺水，都要经历必要的折磨，但这样的考验让天神更加青睐，最后会降福于他。就说我的父君吧，他十几年一直在流亡途中，受尽了各种屈辱，也忍耐了饥寒和酷热，但却获得了不朽功业，被周王封为了侯伯，雄立于诸侯之上。

山间已经是一片葱茏，野草之间已经出现了各种花朵，飞鸟在两座山之间飞翔，发出了清越的鸣叫。有时也有山兽发出的长吼，在山间回荡，好像是这崤山的石头发出的声音。在这深深的峡谷中，有溪水在流淌，一道窄路向西通往秦国。这是秦军归途中的必由之路。先轸将徒兵布设在两边的山坡上，又将战车堵住了向西的路。先轸又让当地的姜戎人埋伏以截断秦军后路。这真是一个埋伏的好地方，若是秦军从这里经过，怎么可能逃脱呢？除非他们能够像飞鸟一样从这山头上飞过。

秦军果然来了，他们的战车连着战车，战马发出了阵阵嘶鸣。他们看起来已经十分疲劳，士卒们懒洋洋地走着，步伐也没什么气力，前面的战车也缺少警惕，他们根本不知道我们的伏兵就在前面等待。等他们进入峡谷之后，先轸擂响了战鼓，我的大军从两侧冲下山坡，一阵阵喊杀声震耳欲聋，战旗在这山谷中飘荡，长矛和长戈以及各种兵刃交织在一起，血在地上倾泻，也在半空飞溅。一个个秦军的士卒倒下了，发出了绝望的喊叫。整个峡谷里充满了愤怒的、痛苦的、绝望的呼喊，两山之间的悬崖峭壁回荡着不绝于耳的呼喊声。

一些秦军想从前面突出重围，但是被前面的车兵牢牢堵住，还有一些秦军想退回，但姜戎的士卒截断了后路。他们左冲右突，完全失去了活路。很多秦军士卒都放下了兵器，成为我的俘虏。这样血腥的场景，让我的内心感到了震颤。我的战车冲到秦军中间的时候，他们已经放弃了抵抗，我所看见的是一张张绝望的脸，他们的眼睛里放出的乃是求饶的目光，这目光是可怜的、恐惧的、绝望的和悲伤的。

可是我作为一国之君，不能让人看出我的怜悯之情。面对残酷的交战，我必须让别人知道我也是残酷的，不然，我又怎能让别人服从我的命令？别人不害怕你的温柔，却害怕你的残酷。一个国君不是让别人喜欢的，而是让别人感到你要有残酷的力量，这样才能获得威压群雄的气势，别人对你的臣服才会心甘情愿。要将自己的仁德灌注到残酷中，因为仁德不能脱离残酷而单独实现，而残酷离开了仁德就变成了残暴，变成了任性的暴虐。若是你表现出了自己温柔的情感，就易于被人看穿你的软弱。

于是我把一个俘虏亲手捆住，让我的戎右莱驹杀掉他。我看着莱驹走到了那个人的面前，举起了长戈，但那个俘虏突然大声惨叫，莱驹被这喊叫所震撼，他手中的戈竟然掉落在地上。一旁的一个叫作狼曋的武士，跑过去敏捷地拿起了地上的戈，只见他手中的戈在空中划出一道闪光，俘虏的头就掉落了。他将长戈扔到了一旁，一手抓起俘虏的沾满了血污的头，一手抓住莱驹，来到了我的车前。

他说，你的戎右连一个人都杀不掉，怎么能在激战中护卫国君呢？而且，你让他杀掉的乃是一个被捆绑的人，若是遇到真正的武士他又怎能应对？你看，我的勇力和果断都无愧于一个斗士，你若任用我作为你的戎右，应该更为合适。他将那个头颅扔掉，又将紧抓的莱驹放开，然后扒住我的车辕摇撼着。他的手上和脸上都是鲜血，他的喊叫仿佛是从天上的雷霆中取来的，沉闷而有力，穿透了峡谷的岩石，我看见峭壁上的一块石头在他的叫喊中掉了下来。而他的眼睛中放射出了凶悍的光亮，这光亮突破了满脸的血污，向我的面前迸射。

我说，好吧，你以后就是我的戎右了。在这里柔情是最无用的，必须拥有铁石心肠，必须用血来对付血，用戈来抵挡戈。必须砍下敌人的头，才能让自己的头立稳在自己的脖子上。我虽然更喜欢莱驹的温情和胆怯，因为他的内心还有着人的温馨，但我必须在激战中获得有力的护佑，因为我也需要活着，也需要在血光中获胜。毕竟战场上就是要杀人的，而不是表现自己内心的仁义。每一个国君所需的，乃是血写的文字，而用花香所写的太轻了。是的，我也许不需要一个仁

— 157 —

慈者，而是需要一个杀人的神。莱驹满脸羞愧，捡拾起了地上的长戈，离开了我，而狼瞫一跃而起，跳到了我的戎车上。

秦军全军覆没了，他的主将孟明视以及副将西乞术、白乙丙都成为我的俘虏。将战场清扫之后，我就率军班师回朝，因为我的先父的棺椁还在郊外停放着，我和众臣还要穿着这染黑了的孝服完成出殡之礼。虽然大胜秦军，但我仍然不能摆脱自己的悲哀，也许我的悲哀更为强烈了。因为我的父君的灵魂虽然一直伴随着我，但我毕竟看不见他的身影了。他是不是知道我获胜而归？也许他是知道的，可是我若能真实地看见他该有多好。他已经躺入了棺椁，他已经闭上了眼睛，他不能用自己的眼睛来观看我，也不能观看这获胜的场景了。

我的内心一点儿都没有获胜的兴奋，而是沉入更深的悲哀了。就像一粒种子沉入了更深的、黑暗的地下，我感到被这黑暗压迫着，窒息着，束缚着。我更像一个被悲哀俘虏了的囚徒，我既没有自由，也没有前途，只有沉重的悲哀压在身上。这是一种莫名其妙的感情，似乎和我父君的死无关，因为他的死只是让我悲痛，但现在悲痛却来自我自己。我多么想发芽、生长，舒展自己的身形，可是我却沉浸于无边的黑暗。

卷三百七十三

文嬴

　　我的夫君死去了，我还没有从悲痛中醒来，我仍然沉浸在一个噩梦中，就像我的双手压住了自己的胸部，我梦魇了，因为我没有力气推开自己的双手。我的夫君在出殡的时候，棺椁已经移出了都城，就要到曲沃的宗庙举行殡仪，但就在这时传来秦国偷袭郑国的军情。新君晋襄公，也就是我的夫君与偪姞所生，但他已经将我认作母亲，我也很喜欢他。他一直仁厚忠孝、谦逊尊礼，也受到先君和众臣的拥护。他们经过商议，决定奔袭秦军，为了出征的吉利，匆匆将丧服染成了黑色，就奔赴战场了。

　　我的内心充满了矛盾，我不知道结果会怎样。我是秦穆公的女儿，也是晋文公的夫人。一边是我的家，一边是我父母的家。秦国是我出生和成长的地方，它对我有着哺育之恩；另一边是我生活的地方，是我的扎根之所，我将在这里渐渐变老，然后死在这里。可是他们却要开战了。我的父君将我的夫君送回了晋国，使他能够成为一个贤明的国君，并施展了自己的才能和抱负，成为新的霸主。秦国不仅对我乃是恩德和血脉所在，对我的夫君同样是施与恩惠的地方。而且，我的父君将我嫁给晋文公，已经将秦晋两国联结在了一起，他们怎么能缔结仇怨呢？这联结之中本应开出最美的花，并结出最好的果子。

我似乎理解我的父君，因为他一直有着称霸中原的雄心，然而他的雄心却没有得到机会展现。可是我的夫君却得到了这样的机会，并击败了强大的楚国，成就了霸业。那么，我的父君怎么会甘心呢？晋国和秦国都是有着雄心的国家，这样它们就必然会争霸，怎么能和睦相处呢？原本一切都是好的，但自从联合讨伐郑国之后，我的父君受到了郑国使臣烛之武的挑唆，事情就向着坏的方向变化。因为烛之武的话击痛了我的父君，似乎让他从好梦中醒悟，进入了另一个噩梦。

烛之武说，若是灭掉了郑国，对于秦国来说只是得到了远离秦国的一块飞地，它随时可能被楚国或者晋国吞并。但若是晋国得到了它，就会变得更加强大，随时可能掉转头灭掉秦国。这是多么有力量的语言，这语言就像利剑一样刺穿了敦睦的幻象，把一个残酷的真实抛给了我的父君，让他的心魂里被忧虑所浸透。所以他就从郑国退兵了。这是一个分界线，实际上从那时候开始，秦国已经和晋国分手了。

但是我没想到，父君竟然趁着我的夫君新丧，就出兵偷袭郑国，让我不能理解他为什么这么做。这既不符合礼仪也不符合道义，乃是要和晋国公然结仇了。也许他已经忍受不了自己内心的煎熬，已经不能平静地持稳自己了。他不能听从蹇叔和百里奚的贤明之言，决然要去冒险，可是这是怎样的冒险啊，这意味着秦国和晋国都将不能平静了。面对这样的事情，我的内心是多么痛苦，我已经被放在滚沸的釜

古灵魂

中，我的痛苦谁也不能知道。

现在，无论是哪一个人死去，我都会感到痛苦。晋襄公若有不测，我将怎样痛苦？我的夫君死了，不能再让人继续死去了，不然这悲痛将变为更多。秦军的将士也不应该死去，因为他们都是我的乡亲，是我的父君的大军，每一个生命都和我相关，每一个人的生与死都让我牵挂，我好像已经随着战车一起到了他们交战的峡谷，我似乎已经回不来了。而那些即将死去的，好像不是别人，而是我。是的，我变成了每一个人，而每一个人又都附着在了我的身上，我感到自己太沉重了，就要沉没于地下了。

我的父君将我嫁给晋文公，就是为了秦晋两国保持敦睦，能够联手抗击楚国，进取中原。可是现在父君的初衷已经改变，他看见了晋国的日渐强盛，而为秦国的将来感到焦虑不安。因而才出此下策，试图一举获得与晋国争霸的筹码。秦国这次贸然出兵，一定凶多吉少。长途劳累，若不能获取郑国，就会让士气低落，加之人疲马乏，而晋国的大军则以逸待劳，又能依托崇峻的天险，还有先轸这样足智多谋的主帅，秦军很难全身而退。这可怎么办？

果然我的忧虑就变成了现实。过了没多久，晋襄公就得胜归来，秦军全军覆没，主将孟明视和副将西乞术、白乙丙都被俘虏了。这样，秦晋两国将成为世仇，将危及子孙后世。我急忙去找晋襄公，对他说，秦国和晋国原本就是亲戚，彼此之间敦睦互助，从前的事情你是知道的。晋惠公曾获得我的父君的帮助，才得以回国成为君主。尽管他出尔反尔，违背了自己的诺言，可秦国仍然帮助他。在晋国遭遇粮荒的时候，秦国千里运粮，解除了晋国的粮荒。但秦国遇到饥荒的时候，晋惠公却忘掉了秦国的恩惠，才引发我的父君的讨伐。但这一切都是适可而止，晋惠公在韩原之战做了俘虏，但我的父君还是释放了他。

——你的父亲也是我的父君护送回国的，没有秦国的恩惠，也不会有晋国现在的强盛。这次崤山之战，尽管是我的父君违背了礼义，但秦国毕竟对晋国是有恩的。我听说，若是别人对你有恩，你就应该报答，若是别人对你有违背，你就也该惩罚，但仍要考虑从前的恩德，这样才是有仁德的君子。他虽然犯错在先，但他的恩德也足以抵消过错。你若能将俘获的秦军三个将领放还，就是积累了自己的德行，岂不是很好么？

他说，母亲的话是有道理的，但俘虏这三个人，乃是晋军将士用命换来的，我怎敢随意释放他们？我需要和众臣商议才可做出决定。何况我刚刚即位，众臣们还不了解我，我若擅自做主，可能就会惹怒众人，以后谁还听从我的命令呢？这件事情十分重要，你待我想一想，看看大臣们的想法，然后我再回复你。

我说，你要和众臣商量，他们绝不会答应。因为他们只看眼前的事情，却容易忽视长远。而你作为一国之君，必须将眼光伸向更远的地方。你若是将这三个人杀掉，秦晋两国的仇怨就不可解了，就像绳子结成了死结，谁也解不开了。那样我们将多了一个强敌，晋国就不能获得安宁了。我们不能让子孙后代不断遭遇祸患，晋国也需要有一个好邻居，这样晋国的霸业才能得以保持。

——何况，以我对我父君的了解，他也绝非背德弃理的人，他必定不愿与晋国结仇，不然怎会将我嫁给先君呢？我想，必定是孟明视

古灵魂

这些不懂礼义的武士，趁着晋国新丧而想着建功，一味争雄冒险，才会酿为今日的苦果。秦军已经全军覆没了，他们的损失已经十分惨重，他们的过错已经被惩罚，若是还不放过这三个将领，以后的事情就不可能挽回了。你要是将他们放还，我的父君必定不会放过他们，这样他们就会受到惩处。我们惩处他们和让我的父君惩处他们，这有什么不同呢？所不同的是，因为晋国释放了秦国的将领，我的父君就会化解对晋国的仇恨，也会因此认识到自己的过错，秦国和晋国仍然可能重新修好，这难道不是很好的事情么？

——许多事情你还要照着先君的样子去做，你必须有自己的主见，不能所有的事情都听从众臣的，该决断的时候，还需自己去做。因为做国君和做大臣所想的不会完全一样，国君不仅考虑眼前，还要顾及长远，若是先君不是从长远着眼，怎会从流浪中脱离？又怎会重返晋国？他从楚国到了秦国，就是看到只有秦国才能帮助他。我愿意你的样子就是他的样子，这样晋国的社稷才能世代相传，霸业才可永葆不变。若是释放他们，让他们回到秦国受刑，这不是满足了秦穆公的心愿了吗，他还怎会对晋国心生仇怨？

他说，母亲说得对，我这就让人释放他们。我说，我知道你就是一个仁德的国君，无论是秦国还是晋国，都会对你的宽厚感激，天下诸侯也会因为你的仁德之举而向你聚拢，晋国的将来也必将更加强盛，我也就放心了。我看见国君命人将三个秦将放掉，我才向国君道谢，然后回到了自己的寝宫。我暗暗向天神祈祷，愿他们三个人赶快脱离险境，也盘算着他们会遇到什么不测。若是大臣们知道了这件事，必定会派兵追杀，不知他们能不能躲开这样的追杀。一切要看天意了。

　　我总算为秦国和晋国做了一件事，也许因为放掉秦将的缘故，我的父君不再会和晋国结怨，两国以后不会再次交战。可是父君是一个有雄心和志向的人，他肯让自己的激情平息么？或者他肯放弃自己的梦想么？若是不肯这样，秦晋两国仍然会发生争战，血就不会停止流淌。即使暂时放下了干戈，但内心里的干戈仍然在躁动。只要心里的干戈不会停下，真正的干戈就不会停下。我想到这里，灵魂就发出了一阵战栗。

古灵魂

卷三百七十四

先轸

我上朝觐见国君，看见国君的脸上似笑非笑，我第一次见他这样古怪的表情。我向他问道，秦国的那几个囚徒在哪里呢？国君准备如何处置他们呢？国君似乎有什么难言之隐，过了一会儿才对我说，我的母亲为这件事请求我，我觉得她说的有道理，就将他们释放了。我听到国君的话，内心点燃了愤怒的火焰，这火焰在我的心肺中燃烧，就要将我焚毁了。我说，将士们用性命将他们抓获，可是你却听信妇人之言，转眼之间就赦免了他们，这不是自毁战果么？这不是让敌人嘲笑我们的愚蠢么？这不是助长敌人的气焰么？你若这样，晋国不久就会亡国，先君打下的江山就要断送了。

说完之后，我头也没回，向地上吐了唾沫。我实在是太愤怒了，我已经忍受不了这样的愤怒，如若不是面对国君，我将杀掉这样的人。我从国君的宫殿大步冲出，在石阶上差点儿踏空摔倒。可是就是这样的一个趔趄，好像提醒了我什么。我这是怎么了？我竟然因自己愤怒的冲动侮辱了国君，这难道是我应该做的么？这不仅违背了君臣之义，也违背了做人的忠诚和法度。可是我实在是为国君这样的做法感到愤怒，我已经怒不可遏了，我在这愤怒中已经失去了自己。

愤怒是软弱的，因为这愤怒来自对事情的无可奈何。愤怒也是有力量的，因为它摧毁了我的理智，让我失去了冷静和礼法。这是多么令人悔恨的一种情感，因为这情感里住着魔鬼，以至于我根本不能制服它。它搅乱了我的平静，也搅乱了我的真正的想法。我作为一个侍奉国君的大臣，我也只能去捉住我要捉住的囚徒，可是赦免的权力却属于国君，因为我们所做的一切，都是在侍奉他。我有什么理由对国君这么无礼呢？若是换了先君，我是不是也是这样呢？我难道是欺辱新君么？

我所做的是我不能原谅的，我不能原谅自己，可是我也不愿向国君承认自己的错，因为我所做的原是为了护卫自己的自尊，这样，我必须用另一种方法来赎回我的罪过。可是我在那一刻，已经意识到自己死去了，我已经不配做我自己了，因为我所表现出来的，并不是真实的自己，因为这虚幻的一刻，我已经死去了。因为我必须用死来说明我的真实，这意味着，我已经死去了，现在活着的，已经不是我，而是另一个代替我活着的人。

国君因为我所说的，就立即派他的师傅阳处父前往追赶孟明视等三个秦将了，我不知道能否追上这几个人，可是对于我来说，已经不那么重要了。重要的是我已经死去了。可是，国君也不应该听从文嬴的话，她虽然是先君的夫人，但她是秦国人，是秦穆公的女儿，她必定是偏向秦国的。先君已经死了，她就会将自己的情感倒向她的父王。也许她的内心是矛盾的，但她也不愿意看见她的父王的失败。我虽然理解她的这种感情，但却不能接受这样的结果，女人毕竟是短视的，她做的所有决定，都是依凭自己的感情，而不是在更多的事情之间做出权衡。她所看见的只有自己内心的东西，却看不见在自己的内心之外，还有着更多的事情。可是国君竟然也听信自己的感情，并因此而听信了一个女人的话。

国君还太年轻，他没有先君那样的经历，所以他的心还不够冷酷。不过，我将自己的愤怒表达之后，他还是想到了作为一个国君的责任。他能够及时矫正自己的过错，说明他还是贤明的，他的内心里仍然亮着一盏灯，这灯还能够将内心里的黑暗照亮。这就让我尤其痛恨自己，我竟然侮辱了我的国君。我怎能成为这样的人？

可是一切都无可挽回了。国君派阳处父追赶，结果也一样无可挽回了。阳处父追到了大河边，孟明视和其他两个人已经登上了船，离开了河岸。阳处父解下车上的骖马，然后谎称这是国君让专程送来的礼物，但孟明视知道这不过是诡诈之术，所以就在船上施礼拜谢，大声喊着，非常感谢你们国君的赦免，没有将我们的血涂在战鼓上。我们就回到秦国接受我们的国君的惩罚，若是我们的国君将我们杀掉，我们仍然感谢你们的国君，因为他因释放了我们而会被秦国记住。若是我们的国君也像你们的国君一样，对我们的罪过予以赦免，我们必定在三年之后前来拜谢你们国君的恩德。

孟明视的喊声在大河的涛声里隐约可闻，阳处父已经听清楚他所说的意思了。他的诈术被对方看穿，只能站在岸上，望着大河汹涌的波涛，看着那只渡船远去，渐渐漂过了彼岸。他手里一直牵着那匹从车上解下来的骖马，在风中望着不断涌动的大河，宽广的、令人无可奈何的大河，横亘在面前，将前面的道路截断，把自己所要追赶的人放在了苍茫的时间里。许多事情就是这样，它既不能让你逾越，也不让你完全绝望，但会让你亲眼看见，因为它就在你的面前，似乎伸手可触，但一切都不可能。

那条船已经远离了我们，他们逃走了。这将为以后埋下祸患。一个武士不会忍受这样的屈辱，自己所带领的军队被毁灭了，自己却独自逃走了。他必然要复仇，只是不知道要等待多少时间。一个人不仅要看到有形的伏兵，也要看到无形的伏兵，而无形的永远要比有形的更为可怕。我不仅看见了有形的复仇者，也看见了无形的复仇者，当然我也看见了自己的死，看见了无形的、可怕的死，只是我还不知道它在哪里埋伏。

卷三百七十五

孟明视

　　我终于回到了秦国。我现在才知道回到自己的秦国是多么不容易。我从前觉得这一切原是多么熟悉，似乎一切都不值得珍惜，可是我因为珍惜我的回归而变得珍惜秦国的每一棵草和每一棵树，以及每一块石头和每一片树叶。我原以为自己再也回不来了，可是奇迹发生了。晋襄公听了文嬴的话，竟然赦免了我们。我知道，他也许是出于对文嬴的尊重，也许是文嬴的言辞打动了他，也许他真的想放走我们，总之，他做出了这样的决定。

　　也许他会后悔的，因为他刚刚即位，必须依赖晋文公的旧臣来治理朝政，若是这些旧臣竭力反对，他就会后悔，所以我们必须以最快的速度逃走，决不能有一点拖延。果然，他后悔了，他派阳处父追到了河边，我们刚刚登船，我让船夫立即离岸，船已经进入了汹涌澎湃的大河之中。我看见阳处父十分失望地站在河边，向我喊话。可是我不能理睬他，重要的是逃走，一旦我到了对岸，就进入了秦国的土地，他就无可奈何了。

　　实际上，他已经无可奈何了。在河岸上，已经没有别的船只，他已经不可能追上我了。经历了崤山之战，我已经领略了晋国人的诡诈和凶狠，再也不会轻视他们了。阳处父是晋襄公的师傅，我要看他还有什么办法来捉拿我。他解下了车上的骖马，大声说，国君让我赐给你的礼物，现在带来了，因为你走得匆忙，国君觉得若不赠送你礼物，就不合乎两国交往的礼仪，让我必须追上你，以便将这礼物送给你。

我觉得他的举动太可笑了，这不明摆着是诈骗之术么？我怎会看不穿他的心思？我对他笑着说，我感谢你们国君的恩德，所送的礼物以后再来拿吧。我就要回到秦国接受我的国君的裁决和惩处，若是我的国君就像你的国君一样心怀仁德，我也许还会活下来，那么三年之后我再来拜谢。我所说的话他应该是明白的，那就是，我在三年之后将复仇，将我在崤山之战中的耻辱扫净。

我所乘坐的船离河岸越来越远了，阳处父仍然对着我大声喊叫，但我已经听不清他究竟在说什么，大河的波涛和渡船的划桨声已经将他的声音吞没。我只看见岸上的人越来越小了，最后只剩下一些看不清面目的人影，伫立在岸上。他们看起来更像是一些残枯的木头，而他们所乘的马车，似乎也像被丢弃了的或者被洪水冲到岸上的残物。这似乎是人世间所有事情的远景，时间最后的剩余。

我距离秦国已经越来越近了，我的内心充满了逃生之后的激动之情。我看着这滔滔的河水，它一浪推着一浪向南奔驱，然后再转向东方。它们将奔往大海，将进入无边的幽冥之地，将汇入无边无际的大水之中。它们从地下的深泉涌出，就是为了争相到更远的地方，也许那才是它们的真正家园。太阳已经就要接近西山了，那远山的轮廓因为太阳的靠近而变得发红，以及它上面的云也越来越亮，越来越红了。就像那些起伏的山峦被点着了，是的，我已经被这大火点着了。我的眼里涌出了泪水。

我原本以为自己就要死在异乡了，但却获得了重生。我身旁的西乞术问我，你在想什么？为什么沉默不语？我说，我什么也不想说，因为我什么都说不出来。你想，我们一路怀着雄心而去，本是要征讨郑国的，可是郑国却有所预备，为了获得战功，只好顺手灭掉滑国，可掳掠的俘虏和财物，连同我们率领的大军，都没有了。谁能想到我们在崤山遭到灭顶之灾？只有我们的父辈想到了，可是又有谁愿意听从呢？

他说，是啊，人世间还是有料事如神的智者，可是很多事情不是智者能主宰的，即使是贤明的君王也不知道。就像我们看着这河水，却不知道它将经过哪些地方，也不知道它将到哪里去。但是它一浪压着一浪，总是向前面走，也许它自己也不知道自己所做的事情究竟是为了什么。一切都只有天神知道，因为这都是他设计的，我们失败了，这也许就是我们本该有的命运。

白乙丙说，我已经准备好死了，因为我们做了晋国的俘虏，怎么会想到还能活着回来呢？这几天，我一直想着死后的样子，我怎么也想不出人死后会怎样？我不知道的，就会为这不知道的恐惧，说实话，我真的感到害怕。我不知道你们是否也和我一样害怕。我说，我没有想这么多，我只是想着一个人总是要死的，现在死去和将来死去有什么区别？不过，我们还是逃脱了，想着我们所率的那么多人都已经死去，我们的死又有什么呢？

我说，也许我们从这里逃回去，还不免一死。我不知道国君会不会原谅我们，毕竟我们辜负了国君的期待，这么多将士没有了，我们却活着回来了。我们本应想到晋军可能在崤山设伏，可是我们觉得不会有这样的可能，因为晋文公刚刚死去，他们都在忙着出殡，谁知道他们竟然放弃了殡葬的仪典，反而前来崤山伏击。这都是我的过错，我太轻信自己，却不肯相信可能的事实。也许一个人太过轻信自己，就必定要遭到惩罚。

　　踏上河岸之后，我在这岸边站了很久。我望着这河流，它就是一条生与死的分界，我确信自己已经从死亡中回到了人间。这大河是这样荒凉，也是这样充满了生气和活力，它和春天的景色形成了对比，让这春天的静静的遍地生机获得了它应有的美，又使得自己成为生的激情的证据。我只有乘着这渡船才可以越过它，我只有在这波涛的摇撼中才回到自身。这一切恍若一梦，可是这梦境却是真的，可真的梦还是梦么？

　　我的确是从死亡中回来的，是从死亡中乘着渡船回来的。我看着又一次远去的渡船，我知道这渡船乃是天神所派遣，也许它原本就在我心中，只是这心里所想的在真实中显现。我将这岸上的沙子紧紧攥在手里，它是那么潮湿，也是那么温暖。这是秦国的沙子，也是我自己的沙子，我的生命好像就在其中，它被我紧紧地攥住了。

　　我就要回到秦都的时候，君王已经在郊外等候了。他穿着白色的衣袍，在风中一动不动地站立着，身后跟着许多大臣。我就要向他施礼的时候，他突然放声大哭。他对我们说，你们什么都不要说了，一切我都知道了。你们能活着回来就是秦国的福分。都是我的罪过，都

古灵魂

是我的罪过，是我违背了蹇叔和百里奚的劝告，我拒不听从智者之言，却让你们受到了委屈，这都是我的罪过啊。他说着，哭着，他的哭声震动了我的心，我也放声痛哭起来。

我说，这乃是我的罪过，怎么能是君王的罪过呢？我活着回来，就是为了接受君王的惩处，我愿意接受任何裁决。我既没有在战场上死去，也没有在晋国被杀掉，就是为了接受君王的裁定，我的罪是不能赦免的，我愿意以自己的死来洗掉自己的耻辱。我知道，我把君王给我的那么多生命都丢弃到了崤山峡谷里，我还怎么能有脸面继续活下去呢？我回来就是为了告诉你，我将和我的士卒们一起去死，用我的血洗净我的衣袍。

他说，不，你怎么能有罪呢？这所有的罪都是我的，我应该承担所有的罪责。在你们远征的时候，蹇叔不断给我以忠告，百里奚不断劝谏，可是我已经昏了头，我不知道我为什么自作主张。我不知道我中了什么邪，我不知道我究竟是怎样想的。也许这一切都是天意，上天要惩罚秦国，要惩罚我，谁又能阻止呢？这都是我的罪，我怎能因为自己的罪而忘记你们的功劳呢？何况，你们在战场上没有被敌人杀死，在晋国的囚禁中没有被敌人杀死，天神都赦免了你们，我怎能再惩罚你们呢？我唯一能够惩罚的只有我自己。

微风吹动着他的白袍，我就像看见了一个飘逸的灵魂，一个神的灵魂。他的哭声让我感到了我所踩住的土地在震动，也看见了四周的树木梢顶由于振动而发出了巨大的响动，就像我的头顶有着雷霆在轰响，就像整个天地都在骚动不宁。我立即匍匐在地上，不断向我的君王朝拜。我的内心就像大河那样在奔腾，我的浑身的热血就像涌泉那样喷发，我听到了那么多的大臣在痛哭失声。不，这哭声乃是来自我的灵魂，来自土地的深处，来自头顶的白云，也来自遥远的崤山峡谷，它在无数的尸骨上徘徊，并带着这尸骨从野草中升向天庭。天空渐渐暗淡下来，西边一颗星已经隐约可见。

古灵魂

卷三百七十六

先轸

被俘虏的秦将还是逃走了，也许天意就是这样。尽管阳处父追到了河边，但孟明视已经登船离开了河岸，这有什么办法呢？他活着回去，必定会给晋国留下后患。可是即使我将他杀掉，秦穆公就会忘记崤山的耻辱了么？就不会让其他人前来复仇了么？若是这样，孟明视的生与死又有什么两样呢？我却因为贪图一时的痛快，竟然侮辱了国君，在国君面前吐了唾沫。国君没有怪罪我，反而向我道歉说，你说得对，我听信了母亲的话，自己却放弃了该有的法度，都是我的错，把你们用命换来的俘虏放掉了。

我还能说什么呢？若国君降罪于我，我尚且还觉得心里有一点宽慰，可是国君没有这么做，却反而向我致歉，我又怎能原谅自己呢？国君还是贤明的，他的仁德让我更为自责。很快我就获得了一个绝好的悔罪的机会。当我在崤山激战的时候，白狄人竟然趁机讨伐晋国，他们已经达到箕地，国君立即率师迎战。我仍然作为主将率领上军，而郤缺率领下军，与白狄人交战。

我撤销了狼瞫的职务，让续简伯作为国君的戎右，但我看见狼瞫十分愤怒。我虽然是鲁莽的，但我却不喜欢鲁莽的人。因为一味鲁莽将会贻误战机，也会让愤怒的激情替代冷静和理智，而护卫国君这样的事情，应该任用一个有头脑的人。我知道战斗会非常激烈，因为白狄人是勇敢的，他们几乎不知道生与死的意义。他们拥有富有耐力和速度的良马，又有搏杀的绝技，所以我一定要护卫好国君，也要让敌军品尝败绩，不然他们只要有机会就会进犯晋国。我一定要为晋国消除后患。

我让大军在箕谷中埋伏，然后让一支军队前去诱敌。当白狄人追赶到箕谷的时候，我的大军突然出现了。两军开始了激烈的搏杀。他们已经一片混乱，他们没想到我的大军会在这样的深谷中突然杀出。当敌人的主将率领一支军队试图撤出的时候，发现郤缺已经堵住了退路。激战过后，敌人的首领被郤缺擒获了。

我看见敌军败局已定，我立即卸掉了头盔和身上的铠甲，持着长戈独自冲向了敌阵。我只看见自己的长戈在挥动，就像一阵阵狂风，将眼前的敌人一个个斩杀。我已经不再是一个武将，而是一个罪人，我将用自己的血赎回深重的罪，我将让我的士卒们做证，也让我的国君做证。我的身上没有任何护甲，只有自己的肉体，只有自己飞扬的灵魂，只有这手中的戈，只有我自己。我的眼前甚至没有敌人，一个个面孔乃是我自己的面孔，我所杀的所有的面孔都是我的面孔，我朝着自己冲去，并展开了搏杀。

是的，我的敌人就是自己。我的眼前的敌人就是自己。我将自己一个个杀掉，我的鲜血流满了深谷，它就像一条河流，而我就是这河流的泉，我的血是流不尽的。我有着无穷无尽的血，它在这峡谷中奔腾，它有着一个个巨大的波浪，它不仅在我的身体中，也在我的灵魂中。它不仅在我的眼前，也在我的心中，在时间中，在天空上。因为太阳是红的，树木是红的，花朵是红的，云彩也是红的，我的浑身已经浸泡在了血中，我看见自己红的影子在峡谷里飘动……

我就是一个疯狂的农夫，在秋天的田野里收割，我将谷子一片片割倒了，前面还有那么多的谷子在等待着我。我攥在手里的不是长戈，而是收割所用的飞镰。但为什么一支支箭射向我？一杆杆长矛刺向我？无数的谷粒在眼前闪耀。我的身上就像石头一样坚硬，它们在我的身体里被折断，我一点儿也没有感到疼痛。我似乎一阵阵眩晕，这眩晕中既有快乐，也有痛苦。我仍然看见无数的面孔向我围拢，他们都露出了狰狞的、丑陋的笑，这都是我。我竟然是这样令人厌恶，这么多的我，这么多的面容，这么多的笑，我已经感到自己精疲力竭了，我的力量已经耗尽了，我竟然不能杀死自己。

啊，秋天到来了，秋天到来了。这是多么大的风，它将树上的叶片都吹掉了，这些叶片有着斑斓的色彩，但这无限的斑斓乃是死亡的预言。这是多么美好的季节，无数的叶片从我的头顶落下，也许那不是树木的叶子，而是我的叶子。我曾经是茂密的，我曾经是生机勃勃的，我和无数草木一起生长。可是秋风是残酷的，也是温柔的，它扫荡我，也抚慰我，它严厉而温馨，它呼号着从我的身体穿过，我竟然变得这样空洞，我的形体在哪里呢？它又抚摸着我，那么柔软，散发着香气的指尖，触动我的心，可是我的心又在哪里呢？

卷三百七十七

狼瞫

我在崤山之战中建立战功，在秦军中横冲直撞，我的戈下多少人死去了。我的勇猛为别人所见，我的内心充满了厮杀的激情。我是为战场而生的，在我很小的时候，就有着巨大的勇力，面对山林里的凶兽而毫无畏惧之感。我从来不知道什么是恐惧，也不知道什么是不敢做的。在我看来，这个人世间的所有大业，都是用人头来垒砌的。

这个世界并不是为生者设计的，而是一切为了死亡。花朵的开放是为了枯萎，而果实的生长是为了掉落，草木的繁荣也是为了凋谢。人的生命就是用来做祭祀的，所以你还要为死亡而恐惧么？既然死亡都无所顾忌，还有什么是可顾忌的？国君亲手捆绑了俘虏，让他的戎右莱驹去杀掉，可是莱驹却被一个将死者的一声大叫，吓得掉落了手中的戈。这样的人怎么还能做一个武士？

他应该做一个农夫，或者做一个垂钓者，或者做一个隐士，唯独不配做一个武士，不应该出现在充满了鲜血的战场上。在这里，你必须习惯于血腥，也习惯于惊骇，因为每一刻都是这样的。一个武士必须平静地对待你见到的一切，杀掉一个人就是旷野上采集一朵鲜花，

古灵魂

你要像蝴蝶一样在这花间飞舞，要习惯于欣赏恐惧和死亡。可是，这个莱驹却只能采集草丛里的鲜花，不能采集人头绽放的鲜花，因为他的脆弱的心，不能承受一个被捆绑的俘虏的一声叫喊。

我一个飞跃，捡起了他的戈，将那个被捆绑的俘虏的头砍了下来。我的力量是巨大的，我的速度也飞快，当他的头就要落地的时候，我仰手接住了它。他的大叫在空中飘荡，他的人头落在了我的手上。我捉住这人头的时候，他的喊声仍然在空中，我乃是从这声音中捉住了这个人头。他的血从他断了的脖子上喷了出来，飞溅到了我的脸上。我喜欢自己被血污溅满的脸，这才是一个武士的脸。一张干净的脸有什么用呢？

我来到了国君的车前，手摇着他的车辕，我的力量几乎要把驾车的战马提起来了，我已经看见那战马的挣扎。它扬起了头，四蹄刨起了地上的尘土。我对国君说，你应该废掉他，而我才是你最好的戎右，你已经看见了我的勇武，也看见了我的胆魄，我在战场上是无所畏惧的。我要在你的身边，没有人敢于靠近，因为我的长戈在他就要接近的时候，已经将他的头割下，我看见所有的敌人，不论他多么恐怖，也不过是我砍伐的草木。你见过樵夫砍柴的样子吧？我就是把他们视为柴草的。

国君毫不犹豫地接受了我的请求，我代替莱驹成为国君的戎右。国君是信任我的，因为他看见了我的勇武和胆量，也欣赏我的愤怒。在每一次与敌人的交战中，愤怒就是力量，因为这愤怒不是表面的，不是显现在脸上的，而是从内心发出的叫喊，是内心的血在喷涌，是来自灵魂的力。它从我的脚底开始，向上喷发，就像一个有着无尽的力量的涌泉，从深不可测的地方升腾而起。它压倒了黑暗，冲决了黑暗，涌现到地面。

但是，先轸却不欣赏我，也许他心里所想的和我完全不一样，在箕谷与白狄人交战的时候，他废弃了我。我不知道他为什么这样做。我感到愤怒的力量冲向了我的头，我浑身的毛发都立起来了。我的热血就要从毛孔里喷出来了。我的一个朋友对我说，他废弃了你，就是侮辱了你，你就像用坏了的箭头，被扔到了荒野。你为什么还要活着？你应该去死。

我说，我还没有找到死的地方。一个人不应该随意死去，他应该在最适合自己的地方去死。尽管我的生不由自己选择，但我想选择自己的死。我从不惧怕死，但我需要知道死的原由。若是我这样死去，我又在死后怎么理解自己？死是深邃的，它远比这深谷还要深，谁也看不见底。我不愿意被别人推到悬崖下去，我要自己从一个好地方跳下去，这样我的死才属于自己，因为这是我最后拥有的东西，我要珍惜它。

他说，既然是先轸废弃了你，他就是你要死的理由。你可以从他的头顶跳下去，落到深渊里。若是你愿意，我希望我和你一起杀掉先轸，我们一起死去。我是你的朋友，一起死去才是真正的朋友。你的愤怒也是我的愤怒，他侮辱了你，就是侮辱了我，我们将在深渊里一起落到黑暗里，就像两个虫子在树叶上爬到暗夜。这是多么好啊，一个人在生的时候不如意，却有着求死的快意。

我说，《周书》上说，一个人的勇敢不是显现在谋害站在你高处的人，那样你就不可能在死后进入神的殿堂。因为天神不会认为这就

古灵魂

是勇敢，却会觉得这是一种怯懦。你滥用了自己的勇气，因为你被自身的愤怒所主宰，你对自己感到了恐惧。一个人的死应该合乎道义，不合道义的死是不值得的，也被天神所排斥。死应该是有用的，不然我为什么死呢？

我告诉他，一个人为国君所用才是真正的勇敢，我之所以得到戎右的重任，乃是因为我的勇敢，我用自己的勇气摘下了树上的果子。我现在因为自己的愤怒而失去了这样的勇气，我的勇敢也就失去了，那么我被先轸废弃不是很合适么？若是我继续显示出我的勇敢，我仍然可以得到我应该得到的。有人说先轸因为不了解我而废弃了我，可是这废弃乃是得当的，这岂不是因为他了解我的结果？现在的结果还不是最后的结果，最后的结果仍需等待，你也需要等待。

我以后所要做的，先轸会看见的，所有的人都将看见。在我看来，死并不是一个终点，而是一个人的真正开始。因为死，你不再拥有人世的忧愁，也不会拥有愤怒，你将变得永远平静，这是一个人理智的极致。因为死，人世的所有礼法都得到了遵守，你将不会犯错，也不会急于建立功勋，所以你将获得所有人的赞颂。是的，只有死是值得赞颂的；而人世间的其它赞颂都是暂时的，它将被死所抹平，然后留下死的反光。

我本是郁闷的，因为先轸撤销了我的戎右的职责，可是一想到了死，就令我感到了莫名其妙的振奋。因为死可以将我内心的所有郁闷都扫除干净。我将成为一个失去了浑身尘埃的人，一个清澈的、完全干净的人。我虽然并不憎恨先轸，却也不喜欢他，这是因为他不喜欢我。若是他喜欢我，我也会喜欢他。为什么必须喜欢一个人呢？为什么必须喜欢一个不喜欢我的人呢？我是实在找不到任何理由。

我们很快就让白狄人陷入了绝境，他们在晋军强大的攻击中一点点败退，但却无处可退。先轸的计谋发挥了作用，在这样的峡谷中，重现了崤山之战的一幕。敌军左冲右突，在重围中无计可施。不得不承认，他们同样是勇敢的，但面对突然出现的晋军，勇敢显得太脆弱了，显然单单有勇敢是不够的。他们已经完全丧失了作战的能力，整个战场的局势倒向了我们，它已变为了一场杀人的游戏，血的游戏。实际上，他们已经失败了。

这时候，突然，先轸平静地卸掉了铠甲，摘掉了保护自己的头盔，将长戈捏到了手里。他要做什么？我看见他是那么平静，死一样的平静。他的脸上没有丝毫的表情，是的，没有任何表情，就像一块完全失去了激情的石头。但是，这石头乃是把自己的激情收敛到了内部，它因为这激情的收敛而变得坚硬无比。突然，我开始喜欢上了这个人，因为他的样子已经和死联系在了一起，我因为这死的样子，喜欢上了他。

对于一个人来说，微笑可以重复，愤怒可以重复，许多事情可以重复发生，但死亡断绝了一切重复的可能。这是它迷人的魅力所在。更重要的是，人们对很多事情都能预先做出判断，甚至料事如神，唯有死亡是完全未知的。对于任何人来说，死亡都是一个谜团，以至于人们不得不在死亡面前放弃自己的所有猜想。所以我喜欢先轸的这个样子。他拿起了长戈的样子也是这样，从容、淡定、平静，可以看见他的内心不会涌起一丝涟漪。

但他的举动却是让人惊骇的，他就这样平静地走向了敌阵。但

古灵魂

他一旦进入了敌阵，就完全变成了另一个人。他挥动着长戈，在敌阵中冲杀，那么多敌人围绕着他，但被他的戈死死挡住，谁也无法靠近他。他不再是一块石头，而是一只猛兽，他敏捷地跳跃、腾挪、向前或者后退，都展现了猿猴般的灵活和怒兽般的凶狠。他几乎是在敌阵中飞翔，一个个人头被他踩在了脚下，鲜血在迸溅，以至于敌人在他的凶光中被一次次逼退，他的非凡气势已经压倒了敌军。他将斩落的人头顺手扔到敌人中间，然后放声大笑。

先轸的笑声更像是嗥叫，野兽的嗥叫。这笑声震动着整个山谷，和山林的涛声混合在一起，消逝于白云。他的浑身已经被血浸透，就像一只拥有红色皮毛的野兽，站在众敌之间。他仿佛不是和敌人交战，而是和虚无的死作战。在他的眼睛里，也许并没有什么敌人，只有一个个死者。那些在他面前晃动的人影，不过是一个个死者的影子。他们没有面孔，也没有身形，他的戈扫过去的时候，那些死者就沦为真正的死者。

这意味着，他不是与别人搏斗，而是与自己搏斗。他的面前没有敌人，只有他自己，因为眼前的敌人是不存在的，存在的只有一些若隐若现的影子，一些虚幻的影子。他乃是与无数影子在搏杀。当他的长戈扫过去的时候，这些影子就消失了，而他的长戈收回来的时候，影子就又出现了。这是多么绝望的搏杀，谁又能扫净地上的影子呢？即使所有的影子都消失了，他自己的影子依然留在那里。

这是他的影子，也是死亡的影子，因为总会有一个影子永远追随他。就在这时候，远处的敌人举起了弓，一支支箭射向了他。那些箭镞就像是一些飞舞的飞蛾，带着毛茸茸的光，带着仇恨和尖利的刺，飞向了他。他的身体缓慢地向后倒下，最后他的身形和他的影子重合了，土地温柔地接住了他。我看着他在倒下的一瞬间，用力拔出了胸前的箭，将那支有着白色羽翎的尾翼的箭，攥在了手里。

我愈发喜欢这个人了，我对他的怨恨原是由于对他的喜爱。我喜爱他的每一个姿势，也喜爱他的走向敌阵的冷漠表情，我喜爱他的最后拔出的箭，也喜爱他手持长戈的样子。他没有言语，只有用每一个完美无缺的动作，说出了自己。我知道，他曾对着国君吐了唾沫，他侮辱了国君，违背了君臣之义，他没有原谅自己。他只是为了那一刻的羞耻，从容地走向了毁灭。我似乎看见死亡像一只黑色的蝴蝶，从他的身上起飞，在风中振动着翅翼，飞向了遥远的地方。我不知道这蝴蝶飞向哪里，那必定是一个令人迷惑的地方，也充满了冷峻的魅惑。我，也要那样死去，这样的死，该是多么迷人啊。

我似乎理解了他，我从自己的身上看见了他。他将我废弃，乃是因为不喜欢我，因为他已经不再喜欢自己。他废弃了我，乃是因为先废弃了自己。他曾经是喜爱自己的，但因为对国君的愤怒，就把这种喜爱转变为厌弃，因而也厌弃了别人。他撤换了我，把我的位置降低，乃是因为他先要将自己的位置降低。我已经知道了，我就是他所面对的影子，也许就是他的影子。我也已经厌弃了自己，可是我将怎样死去？

古灵魂

卷三百七十八

晋襄公

先轸真是一个有智谋的人啊，他在崤山设伏，击败了秦国的大军，又在箕谷埋伏，挫败了白狄人的攻击，我的晋国需要这样的人，需要这样的智慧。可是，他却卸去了铠甲，冲入了敌阵，决意一死。他死了，我万分悲伤。他是一个君子，一个勇猛的也是有智谋的将帅，可是他却执意去死。他可以活着，却执意要去死。

难道就是因为一时的愤怒对我不尊敬么？我不仅原谅了他，或者我本来就没有归罪于他，那原本是我的错误，我仅仅是听信了母亲的话，放走了秦国的俘虏，我已经知道自己错了，我已经向他致歉，可是他却不能原谅自己。《诗》上说，君子若是发怒，也能阻止自己的乱行。先轸的愤怒是可以理解的，若是换了我，也许也要感到愤怒。愤怒而引发了法度的失去，这乃是人的常情。谁又能什么事情都做得完全合乎规矩呢？

他愤怒而不做乱，却仍然率军战胜敌人，这还不是君子么？他不是要惩罚别人，而是要惩罚自己。他用自己的死证明自己改正过错的决心，还有比这更为强大的决心么？他的内心充满了仁义，他用自己的死说明了自己所遵循的天道。还有比这更好的言辞么？君子的言辞不是从嘴里说出，而是用自己的行动说出。先轸从不对自己的行为辩解，因为他觉得辩解没有意义，而且一个人的错是不值得辩解的，这样也会让人感到羞辱。他不辩解，是为了惩罚自己，因为只有惩罚才能让自己也让别人看见他的仁义之心。

但这惩罚是残酷的。他不仅对自己太残酷了，也对我太残酷了。他为什么要让我自责和悲伤？他为什么要让我失去他？我所丢失的，不仅仅是一个有功之臣，也丢失了我自己的一部分。他冲入了敌阵，也永远消失在敌阵中。他是勇敢的，但他也是懦弱的，因为他想从我的心中逃走，他要躲避我，他要逃走，他是一个逃跑者，一个脱离生境的逃跑者，一个逃出我的目光的逃跑者，可是他却更深地进入了我的心，这让我是多么悲痛啊。我又从哪里能追回他的灵魂呢？

你的步伐太快了，我追不上你了。你走入敌阵的时候，我想阻拦你，可是我也没有能力阻拦你。谁也不能阻拦你，因为你已经抱定了必死的决心，你的灵魂已经飞走了，它比你的身形还要快，谁又能追上一个要远飞的灵魂呢？你从这众军之中飞走了，却将这沉重的悲痛丢弃给了我。可是我怎能接住这么重的东西呢？

被击败的白狄人将先轸的头颅送回来了，他的头竟然是红润的，就像他活着的时候一样。只是他的眼睛闭上了，仿佛他没有死去，而是睡着了。他的头放在一个木盒里，木盒上雕刻着一只瑞兽。我不知道这瑞兽究竟是什么，它来自哪里，但那只瑞兽并不凶猛，看起来面目是慈祥的，有着圆睁的双眼和长长的胡须，双耳竖立起来，正在倾听人们在说什么，或者人们的内心在想什么。

它或许是代替先轸在倾听，也代替先轸在观看。他一定看见了我的悲哀，也看见了我心中的痛苦。他知道我在思念他。可是木盒里的他，只有一颗头，已经离开了他的躯身，离开了战场和朝堂，也离开了他手中的戈。要知道，他从来不离开长戈，即使是睡觉也要将长戈枕在头下，这长戈伴随着他的梦，在我们所不知的天空遨游，它划开了云雾，看见了世间所没有的奇景。可是现在他的头孤独地躺在了一个精致的、刻着瑞兽的木匣里，却让这瑞兽代替他来倾听和观看。我轻轻地合上这木盒，生怕我的动作会惊醒他。无数刀剑都没有将他惊醒，我又怎能将他惊醒呢？

白狄人战败了，秦国战败了，他们至少不敢轻易进犯晋国了。在崤山之战中，先轸俘虏了秦国的主将和副将，在箕谷之战中，郤缺俘虏了白狄人的酋领，这让晋国的国威飞扬，让那些对晋国有所觊觎的人感到畏惧。可是我能做什么呢？我想，自己所能做的，只有让功勋的建立者获得封赏。让有才德者得到奖赏，让有功德者得到奖赏，而让有过错者得到应有的惩罚，这就是国君的天责。只有这样，民众才可以获得教化，众臣才能一心建功立业，上下才可以和睦，我的国才能兴盛不衰。

我先要封赏先轸，可是他已经看不见我对他的封赏了，或许他在另一个世界仍然知道一切？我让先轸的儿子先且居作为中军的统帅，这样我就能从他的儿子的身上看见他，看见他的面孔，看见他的微笑，看见他的勇猛，也看见他的忠贞。他的儿子太像他的样子了，尤其是他走路的样子，以及他说话的声音和每一个手势。当然，还有他的眼睛，每当他的目光射向我的时候，那眼神里藏着隐隐的愤怒。我忽然感到先轸并没有死去，而是借助了他的儿子，将自己的灵魂放在了其中，这样他就不会因自己的死而真的死去。他仍然活着，活在了另一个人的躯形里。死只是他的假象，他用死来迷惑了我，可我还是能认出他来。

我将郤缺拜为卿相，并将冀地封赏给他。因为他屡建战功，做事情十分沉稳周全，又有卓越的智谋和策略，在晋国的每一件事情中，都倾注了他的才华。当然我不能忘记举荐郤缺的人，这个人就是胥臣。他是我父君的师傅，几十年来跟随我的父君流浪和复国，已经是我行事的典范。他的目光锐利，一下子就能看见事情的关键，而举荐郤缺，也是在他的目光一扫之间，就发现了郤缺的非凡能力和贤明忠贞。

胥臣有一次路过冀野，看见郤缺在田地里锄草，而他的妻子把饭菜送到了田间。他在旁边看见夫妻两个彼此尊敬，内心十分感动。他也看见郤缺气质不凡，虽然是一个农夫，但却胸怀天下大势，镇定自若而充满了独特见解。详细打问，才知道他是罪臣郤芮的儿子。他的父亲曾跟随晋惠公流亡，又成为晋惠公的心腹权臣，后又试图谋害我的父君，却因事情败露而获罪被杀。郤缺也被废为庶人，就在冀野耕田而食。

胥臣就向我的父君举荐了他。胥臣是多么具有慧眼啊，他的心里没有仇怨，也没有私心，他觉得郤缺是晋国所需的才俊，他的父亲的罪应该归于他的父亲，而他要做的将归于他自己，不应该将他父亲的罪降于儿子的身上，儿子所承受的乃是他自己的责任。只有有才能的人才能看出别人的才能，只有有德行的人才能看见别人的德行。这一次箕地之战，郤缺俘获了白狄酋长，不仅是郤缺的战功，也是举荐者的功勋。没有举荐者，怎么会有现在的郤缺？没有郤缺，又怎能获取这样的胜绩？

我将冀地封赏给郤缺，是因为这乃是他曾经耕作的地方，也是胥臣遇见他的地方。这会让他想起自己的从前，也不忘胥臣的举荐之恩。而我又将大夫先茅的封地赏给胥臣，因为先茅已经绝后，没有人继承这块土地了。用这样的封赏表彰胥臣的举荐之功，也让更多的人能够为我举荐贤明。若是没有众多贤明的大臣，一个国君能做什么呢？所有的事情都需要人去做，聪明的人会将事情做好，而愚蠢者却会把事情做坏。一个国家能不能兴盛，就是要看你有多少能把事情做好的贤明者。

我给别人以奖赏，乃是为了别人也给我奖赏。因为我的奖赏，人们知道了什么是应该做的，他们就会将我所奖赏的事情做得更好，这就给了我以喜悦，给了我以奖赏，我将因为自己给别人的奖赏，而获得奖赏的奖赏。当然，一个国君也要有惩罚，这也是为了让别人不做不该做的事情，这惩罚也是对自己的惩罚，因为国君并不是情愿对别人施以惩罚。这惩罚不仅针对别人，也针对自己。实际上，任何惩罚对别人是伤害，对惩罚者也是伤害，所以国君应该谨慎地使用惩罚的权力。

太阳是温暖的，但在冬天这温暖就令人感动。若是在夏天，骄阳似火只能让人憎厌。所以若是以太阳的光辉照耀众人，就要让自己的光热在不同的时候保持适度。我的父君就是这样，他给人以奖赏，也给人以惩罚，但奖赏多于惩罚。惩罚要在小事情上严厉，在大事情上

卷三百四十六—卷四百零九

反而宽松，因为小的事情若不严厉，就会让小事情酿成大的灾祸。

我的父君在讨伐曹国的时候，既要报仇也要报恩，但魏犨和颠颉却对父君的命令不满，擅自攻击曹国大夫僖负羁的家宅，还纵火烧掉了他的房屋。论说这两个人都有着卓越的功勋，但我的父君仍然对他们予以严厉的处罚。他们都在父君流亡的日子忠心耿耿地跟随，受尽了各种苦楚，父君虽然让魏犨免于一死，但还是处死了颠颉。这是不是太严厉了？即使是烧掉了僖负羁的家宅，这不过是两国交战中的常理常情，因为僖负羁毕竟是曹国的大夫，这有什么不可呢？

但是，父君还是杀掉了颠颉。僖负羁仅仅是在父君流浪途中善待过他，可是颠颉却在他流浪中一直跟随着他，他们对于父君的恩德谁更大一些？若是换了我，也许会赦免了颠颉的罪，因为他的功劳足以抵偿他的罪。可是我的父君还是杀掉了他。这是多么残酷啊。现在我也是国君了，因而我似乎理解了他的做法。这样的惩罚既表达了自己报恩的决心，也不能让任何人违背国君的命令。它对有功者是一个警诫，让那些有功劳的人不能依仗自己的功劳而违背命令。既然有功者都要因犯错而被诛杀，那么其他人就更不必多说了。这是一个国君对自己威严的捍卫，不能因为小事情而丢掉这威严。

可是我仍然不会这样做。就拿先轸来说吧，他对我无礼，我却仍然原谅了他。我没有处罚他，但他却自己处罚了自己。我不喜欢冷酷的感情，每一个人都可能犯错，一个国君的威严有什么重要呢？你的威严仅仅是为了得到冷酷的护卫，那么这威严就可以舍弃。若是你的威严乃是让别人从内心接受，那么威严不是来自惩罚，而是来自人们对德行的尊重。对别人的罪的赦免岂不是更大的德行么？

古灵魂

比如说吧，我也需要赦免，我放走了将士们捕捉的秦将，我难道没有罪么？可是先轸对我的愤怒和无礼乃是一种赦免的方法，他用这样的方式表达了自己的愤怒，也赦免了我的罪过。我赦免了秦将孟明视，也许这是一种德行，却可能给晋国留下后患，这又是我的罪过。很多时候罪过和德行怎能分得清呢？既然德行伴随着罪过，那么罪过中也有着德行，难道先轸的罪中就没有德行么？他责备我放掉了俘虏，乃是对将士们功劳的珍惜，也是对未来更深远的考虑，那么这罪过岂不是和德行相伴么？

赦免同样是一种奖赏，因为我赦免了别人的时候，也赦免了自己，这难道不是一种奖赏么？我喜欢一个奖赏的人世间，我将所有的惩罚放在奖赏里，而惩罚却属于自己。先轸就是这样的人，他放弃了我的赦免，也放弃了我的奖赏，他决意要对自己施以残酷的惩罚，我怎能阻拦他呢？他赦免了我，却要更严厉地惩罚自己。又一个夜晚来到了我的身边，可是失去了先轸的夜晚更加黑暗。

我虽然封赏了他的儿子，却不能再给他本人以封赏了。他的灵魂只有获得天神的封赏了。他最后用死封赏了自己。这是多么残酷，可是这个世间哪里有不残酷的事情？我所看见的都是残酷的，也许这残酷中有着公平，可是在残酷之中公平也是残酷的，因为残酷最终压倒了一切。若是德行必须用残酷的方式追求，那么德行还有意义么？若是德行也没有意义，那么究竟什么是有意义的事情？

我在这黑暗中不需要光亮，我拒绝了灯光，我现在需要黑暗陪伴。在光亮中看见的，也许是虚假的，但黑暗本身却更加真实。看起来它似乎遮盖了一切，实际上它就是一切。我就在这黑暗里沉湎，我好像看见了先轸脱下的铠甲和头盔，看见了他手中的戈，却唯独看不见他的面容。因为他的面容已经被黑暗所遮挡，我看不见了。他的面容在那个木匣里，他的面容已经沉没于黑暗，被一个小小的木匣收住了，它的盖子已经盖住了。

我的眼前只有黑暗，甚至看不见他的灵魂飞向了哪里，那么多的黑斑在飞舞，一会儿我连这黑斑也看不见了。我知道他飞向了高处，飞到了高于人间的地方，可是我仍然被抛掷在残酷的人间。他用残酷的方式终结了残酷，因为在黑暗里才能彻底消除残酷。我想从先轸的灵魂移开自己的视线，可是我仍然沉浸于黑暗，我的目光跟着他的灵魂进入了更深的黑暗里。我就在这样的痛苦里，渐渐入睡，但梦中的光亮将我照亮了。

卷三百七十九

阳处父

先君让我来教导太子欢，我只有从命。这样我就成为太子欢的师傅。先君在任用我之前，曾问过胥臣，胥臣回答说，不论是谁来教导太子，都要取决于太子的本性。他说，直胸的人不能让他俯下身形，驼背的人不能让他仰起头来，身体矮小而瘦弱的不能让他举起重物，矮子不能让他去拿高处的东西，瞎子不能让他看见，哑人不能让他说话，耳聋者不能让他听音，糊涂人不能让他想出聪明的办法。

胥臣的说法很有意思，他觉得只有那些本质良好的人，又有贤良者的训导，才能获得最好的期待。他举了周文王的例证——周文王的母亲怀孕的时候身形几乎没什么变化，生产的时候又毫无痛楚，因为文王从出生的时候就不愿意让母亲有任何忧虑，侍奉父王也尽心竭力，一点儿也不让父王生气和烦恼。他对两个弟弟都十分友爱，对自己的两个儿子也很慈爱，为自己的妻子树立了榜样。因为《诗》上说，为自己的妻子做出表率，并能推及兄弟，这样就能治理好国家。因而所有的教诲固然重要，但最重要的是受教者的本性。

我做了太子欢的师傅之后，就把我所学的都教给他，最紧要的是教导他如何变得正直，这也许比学问本身还要重要。一个人没有学问就不会辨明是非，也不会理解天道和人间的法度，但若没有正直，那么即使明辨是非也不会去做，理解天道和法度也要故意去违背。那么你所教导的又有什么用呢？我喜欢太子欢这个人，他是谦逊的，也是好学的和聪慧的，我第一天告诉他的，他不仅能记住，第二天他还能从我所讲的道理中推演出更多的道理。

他的本性是温和的、慈爱的，他很少有生气的时候，总是能够耐心地听完别人的话，然后思考其中的理由。自从成为国君以来，他仍然任用先君的旧臣，并十分尊重他们，遇到事情的时候，他能够听从好的谏言，可以说是从善如流了。这实际上不是我教诲的结果，而是他的本性中就有着贤明的种子。

我教诲他，要多听从别人的良言，也不要轻易做出决断。他做到了。我还说，遇事不要冲动，也不要受到感情的驱使，否则就会让自己后悔。他也做到了。可是这是多么难啊，连我自己都难以做到的事，为什么要要求别人呢？我又说，一个国君就像一个农夫，一开始就要选择好种子，不然播到了地里，就来不及了。这样还不够，还要将这好种子播撒到好地里，还要不断锄草，这样它才能接受天上的雨水，旺盛地生长，秋天就会结出饱满的籽实。他现在已经做得很好了。

我还告诉他，不要和糊涂的人交往，因为这糊涂人的黯昧将会把你引入黯昧。他们所想出的主意不会是聪明的，因为他从来就不能获知事情的真相，只是按照自己糊涂的想法处理事情。他也不能辨明是非，即使他决意要跟随你，你也不要和他在一起，因为他对你的跟随，并不是出自本心，他自己也不知道自己的本心在哪里。一个不知道自己的人，又怎能知道别人呢？一个不知道自己的人，又怎知为什么要跟随别人？

我曾经历过一件事情。已经过了很久了，那是在什么时候？我记不得了，也许就是前几年，我到卫国出使，回来的时候路过了宁邑，住进了一家客栈。这家店主就和我交谈，我并没有想过这个人心里究竟在想什么。所以交谈是随意的，可是我渐渐发现这个人十分糊涂，就不愿意继续跟他说什么了。是啊，你和一个糊涂的人有什么可说的呢？

可是这个人在我离开的时候，决意要跟随我。他对自己的妻子说，我一直想投奔一个品行高洁的、有本领的人，我看这个客人就是我心中所想的人，现在我决意要跟着他。他的妻子也对我说，我的丈夫多少年来都心怀大志，想要跟随一个自己仰慕的人，成就一个人的大业，他看中了你，想要跟着你走，你就领着他去吧。我能说什么呢？可是我并不愿意领着这样的人，可我在这客栈里居住，不能逃避和拒绝店主的真情。

我说，好吧，那么你就跟着我到另一个地方去，可是不论发生了什么事情，你都不要后悔。也许你丢下你的妻子，她一个人生活会非常辛苦，你难道愿意这样么？他的妻子抢先说，你就带他去吧，只要他能够成就自己，我无论怎样辛苦都愿意。那个店主说，是的，我愿意跟着你，不论发生了什么，我都不会后悔。因为我看见你所谈论的，都是天下的事情，你的相貌非凡，必定能做大事情，我能有什么后悔的呢？

就这样，他离别了自己的妻子，跟随我上路了。可是我怎能领着这样的人走在路上？我就和他在路上边走边谈，说一些荒唐的事情，我的谈话也毫无道理，让他感到不知所云。他走得越来越慢了，原来走在我的前面，后来和我走在一起，渐渐地走在了我的后面。还没有走出宁邑的边界，他就开始改变了主意，对我说，你先走吧，我有点儿走不动了。我说，你不是永远不会后悔么？

　　他说，我要直言对你说，原来我看见你一表人才，谈吐不俗，可是我在这短短的路上似乎已经了解了你。我原本是信赖你的，可是我听着你现在谈论的，并不是我想象的那么让我欣喜。你的外表和你的谈论并不匹配。我是一个聪明人，多少年来我一直想和一个有智慧的人在一起，得到好的教诲，可是没有找到一个合意的。我没想到遇见了你，我觉得你就是那个我想象的有智慧的人，但这路上所谈的，却离我的想法越来越远了。现在，我改变了主意，但我在就要离开你的时候，也想和你说几句话。你本来能让人获得信任，可是你只是注重自己的外表，而你的内心却是另一回事情。若是你以后能够做一点事情，就不可华而不实。我之所以要离开你，就是看出了你的弱点，我害怕跟着你这样的人遭受祸患。

　　我说，你的确是一个聪明人，聪明人就是能看清别人，也能看清自己。现在你看清了我，这是你的幸运。你最合适的营生就是看管好你的客栈，若是你看不起自己的客栈，却要想着到别的地方去，或者要跟着别人走，那么你就会变得不聪明了。你离开了我，回到自己本该在的地方，这就是一个聪明人的选择。现在赶快回去吧，你的妻子还等着你干活儿呢。

他头也不回就离去了。我看着这个糊涂人的背影，想着总算让他离开了。这不是我要让他离开，而是他自己要离开的。他原本是只看一个人的表面的，却以为别人的表面是真实的表面。他所不知道的是，一个人的表面不只是一个，他的表面原本也是可以用别的掩盖，他所看见的表面却是虚假的表面。所以我教诲我的国君，让他远离糊涂人，或者让糊涂人远离自己，也不要听信糊涂人的话，因为他的话也是糊涂的。

现在，国君派我前去讨伐蔡国，因为蔡国依附了楚国，背叛了晋国。可是我想，我将怎样去攻打蔡国呢？楚国若是出兵救助，我该怎么办？虽然晋国已经是诸侯霸主，但楚国仍然是强大的，若是两国对阵，很难说谁会轻易胜出。我在征讨的路上感到忐忑不安，因为我不知道能不能完成国君交给我的事情。我若在讨伐中失利，晋国的威望就会减损，其他的诸侯就会对我的国君心生疑虑。

果然，楚国的令尹子上率兵前来解救蔡国之围，我们在泜水对峙。我们彼此窥伺着，却不敢贸然发起攻击。我所带的粮草也要穷尽了，却害怕楚国的大军趁着我退兵而发起追击。我深知楚国的令尹子上是多疑的，他不敢进攻，是因为害怕我趁着他渡河的时候半渡而击，于是面对着流淌的河水，我想着破敌之计。

河水在奔流，夜晚的星光落在水面上，巡察的士卒在河边不断走过。我坐在这河边的一块石头上，看着对面河岸的敌营的篝火，我的内心也像这河水一样翻滚不息。我旁边的树木瑟瑟作响，不断有树叶落了下来。我感到了秋天的寒意。我顺着这河水流动的方向远望，它流向了深不可测的黑夜。泜水是开阔的，但它的流动却那么缓慢，没有惊涛骇浪，只有平静的流水。它的声息也是平静的，就像一个完全理智的人，有条不紊地做着自己的事情。它就像一个精细的工匠，专注于自己手中的活儿。

但是我能做些什么呢？河流所做的事情，即使是夜间也在闪光，可是我也需要光，需要在夜间闪光。我想到了另一条河，那就是大河。那样的河远比沘水要大得多，那是一条充满了汹涌的波浪的河。我就在那样的河边，解下了车上的骖马，试图引诱逃走的秦将孟明视走上岸来。我告诉他，我的国君要赠给他一匹宝马，但我的话并没有被他采信。我的虚饵之计失败了，他没有相信我。

那么我现在要用这相似的计谋继续诱骗另一个人。这一次，我要让他在相信中不相信，又要在不相信中相信，我要给他一个既充满了诱惑，又充满了恐惧的计谋。我既要让他知道，又不让他知道，让他知道的仅仅是我的表面，而他所不知的也是我的表面。我要将我的两个不同的面孔给他，让他既看见我，又让他看不见我。这是昼与夜的交替，也是昼与夜的混合，这是多么奇妙的计谋啊，可是我怎样使用这样的计谋？

我的手中没有在大河边的骖马，但我的嘴里却能说出更加巧妙的言辞，我的言辞就是我的赠礼，我要将这绝妙的言辞赠送给楚国大军的统帅。我投下我的虚饵，乃是看不见的虚饵，我不是让他上钩，而是让他看不见他想看见的。这是一个迷目之计，让他的双眼看不清我所要做的。就像一个人向我扑来的时候，我朝着他的脸扔去了一把沙子，他的眼睛就睁不开了，他前面的石头就会绊倒他。

我派遣使臣到对岸的楚国军营，对楚军统帅令尹子上说，我想

古灵魂

和楚军决战，但你却待在岸边一动不动，不知道你们这样究竟是为什么？你们若是和我有同样的想法，那我就退后一舍，让你们渡河列阵，这样我们就可以交战了。你们若不想这样，那么你们就后退一舍，我们渡河列阵，然后我们交战。总之这一次决战是避免不了的，你们想想吧。若是这样在泜水两岸相持，既不进也不退，岂不是劳师伤民，这有什么好处呢？

令尹子上说，可以，你们若退后一舍，我军就可以渡河，待我列阵之后，你们就可以发起攻击了。不过你们要守信用，不能退兵之后，就放弃了和我的决战。我的使臣说，我们来到这里就是为了和楚军一决胜负，怎会撤军弃战呢？我们早已准备好了，士卒们已经磨亮了刀剑，我们的将士早已等待得不耐烦了。只是看见你们面对强大的晋军畏葸不前，让我们看见了你们的懦弱和胆怯。从前都说楚军英勇，现在看来不过如此而已。

当即就有楚国军中大臣孙伯对令尹子上说，晋国人从来不讲信用，若是我军渡河，晋军设下埋伏，趁着我军渡河到一半的时候发起攻击，那么我们将受到不测之祸。将军不能听信晋军使臣的妄言，他是想用这样的话激怒你，让我们上当受骗。令尹子上觉得孙伯说的有道理，就对我的使臣说，孙伯说得对，若是你们设置埋伏，我们又怎能知道？我知道你们善于欺诈，我怎能相信你所说的？

我的使臣说，你既然不相信我们，你又不肯退兵，我们这样在河边对峙，什么时候才能等到决战的时候？这样的等待什么时候才是尽头？令尹子上想了想说，这样吧，我们可以后退一舍，让你们渡河列阵，你觉得怎样？我的使臣说，可是你不相信我们，又让我怎么相信你？你要在河边设伏，对我们半渡而击呢？令尹子上说，楚国从来是讲信用的，这一点你们尽可以放心，我们怎会因为占取一点小便宜而失去天下的信任呢？

实际上我给了楚国的令尹子上一个两难的选择，他既不愿意这样，也不愿意那样，他无论怎样选择都是错误的。若是他进攻，就可能遭遇我的半渡而击，若是他退兵，他就难免被我蒙蔽，我要使大军渡河之后，楚国的大军已经因退却而失去了士气。若是他违背诺言，趁我渡河而发起攻击，那么他已经在道义上失去了理由，实际上他已经输掉了荣誉，他已经输掉了自己最宝贵的东西，以后哪一个国家还敢于相信他呢？

但是他最好的选择仍然是退兵，这样还可以侥幸赢回。但是他又怎么知道，只要他退兵，我还有更好的选择，让他不知道自己因为什么死去。我已经给他的前面放好了石头，沙土已经握到了我的手中，但我将这手中的沙土藏在了我的身后。他看见了我前面的东西，又怎能看见我背后的手段呢？他只是盯着我的眼睛，但我却向他微笑。他只是看着我，却又怎能看见它前面的石头。事实上，他走向我的时候，我已经向他扔出了沙土。

就这样，楚国开始退兵一舍，等待着我的进攻。可是我趁着他们退去的时候，我也撤军归国了。我在退兵前向周围的诸侯们说，楚军不敢与晋军决战，现在已经逃走了。我知道楚成王的儿子商臣与令尹子上结怨很深，因为楚成王要将商臣立为太子的时候，令尹子上竭力劝谏，说，楚国若要保持兴盛，就要从年少的人中间选择继承者，若是选择商臣这个人，那么就可能致使楚国衰亡。因为商臣长着一双蜂目，发出的声音又像是豺狼之嗥，是一个凶残而暴戾的人，你怎么可以让他做太子呢？但楚成王没有听从令尹子上的劝告，还是将商臣立为太子，但商臣也就对令尹子上怀恨在心。

我就利用他们的仇怨，暗中让人告诉商臣说，子上接受了晋国的贿赂，所以不战而退。因为他本来就害怕晋军，尤其是害怕阳处父，所以接受了阳处父的贿赂就顺势退兵了。商臣就将这件事告诉了楚成王，楚成王感到十分愤怒，就立即杀掉了令尹子上。楚军因我的虚饵之计和离间之计，而被瓦解了。泚水仍然在昼夜不息地流淌，河水不知道从哪里来，也不知道到哪里去，但它已经渐渐远离了我，楚军的军营也从对岸消失了。

我已经率领大军走在了返晋的路上。我的内心充满了兴奋之感，因为我的计谋竟然击退了楚国，还借用楚成王之手杀掉了他的大军统帅，这怎能不让人兴奋呢？关键是我没有死伤一个士卒，甚至没有真正地与楚国交战，兵不血刃就已经大获全胜了。我让楚国的令尹子上从朦胧的早晨直接进入了无知的暗夜，他凝视着我，却失去了凝视的能力，他甚至连自己也没有看见，就已经消失于无边的死亡。

卷三百八十

先且居

　　我是先轸的儿子，我的父亲曾跟随先君逃亡十几年，是先君信赖的重臣，曾在一次次作战中屡建战功。父亲是足智多谋的，他的心里有着数不清的智谋，他总是能够在重要的战役中想出最好的办法，获得最好的胜果。尤其是在崤山之战中，竟然神机妙算，在崤山峡谷设伏，将秦军彻底击败，并俘获了它的主帅和副帅。但因为国君听从了先君夫人文嬴的话，竟然将这几个秦将放回了秦国。

　　我知道国君是贤良的，他不忍心看见秦晋之间结怨，也怀着对秦国的报恩之意，但他不知道这将给晋国留下后患。出于对国君和先君的忠诚，父亲对这件事感到十分愤怒，一时冲动违背了君臣之礼。若是国君对父亲施以惩罚，父亲也不会死去。但是国君的宽恕却让父亲自责太深，以至于给自己设下了最后的埋伏。他在与白狄人的交战中，卸去了铠甲，摘去了头盔，冲入了敌阵，在拼杀中死去。

　　他放弃了生的希望，要用死来证明自己的忠诚。他一生运用智谋，最后却用勇气来结束一切。他为自己设计好了埋伏，并让自己冲入了别人的包围之中，这都是为了完成自己的愿望，那就是死。这样

古灵魂

他就会结束痛苦的自责，不是敌人杀掉了他，而是他死于自己内心的自责。他觉得这人世间最好的奖赏来自自己，而不是别人。死是最好的奖赏。

他最后的样子，就是最好的样子。他用这样的方式将最好的样子停在了时间里。一个人不是为了获得无穷的时间，而是如何停在时间里。这样时间就会将一个人永远放在自己的怀抱，还有什么比这更加温柔的怀抱呢？这是永恒的怀抱，是谁也不能打扰的怀抱。是最好的居所，最好的宫殿，它远胜过地上的任何宫殿。

因为这样的死乃是一种更新，他将从前的时间就像旧衣裳一样脱掉，换上了新衣裳。他将自己的肉躯抛弃——真正纯净的灵魂是不需要被人间的食物喂养的，肉躯乃是终究要失去的暂住物，这灵魂要寻找永远都能够居住的华美的宫室。所以，他在这最后的时刻寻找到了他所需的，而不是将最后的时光随意挥霍。这最后的时间中含着亮光，里面有着灯，这样，他的身影以及一切都能够被照亮，并且能够被永远照亮，他就可以在这光芒里逃出黑暗。这灯只属于他，因为他是用自己来点亮的。

国君对我进行了封赏，这不是属于我的封赏，而是对我父亲的封赏，只不过我用自己的手接住了它。我成为中军的主帅，也成为众将之将，众帅之帅。这样的位置本来是我的父亲的，我只是在国君的封赏中，走入了我父亲的影子。我将从这影子里捡拾父亲丢失了的形象，然后将这形象放在我的形象里。

现在父亲所担忧的事情来了，被放走的秦将孟明视率领大军前来复仇了，秦穆公没有惩罚他在崤山的失败，仍然任用了他。看来秦穆公也是一个了不起的君主，因为他能够自己承担失败，而将失败者的罪过加在自己身上，他也能宽恕别人，这正是他可怕的地方。一个国家的强大，乃是天神对国君好品质的奖励，所以秦国可能永远是晋国的强敌。

我率军在彭衙与秦军对阵。我摆好了阵列，被我的父亲废掉了的戎右狼瞫，被我用作先锋。他率领几百个斗士冲进了敌阵，秦军很快就被狼瞫杀得阵脚大乱。然后我发出了号令，让大军随后碾轧过去。狼瞫是多么勇猛啊，他最后扔掉了头盔，挥舞着自己手中的兵刃，在敌阵中所向无敌。他就像河中的快船，冲开了一个个波浪，即使是埋在水下的暗礁也挡不住他。我看着狼瞫的样子，就像看见我的父亲曾经冲入敌阵的样子，我的眼前出现了一个个幻象，我的父亲的面孔不断在我的面前浮现。我看见狼瞫的身影带着光，就像乌云里的闪电勾勒出来的形象，它突破了一层层晦暗，不断在地上闪耀。

我忽然想到，我的父亲之所以废黜他戎右的身份，不是因为不信任他，而是对他有着更深的理解。也许他已经看见了狼瞫与自己同样的结局。这个人就像自己一样，虽然有着愤怒的激情，但却始终用自己的性命来保住一个人本来的形象，这样才能获得灵魂的安宁，才能获得最后的、也是最重要的奖赏。他同样已经将自己的肉躯置之度外，因为这肉躯乃是为灵魂而活着，若是灵魂需要，就会决然将其弃置于任何地方。

我的父亲废黜了他的位置，却用这废黜守护了他的愤怒和激情。他对这样的安排充满了愤怒，却并不会用这样的愤怒来憎恨废黜他的那个人，而是选择了另一种方式来让自己获得平息。他的波澜不是为

古灵魂

了掀翻行驶的船，而是将这船推得更快。这是真正的君子。他没有和我的父亲结怨，而是找到了同路人。他从别人的形象里看见了自己。《诗》上说，周文王勃然大怒，乃是要整顿自己的大军。一个君子不是因为愤怒而作乱，而是要将这愤怒转化为与敌人交战的力量，这愤怒乃是建立功业的开始。

他与别人说，他的戎右乃是用勇敢获得，而他被废掉了戎右乃是这勇敢的消失，所以他要用重新获得勇敢来夺得自己的荣誉。一个人死于不义，那还能说是勇敢么？若是用自己的勇气来害上，又怎能在死后登上天神的朝堂？我若是因为自己失去勇气而被废，岂不是说明别人很了解我么？我能有相知的人，岂不是更好？现在我已经看见了他的勇敢，这是真正的勇敢。他率军杀入了敌阵，使得敌人溃散，而他却永远消失在了敌阵之中。

孟明视带着他溃败的大军逃走了，秦国的复仇失败了，他没有消除原来的羞耻，却让这羞耻加深了。这羞耻的加深将使复仇的冲动更加激烈，他必定还会卷土重来。这也验证了我父亲的想法，放走了秦国的这几个将领，将会给晋国带来无穷的后患。消灭复仇者是对复仇的最好的防范，只要复仇者还在，这复仇就会延续下去，而复仇意味着被复仇者不能获得安宁。可是消灭复仇者的最好的时机已经失去了。农夫在锄草的时候，还要注意要将野草的根挖断，可是国君却没有及时将这复仇的草根挖断。

每一件事情都暗含着它的另一面，已经呈现的部分也包含了不曾呈现的。就像一只飞鸟从我的头上飞过，它的影子也从我的身上掠过。它的飞也暗含了它的停留，它所飞的方向也暗含了它所离开的地方。一次偶然对秦军被俘虏的将领的释放，既是对他的恩典，也是仇恨的埋伏。我的国君是仁善的，他只知道这样的做法乃是给予别人以恩德，却不知道这恩德中隐含了仇恨。这恩德成全了他的生命，也唤醒了他的耻辱之心，于是他就要进入复仇的梦境。而这复仇者的梦境是不会醒来的，因为他已经醒来，就不会再次醒来了。这将是一个漫长的、固执的梦，它将一个连着一个，它的持续有可能彻底将自己带向毁灭，也可能将别人带向毁灭。

这是多么可怕啊。还没有发生的，已经在发生的事情中了，而看起来一件很小的事情，却牵动着将来的大事情。就像一棵树的种子，看起来是那么小，可以随手扔掉，可是你随手扔掉的，却要在你扔掉的地方长出大树，它的根须也要伸向你所住的房屋，让你房屋的根基松动，甚至在某一刻坍塌。一切不出所料，秦国的军队又要攻伐晋国了。只要他的仇恨没有消解，晋国就会不断受到攻击，那种平静的生活不存在了，因为你已经成为别人的箭靶。

这是在一个夏天。阳气升腾，雨后的地上冒着热气，河流充满了激情，国君率军讨伐沈国。因为沈国背叛了晋国，投靠了楚国。晋国联合鲁国，以及宋国、卫国、陈国和郑国等诸侯大军，很快就击败了沈国。但秦国趁着晋国远征沈国之机，秦穆公亲率大军攻伐晋国，以报崤山之战的仇恨。秦军渡过大河，焚烧了舟船，展示了有进无退的决战之心。据说，孟明视对他的将士说，若是能够一雪崤山之耻，将夺得晋国的舟船为我所用，那么，要眼前这舟船有什么用？谁又需要它呢？若是不能取胜，则成为异国的魂魄，骸骨也将成为异国的尘土，那么要眼前这舟船又有什么用？谁又需要它呢？

士卒们烧毁了自己的渡船,烟雾从大河边升起,并被烈风卷起,弥漫了整个河面,以致大河的狂涛都看不见了,只有它的轰鸣在烟雾中回响。无数秦军就从这烟雾中出现,就像无数死者的灵魂,穿着铠甲,背着箭囊,手持着闪光的兵刃,冲向了晋国的守军。这是一些死者的灵魂,但他们并没有死,只是他们准备死去,死已经浸透了他们的躯身。这是多么令人恐惧的事实,因为他们已经不准备活着回去了。

我们的大军仍然在远方,但秦军的兵锋已经指向了晋国的咽喉。在大军出征之后,守军不能与这样的决死之军列阵对战。应该避开其锋芒,然后等待它疲惫之后再攻击它的薄弱之处。秦军很快就夺占了晋邑的王官,又挥师北上攻破郊邑。我军坚守不战,孟明视知道城池坚固,顾忌晋国大军归来将其围剿,就撤退到崤山之战的地方,收拾了三年前战死的秦军将士的骸骨,回到了秦国。

唉,孟明视这个人,本该在三年前就要被杀掉,可他却逃走了。他已经死去了一次,他乃是从我的国君的仁恕中逾越了死,这意味着他是一个重生者。他从必死中逃生,又怎会惧怕死亡?他不怕死,却害怕失败。因为每一次失败都给他带来更大的耻辱,他就要再次前来复仇。这样的人是真正可怕的人,是不能忽视的人,因为他只记住一件事情,那就是复仇。我想,总有一天,晋国会被这样的人击败。不是因为这个人多么骁勇善战,也不是因为这个人多么足智多谋,而是这个人从不忘记。他的记忆中所有的,就是他所要做的,他的记忆中的伤痕,让他感到难以忍受的疼痛,所以他要给别人同样的伤痕,也让别人获得同样的疼痛。我相信,我们有一天会让这个人毁掉。

可是，我的父亲和狼曈却是另一种人。他只在自己的伤痕上，继续加重这样的伤痕，以至于毁掉自己。他们不能忍受自己的愤怒，是愤怒的火焰造就了这样的陶器，所以他们华美而易于破碎。他们为了保持自己内心的华美，就将毁灭对准了自己。他们和孟明视不一样，因为他们不想忍受，也不想让别人看见一个被歪曲了的自己，于是就将自己的形象举到了高处，然后将其扔到了坚硬的石头上。我就是这样的残片的收集者，我从他们的残片上看见了我不曾看见的，因为这毁灭不是真的毁灭，而是另一种呈现。

古灵魂

卷三百八十一

晋襄公

这是多么残酷的冬天，地上一片苍凉。几年来，我身边的重臣一个个死去了，树上的叶子，几乎要落尽了。先轸死了，他死于激战，但这样的死乃是来自他自己。郤溱死了，他在城濮之战以及崤山之战中战功显赫，可是也死去了。赵衰、狐偃、栾枝、先且居、胥臣等也一一死去。他们都是先君在世时的重臣，刚强而忠贞，既有智谋又有勇气，可是都一个个死去了。当年先君被庐蒐兵时的众臣，已经所剩无几了。

我遇到事情的时候，该去问谁呢？我的卿相只有箕郑和先都了，看来我的父君传给我的晋国好像已经老了，因为我眼前的人们都一个个老了。我所拥有的国家难道是一个衰老的国家么？不，不是的，我不愿意承认这样的事实。可是能够辅佐我的人的确是越来越少了，那么我也老了么？我不知道，为什么仅仅在这几年，他们就一个个离开了我，我的悲伤一点点变为了绝望。也许我也会在哪一天突然离开，离开我的晋国，那么还将剩下谁呢？

是的，我似乎已经感到精力不足了。这些天来，我每一个夜晚都在做梦，这些梦十分奇怪，很难知道它究竟要告诉我什么。我梦见我是一个巨人，可是却渐渐变小了，变得越来越小，最后躺在了几片树叶之间，那么轻，几乎是飘浮在空中。还有一次，我梦见自己在奔跑，好像后面有人在追赶，一只手就要捉住了我，可是我却怎么也跑不快。我想躲开那只手，可我的身体却似乎由不得自己。我感到一阵惊吓，醒来之后浑身都是汗水。

我还常常梦见已经死去的人们。我梦见赵衰、狐偃和胥臣，他们不停地和我说话，可我就是听不清他们究竟在说什么。有时听见了几句话，但醒来之后就会忘记。我在白天的时候，经常回忆梦中他们所说的话，但竟然一句都想不起来了。我的母亲文嬴过来，我就告诉她我在梦中所见到的，她说，这是他们的灵魂，他们仍然不愿意离开你，时刻想着告诉你怎样行事，害怕你做不好事情。

我听了她的话，竟然感到了惊骇。因为我突然看见这些人好像就在我的身边，他们还是原来的样子，但一瞬间又消失不见。我的耳边似乎仍然留着他们的话语，但似乎每一句话却毫无意义。我将箕郑和先都召来，和他们说起我所做的梦。箕郑说，这些都是好梦，你是一个巨人，但因为你的谦逊使自己变小了，所以你能够飘浮在高处。一个人若是能够像云一样飘浮，就可以看见地上的人们所不能看见的东西，你所看见的就更多。一个人看见的比别人多，就可以在做事的时候想得周全，就可以使得晋国更强盛。

他还说，我听说帝尧的父亲帝喾在水上游览的时候看见一条龙，第二天又看见这条龙，又刮起了大风，但这龙也渐渐变小了，傍晚的时候这龙就不见了。后来就生下了帝尧。你自己变小了，说明你就像帝尧一样有德行和作为。君子和圣人自己是高大的，可是自己却看见自己是小的，他看不见自己的高大，但这高大乃是别人眼中的高大。有你这样怀有仁德之心的国君，晋国会变得越来越好。你的背后有人要捉住你，而你却在奔跑，而后面的手却总是拿不住你，说明你的内心有着警惕。一个人若是有着足够的警惕，就是安宁的。

先都说，国君这样贤良，那些曾经辅佐你的贤臣，仍然在你的身边护佑你，你经常梦见他们，那时他们就在你的身边。你听不清他们所说的话，是因为他们的话已经在你的心里了，你只要听见自己所说的，就是听见了他们所说的。那么你想做什么，就已经是他们想让你做的。我听说武王在牧野之战的前夜，也梦见了纣王在背后追赶他，就在快要追上的时候醒来了。但牧野之战中却大获全胜，纣王也逃回了朝歌，又命人将宫室里的珍宝都搬放到鹿台，然后将自己和这珍宝一起焚烧。武王入城之后来到了鹿台，向着纣王的尸体连放三箭。所以说，你所做的梦都是吉祥的。

我想到有一年晋国遇到了饥荒，箕郑曾经和先父说，救济灾荒最好的办法就是要坚守信用，只有内心建立起信用，才会建立尊卑名分，才能施行政令和安排民事，民众才可以一心维护国君并度过饥荒。只要民众知道你的信用和仁德，善恶就不混淆，尊卑名分分明，彼此就不会侵害，百姓就会各得其所。那么彼此就会拿出自己的财物来相互救助，就不会穷困和匮乏。箕郑对我的父君所说的，也是对我所说的。

我决定要重新组建军队，让贤能者和有功者得到更多的封赏。将有功者和有能者擢拔到高位，让犯错者和无能者降到低处，除此之外，一个国君还能做什么呢？于是我在夷地蒐兵，以检阅我的大军，让狐偃的儿子狐射姑担任三军统帅，又让赵衰的儿子赵盾作为辅佐。我已经看到，狐射姑乃是足智多谋的狐偃的儿子，他也必定有着足智多谋的继承，何况他也曾跟随先君四方流浪，有着不同寻常的历练。先辈的许多智谋和行事方式，必定对他有所熏染，将我的军队交给他，我也是放心的。我本来想提拔箕郑、先都、士縠和梁益耳，但先克却向我推荐了狐射姑和赵盾。

先克是先且居的儿子。他向我谏言说，狐偃和赵衰为晋国建立了无人能匹的功勋，我们怎能不任用他们的儿子呢？士縠和梁益耳从未建立功勋，若是成为晋军大将，很多人不会服气，那么他们下达的军令就不能被执行，军心就会出现混乱。若军心混乱就不可能征战，而征战就不可以获胜。但若是任用狐射姑和赵盾，就没有人会反对，而且可以借助他们父辈的威权，使得命令畅行无阻。何况封赏建立功业者的后代，乃是国君的德行。这样，先贤的光辉也可以通过他们的后人照耀更多的来者。

是啊，若是贤臣的子嗣得不到应有的富贵，谁还愿意做晋国的贤臣呢？我的身边还怎能聚集天下的贤人呢？鸟儿纷纷飞到收割后的地里，乃是因为这地里遗留着农夫收割后剩余的谷粒，若是没有这遗留，鸟儿就会飞到别处。我觉得先克所说的，也许是很多人要说的，他的话也符合我内心的声音。我只有将自己的所作所为融合于众人的心声里，我的仁德才可以像细小的种子长成所有人看得见的大树，我的树上的果子才更多。即使我的手是无力的，但我因为众人的手的襄助，我的弓弦才可以拉得更加靠后，弓弦才能绷得更紧，搭在上面的箭在射出之后，才能飞得更远。

新的一代必将替代老的一代，谁能挡得住后来者呢？这不仅是一种替代，还是一种更新，没有更新的国家就是一个失去了活力的国家。人的寿数毕竟是有限的，万物的寿数也是有限的，因为不断地更新才可以获得无限。日光有暗淡的时候，但这暗淡中藏着将来的光明；月亮也有盈亏，但这盈亏中藏着不断更新和变化。尽管枯树也会萌发新芽，但这毕竟是稀奇的，只有它的根上不断滋生小树，这些小树的成长毕竟要替代枯死的大树。一个国家不也是这样么？我的希望并不是在现在，而是从现在不断窥望将来。

我站在演兵场上，看见狐射姑在高高的将台上发布命令，军队不断变换着阵形，令人眼花缭乱。事实上，我还不算年迈，可是却觉得自己已经老了。我看见一个个年轻的面孔在闪烁，看见他们手中飞舞的兵刃，看见他们每一个敏捷的动作，竟然那么羡慕他们。他们似乎浑身都充满了活力，生命的热气在蒸腾，东方的太阳从山顶一跃而出，地上变得无比光明。春天已经显现出自己的地力，无数的草木已经复苏，地上的草牙和树木上的细小的叶子都已经露头，我就要看见一个生机勃勃的景象了。

最让人悲伤的乃是看不见将来。那是多么让人绝望啊。《易》上说，一个又高又大的房屋，所有的窗户都被窗帘挡住，外面的光被遮蔽了，里面是一团漆黑，一个人只能从裂开的门缝向里面窥视，却看不见一个人影，即使三年已经过去了，也看不见有人从房门中进出。这才是真正的凶兆。可是我已经积累了德行，我的房屋又高又大，我的房门前不断有人进出，我的窗户没有窗帘遮蔽，我的屋门没有裂缝，我房屋前的树木铺开了旺盛的遮阴，我就坐在这树下，我的四周围满了春色。

　　我虽然在这样的景色中，但我仍然觉得自己乃是一个孤独的旁观者。我的身旁看起来似乎布满了各种新奇的事物，但我都觉得似曾相识，好像一切都曾经见过。我听说，一个人在出生前就已经知道一切，但出生之后已经遗忘了曾经知道的。我们终其一生不过是对从前所知道的事情不断回忆。现在我以为这样的说法完全真实可信，因为无论是我的经历，还是我在夜晚的梦境，似乎都曾经见过，这说明我曾经知道一切，也曾见过一切。即使我所走的道路，也不过是沿着从前遗忘了的路重走一遍。

　　难道这个世界需要一个旁观者么？若是没有旁观者，一切也将发生。这意味着我已经是一个无用的人。也许我应该隐退到别人看不见的地方，让这所有的草木自在地生长，它们不需要别人观看，它们的生长完全因为自己要生长。春天是一个好季节，也是一个看起来虚弱的季节，但它却一点儿也不虚弱，它的虚弱的外表只是因为自己乃是用虚弱来迷惑旁观者。而旁观者却耐心地等待着，等待着，可是他所等待的，乃是自己所期望的。

古灵魂

卷三百八十二

阳处父

　　我从卫国归来之后，发现国君已经重新任命了军队的将领。狐射姑已经是中军的统帅，而赵盾却成为辅佐的副将。可是我深知狐射姑虽然是狐偃的儿子，但他生性急躁，胸怀也较为狭小，若是遭遇战事，可能会急躁而行。现在虽然晋国如日中天，但仍然强敌环伺，危机四伏。《易》上说，一个人凭藉脚趾强壮，就容易履险冒进，这乃是凶兆。还说，公羊用自己的角碰撞藩篱，即使是藩篱被撞破，但自己的角也会损伤。

　　但是赵衰的儿子赵盾很像他的父亲，遇事沉稳，不急不躁，总是能从事情的各个方面考虑问题，一个军队的统帅更需要这样的人。而狐射姑满腹心机，也有智谋，若是作为大军的辅佐更为合适。但是我也理解国君的用意，他是按照父辈的功勋来任用他们的后人。在已经死去的先辈中，狐偃的功劳最大，然后是赵衰，再其次是先且居、胥臣和栾枝，他就是这样依次封赏他们的子嗣的。可是一个国家的治理完全依照功勋者的功勋来安排后人，却不考虑他们的能力和德行，这怎么行呢？

于是我向国君进谏说，狐射姑和赵盾相比，赵盾更加贤明。国君对他们的封赏乃是对他们父亲的封赏，若是晋国的功臣得不到封赏，谁还想着去建立功勋呢？可是社稷的兴盛要依靠贤能的人才，若是仅仅有功勋，就给他们土地、财产、宝物和丝帛，若是既有功勋又有才能，就给他们官禄和权力，让他们发挥自己的才能，将这个国家治理得更好。而选用贤能是一个国家兴盛的正道，因为任用贤能者才是立国之本，一切事情不是平庸者能够做好的，只有贤能者才能做得最好。

国君说，那么你想对我说什么呢？我这次在夷蒐兵，是因为先君任用的贤臣大多已经死去，我需要新的人才来将晋国引向兴盛。我原本想任用箕郑、先都、士縠和梁益耳，因为我看见他们是有才能的，也是贤明的。但先克向我谏言，这样做就等于忘掉了跟随先君的功勋者。于是我接受了他的谏言，就按照他们先辈功勋的大小，依次让狐偃的儿子狐射姑作为正卿，统率我的大军，又让赵衰的儿子赵盾作为辅佐，难道这有什么不好？若是按照我原先的想法，也许许多人心里会不服气，他们的命令也不会畅达。现在，我这样安排了，也看了狐射姑怎样操练军队，我看他在操练中善于阵形的变化，熟悉军队的调度，一切都符合法度和古礼。应该说，我没有看出他所做的有什么不好的地方。

我说，国君所做的没什么错，但是我看见的还有另一方面。狐射姑天生聪慧，就像他的父亲一样，心中有谋略，但却过于气盛，也过于固执于自己的想法，不能多倾听别人的好主意。他的内心充满了激情，这本是一件好事，但他也易于在冲动中出现偏差。这对于一个中军主帅来说，就不是一件好事情了。而且他心胸没有赵盾宽广，也不如赵盾遇事时沉稳，所以我说他的德行比不过赵盾。

国君说，那么你觉得怎样更好？我说，我听说，过去的君王任用自己的大臣，首先考虑一个人的德行，其次才是他的智谋，若是两者颠倒，就会让国家受到损失。若是让有德行的辅佐有智谋的，有智谋的就不会倾听有德行的人所说的，两个人的力量就会减损。但若是相反，有德行的人成为主帅，又有有智谋的作为辅佐，情况将会大不一样。因为有智谋的若说出自己的智谋，有德行的主帅就会耐心听取并予以采纳，这样两个人的力量就会相加，处理事情就会得到最好的效果。

国君说，你说的有道理，但我已经在夷蒐兵，并颁布了任用狐射姑为中军统帅的命令，作为一个国君，怎能对自己做出的事情反悔？若要改变，我又怎能在众臣中获得信用？而且，狐射姑在大军演练中也没有犯错，他的每一个行动都合乎法度，又精通古今兵法，这一点观摩者都已经看见了。先君之所以能够振兴社稷，就是因为持守诚信，无论是众臣还是百姓都信赖他，这样才能上下一心，令行禁止。而诸侯们也信赖他，因为他说出的，必将去做，许诺的，必将兑现，因而才成就晋国的霸主大业。现在，我自己所说的，怎能不去施行呢？已经施行了的，又怎能反悔呢？

我说，封赏功臣乃是国君的天责，怎样封赏乃是国君的权力。若是封赏不当，就可以重新封赏，这乃是国君自我省察的结果。文王的遗训中说，舜出身于民间，能够执中而行，若是有了偏差，就要自我反省，错了的就要予以纠正，所以能够把每一件事情都做好。武王当

—— 217 ——

初讨伐商纣，率领大军先到文王的陵墓祭奠，然后向商朝的王都进军。他在中军竖起了文王的木牌，自己只是称为太子发，意思是真正的统帅乃是死去的文王。大军抵达大河南岸的孟津时，八百诸侯前来响应，人心所向，万众归一，讨伐商纣的大势已经形成。但武王认为时机仍然未到，就立即班师回朝了。这难道能说是武王反悔了么？他的决定不仅没有动摇天下诸侯和民众对他的信任，反而人们更加信赖他了。

　　——这是因为，看起来他似乎反悔了，但他的决心是坚定的，他的反悔乃是由于他的审慎，审慎不是摇摆不定，而是能够通过自我省察而权衡利弊。只有权衡利弊，才能明察得失和预判胜负。不能做好的，就不能勉强行事，那样将招致不必要的损失。若是遭到了失败，那么人们对他的信任就没有了。一个人若是缺乏做事情的能力，人们还怎样能信任他呢？所以武王等到商纣王进用谗恶者而远黜忠良，比干被剖胸挖心，而箕子被罚为奴，微子出逃异乡，民众怨言四起，才率兵远征，一举击败了商纣，赢得了天下大业。这能说他因反悔而失去别人的信任了么？

　　——武王之所以获得成功，还因为他能让贤能者各安其位，他能依据每一个人的才能和德行使他们获得应该获得的。他任用姜太公为太宰，让召公、毕公、康叔和丹季等贤臣都在最合适的位置上，这样每一个贤能者都能发挥最大的作用，就像天空的群星，夜晚才能够保持最适当的明光。若是武王不能让每一个人获得最适当的位置，他们就会彼此埋怨，力量就会彼此损耗，天下就不会获得安宁。所以若是能够重新安排，我希望让赵盾和狐射姑互换位置，让赵盾作为统帅，

古灵魂

而让狐射姑作为辅佐，这样就可以让智谋者辅佐贤德者，顺序合乎法度，做事就会合乎天道，晋国就可以基业牢固、兴盛不衰。

国君说，你是我的师傅，现在仍然是我的师傅，你曾经教我的，我都不敢忘记，你现在所说的，我也牢牢记住。你说的都有道理，既然武王都这样做了，我也理应这样做。不然我还怎能辅佐周王来照管天下呢？还怎样能给诸侯们做典范呢？可是我已经进行过一次蒐兵了，文武大臣都已经观赏过狐射姑的演练了，我该怎样重新封赏呢？我原本就想选用真正的贤能，但因为先克的谏言，才改变了主意。因为先克所说的，不仅仅是他所说的，而是很多大臣的想法。我不能违拗他们的意愿，否则他们就会心生怨意，就不会真诚而勤勉地辅佐我治理晋国，所以我才顺从了他们的想法。

——我现在已经悔恨我的轻率，若是当时你在我身边就好了，可惜我只能独自做出决定。我宛若在梦中做了一件错事，是你把我推醒了。可是我又怎样重回梦中，将那件做错了的事情重新做一次呢？我乃是因为害怕众人不服，才听从了先克的谏言，不得已才论功行赏，但我怎么才能将赵盾和狐射姑的位置互换呢？我后来想这样也许是妥当的，因为又将老臣箕郑、先蔑、荀林父等人纳入六卿，这样不仅显示了先贤的功劳，也能得到贤明老臣的提醒。可是这样做，虽然能够服众，却可能会给国家带来损害。我该怎样行事才好呢？

我说，既然你已经在蒐兵中任用了众臣，何不再来一次蒐兵，重新任用众臣呢？若是在梦中做错了事情，还必须回到梦中才能纠正。不然梦中的事情就永远过去了，醒来的时候永远不可能重复梦中所做的。就像我们现在所经历的春天，今年的野草已经不是去年的野草，

— 219 —

卷三百四十六—卷四百零九

今年所播撒的种子，也不是去年的种子，新的种子将长出新的谷子。若要改变去年所种的庄稼，就要在收割之后，重新播种。农夫所知道的，一个国君也是知道的，因为地上的事情虽然不同，却都笼罩在同样的天道中。我听说，骐骥作为名马不是因为它青色的外表，而是它能够记住来时的路，若是它不小心走错了，就会返回去原来的岔路口，重新找到来路的方向。名马尚且能这样，一个人难道不能返回原来的岔路口么？

国君说，好吧，那就再来一次蒐兵，重新任命中军的统帅。就按你所说的，我让赵盾改任统帅，而让狐射姑为辅佐。这一次蒐兵就到董这个地方吧。这里两河交汇，双流合抱，是一个好地方。这个地名也有督察、省察和纠正的意思。这也是两河的岔口，就让我回到这个岔口，重新做一次选择。河水终究要流去，过去的事情也让它随着河水流去，而新的河水又要补充，这样晋国的江山社稷才可以常见常新，就像河流一样永不衰竭。

我离开国君之后，感到了内心的快乐。因为国君听从了我的话，也听从了他自己内心的声音。国君是贤明的、仁义的，也能够将晋国引领到更远的地方。可是有阳光的地方就会有阴影，因为明亮的必定会被什么东西遮挡，即使天上的云飞过，地上也会有它的影子掠过。狐射姑会怎样想？他会不会因为这样的安排而心生怨意？也许会的。他已经攥在了手里的，就要丢失，他的手里就空了。而且他不是一个心胸开阔的人，因为他心里总是藏着计谋，一旦这计谋得不到实现，内心就会感到压抑，这压抑就会喷发。

他若是因此而暗恨国君，那么就不会一心一意辅佐赵盾，也许这

古灵魂

会给将来埋下隐患。但我相信，他若是还觉得自己乃是狐偃的儿子，就应该保持对国君的忠诚，或者他应该理解国君的良苦用心。他还需要多锤炼自己，使自己禁得起各种挫折。这只是让他和赵盾调换了一下位置而已，他也许会想得通。可是他若是想不通该怎么办？我不知道了。我所不知道的，就不想它了，因为所有不可预知的事情，只有到了眼前才可以看见。就像我面前的光影变化，我怎么会知道天上的哪一片云会变成什么样子？又怎能知道它将飘向何方？它在什么时候集聚，又在什么时候消散？我的头顶上，哪一片云的影子会遮住我？

卷三百八十三

晋襄公

秦穆公也死去了，竟然让很多人为他殉葬。这个人一生是贤明的，但他却在死后将他身边的许多人丢弃在墓穴中。这让他的德行受到了怀疑。他生前一直想做诸侯的盟主，可是这样一个人怎能做盟主呢？他用自己的死证明他原先所做的都是虚伪的，他并不爱他的百姓，也不爱他身边的人，他只爱他自己。他所说的和他所做的完全是两回事，他所做的似乎和他所说的差不多，但最后却证实，他所说的并不是真正想说的，他所做的也不是自己真正想做的。他只是用所说的掩盖自己，又用所做的再一次掩盖自己。他只是戴着仁爱的面具，走完了一生。可是他原本就是残暴的，最后的一死让人看见了他真实的面孔。

这个人，我原先还是敬佩他的，尽管他是我的敌人，但他仍然是我敬佩的人。他能够将夷吾送回晋国，乃是他寄望于夷吾，希望晋国能够换一个贤良的国君，但是夷吾的背信弃义让他失望了。他又将我的父君送回晋国，这一次他没有失望，但也没有让他欣喜，因为我的父君使晋国得到了振兴，并做到了秦国想做而没有做到的事情。他开始嫉恨晋国，但我理解他，因为他希望自己成就的，让别人成就了，这怎么能让他安宁呢？

世界上的敌人从来不是固定不变的，原来给予你恩惠的朋友会变成你的敌人，原来的敌人也可以变为朋友。因为事情总是在变化。原先朋友希望你做的，你已经做了，可是你做得比他想象的还要好，他的内心就会发生变化，因为你所做的已经超出了他的估计。若是你在他的估计中，一切都可以保持原样。因为你比他所希望的更好，他就会觉得自己所施与的恩惠太大了，就会用更多的手段压制你，并向你索取更多。若是你又不能让他满足，他就会成为你的敌人了。可是一个自己觉得施与别人无限恩惠的人，就要对你无限地索取，你又怎能让他获得满足呢？

所以很多敌人不在敌人中，而在自己的朋友中。已经存在的敌人就在那里，你可以一眼就看见他们，可是那些藏在朋友中的敌人，你却不能一眼辨认出他们，这更加可怕。秦穆公就是这样的人。我曾敬佩他，乃是我没有认出他。我没有认出他乃是晋国最强大的敌人，即使我的父君也没有认出，他说看见的只是楚国，因为楚国就摆放在那里，谁都可以看见。是的，每一个人都看见了，只要你睁大眼睛，就可以看得见。但是秦国却隐藏在暗夜，它渐渐接近你，并藏在树木的背后，将弓箭对准你。

一个人可以成为你的敌人，在另一个时候，也可以成为别人的敌人，但一个始终如一的敌人就是令人畏惧的。现在这个敌人死去了，我的敬佩和我的畏惧也随之而去。因为我在他死后才真正看见他的样子，也许他原本就不足畏惧。他乃是凭借他的虚假令人畏惧，他所做的都是虚假的，但这虚假获得了许多人的误解，觉得这虚假乃是他的真实。他生前没有呈现的，在他的死中得以呈现。那么多人陪着他死去，这难道就是他所宣扬的仁爱之道？一个人的死还不够，他要让自己的死和很多人的死放在一起。他不愿意一个人死去，难道更多的死就是对一个人的死的安慰么？很多人的死就能解除一个人的死的寂寞和孤独么？难道更多的死就能让死掀起无限寂静中的喧哗？

我的敌人死去了，我也躺在了床上。我感到自己也已经气息奄奄了。这是我的敌人对我的惩罚？他死了，也要带走我么？不，我不愿意，我不愿意随我的敌人而去。一个国君难道是为了自己的敌人而活着？若是敌人消失了，自己的箭将射向何处？我曾梦见自己是一个巨人，但却渐渐缩小了，这是什么意思？岁月会让一个人缩小，就像水流将其中的石头一点点磨光，让它失去自己的棱角，最后一切都会失去么？

秦穆公死了，他的儿子继承他的王位，可是我的孩子还在襁褓之中，我要让一个襁褓中的孩子来继承我的位置么？这个世界上并没有什么新奇的东西，我曾经看见的，也落入了我的命运里。我让我的夫人将孩子抱到我的床前，我抚摸着他的头，他的一双纯净的眼睛看着我，这目光里有着人出生时的一切。是的，他是无辜的，我为什么必须抛下他，独自而行？他看着我，里面既没有希望，也没有绝望，只有纯净的、一尘不染的光。

我的浑身没有一点儿气力，我说话的声音也是微弱的，我对孩子说，你虽然还很小，但会长大的，你现在就要承担和你的年龄不相称的事情，你要坐在我的座位上，让别人代替你说话。因为你还不会说

古灵魂

话，等待你年龄到了可以施政的时候，你就要行使你的权力了。看来我等不到你长大了。我的眼睛变得湿润，我的视线也模糊了。我不知道死后自己会变成什么样，还能不能以另外的方式参与人间的事务，但我知道自己可能就要离开了，永远离开了。我也许还能看见人间所发生的，但仅仅看见有什么用？

我不想死去，因为我还年轻，我应该享尽天年，可我究竟哪里做得不好，竟然要受到天神的惩罚？回顾自己做了国君之后，一直恪守着仁爱和宽恕之道，我原谅了别人不能原谅的，也听从了我所不愿意听从的，还对先父的老臣予以封赏，他们都得到了应该得到的和不曾得到的，我甚至给了他们更多，那么我还有哪里做得不好呢？我十分勤政，每一天都很早起来，在朝堂和大臣们议事，为了晋国的繁荣，我还是尽心竭力的。那么我还应该做哪些事情呢？若是天神给我更多的时间，我还能做更多的事情。

我的大臣们都和睦相处，在几次与敌人的交战中都能万众一心，并获胜而归，守住了先父创造的霸业。可是我的一生竟然会这样短暂，以致一切就像昙花一现。我还记得在崤山之战中重创了秦国，将秦军的将帅全数俘虏，那么多的秦军沦为深山里的尸骨，他们的肉掉入了蝼蚁的嘴里，他们的灵魂在天上飘散。虽然后来秦军在王官复仇，但我坚守城池，避战不出，也让秦穆公的计谋落空。

回想起来，我就是听了母亲的话，释放了秦俘三帅，本来的意愿是饶恕，但他们并不认为对他们的赦免乃是一种恩惠。这一点，我本应该听一听先轸的想法，但我却随意地放走了他们，以致给晋国带来了无穷后患。先轸对我不恭敬，我没有埋怨他，因为我先做错了事情。可是他却太过自责，我竟然没想到他会在战场上用死来证明自己的忠贞。这让我十分悔恨，我应该想到的，却没有细想，我没有想到的，却发生了。那么我还有什么可以弥补我的过失呢？我只有将他的儿子先且居接替他成为卿相。可是一个人死了，我用怎样的悔恨都不能让他回转人间。

每做一件事情，我的心情都是紧张的，因为我没有做好每一件事情的把握。每当一件事情成功的时候，我的内心也没有足够的喜悦，反而会引发更多的忧虑，因为我不知道以后的事情能不能做好。我以前所做的总算还不错，可是我就要去见先父和先祖了，我还能向他们说些什么？晋国的将来会怎样？我的孩子会怎样？我的身后，那些大臣们将怎样行事？我的师傅阳处父为我选择了赵盾，这个人能够辅佐好我的儿子么？现在才知道，一个人的死并不是一件轻松的事情，即使所有的事情都可能再也看不见了，但我就愈加希望现在就能看见将来的每一件事情。

我的目光要穿透眼前的重重迷雾，看见很远很远的一切。可是我的眼前似乎仍然是一片迷茫。即使是已经过往的事情，也很难看清它的真相，何况是一个人死后的事情呢？我所崇尚的一切未必就是好的，因为我看见那些看起来是好的东西，却不一定能得到好的结果。若是崇尚祖宗的礼法，就不会有我的先祖武公与晋国大宗的对峙和挑战，就不会获得我现在的江山社稷。若是崇尚人间的美德，就不会有我的先辈晋献公的开疆拓土。他放弃了美德，选择了贪婪和背信弃义，可是却开辟了晋国的基业。

然而也不是失去美德就可以获得一切。我的叔父夷吾也贪婪好

古灵魂

胜，也背信弃义，却让国家衰落，也让他自己因这背信弃义获得了严厉的惩处。我的父君恪守仁德，信守承诺，能在天下纵横驰骋，使得晋国的疆土越来越大，也赢得了天子的封赏和天下的信赖，得到了天下霸主的位置。那么究竟是什么能够让一个人获得成功？又是什么能让一个人失败？天下究竟遵循怎样的准则？秦穆公倒是看起来贤良，但他最终露出了残酷的本性。他试图得到的，并没有得到，他所持的乃是出于真正的道义么？现在看起来，似乎不是这样，可是他既不是成功的，也没有失败。那么是谁赋予我们以命运？

很多事情实际上并不取决于自己，既不是取决于一个人的坏本性，也不是取决于一个人的好本性。很多时候坏本性却能赢得好结果，好本性却可能摘取了坏结果。当然在另一方面，坏本性得到了坏结果，好本性也能得到好结果。难道人世间就没有更高的神能够评判是非曲直？若是真的有天神，那么他究竟用什么尺子衡量人间的事情？又怎样衡量一个人？难道他的尺子每时每刻都在变化？我不知道他真实的用意，所以很多时候我不知道该怎样做。我犹豫，乃是因为我不知道，我听从别人，也是因为我不知道。我所不知道的事情，又怎样能做出好的决断？我不知道的，以为别人会知道，可是我所不知道的事情，别人又是怎样知道的？既然所有的人都不知道，事情又是怎样开始又怎样结束的？

我所看见的只有结果。也许这个世界上没有别的，只有结果，所以我能看得见。就像云雾中的山峦，我只能看见它露出来的部分，但这露出来的，却不是山峦的全部。这样的事实，我怎能用自己的眼睛看得穿呢？一想到这些，也许一个人的死，就是最好的结果，不论你是虚假的，还是真实的，不论你怀有美德，还是你怀着贪婪和残暴，最后都会给你一个这样的结果，一个好的结果。秦穆公的死乃是死于自己的虚伪，却在死后显出了他的本性，然而他的本性也将随之而去。可是我会怎样死去呢？我所恐惧的就要出现了，我的内心既是痛苦的也是快乐的，我的内心充满了挥之不去的悲伤，我不知道这是怎样奇特的混合，可是我现在所想的就是这样。

我抚摸着我的孩子的头，他的眼睛看着我。他既没有迷惑，也没有快乐，当然也没有忧伤。这是多么好的无，人的一切不就是从这无中开始的么？是的，所有的有不是来自无么？我们所见的，并不是原本就有的。我看着孩子的眼睛，孩子也看着我，我的目光仿佛顺着他的瞳孔进入到深邃的无之中。可是这无却是无尽头的，我似乎进入了纯净的一片黑暗，但又隐约透着某种神奇的光亮。可是我什么都看不见，因为这光亮也是纯粹的，没有任何阴影和杂质。我感到这无边无际的无中，藏着我内心的某种恐惧。我不知道自己究竟在为什么恐惧，也许我并不害怕污浊，因为我就生活于污浊之中，我所害怕的乃是这毫无杂质的纯净，因为这纯净乃是我所不知道的，我从未见过的。

忽然我从孩子的眼神里发现了自己的眼神，是啊，这是我的眼神，它已经转移到了孩子的眼睛里。尽管我已经忘记了自己孩童时代的样子，但我却从他的眼神里看见了自己。也许是我的眼神和孩子的眼神的瞬间碰撞，发现了彼此的相同。就像两只同样的蚂蚁在路上相遇，啊，这是我在镜子里看见了自己？我对这样的眼神似乎是熟悉的，因为这就是我的眼神，别人不会拥有这样的眼神。原来，那瞳孔

古灵魂

里并不是完全的无，我已经在其中了。

我顿时生出了对我的孩子的怜爱之情，因为这不是爱另外的一个人，而是爱我自己。我还活着，但我已经将自己交给他了，等我死去之后，我将全部交给他，我将从他的身上获得重生。也许这就是一个人一生的意义？我所做的就是要把自己交给另一个人，让另一个人接替自己，并成为自己。或者说，这不是一种交替，而是一种更新，我因为我的儿子而得到了更新，我就变为了另一个人。

我的一切已经不能依靠自己了，我已经将自己托付给这个孩子了。他突然大哭起来，我不知道他为什么哭，也许他已经感受到了什么？或者他突然被我的目光所惊吓？可我的目光是爱怜的、柔软的，就像野兽的皮毛一样，就像飞鸟的羽毛一样，就像丝绸一样，光滑、温暖，有着舒适的手感，可是他为什么突然大哭？难道他已经知道我将要离开他？还是他在我的身边感到了某种不安？或者，他乃是用这样的哭声和我说话？一个不会说话的孩子，只有用哭声来表达。看来，人之初就带着天然的悲伤，他的表达只能用哭声，不论是他想什么，能说出的话只有哭声。

我不禁和他一起感到悲伤，或者是他的哭声唤醒了我藏在内心的悲伤。我对他说，别哭，一切都很好，我即使不在你的身边，也会有人在你的身边，会有人抱着你，会抚摸你，并和你说话。我要将你托付给可靠的人，对我忠贞的人，他们会让你很好地成长，然后你将变成我，代替我继续活在这世上。你会成为一个好君王，和我一样拥有整个国家，我的灵魂会在暗中护佑你，什么都不用害怕，这个世界上并没有可怕的事情。若是你不害怕自己，就不会有任何东西值得你恐惧。因为我从你的眼睛里看见了无，你原先没有的，以后也不会有，你原先就没有恐惧也没有悲伤，以后也不会有这些本不该有的东西。你生来就有你想要的一切，也有你不想要的一切。你所继承的，是先祖的荣耀，也有先祖的智慧。

孩子渐渐不哭了，他停住了啼哭，似乎听懂了我所说的。我将赵盾召到身边，对他说，我的这个幼儿夷皋就托付给你了，若是他有什么才能，就请你训教他，让他的才能得到发扬；若是他的才能不足，也请你好好对待他。要是能在你的教诲中成长，并做一个好国君，我也就放心了。若是他能够这样，我将感谢你的赐予，若是他不能成为一个好国君，我将在地下怨恨你。

赵盾说，我按照国君的吩咐去做，我知道自己的能力不足，但我要尽我所能，辅佐好幼主。我所承诺的，必定去做，请国君放心吧。我之所以能够位列众臣之首，乃是因国君的恩赐，国君所说的，我怎敢不去做呢？何况我又怎敢违背君臣之道？我说，好吧，我已经记住你所说的，我不是记在了心里，而是记在了灵魂里。不论我的灵魂在哪里，我都把你所说的话带到哪里，我将从高处看着你。只要你抬头仰望，看见一朵云从你的头顶飘过，我的眼睛就在那云里，我的目光将从高处落下。我将在你所看见的所有事物里，在飞鸟的翅膀上，在飞翔的蝴蝶上，在树上的叶片上，在盛开的花朵上。总之，你所在的所有地方，我都会看见你，你所看见的一切，我都藏在那一切的背后。

卷三百八十四

赵盾

　　国君已经病重，看来时日不多了。也许一个国君乃是为他的敌人活着，秦穆公死了，我的国君也已病入膏肓了。可是我的国君还年轻，他怎么会这样的呢？我不知道上天为什么这样安排，但他本应继续端坐在他的位置上。也许他已经感到自己就要去了，就把我召到了他的身前，将他的儿子夷皋托付给我。可是，国君的孩子还在襁褓中，他什么也不知道，也不知道他长大后究竟会变成什么样子。国君对我说，若是这孩子能够成为有才能的国君，就是你的功劳，我将感谢你对他的赐教，若是他不成才，我将永远怨恨你。

　　我能说什么呢？我只好答应了国君的请求。国君的目光就像箭一样射向我，我看见他的眼睛里放射出的光是那种漆黑的光，两道黑光，这让我感到十分害怕。我从没有见过国君这样的目光。他的目光向来是柔和的、谦逊的、温暖的、谨慎的，可是现在的目光却是锐利的、凌厉的、严峻的。他的目光好像并不是来自他的瞳孔，而是来自更深的地方，我看不见的漆黑的地方，它竟然是那么冰冷，带着寒冬的风雪，使我感到不寒而栗。

这已经是八月乙亥的日子了，天气已经渐渐转冷，可是我感到了更深的寒气从国君的眼睛里袭来。我一下子感到浑身发冷。这目光已经通向了深冬，可我还待在秋天里。我看见树叶的叶边已经发黄，它的枯黄正在向中间蔓延，一些树叶已经开始掉落，这意味着，不论树上还有多少叶片，都将掉下来。秋风已经开始吹拂，现在的风还不大，但一切强劲的、凌厉的风都是从微小开始，就像一棵大树乃是从幼苗开始的。

　　这是一个令人忧伤的季节，因为万物都将渐渐凋谢，然后将剩下不能凋谢的东西，它们用这样的方式显现真相。秋风越来越大了，几乎扫荡一切，草木用斑斓的色彩呈现最后的光彩，这似乎不是一种挣扎，也不是一种衰败，而是用这样缤纷的辉煌来展现一生的景象。无论是多么繁盛的事物，都在时光里流逝了，谁也没有察觉它们的变化。但最后的日子是夺目的，你不得不注视它们，它们的全部色彩都绽放出来，仿佛它们不是树上的叶子，而是无数盛开的鲜花。即便这样，谁又能在时光里停下自己的脚步呢？

　　我的国君死去了，谁也不能挽留住他。他自己也不能挽留自己，谁又能挽留他呢？他平静地躺在那里，就像是进入睡眠一样。他最后的表情是严厉的，他的眉毛上翘，似乎有着某种愤怒和不甘，他的嘴角却是下垂的，又好像透露出了悲哀。是啊，一个国君可以拥有一个国家，拥有权势和高位，却不能逃避所有的人都未曾逃避的死亡。只不过他是一个不幸的国君，就这样早早死去了。国君是贤明的，他总能倾听别人的看法，并选择最好的办法。他也是谦逊的，从来不认为自己比别人更高明。

古灵魂

有时国君做出了错误的决定，也总会想办法予以挽回和纠正。不过有一些事情不会给你挽回和纠正的机会，他就会不断悔恨，并责罚自己。就说崤山之战后，他听了先君夫人文嬴的话，并没有多加考虑，就错放了秦军三帅，竟然给晋国带来无穷后患。若是不放走他们，怎么会有王官之战的耻辱？直至现在，他们仍然用仇恨的目光窥伺着晋国。俘获了秦军三帅的先轸对此十分愤怒，听完了国君的话，竟然头也不回就离开了，而且还向地上吐了唾沫。这对国君是多么大的侮辱，可是国君并没有埋怨他，也没有责罚他，相反他向先轸承认自己的错误，表示了深深的歉意。

国君的宽容让先轸无地自容，他竟然借助箕地之战的机会，自己赤膊投入敌阵，以一死来证明自己对国君的忠贞。一个国君所能做的，也就这些了。他的德行已经装满了他的车，他的马匹已经拉不动了。本来我已经在夷之蒐兵中被任用为辅佐，我听说是阳处父从卫国归来和他说了一番话，国君听从了阳处父的谏言，又将我和狐射姑调换了位置，我成为晋军的主帅和晋国的正卿。国君原本是按照我们先辈的功劳来封赏的，对这样的做法谁也没有异议。但是一个国家的封赏乃是国家的大事，每一个人的位置决定着将来的一切。功勋者的子嗣和功勋者并不是同一个人，他们子嗣的才能也有不同，若是仅仅遵循简单的排位，而不考虑每一个人的才能和德行是否适合他所占据的位置，可能会带来无穷的祸患。

国君还是听从了阳处父的良言，将我提携到了高位，可是我就有着那样的才能和德行么？我不知道自己，就像我也不能评判别人一样，但国君对我的赏识让我的内心充满了感激之情。他不断纠正自己，说明他曾经做过的并不是他的真实意愿，他终于重回自己的真实，将即将飘逝的东西重新拿回来，放到了我的身上。这是多么沉重的责任啊，我内心的快乐被沉重的忧虑所替代，我将要将整个国家放在自己的肩膀上，我的每一个言行，都将和这个国家的兴衰相关，我的每一步路都不能出错，我甚至整夜睡不着觉，看着四周的黑暗，我的心也越来越沉重了。

现在国君已经离去了，却将我抛在了荒野里。我感到自己成为一个人，一个孤独的人，甚至是这个世界的旁观者。但我却不能成为一个旁观者，这就是我的痛苦。我必须为每一件事情苦苦思量，不然我将成为真正被抛弃的人。我感到国君的灵魂似乎还在我的身边萦绕，他久久不肯离去，就像国君临终前所说的，他一直在监视我，他的眼睛无处不在，我每盯着什么的时候，他的目光就会出现。那么漆黑的目光，锐利的、凌厉的目光，它用深冬的寒气紧逼着我，又像利箭一样射穿我。

最重要的事情来到了面前，晋国需要一位君主，可是我该怎么办？我召集大臣们在朝堂商议，显然人们的想法不是相同的。我的内心也充满了矛盾，一方面是我对国君的承诺，答应将他的儿子立为国君，可是他的儿子实在太年幼了，怎能承担国君的责任？有人对我说，你既然答应了国君的请求，就应该将自己的承诺付诸实施，这样乃是对国君的忠贞，也是自己诚信的呈现。我怎不知道这简单的道理？若是这样，别人也没什么可说的，但会怀疑我乃是将自己的私心放在了其中，因为辅佐年幼的君主，等于我自己就拥有了国君的权力，因为年幼的君主还没有掌握这权力的能力，只有将他的权力暂时

古灵魂

交给我。

可是我又答应了国君的请求，这乃是国君最后的嘱托，我若是不照着国君的话去做，我还能说对国君忠诚么？我还是一个合乎礼法的卿相么？我甚至失去了内心的仁德。但国君将大权交托给我，我又需要为国君承担责任，我不仅为刚刚死去的国君承担责任，还需要对那些早已死去的国君承担责任，因为这江山社稷乃是一代代传下来的，它属于刚刚死去的国君，也属于过去死去的许多国君，还属于未来的国君。这样，一个国家就变得比一个国君所说的话更重要，即使是他的遗嘱也似乎变得微不足道。

我背弃了我的承诺，但我将获得更大的忠贞，不仅仅是对一个国君的忠贞，而是对更多国君的忠贞，对所有死去的国君的忠贞，也是对一个国家的忠贞。我背弃了我的诚信，但我将获得对一个国家的诚信，以及对晋国民众的诚信。我知道怎样对国家有利，而不是对我个人有利，我的利益乃是被更大的利益所笼罩，我又怎能在意一己的私利呢？我所放弃的乃是我的国君的个人的私利，也放弃了我自己的私利，所图谋的乃是晋国的大业。

现在的晋国虽然是天下的霸主，但却仍然处于危机四伏之中。强敌环伺，就需要一个年长的君主，不然这片蓝天用什么得以支撑？晋国的枝干又怎样延伸？它将怎样获得诸侯的敬仰？它的基业怎样才能更加坚牢？我发现自己不仅怀有对国君的承诺，还怀有更大的承诺，只是这承诺并没有用言语来表达。我想，看起来我似乎违背了国君，但我却从另一个方向靠近了国君，他死去的灵魂一定可以理解我，并赦免我的罪过。

在朝堂上，我对众臣说了我的想法。我说，要是将晋襄公的弟弟公子雍立为国君，对晋国来说，可能是最好的选择。尽管晋襄公希望能将自己的儿子夷皋立为国君，但他实在是太小了，还不能承担重任。现在乃是需要重整旗鼓，让国家的治理更加完善，让国家的威望得以加强和发扬，也让晋国的实力更加强大的时候，我们还要面对凶险的暗藏的危机。不仅有强邻秦国的袭扰，还有楚国的随时侵犯，中原各国都需要强固关联，以便辅佐天子使天下诸侯聚合，顺应天意、归于天道。所以，晋国需要一个成熟的君主。

——公子雍天性良善，众人称赞，他曾得到先君晋文公的喜爱，又在秦国获得历练，熟知国家的运行法则，应该是合适的国君。而且他久居秦国，和秦国亲近，也能得到秦国的认可。秦国本来就是我们的友邻，但因种种事端，却成为雠仇。若是能够让公子雍成为晋国的国君，秦晋之间的仇隙就会获得弥合，晋国也能解除后顾之忧，就能将更多的力量投入中原，以抗拒楚国的势力，天下就会更为安宁。

——我听说，一个国家若能有一个贤良的国君，江山社稷就会稳固，众臣也更喜欢侍奉年长的君主，这样国家的上下就会和顺。若是都拥戴先君喜欢的人，就是忠孝之举，而能够结交昔日的友邦，国家就会安稳和强盛。这样，公子雍都符合这样的条件，若是能够将他立为国君，乃是晋国的幸事，以后的祸患就会减少。你们想一想，我们的先君都拥有这样的德行，无论是晋文公还是晋襄公，都能够审时度势，并拥有仁德之心，所以晋国才获得今天的繁盛，晋国的疆域也越来越大，威望也越来越高。若要将夷皋立为国君，他的德行乃是未知，我们还不知道他长大之后成为什么样子，晋国需要一个可预见的

古灵魂

好的将来。

我的话刚刚说完，狐射姑就表示反对。他说，还是将公子雍的弟弟公子乐立为国君更好，因为公子乐也符合你所说的条件。公子乐的母亲文嬴曾是两个先君的夫人，受到两个先君的宠爱，若是将公子乐立为国君，必定会受到民众的拥戴。而且，因为文嬴乃是秦穆公的女儿，将她的儿子立为国君，更能受到秦国的尊敬。公子乐也是先君喜欢的人，何况他同样在陈国得到了历练，因为陈国乃是小国，所遭遇的危机更多，他也会更加懂得如何治理国家，如何能免除祸患。若是能将公子乐立为国君，将是晋国的幸运。

我知道，我成为晋国的正卿，而让狐射姑作为辅佐，他本来就有怨气，所以他想要通过立君之事来夺回自己的位置。他乃是怀有私心的。他并不是真正为晋国着想，而是为他自己着想，这怎么能做好事情呢？唉，先君和阳处父是高明的，我已经知道了我替换他的原因了，因为这个人的心胸太狭隘了，他所说的乃是为他的私心所说的，他所做的也是为自己的私心所做。这样的人怎能担当大任呢？他之所以能够身居高位，乃是由于他父亲的功劳。他的父亲所有的，乃是属于他的父亲；属于他的，要由他自己的德行来决定。当然我身居高位也同样因为我父亲的功劳，因而我必须抛弃自己的私心，才能获得与这高位相配的德行。我知道，他们的属于他们，而我的却要由我自己去获取。

我反驳说，你说的也许有道理，但又违背常理。文嬴虽然为秦穆公之女，但她的地位却处于九个夫人之下，她的儿子又怎能有威望？她曾受到两个国君的宠爱，这是事实，但这样的事实在很多人看来就是淫乱，一个淫乱者的儿子又怎能有威望？公子乐是先君的儿子，可是我并没有听说先君怎么喜欢他，他也没有用他的行为来证明他的仁孝，这怎么能获得威望？他不去投奔大国，却到了偏僻的陈国，这乃是没有志向的表现。一个缺少大志的人又怎能有大智？又怎能获得威望？陈国偏远而弱小，要是公子乐被立为君主，他又怎能依靠他的陈国呢？若是晋国遇到大事，陈国既没有援救晋国的能力，也没有联合其他诸侯的能力，晋国的社稷又怎么获得安定和牢固？

——可是公子雍就不一样，他的母亲乃是杜祁，本应排位于偪姞之前，但她却让位于偪姞，让别人在她之上。本应在季隗之前，又因为狄国对晋文公的恩惠和季隗的美德，她又让位于季隗，并甘愿居于别人之下。这样的美德和谦逊让先君感到不安，因而特别喜爱杜祁所生的儿子，并让他前往秦国做官。由于他的才能和贤良，秦穆公将他任用为亚卿，这是多么不容易啊。这也说明了秦国对他的信任。秦国不仅是大国，也是我们的近邻，若是公子雍做了国君，晋国遇到了事情，秦国有足够的能力驰援，两国之间也因此而更加信任，彼此的仇怨也将烟消云散。而且公子雍的母亲谦逊仁义，儿子也必定受到民众的喜爱和敬佩，就有足够的威望驾驭民众，那么将公子雍立为国君，还有什么不好呢？

我的话得到了众臣的称赞，但狐射姑却满脸愤怒，拂袖而去。不论他怎样想，我所说的就必定去做，于是我派先蔑和士会前往秦国，以迎接公子雍回归晋国。但很快就有人告诉我，狐射姑也派人赶往陈国迎接公子乐。这让我怎么办呢？若是公子乐先于公子雍回国，那么公子乐将成为晋国的国君；若是公子雍先回国，也将成为国君。这是

古灵魂

速度的竞争，谁先抵达谁就获胜。我并不害怕失败，但我的失败将会是晋国的失败，而狐射姑的成功则意味着晋国的衰落和祸患。所以我不能让狐射姑的诡计得逞。

秦国距离晋国虽然路近，但却道路蜿蜒曲折，会行进缓慢。陈国距离晋国的路远，但是道路更为通达，行路的速度可能更快。这需要我做出决断。秋天已经来了，四处充溢悲凉，从晋国到秦国的路上，都已经开始落满了黄叶，先蔑和士会已经在这黄叶飘零的路上了，可是另一条路上却有着狐射姑所遣的行路者。这两条路看起来通往两个地方，但实际上乃是两条路的对抗和搏杀，我不知道这两条路将各自走向何方。我的心情也愈来愈忧郁了，我的内心焦躁不安。我想，我必须走在他的前头，我的路必须压住他的路，或者，我要在这样的秋天，伸出我的手，将那条背叛者的路折断。

卷三百八十五

先蔑

　　国君死了，据说国君想让他的儿子即位，在临终前将自己的儿子托付给了赵盾。但是国君去世之后，赵盾并没有按照先君的想法扶立太子夷皋，他觉得太子夷皋太小了，还是襁褓中的婴儿，怎么能担负国家的大任？他想的是对的，但是若是不扶立太子，那么谁应该做晋国的国君？赵盾认为应该将在秦国做官的公子雍迎回来继承君位。当初晋文公为了宫室安定，将自己的儿子都放到了国外，以断除自己身后争夺君位的祸患。可是现在出现了新的情况，晋国需要一个有能力的君主，以便应对眼前的复杂局面。

　　赵盾认为最合适的人选乃是公子雍，他有着充分的理由。因为公子雍在秦国受到重用，已经做到了亚卿的高位，不仅受到了秦穆公的称赞，也受到了许多人的赞誉，说明这个人心怀仁德，也有着卓越的能力。而且由于他和秦国的亲近，若是成为晋国的国君，也有利于缓解秦晋两国之间的紧张关系。我觉得赵盾想得十分周全，他不是为了自己的私心，而是真正为晋国的前途着想。可是狐射姑却要将寄居于陈国的公子乐迎回来，一场水火不容的争夺开始了。

古灵魂

事情的起因来自狐射姑和赵盾之间的怨恨。本来晋襄公已经任用狐射姑作为中军的统帅，而让赵盾作为辅佐的副帅，但由于听了他的师傅阳处父的谏言，就改为任用赵盾作为统帅，又让狐射姑作为辅佐，狐射姑怎能不怨恨赵盾呢？因为赵盾从他的手中拿走了他所得到的，而自己的父亲狐偃不仅是晋文公的舅父，还是晋国最大的功臣。他早已不能忍受这样的委屈，所以他要借助这次立君的机会重新获得自己所应有的。

赵盾委派我和士会前往秦国迎接公子雍，而狐射姑却同样暗中派人去陈国迎接公子乐。临行前，上军的辅佐荀林父劝阻说，晋国现在的形势复杂多变，你此次出使秦国必定会失败。你想吧，夫人和太子就在赵盾的身边，夫人怎么会让赵盾去别的地方寻找国君呢？我们的眼前就有国君，却要到国外去迎接别人，你觉得这样做的结果将怎样？你不如以生病为借口，免去这次出使，否则将无端招惹祸患。我和你乃是同僚，我岂能不将我心里所想告诉你？你应该多想一想。

是的，他所说的，也曾是我所想的，可是赵盾已经委派我前往秦国，我也答应了，我又怎能反悔？何况我也赞同赵盾的想法。我是先轸的弟弟，我的兄长为晋国而死，我又怎能为了自己的私心而躲避可能的祸患？我已经位列卿相，怎可不顾国家的安危？又怎能不为晋国的将来挺身而出？谁做晋国的国君，关系到晋国的兴衰，我又怎能置身事外？

荀林父见我心意已决，就为我咏唱诗《板》——

我和你在不同的位置，我乃是你的同僚并与你一起侍奉君王。

我要和你一起商量，你不要不听我的忠言相劝并将我厌恶。

我所说的都是事情的真相，但愿我的话不会像风一样从你的双耳刮过。

古人的训导不应被忘记，即使樵夫告诉你实情你也应该耐心听从。

然后他又对我说，我听说，一个人应该在不该停留的地方平静下来，也应该在风浪里看见水中的石头，才可以获得依托。不论你看见的波浪多么凶险，但你的内心要一波不兴，这样就不会有怯惑，也不会被思虑搅动，神气就会上升，气息就会悠远，智慧也能自足，就能够一眼看见真机。你只要在平静里仔细审察，内心就会荡漾明月的光辉，这样你将会变得澄明，就可以看见自己真正待在什么地方。现在你就在这样的凶险中，你却不知道自己所在的凶险，因为你只看见了自己的脚，却没有看见脚下踏着的虚土以及埋在下面的兽夹。你的内心若是有光明，就能驱除遮蔽的暗影，就不会有祸患降临。

我说，我已经答应的，就不会悔恨，若是有什么悔恨，那么这悔恨也属于自己。若是能够躲过的祸患，就可以躲过，若是躲不过去，那只能认为这乃是天神的安排。既然天意是这样，谁又能违背天意？不过，你所说的我都记在了心上，我知道你的一片赤诚，我的心充满了感激。苟林父看着我，不再言语了。他的眼睛里既有期待也有悲伤，我看见他似乎眼圈湿润了，我也抑制着自己的泪水，不让它流出来，否则我会听见它落地时的声响，那样我的心就会因着这声响而动摇。

古灵魂

我踏上出使之路的时候，荀林父前来送行，他对我说，现在我和你相别，不知何时才能相见，也许我们以后再也见不到了。我说，不会的，我很快就会回来，我将和秦军一起将公子雍护送回来，你等着我的消息吧。我向他施礼告别，然后扭头转向了苍茫的秋天。从晋国到秦国的路是艰难的，若是有一条直道该有多好，那样我就会走得快一点。可是天下哪里会有直道？若是真有这样的直道，人们的旅途该是多么没有兴味。

荀林父的影子就在我的背后，但我不愿意回头。我知道这个影子乃是我内心的影子，我已经被一片忧伤遮住了。的确我不知道这次到了秦国还能不能回来了。若是狐射姑迎回了公子乐，我就回不来了；若是晋国改立太子夷皋，我也回不来了。这是危险的旅途，可看起来四处是平静的，只有秋风从树顶吹过，树上的叶片不断掉下来。清晨的时候，开始枯萎的草尖上已经敷上一层薄薄的霜，似乎地上的一切变得苍老。我感到了来自时间深处的寒冷，那种寒冷好像来自很深很深的地方，我却不知道它究竟来自哪里。因为时间是深邃的，它是无底的，你已经踏在了它的上面，随时可能陷下去。

我已经在这样的路上了，一条曲折的迷惘的路。也有可能是一条不能返来的路。一条窄窄的仅仅能够容得下脚印的路，容得下两条车辙的路。还有比这更狭窄的路么？车轮发出了辚辚的声音，它与地面的接触变得无比僵硬，好像是一种令人心碎的碰撞。我不知道这次出使会发生什么事情，但我已经准备接受一切。我和十会下了车，在路上徒步而行。士会是士蒍的孙子，他有着足够的智谋，但他也不知道我们将会走向哪里。

我对他说，我在临行前，荀林父为我担忧，他觉得身边就有太子，我们却到外面寻找国君，事情必定不能通畅，你觉得他说的对么？士会说，荀林父说的有道理，我们出使秦国，先君的夫人很快就会知道，她必定前去找赵盾哭诉，那么赵盾就可能改变主意，事情就不好办了。何况，狐射姑也已经派遣使臣前往陈国，要将公子乐迎回来，也许他们会走在我们的前头，那样事情也不好办。因为秦国虽然路近，但曲折难行，陈国虽然路远，但道路通畅，而且狐射姑富有计谋，又在暗中行事，未来的一切都难以料定。

我问他，若是真的如你所说，我们该怎么办？他说，我不知道，但逃到秦国就可能活下来，一个人死去了，就不会再有什么用处。他又说，现在谈论这些事情都没有什么意义，就像我们现在一样，每走一步都是上一步的接续，只有一步又一步走，才知道你将看见什么。现在我们已经走在了这条路上，只能向前走了。士会开始沉默，他显然不想和我多说什么了，因为他觉得说什么都是无用的。在这里，言语是无用的，沉默也是无用的，在无用和无用之间，沉默的无用比言语的无用更有力，因为沉默乃是为沉默压倒了语言，一种无用压倒了另一种无用。

古灵魂

卷三百八十六

穆嬴

秋天是一个悲愤的季节，大风开始从西方刮来，它干燥、略带寒意，让我觉得严寒的冬天即将到来。地上的万物已经感知不幸的开端，草木蜷缩起了自己的叶子，花儿逐渐凋谢。草地上到处是就要枯萎的蓝色的花，深蓝的花，这深蓝是一种绝望的颜色，意味着最后的挣扎。蚊虫已经渐渐减少，旷野上的虫鸣也已经稀少，它们已经在寻找自己的归宿，整个夏天的鼓噪让它们感到了倦怠，一切似乎就要结束了。

我是晋襄公的夫人，但我的夫君却就这样死去了，他的灵魂伴随着落叶而去，留下了我和我的儿子夷皋。我们也成了落叶，已经飘到了流水中，被水浪推着，不知将在哪里安顿。我等待着，每天守候着流泪的日子。我的夫君是年轻的，他是一个好人，一个有德行的人，一个好国君，也是一个良善的、宽容的、能够忍耐的人。他有着仁爱之心，无论对我和孩子，还是对他的大臣，都是善意的，很少使用惩罚的权力。

但他在临死前却用了严厉的语气对赵盾说，我将自己的儿子夷皋托付给你，我的灵魂会注视你，若是在你的教诲下，我的儿子成为一个好国君，我的灵魂就能安心接受你的祭奠，若是他不能成为一个好国君，我的灵魂将怨恨你，并诅咒你。他的严厉就像严冬的霜雪，让我都感到浑身发冷。赵盾答应了国君的请求，他的眼睛不敢直视国君，因为他的内心也感到了某种恐惧。

赵盾是国君信赖的卿相，国君听了师傅阳处父的话，让赵盾成为晋国的国相，还因此被狐偃的儿子狐射姑怨恨。赵盾看起来是沉稳的，也是忠诚的，他很少轻易去做一件事，而是在反复思考后才付诸行动。他看起来也是宽厚的，所以国君将我的儿子托付给他。这样的托付不同寻常，因为国君并不是十分放心，所以采用了冬天一样的严厉的语言，他要用这样的语言压住赵盾可能出现的摇动。是的，他只有用磐石般的力量压住其它可能。他知道自己将死去，所以才用将死的全部力量，用死的力量，用灵魂的力量，压住一切可能的松动，并将我的孩子稳立在继承者的座位上。

可是，赵盾辜负了国君对他的信任，就在国君死去之后，他违背了自己的诺言，竟然要将外放到秦国的公子雍迎回来。据说，为了将谁立为国君的事情，朝堂上发生了激烈的争吵，狐射姑要把外放于陈国的公子乐迎回来，但是谁也没有要将我的孩子夷皋立为国君的意愿。这些人，表面上看起来正襟危坐，一副忠诚的样子，到了关键时刻就露出了反骨。我的夫君看错了人，竟然在生前没有看见他们的真面目。实际上，我也看错他们了。原以为他们都会遵照国君的训导，但他们却各自怀有自己的私心。

当初晋文公将公子们都外放到各个地方，就是害怕这些人为了争

古灵魂

夺国君的位置而让晋国混乱，从前这样的事情太多了。因为先君游历各国，看见了宫墙内的各种争斗，看见了一个国家因内斗而衰落，所以才不把公子们留在身边。可是现在他们却又要将外面的公子迎回来，先君担忧的事情又要发生了。重要的是，他们抛弃了我的孩子，难道仅仅因为他的年龄太小么？不，他们每一个人都另有图谋。他们违背国君的意旨，乃是因为国君已经死去，或者他们的心里原本就没有国君，只有他们自己。

我抱着孩子到了朝堂上，我向众臣发问，先君有什么罪过？他的儿子有什么罪过？你们的眼里还有没有先君和他的儿子？你们究竟在想什么？你们还有没有先祖的礼法？你们的眼前就有嫡子夷皋，可是却要到外面去寻找国君，你们究竟想做什么？我的声音是嘶哑的，因为我已经禁不住自己的眼泪。我的眼泪一滴滴掉在了地上，我听见了我的眼泪的滴答声，每一滴泪掉到地上，都重重地砸在了我的心上，我感到钻心的疼痛。

我的质问已经是一种哭喊，我的每一声都是出自我的心灵，而不是出自喉咙。我哭喊着，对着众臣哭喊着，我要将他们的假面撕掉，让他们都露出各自的面孔。我问他们，你们究竟要寻找怎样的国君？先君是怎样对待你们的？先君把他所能给你们的，都已经给了你们，他用最好的封赏竟然换来你们对他的背叛？你们曾在先君面前许下了诺言，可是你们所做的却与你们所说的完全不同，你们不仅背叛了先君，也背叛了你们自己。我不知道你们为什么这样做。你们将怎样安顿他的儿子？莫非你们要狠心地抛弃他？你们若抛弃了他，也就抛弃了先君，那么先君的灵魂也不会放过你们。

卷三百四十六—卷四百零九

我看见朝堂上的大臣们都沉浸于冰冷的沉默里，他们看见自己的罪过了么？他们听见自己内心的罪过了么？他们的心还能安稳么？我的哭喊甚至使我自己感到了震动，我的浑身在发抖，我的身体在摇晃，我感到天旋地转，我的眼前的一切都变得模糊起来，我看见的乃是一个个模糊的面孔，他们甚至不是真实的，而是一个个幻影。我怀中的孩子的面孔也变得模糊，他惊恐地看着我，他不知道发生了什么，但他感到了来自我的声音里的恐惧，他和我一起大哭起来。

　　我又抱着夷皋来到了赵盾的家宅，我要用我的眼睛看着他，我的目光不仅是我的目光，我的目光里还有着先君的目光，我要直视着他，我要用这样的目光穿透他，他能够承受这寒冷的目光么？是的，我的目光已经变得寒冷，我的眼泪就像冰霜，我的哭声乃是严冬的寒风，我卷起了地上的枯叶，也卷起了地上的尘土。我的目光带着先君的目光，这目光不仅来自地上，也来自地下的墓穴，来自幽冥之处，来自既遥远又切近的地方，来自谁也没有看见过的地方。但我的目光似乎已经看见了一切，我要将这一切倾泻到人间。

　　我见到了赵盾，就向他跪下磕头，他惊惶地看着我，很快他明白了，这是一个国君的夫人在向他磕头，他急忙也跪在了地上。我对他说，先君曾抱着这个孩子把你召到身边，你还记得吧？他怎么对你说的，你也没有忘记吧？你怎样答应国君的你也应该还记得吧？若是你忘记了，我还记得国君所说的话和你所说的话，要么我重新和你说一遍，也许你就会记起来了。国君和你说话时，并不是在梦中所说，而你所说的，也不是梦中所说，现在我来找你，也不是在梦中，现在我重说一遍，你或许就会从梦中醒来了，因为一切原不是在梦中。

说着说着我的眼泪就流下来了。我感到自己受到了欺辱，因为我的夫君死去了，我失去了护佑，就像鸟儿失去了翅膀，掉落在了地上。我看见地上的兽向我走来，我却无可奈何，只能闭着眼睛等待一个坏结果。我抬起头来，看着赵盾的双眼，他的眼光就像柔软的树枝，摇摆不定。然后它经不起我的寒风般的目光，从中间折断了。他在竭力躲避着，他感到了某种恐惧。是的，这是来自他内心的恐惧，他既害怕我说的话，也害怕先君对他说的话，更害怕他自己曾经说过的话。

我继续对他说，先君对你说的话，我一字一句都不敢忘记。他说，太子若是能够成为一个好国君，我将感到欣慰，也将接受你们的祭奠，并用我的灵魂护佑你。若是不能成为一个好国君，我将憎恶你、怨恨你，不仅不会接受你的祭奠，还会诅咒你。如今先君已经死去，成为幽冥中的灵魂，可他的话还在我的双耳盘旋。你答应了国君的请求，你还信誓旦旦地做了保证，你不会忘记吧？你所说的每一句话也在我的双耳盘旋，可是它却像一朵乌云，不仅没有为我降下甘露，还飘到了看不见的地方。

——是的，先君已经死去了，可是他并没有远去，他仍然看着你。你只要抬起头来，就可以看见他。他从来没有远去，因为你答应他的事情还没有做，他怎么会就这样离开呢？他要看自己所说的话你是否忘记了，他要看你是不是很快就背叛了他，他要看你这个人是真的忠诚还是假的忠诚，他要看你所说的是不是你真的所说的。他不仅要看你怎样说，更要看你怎样做，看你所说的是不是和你所做的一样。总之，他死了，但他的灵魂还在你的头顶上，你说的和你所做的，他都看见了。我不知道你将接受先君的赞赏，还是接受他的憎恨？你是接受他的灵魂的护佑，还是接受他的诅咒？

赵盾的脸上露出了悲戚，他说，你要理解我，我并没有一丝的私心，我只是为了晋国而想。我接受了先君的封赏，也曾答应了先君的托付，这我都丝毫不敢忘却。我怎么敢背叛先君呢？先君所希望的，是让晋国越来越繁荣，越来越强盛，但我所见的，却是危机四伏，既有楚国的逼迫，又有秦国的威胁，晋国需要一个能够承担天责的国君。我也曾想过让太子继位，但是太子太小了，他还什么都不知道，我怎么能放心呢？

我说，难道你要迎回的公子雍就能够担当大任么？他多少年都在秦国，你又对他知道多少？可是太子的继位，不仅符合祖先的礼法，也是先君的嘱托。你既不按照礼法行事，也违背了先君的意旨，你就不怕先君的灵魂向你发怨么？你就不怕列祖列宗憎恶你么？你就不怕天意的谴责么？先君所愿的，已经对你说得明明白白，难道他的哪一句话你没有听懂么？你看不见太阳下的东西，却要到黑暗里寻找，你自己还能原谅自己么？先君曾认为你是一个聪明人，一个堪当大任的忠诚者，所以才将你拔擢到国相的位置上，可是你却要辜负先君对你的信赖，又要违背他的意愿，也违背你自己的承诺。他若是活着，怎能相信你所做的事情？他已经死了，你竟然要变为另一个人，我怎么能辨别出你的真貌？

他说，我已经派出了先蔑和士会出使秦国，我若改变主意，我就要背叛我所说的，晋国和秦国就成为仇敌，我还怎么面对先蔑和士会？他们乃是领了我的命令前往秦国的，那我该怎么办？现在我无论怎样做，都是背信弃义。我说，你先背弃了你的国君，然后才背弃你的同僚，这乃是因为背弃，才有了另一次背弃，背弃乃是背弃的原由。你若是矫正你从前的错误，就要从最先的错误开始。你背弃了你的国君，这已经是一个人德行的脏污，你不能洗去这手上的脏污，就必定会用这脏污继续让别人沾染脏污。

他说，好吧，你也不用哭了，我的错误就让我自己挽回吧。你已经做了你该做的事情，剩下的由我来做吧。先君信任我，才把我拔擢为卿相，可是我辜负了他的期望。也许我以为，我对晋国的忠诚就是对先君的忠诚，但这晋国乃是先君遗留下来的，是一代代先君遗留下来的，他们难道对自己的社稷不忠诚么？既然这晋国是先君的遗留，那么他的托付和这江山社稷同样重要，我还是按照先君的嘱咐来做吧。我从泪光中看着眼前这个人，他的面影是模糊的，我的眼前的一切都是模糊的。

我想停住自己的哭声，但我却不能止息这内心的痛苦和屈辱。虽然这个人答应了我的请求，但是他不也曾答应过先君的请求么？我对他说，好吧，先君曾相信过你的话，但你背叛了他，现在我再相信你一次，但我不希望你再一次背叛。我听说，一个人说一次假话，就等于给自己的脸上涂上了呕吐物，若是第二次违背自己的诺言，他的脏污就会让所有的人厌弃。现在我等待着你的结果，但愿我再次见到你的时候，你的脸上是干净的。

狐射姑

我和赵盾在朝堂发生了争执，他要将外放于秦国的公子雍迎回来，以继承国君的大位。但我不能任由这个人做事，我要将居住在陈国的公子乐迎回来，我也有我的理由。因为公子乐的母亲是文嬴，她是秦穆公的女儿，是秦国的公主，曾是晋怀公做公子时的夫人，也是晋文公的夫人，还是晋襄公敬重的母亲，因为她来到晋国之后将晋襄公认作自己的儿子。那么公子乐就可以凭藉他的母亲的身份，既可以和秦国亲近，又可以让群臣信服，这岂不是好事情？

可是赵盾却固执地要让公子雍继承国君之位。他的理由是，公子乐的母亲在妻妾中排位靠后，又嫁给了两个国君，让人感到有淫乱之嫌，而且公子乐没有被派到大国，这样他所效力的陈国也不会给晋国以帮助。可是这样的理由难道是真正的理由？他所说的乃是他能够寻找到的理由，但不是让人信服的理由。他真正的想法乃是为了将公子雍迎回来，这样他将成为公子雍的施恩者，他就能够用各种方式来摆布国君，他就成为晋国的真正主人。

也有人说，若是将太子夷皋立为国君，岂不是更好？太子夷皋年幼无知，还没有做出决断的能力，岂不是能够更加随意地摆布他？不，赵盾若是在朝堂上随意为之，众臣并不会信服他，因为他没有前面可以仰仗的真正国君，人们知道他说的和所做的，都来自他自己的意志，人们怎能信服一个卿相在朝堂上独断专行？若是那样，晋国就必定发生混乱，赵盾的座位也不会安稳。

我不能让他的想法得逞。这不仅因为他借助阳处父夺去了本来属于我的官职，还因为整个朝堂上只有我能抑制他的专横。他也知道，他的卿相之位乃是从我的手中夺取的。先君原本是按照父辈的功勋来封赏的，我的父亲狐偃在晋国乃是首功之臣，而他的父亲赵衰则居于其次，我怎能甘于屈居其下？他难道比我更有才能么？难道比我更有德行么？还是他比我更有谋略？他究竟凭什么夺去了我的国相之位？

于是我就派人到陈国将公子乐迎回来，只要公子乐回到晋国，他就会自然而然成了晋国的国君，谁也改变不了这既成的事实。我知道，赵盾也已经派人到秦国去了，要将公子雍迎回来。现在就看我们谁能走在前头。若是从路途的远近看，秦国要近一些，但去往陈国的路却较为平坦易行，我所派的使者骑着快马，而赵盾派遣的使臣先蔑和士会则驱车而行，显然他们不可能比我的使者更快。秦国是大国，而护送公子雍归国乃是国之大事，他们必定要充分商议，还要安排大军护行，必将耽搁更多的时间。而公子乐所在的陈国乃是小国，一切都简易行事，也不可能让大军护送。

我想，我所选定的公子乐必定将走在公子雍的前面，公子乐必将成为新的国君。到了那个时候，我的命运将扭转，我将把我失去的重新拿回来。我焦急地等待着，一连几个夜晚都没有好好睡觉了，即使是睡着了，也总是在夜半醒来，要么被某个噩梦惊醒，头上冒着冷汗。我在深夜起来，坐在外面，听着风中摇曳的秋声，仿佛天地之间有着某种隐秘的暗示。

我坐在黑暗里，试图看见天上的和地上的一切，可是夜幕将我想看见的都罩住了。我看着满天的星斗，它们各自展现着自己的光芒，用无数的灯来装点夜空。是谁点燃了它们？它们究竟要照亮什么？撒在地上的微光，就像秋收时谷田里的金黄，但这金黄却是极其微弱的，当你仔细审视的时候，却又看不见什么了。这星空在我的头顶上展开，乃是为了展现人世间的幻象。即使在这样的微光中，万物仍然在朦胧的黑暗里。树影在摇动，它们又将这影子落在了地上，就像河水里的涟漪。

秋天已经快要到了它的尽头，时光在变化中变化，又在不变中不变，似乎所有的事情都捉摸不定。从一年中的开头，四季都已经铺排好了，从寒冷到寒冷，从炎热到炎热，它们的转换是静悄悄的，不动声色的。在一个人看来，每一天都是相似的，但这相似中已经酝酿着转变，甚至是巨变，可你怎么会知道呢？因为一切因不变而变，又因变而不变，所以因变化而察觉到自己的变化，又因不变而陷于蒙昧之中。

我坐着坐着，感到有几分疲累，就斜靠在树身上，眼睛微微地闭了起来。我感到一片片树叶落到了我的头上和身上，发出了瑟瑟发抖的声息。尽管这落叶是这样轻，但我仍然能够感受到一次次震动。好像它们不是落在了我的身上，而是落在了我的心里。我看见眼前似乎一片白光，就像无数霜雪涌到了草叶上。我心里想着，公子乐也该踏上了归途，若是他感到了危机，就应该昼夜兼程，不要在路上停歇。一想到这里，我的内心就备受煎熬。我期盼着，我等待着，我难以入眠。星光在眼前闪烁，天空那么黑，又是那么亮，因为那星光的耀眼，天穹似乎更为漆黑了。

夜空向下压着，将万物压得很低很低，房舍的影子只剩下了模糊的轮廓，大树张开的树冠也剩下了一个摇动的轮廓，更远处的事物就看不清楚了。就像我坐在这里却看不清楚自己。因为我的目光乃是指向外部，而这黑暗也将所有的事情收缩回去了，变成了一团又一团的暗影。微弱的光让它们既失去了细小复杂的面容，也失去了平日的丰富的表情，留下了能够供我们填充的想象。突然传来了野鸟的尖叫，这是谁的声音？

这是一个争斗的世界，一个充满了凶险的争斗的世界，一个让我们不能停歇的世界。在不远处的山林里，有着多少眼睛闪着绿光的野兽正在争斗，它们各自寻觅着自己的食物，而那些被寻觅的却在不断躲避着，试图逃脱追捕。我听说有一种鸟儿，既不会筑巢，也不会孵化自己的蛋，但它会在别的鸟儿不在的时候，趁机到别的鸟巢里，将鸟巢里的蛋推出去，又将自己的蛋下在里面，这样就会让别的鸟儿误以为是自己的。它就这样借助别的鸟儿为自己抚养后代。这是另一种争斗，一种充满了诡计的争斗。

即使是地上的草木也充满了争斗。谷子借助农夫的手除掉了杂草，一种树木缠绕着另一种树木，地上的野花也是这样，它们开放的时候，不让别的花朵开放，所以草地上的每一个日子都有不同的颜色。也许争斗是万物之母，正是这样的争斗使得世间充满了活力，也遍布着凶险。人间难道不是这样么？在争斗中，一些人变为神，一些人沦为平民，一些人变为奴隶，一些人侥幸活了下来，而一些人则死去了，并且很快就被忘记。它让人回到自身，获得本来的面目。在争斗中，一些国家兴起了，一些国家衰落了，一些国家消失了。一切变化乃是因争斗而起，一切不变也归于争斗本身。若是没有争斗，谁能获得自己的位置？而争斗也使得未来充满了悬念，也正是这未知的将来隐藏着争斗的力量，不然这世界岂不是一潭死水？这满眼的天上人间，岂会有一个争奇斗艳的景象？

没有争斗就意味着死寂。没有争斗就不会有生机和活力。农夫要与他的田地争斗，渔夫要与水里的游鱼争斗，猎人要与林间的野兽争斗，天上的飞鸟也因争斗而飞翔，地里的野草也因争斗而繁荣。我必须明白这争斗的道理，因为我现在已经开始了争斗，我不仅要与夺走我官职的赵盾争斗，也要和自己的软弱争斗。我要调用我自己的一切，在争斗中实现自己的想法。不然我内心的愤怒将如何倾泻？我的抱负将如何实现？我的人生将会拥有怎样的意义？我的父亲狐偃乃是辅佐君王与他人在争斗，他获胜了，他找到了一个值得辅佐的君王，从而也找到了自己。

我眼前所见的，都是争斗的结果。晋惠公在争斗中获胜，又在争斗中落败，晋怀公在争斗中得逞，又在争斗中死去。晋文公在争斗中获得了他所应得的，他在漫长的争斗中受尽了煎熬，又在长久的忍耐中摘取了高处的果子。那些跟从者，一个个跟从者，在一次次争斗中获得了磨炼，也从一棵棵大树上取得了自己所要的甘果。乌云从争斗者的头上飞过，但争斗者不会觉得这有什么理由。他们从峡谷的窄路

古灵魂

上走过，知道前面必定会有敞亮的山口，会有开阔的原野。一切都是暂时的，但争斗却不会结束。

我将是争斗的获胜者还是失败者？我焦急地等待，但不知道它的结局。所有的争斗者都不知道结局，但这最后的结局已经在争斗者的内心，也在冥冥之中的天意里。可是那天意究竟又在哪里呢？是在山峦的形象里？还是在草木的荣衰中？或者这漫天的繁星用它神奇的图案暗示了万物的结果？或者可以在占卜者的蓍草之中？还是在诗人们留下的诗篇里？还是在匠人们制作的陶器中？也许，它在所有的形象中，在万物的形象中，但也在所有的形象之外，在难以捕捉的形象之外，在形象的背后所掩藏的形象中？

我倾听着夜风，秋天的风是微妙的，甚至是玄奥的。它忽大忽小，它似乎有着神秘的节奏，也似乎有着我内心的声音，或者它包含了所有的活着的和死去的灵魂的合奏。它从很远很远的地方向我吹来，似乎想要告诉我什么，可是我怎么能听得懂呢？我也许只能听懂其中的一部分，但更多的东西，已经飘移到了另外的地方，飘移到了我所不知道的地方。但有一点是确切的，那就是这秋风卷着无数落叶，乃是向着寒冬而去。

我很快就得到了一个坏消息，公子乐在归来的路上，在一个叫作郫的地方被赵盾所派的武士刺杀。但我看到，赵盾的诡计也没有得逞，因为先君的夫人抱着太子夷皋在朝堂哭喊，他只能改变主意，将拒绝公子雍回国。现在我就看他怎样收拾这样的局面了。这个人已经不会被朝臣们信任了，他违背了自己对先君的诺言，现在又将违背对公子雍的诺言，他的反复无常将带给他灾祸，也将给晋国带来灾祸。

他既背弃了先蔑和士会，背弃了公子雍，背弃了秦国，也背弃了晋国，这意味着他也背弃了自己。

现在我已经没有别的希望了，因为这样的争斗似乎快要到终点了。我所要做的下一件事，就是杀掉阳处父。若是没有这个人，我的正卿之位也不会被赵盾所取代，我的命运也不会改变。我的仇恨已经对准了他。先君原本已经将我封为正卿，可是阳处父改变了这个已成的事实。先君是软弱的，他没有能坚守自己的想法。但是他已经死去了，我不能改变一个死者的想法了，但我可以除掉让他改变原初想法的那个人。

秋天发生了多少事情啊，而且还有很多事情继续发生。每一个秋天都是意味深长的，因为它既不是开始也不是终结，它既是开始也是终结。它处于开始和终结之间。秋天也充满了杀机，它扼杀所有的生机，它让花朵凋谢，让草木枯萎，让树叶飘落，让万物失去活力。它让远处的和近处的山峦露出斑斓的幻象，让人在秋风飞扬的绝望中探望未来。可是未来又在哪里呢？看起来似乎一切变得辽阔，但这乃是逐渐走向严寒的辽阔，是扫荡一切的辽阔，这辽阔中包含了孤寂、沉默和绝望。我似乎已经感受到了这样的绝望。

卷三百八十八

公子雍

赵盾派遣使臣前来秦国，请求我回到晋国，因为晋襄公死去了，需要有一个国君，他和众臣选择了我。我感到十分高兴，还有什么比这更令人激动的呢？我在秦国已经过了很多年了，我本应待在晋国，但我的父君害怕他死后引发对君位的争夺，就将众公子外放到了各个地方，而我被放到了秦国。这是因为父君是喜欢我的，他与秦穆公又有着深厚的情谊，这样我也能在秦国得到关照。

但是我的父君死了，秦穆公也死了，我也成为秦国的卿相。秦国是一个很好的地方，我已习惯于这里的生活。我甚至觉得父君是十分高明的，他将公子们外放到各个国家，给了他们各自不同的生活，这乃是最好的生活。我所看见的和所听见的，都是来自别的国家争夺君位的残酷杀戮，这样的血腥涂改了生活美好的一面，而将那白昼光焰里显现的一切光彩沦为黑暗。

我已经不愿意卷入这样的争夺了，一个人为什么非要做一个国君？我不愿意在血腥中挣扎，我要在安稳的生活里生活。我离开晋国的时候，曾感到不解和留恋，我不知道为什么必须离开自己熟悉的故乡，要到另一个陌生的地方去。我曾十分痛苦，觉得自己被抛弃了，被抛弃于野草丛生的荒野。尽管秦国也有美好的生活，但我还不知道这美好的东西究竟在什么地方。后来我明白了父君的一片苦心，因为我看见了围绕于宝座四周的血，看见了残酷的争斗，也看见了惨绝的人寰。我不想从血中找见自己的影子，不，若是我的面容在鲜艳的血中被照耀，那将是多么恐怖。

若是我仍然在我熟悉的地方，谁知道会遭遇什么祸患呢？我离开了晋国，也就离开了祸患，离开了不可预知的血腥和杀戮，离开了残酷的争斗，离开了自己不需要的生活。因而，我离开自己熟悉的成长的地方，不是被放逐，而是一次侥幸的逃亡。我远离了国君的宝座，就是远离了不幸。真正的生活并不在你想在的地方，而是在让你感到意外的地方。生活也不是坐着等待，而是在逃亡中等待，也许这等待乃是无意义的等待，却在这等待中避免了不幸，生活本身的意义也就发生了。

可是我只有逃亡，没有等待，因为我放弃了等待。这样的放弃乃是因为我已经获取了意义，我不再需要等待了。我只需要生活本身。多少年过去了，陌生的地方已经变为了熟悉的地方，而熟悉的地方已经陌生。我甚至不知道晋国发生了什么，我似乎不再关注自己的故乡，因为它已经抛弃了我，我为什么还要记住被抛弃的一切？我也将从前的所有事情，抛弃于荒野，让它在草丛里随意开花吧。让春风扫过它，让雨水浇灌它，也让秋天的云从它的花瓣上升起，然后飘向不知之处。

但是当我忘记它的时候，它却又一次来到了我的身边。我知道，

古灵魂

晋襄公已经死了，留下了一个空空的座位。晋国的卿相赵盾想到了我，并让先蔑和士会前来秦国迎接我，让我回去继承国君的位置。他怎么就想起了我？我的生活是安宁的，但我的安宁将要失去了。不，我甘愿做秦国的卿相，不愿做晋国的国君。我现在所做的，乃是可以预料的，但我若是回去，我将不知道面对什么。我不愿过不可预知的生活，因为未知中有着可怕的乌云，有着令人惊恐的雷电，我不愿让未知伴随我。

但是秦康公召我到朝堂，他让我回去。他说，这是多么难得的时机，你应该回到晋国去，那里的一切在等待着你。我说，但我不知道究竟什么在等待着我，我已经不熟悉晋国了，我现在只知道秦国，因为我来到这里就是为了放弃所有的等待。我已经没有故乡，秦国就是我的故乡，我在这里得到了我所需要的一切，我已经没有更多的愿望了，我的希望和快乐，都已经在这里了。对我来说，晋国已经不属于我了。

国君说，现在你还是我的卿相，我需要你，但我更需要你回晋国做一个好国君。晋国已经是天下霸主，你若回到晋国，秦晋就可以重新修好，两国就可以共图大业。秦国的身边就有了一个好邻居，我也可以高枕无忧了。要是你执意不做国君，那么就辜负了天意，这岂不是太可惜了？你回到晋国，做一个国君，我深知不是你自己的期待，但却是秦国的期待，也是我的期待，你难道要拒绝这样的期待？

我说，我当然不能拒绝秦国和你的期待，但实际上我的所有努力都是为了摆脱期待，包括别人的期待和我自己的期待。可是我还是不能摆脱，因为这是我所效力的秦国和我所侍奉的国君的期待，若是我执意拒绝，我将失去自己的忠诚和信义。这忠诚和信义不仅归于我自己，它还归于天上的神明，它凌驾于我的内心之上，又在我的内心之中。我失去了自己的意愿，尚且可以安慰自己，但我失去了忠诚和信义，我将没有立足之地。那样，神明将远离我，我也远离了自己。

秦康公说，好吧，我知道你会想通的，因为你不是一个自私的人，你的心里有着自己之外的更大的世界，也有我的秦国和你的晋国。我将派更多的兵马护送你，以防止晋国发生内乱。从前你的父君晋文公回国的时候，没有什么卫士，所以才有吕省和郤芮发生叛乱，差点儿酿成灾祸。现在我要给你最好的武士护卫你，还要送给你秦国最好的马匹和车辆，若是遇到险情，也好很快脱身。若是遇到不测之祸，你随时可以回到我的身边。

于是我在秦军的护送下开始走上了归国的途程。我的内心是矛盾的，我就像开冻的冰河，无数冰凌被流水裹挟着，从高处一涌而下。其中充满了彼此的碰撞，也充满了激情，因为似乎新的生活要开始了。在沿途的山间行进，不断听见各种野兽的嗥叫，它们就像是为我而发声，它们似乎要对我说什么？还是为了它们自己的生活而嗥叫？这不是同一种野兽的声音，我听出来了，这声音里有着哀嗥，也有着欢叫，无论是痛苦还是快乐，它们乃是在这自由的山林里接受各自的命运。

在这样的山野里，每一种野兽都对应着它的敌人。每一种野兽都不是独自生活，它们的生活都在别人的生活中。弱小的兽为了躲避自己的敌人，于是在夜间行路，寻找自己的食物，但是这暗夜里仍然有着更多的隐藏者，一双双绿光闪烁的眼睛已经对准了它。可是它哪里知道将要经历的凶险？躲避者的躲避却掉入了更大的凶险，它想躲避的总是在它的前方等待，所以，躲避乃是远离事实的一种想象。就像我一样，我来到了秦国，却又要回到从前的地方。我不知道这究竟是归途还是来路。

实际上，我并不能主宰自己，我只是一条激流中失去了桨板的船，被一个个波浪所推动，我已经不知道自己究竟将到哪里去。我痛苦，我焦虑，我煎熬，我等待，等待一个最后的结局。我知道这结局并不是我想要的，但我必须接受。从出生到现在，我不就是这样的么？我的苦恼没有人能够理解。每一件事情都像蜘蛛一样，伸出了那么多条腿，伏在凌空而生的网上，感受着来自每一个方向的振动。不知道是飞蛾还是其它飞虫，还是空中无端生发的风，都让我感到不安。我想呼喊，可是网上的蜘蛛却保持着沉默和镇定。我既不知道发生了什么，也不知道将如何应对面前的一切。

一切都在改变，你想到的都不是真实的。我们渡过大河之后，遇到的不是晋国派来的迎接我的大臣们，而是晋国大军的阻击。他们背弃了对我的许诺，背弃了对秦国的许诺，背弃了他们原先所说的一切。总之，他们亮出了刀戈，他们的战车和武士早已在等待，这似乎是早已安排的伏兵。原来一切的一切都是诡计，他们派出的使者也不过是诡计的化身。面对着突如其来的变化，秦军只有反击了。

卷三百八十九

士会

　　赵盾派遣我和先蔑来到秦国，准备迎接公子雍回到晋国，把他立为国君。这是赵盾的想法，晋襄公死后，赵盾主持晋国的国政，他已经大权在握，但仍然需要一个真正的国君。在去往秦国的路上，先蔑给我说起，临行前下军的副帅荀林父曾提醒他，这次出使秦国将一事无成，因为太子就在面前，却要到秦国去寻找一个国君，恐怕凶多吉少。可是先蔑并没有听从他的劝告。

　　我听说狐射姑也派人到陈国迎接公子乐去了，将来谁能成为国君，仍然是不确定的。若是公子乐做了国君，先蔑和我都将受到惩处，我不敢想象自己会面对怎样的结果。但是我也不能不听从赵盾的命令，只好前往秦国。好在一切还是顺利的，秦康公答应放归公子雍，还要派兵护送他回国。我和先蔑的使命已经完成了，剩下的只有接受命运的安排了。

　　回到晋国之后，原先的一切很快就改变了。赵盾派刺客在中途刺杀了公子乐，狐射姑的想法破灭了。但因为先君的夫人穆嬴抱着太子夷皋威逼赵盾，赵盾和众臣都屈服了，不得不收回原先的想法，改立太子夷皋为国君。于是还在母亲怀中的晋灵公登场了。这也算是赵盾返回了自己对先君的承诺。但他的改变也背叛了对公子雍的许诺，使我和先蔑成为谎言的代言者。一旦朝堂稳定，赵盾将会把自己的罪过推到我们的头上，那时我们将怎样逃脱无端的惩罚？我们虽然仅仅是一个错误决定的执行者，但也将为别人的错误承担罪责。

真正的罪来自掌握大权的人，但责任却会归于执行者。手握权柄的从来都没有罪过，他既然有权力犯罪，就有权力将犯罪的责任归于无权的执行者。他有权做出错误的决定，就有权为自己洗净罪责。但现在秦军已经护送公子雍进入晋国疆界，该怎么办？赵盾召集众臣商议，他说，我们要是接受秦军，那么他们就是我们的宾客，若是我们不接受，那么他们就是盗寇。我们现在已经有了新的国君，就不再需要另一个国君了，晋国只有一个国君，不能有另一个国君。在白昼只有一个太阳，而在夜晚只有一个月亮，一个国家的事情也是这样。若是我们此时不能出兵拒绝秦军，那么秦军就会生发谋取晋国之心，他们会挟持公子雍强行而入，那样我们就不好办了。我们必须发兵抗拒，先行夺得主动，这乃是军中上策，不然我们就可能灾祸临头。

现在晋国已经度过了秋天和冬天，春天就这样来了。秋风早已扫净了落叶，寒冬的风雪也消尽了，旷野上已经长满了新草，树上的花朵已经开放，一个新君主的登临意味着另一场风雨的开始。秦军已经渡过大河，在晋国的境内安营扎寨，等待着来自宫廷的消息。但晋国已经发兵了。赵盾为中军将，先克为中军佐，先蔑为下军将，先都为下军佐。当秦军接到晋军的战书之后，毫无准备，只能仓促迎战。结果可想而知，赵盾很快就击败了秦军，一直从令狐追击到刳首。

先蔑对我说，现在秦军已败，我们曾一起前往秦国迎接公子雍，没想到会是这样的结果。赵盾把我们戏弄了，荀林父对我说的话应验了，若是继续留在晋国，恐怕你我都将大祸临头，我要逃走了，我不知道你是怎样想的，你有什么打算？我说，我和你的罪过是相同的，你若逃不过惩罚，我又怎能逃得过劫难？我们本没有什么罪过，但因为太子夷皋即位，我们就是谋反者了，我知道自己将面对什么灾祸，所以最好的办法就是和你一起逃跑。一个人朝着树上投掷石块，树上的鸟儿应该一起飞走，因为它们知道，只要树上还留有一只鸟儿，树下的人还会扔出另一块石头。

四月的春夜是美好的，月亮升起来了，将它的明辉撒满了林野。草叶上涂满了荧光，一些花儿收起了自己的翅膀，它们在这样的暗夜放弃了飞翔的欲望。而另一些花朵则悄悄张开花瓣，接受来自空中的甘露。军营里的士卒都已经熟睡，不断从营帐中传出鼾声。杂草和野禾苗以及那些稚嫩淳朴的、天真烂漫的各种野花，都静悄悄地躺在了柔软的草地上，就像睡在一张发黑的、有着毛茸茸的温暖的羊皮上，在梦中惊现自己盘根错节的一生。可是它们还在生长，并不知道那些不曾见过的事情。这时我们的大脚从它们的梦中踩过去了，我跟着先蔑，我们的身边跟从着几个卫士，向着秦军的营帐走去。

小路上没有光，没有我所怀念的一切。前面的事物都是沉闷的，朦胧的月光激发了它们阴暗的光芒。我抬头仰望天上的明月，看见它的明镜上有着一些暗影，它似乎已经照出了我们的面孔。草尖上有着无数露珠，我的腿部很快就湿了，就像从水洼里蹚过一样。树木都站立在一个个发暗的地方，它的梢顶携带着月辉提升着开花的树，仿佛

古灵魂

要飘浮到空中了。可是它的根须还牢牢拽着它，不让它飞走，即使是这样的暗夜，仍然有着两种力量的对抗。一些细小的声息从地上发出，好像无数灵魂在窃窃私语。是的，它们不愿意让我们知道另一种生活，因为它不属于我们。

我仅仅是一个逃跑者。我要离开自己熟悉的生活，到另一种生活中去。逃跑不是因为自己更有道义，而是为了活命。一个人失去了生命，其它事情还有什么意义？因为世间的一切已经不再属于你了。我不敢深思以后将发生什么，只能屈从于现在，屈从于生活本身。我看见先蔑的背影健壮而高大，似乎从我的前面挡住了我的去路。实际上他在移动，他的步伐轻快、敏捷，一点儿也不像他的身体那样笨重。我的手紧紧按住腰间悬挂的宝剑，因为我不知道在这逃跑的路上会遇见什么。

先蔑手握着长戈，他走路的时候，长戈就像一根木棍一样晃动，就像被这根棍子拖着往前走，这棍子的前端似乎还有着一双无形的手拽着。或者我们都乘着一辆看不见的马车，驶往深不可测的暗夜。是的，我从前没有看见，现在也看不见，但我却在这看不见的车上。因为我看不见它，它的力量才变得可怕。可是除了这辆看不见的车，我还能乘着哪辆车逃走呢？可现在的这辆车又是谁的车？这不是我选择的，也不是我愿意选择的，而是屈服于它从深渊里发出的蛮力，不得不顺服了它。

前面就是秦军的营帐了，我看见了秦军军营的篝火了。先蔑已经先派人和秦军取得了联络，接应我们的秦国大臣已经在篝火前面等候。几个黑影一点点向我们靠近，但我依然看不清他们究竟是谁。我明白，我已经走出了灾祸的包围，走出了命运中毁灭的舞蹈，前面的篝火就是我能看见的最大光亮。因为这光亮已经胜过了天上的月亮，它燃烧着，跳跃着，用火舌舔舐着黑暗，将黑暗烧出了一圈金边，从火焰的中央跃起了一个个火星。我从我的背后看见了长长的影子，它伸向了无边的夜，也伸向了我的从前。它赦免了我的罪过，洗净了我的内心，远处的树木、草地和狭窄的小路，在时间中逐渐消匿。

古灵魂

卷三百九十

先蔑

　　我所做的并不是我真的想做的，但我必须这样做。我仅仅是执行了赵盾的命令，但我却获得了叛逆之罪。当赵盾率领大军击败秦军之后，我和士会逃到了秦国。我应该听从荀林父的话，看来还是他比我更有远见。不久之后，荀林父将我的妻儿和家里的财物都送到了秦国，他托人告诉我，这都是因为我们曾是同僚。还说，没有哪个人能逃脱命运，谁都可能遭遇灾祸，他虽然还能在晋国安稳地生活，但谁又能知道今后的道路呢？

　　荀林父这个人是一个有德行的君子。我永远记得我出使秦国时他劝我的话，也忘记不了他吟唱《板》时的深情。他的声音仍然在我的双耳回荡，那声音不是发自喉咙，而是发自心灵。所以那样的声音我不仅能够听见，还能够看见，因为它带着一束明光，穿透了我，也穿透了远处的薄雾，穿透了天上的云，它推开了我眼前的一切，露出了开阔却迷惘的光阴。我看见我身边的树林在振动，也看见地上的阜叶瑟瑟抖动，可是我还是没有听从他的话。

　　也许，他所说的话只应该留在我的身边，我的心里却有另一种声音在呼唤。我不愿意违背他的愿望，也不能违背我内心的声音，两种声音都是固执的，都持着各自的兵刃，从两个方向刺向我，让我的选择变得疼痛难忍。但我最终听从了内心的声音，我觉得不能背叛我的忠诚，也不能背叛我自己。我不是仅仅听从了赵盾的命令，而是他的选择也是我的选择，我认为选择公子雍作为国君，该是最适合的，晋国的确需要一个适合它的国君。

所以我并不是一个叛逆者，但却成为一个真正的叛逆者，因为我离开了自己的国家，逃到了异国他乡。我见到了公子雍，和他谈了晋国所发生的一切。他笑了，他说，我们都被戏弄了，但最终回归了自己。我本不想做一个国君，但却接受了来自晋国的请求，你来到了秦国，给了我一个我原本没有的幻觉，我就在这样的幻觉中徘徊。我走出这幻觉，并以为这幻觉乃是真实，这真实却很快又沦为幻觉。一切都是回归，一切还是保持了自己原有的一切，这就是我们的一切，你也一样。

我说，我没有埋怨谁，因为似乎谁都没有错。我怎能埋怨没有犯错的人呢？我也没有犯错，我只是在没有犯错的行走中走错了路。一条本不属于我的路，却为我敞开了怀抱，我只能投入其中。这样我只能走下去，就来到了这里。现在我的妻儿也来了，我的家也就安在了这里，我就属于这里了。从前的事情已经属于从前，我已经不再多想了。可是前面的一切，我仍然感到迷茫。

他说，万物并不会改变，改变的只有它的外表。比如说外面的山林，看起来每一个季节都在变化，但所有的变化都是暂时的，这山峦却从没有改变，即使是这上面的每一块石头都挪动了位置，它也不会改变，它还是那个样子，它本来就是那个样子。它要不断抛弃它的外表，才能保持它的本来的样子。它因不变而变，又因改变而不变，我们也是这样。就拿我来说吧，先君为了防备晋国的混乱而将我放逐于秦国，他的本意就是不愿意让我做国君，于是我放弃了做国君的想法。

——我在秦国是孤独的，我来到了一个我本不想来到的地方，一切都是被迫的。我不愿，但我又必须这样。渐渐地，我适应了我的命运，适应了秦国的一切，我感受到了生活的恩赐，找到了快乐的源泉。我觉得我现在所拥有的，就是最好的。我已经变得不羡慕任何一个国君，我也不想做一个国君，因为我已经看见了一个个国君的不幸。他们不是在孤独中死去，就是在残酷的争夺中死去，要么就是在痛苦中煎熬。他们每一个人的外表都是华美的，但这都是别人眼中的华美，就像秋天五彩斑斓的山林，这华美的一切都是为秋风预备的晚宴，最终的结果就是树叶落尽之后的凄凉。

——这有什么意义呢？可谁能知道，我不想要的却出现在我的眼前，但它也很快就被秋风扫净了。我现在知道了，如果能看见自己，比看见别人要好。我每天起来，都要在铜镜中看见自己，我发现日子一天天过去了，自己并没有改变。但是这也不过是幻觉，一个另外的幻觉，更加细微的变化，却是从这铜镜中看不出来的。因为我知道自己的今天和昨天并不一样，我已经渐渐变老了，就在这不察之中，我已经走向了明天。

我说，我也走向了明天，可是我仍然在今天停留，因为我不知道明天是什么样子。不过我已经努力忘记晋国，忘记我在晋国的经历，忘记自己的忧伤。既然都是注定的，我为什么还不能接受它？我要像你一样，抛弃所有的幻觉，也抛弃所有的外表，留下本来的自己。所以我不愿意多想别的事情了，我已经成为一个逃跑者，但我却因为逃跑而成为一个幸存者，我活着，我接受生活的安排，我在生活里重新追寻自己，这已经足够了。

在秦国的日子是快乐的，也是忧伤的。快乐是因为我摆脱了曾经的痛苦，忧伤是我仍然难以摆脱对过去的缅怀。它就像魔影一样缠绕着我，尤其是在我感到孤独的时候。看来，我所说的并不能做到，我所想的也并不能完全听命于自己。我越是想着忘记，就越是要记起，因为这忘记的渴望却变为另一种提醒。我又想放弃这忘记的渴念，却又在这忘记中不断放弃了现在，过去又更加清晰地到了眼前。

一晃几年过去了，我突然想见到和我一起逃出的士会。我想和他谈一谈，想和他说一说我的感受，我的快乐以及我的忧伤。可是被他拒绝了。他让别人告诉我，能和你一起逃到秦国，已经很好了，若是和你见面，又要唤醒我不愿意看见的时光。何况，我们各自拥有了自己的生活，见面又有什么用处？对于我们逃离的晋国，我和你的罪是相同的，我跟从你逃出，仅仅是为了逃命，并不是因为你的逃跑有着道义。若是你的逃跑没有道义，我的逃跑也没有道义，没有道义的会见又有什么意义？

士会说得对，我若和他相见，就是和往事相见。往事已经成为往事，和他相见有什么意义？我们真正渴望的乃是和将来相会，可是将来又在哪里呢？我就处于这往事与将来的路口上，这是孤独的路口，也是无可选择的路口，我既不知道自己究竟在哪里，也不知道哪一条

古灵魂

道路通往我的将来。那么我就站着，等待着，因为我已经知道自己的寻找也是无意义的，因为在自己的寻找中，还有着你所不知道的力量，它在暗中推着你，把你推向另一个你所不知的、也并非你所选择的地方。

唉，我将一个人在雍城郊外的小路上徘徊。我看着奔腾的河水，知道这河水都是相连的。我若顺着这河水，可以抵达任何我想去的地方。可是我又能到哪里呢？我就在这小路上徘徊。我走着，看着这郊外的景物，它们和我一样，随着我的徘徊而徘徊。我遇见了一个农夫，他正在地里侍弄着他的谷子。我问他，你在做什么？他回答说，刚刚下了一场雨，趁着地里是潮湿的，我为自己的谷子松松土，不然它很快就会被太阳晒得发硬，地下的根须就不会透气了。谷子就像人一样，需要呼吸，需要新鲜的空气。

我又问，天气这样的热，你却这样有耐心，你就没有失去耐心的时候么？他说，不，我不会失去耐心。一个人要有所侍奉，要么侍奉一个国君，要么侍奉我的土地，在我看来，我的国君就是我的土地，我不能失去对我的土地的忠贞，因为我要依靠它生活，若是我不能很好地侍奉它，我将被饿死。另外我也需要在侍奉中获得快乐，我侍奉土地，是它让我看见希望，我看见地里的谷子长高了，看见它有了谷穗，看见谷穗一天天变得饱满，就看见了一年中的好收成。

我又问，可是年复一年不都是这样么？若是我就会感到厌倦。他说，是的，看起来的确每一年都是相似的，一个季节接着另一个季节。可是相似中含着不同，因为每一年的希望是不同的，现在的希望不是从前的希望，我就在这样的希望中一天天老去，你看我额上的皱纹，所有的日子都汇集在我的皱纹里了。我不是为了收获谷子，而是为了收获时间，而我所收获的，我从来都看不见。我看见的都在看不见的地方。我怎能看见自己脸上的皱纹？即使我照着镜子，我所看见的也是镜子中的人，他不是我，而是另一个人。

——你所侍奉的是君主，而我侍奉的是神。土地就是神。神是谦逊的，我弯下腰的时候，谷子也弯下腰，我的形象就在谷子的形象里，我的生命每天都凝结在谷粒里。只有谷子能够成为我的镜子，我能从每一粒谷子中找见自己，每当我收割之后，会拿起一粒半满的谷子，对着太阳观看，我看见它的四周有着光晕，它有着平时看不见的光环，它自己就有着跃动的光焰，它会将我的脸照亮。于是我惊喜地看见了自己，也看见了神明。其中映照出的神明有着我自己的面孔，有着独特的微笑，有着快乐和忧愁，也有着深深的皱纹。

——谷子是多么美好，它简直是完全透明的，里面却包含着既卑微又高贵的形象。它照耀着我，让我的脸上生光。它弯着腰，伛偻着，充满了谦恭。它即使掉落在地上，也会有飞鸟降临，把它从土块之间衔住，用长长的嘴巴轻轻夹住，把它带到高高的天空。所以它的皱纹里既有我的样子，也有飞鸟的双翼。它总是被珍惜，我也总是被珍惜。我和它的命运就连在了一起。所以没有什么比一粒谷子更值得侍奉。它是苍老的，我也要随着它变得苍老。它的脸上的皱纹也落到了我的脸上，因为它是我的镜子。所以没有什么比一粒谷子更值得侍奉，我侍奉它就是侍奉我自己。

农夫是骄傲的，可是他怎么会比我更加快乐？我似乎从他对土地的情感中，发现了快乐的源泉。我也是需要快乐的，可是我仍然找

古灵魂

不到自己的快乐。因为我没有找到值得侍奉的君王，我也没有从我所侍奉的君王中看见我自己。我的镜子已经遗失了，我不知道是何时遗失的，但我确定我已经寻不见它。农夫从一粒谷子里看见了其中的神明，可我的神明又在哪里呢？一个没有神明的人所走的路是暗淡的，我多么需要我能够看见的神明啊。

我沿着郊外的小路走着，秦都的城头已经昏暗了，微风带起了一阵阵香气，它来自那个农夫所侍奉的土地，以及那些草地上的鲜花。我竟然没有注意那些东西。可是现在它们已经变得模糊，但仍然有一些花朵发出了微光。淳朴的月亮已经升起，在天空发出了淡淡的白，地上的一切似乎还有着自己的余光，不需要它的照耀。可是它已经升起来了，安闲地在天上悬挂着，我看见一朵飞云从它的身边掠过，但是它的步履是迟缓的。我的面前忽然变得更为暗淡，过了一会儿，却又亮了起来。

续鞫居

　　我受狐射姑的委派，前去刺杀阳处父。我愿意去做这件事。本来狐射姑应该是被晋襄公选定的正卿，应该在晋襄公死后主持晋国的朝政，但因为阳处父的谗言才让晋襄公改变了主意，让赵衰的儿子赵盾替代了狐射姑，做了晋国军队的统帅和正卿。狐射姑不服，为了与赵盾争夺权力，暗中派人到陈国要将公子乐迎回来，以将他扶立为国君。而赵盾也派先蔑和士会前往秦国，要将外放到秦国的公子雍迎回。

　　但赵盾派刺客在半途杀掉了公子乐，狐射姑的想法没有实现。他不能接受这样的失败，所以将仇恨转向了太傅阳处父。这并不能帮助他脱离困境，却可以消除胸中的郁闷和绝望。这乃是一次绝望的复仇，我喜欢做这样的事情，我喜欢刺杀别人的仇人。我把别人的仇人当作自己的仇人，我就不是孤独的。我将别人的仇人杀死，不仅能够展现我自己的智谋和勇气，也用这样的方式告诉别人，我具有别人所没有的能力。我在自己的生活中没有仇敌，但我却从别人的眼睛里搜寻我的仇敌。

没有仇敌的生活是寂寞的生活，没有仇敌的生活是没有意义的。我有着浑身的力气，还有着无敌的剑术，我挥舞着自己的宝剑，能够抵御强敌，我一跃而起，可以将树枝上栖息的夜鸟击落。因为我有着一双能够穿透夜雾的眼睛，我的目光可以射向躲藏在石头背后的凶兽。我曾与林间的大兽搏斗，用我手中的剑割下了它的尾巴，它惊慌地逃窜了。是的，我还没有看清它究竟是怎样的野兽，它已经逃窜了。我只是记得它的身上穿着布满了花斑的衣裳，它的脖颈上有着耀眼的花纹，但这些都已经变为遥远的梦境了。

夏日的气息是炎热的，从清晨开始，这热气就开始升腾，一直向所有的地方弥漫。我能够看见这热气乃是从地上开始的，我看见一缕缕热气就像丝线一样，从脚下沿着我的身形向天空而去。恬静的清晨也从我的脚印开始，从路上向着远方延伸。一连好多天，我都在跟踪阳处父的行迹。在天没有亮起来的时候，他就起来了，并照着镜子梳妆，整理自己的冠冕，准备上朝商议国事。不得不说这个人是勤勉的，也是有智谋的，不然他怎么能做晋襄公的师傅呢？他也充满了警惕，每天都有侍卫在他的身边。

他的侍卫也是强壮的，有的手持长戈，有的腰挂长铗，还有的拿着长刀。可以看出来，他们都精通武艺，每一个人都身手不凡。因为我看见他们的眼睛中都射出箭一样的亮光，就像我一样，可以用目光穿透一切。我也看见阳处父脸上永远是严肃的，他似乎不苟言笑，两眼向前直视，从来都不会左顾右盼。他的脸上有一种逼人的气息，走路的步伐是稳健的，每一步迈出去都十分有力，地上发出了一声又一声的闷响。

我将要杀掉这个人。不是这个人有什么罪过，而是他的身上已经携带了别人对他的仇恨，并且这仇恨紧紧将他缠绕，就像树上的虫子被它的茧壳所禁锢。他躲在了别人的仇恨里，就再也不能脱身了。但是他却不知道。他以为自己是自由的，他以为自己并不在别人的仇恨里，他是多么可怜。可是他不知道。他在懵懂之中感受着并不存在的生活，是的，他的生活已经被断灭，可他却以为自己仍然掌握一切。

在我看来，他已经死了。只是他在等待死的时机。我要为他选择一个好日子。我和他一样，都在等待这一天。不过我在暗处，我不曾被他看见，但他却时刻在我的视线里。我的视线已经捆住了他，我的剑就在我的手里，早已秘密对准了他。夏天是一个旺盛的季节，每一棵树、每一片草都充满了老迈的放纵和无休止的欲望，它们恣意妄为地生长，地下的根盘绕在一起，地上的花竞相开放。黄蜂飞舞于花蕊，在那里停留，里面有它想要的蜜。它们的翅膀被阳光照得发亮，并发出嗡嗡的声响，肚皮上的金甲被烈日烤得发烫，绝似从火焰里取出的木炭，在红与暗相间的尾部，暗藏着自己的毒刺。

晋灵公已经是晋国的国君了，他还缩在母亲的怀抱里啼哭。他一点儿都不安分，蒸腾的热气让他躁动不宁。赵盾已经掌管了晋国，他的权力乃是从这襁褓里的孩子借取的，他的手轻轻挥动，让大臣们感到恐慌。自从公子乐被刺杀之后，狐射姑也躲在了暗处，他只是和我密谋，怎样将阳处父铲除。狐射姑已经失去了晋国大臣的支持，他已经变得孤立无援了。我告诉他，阳处父不过是石头上的花，马上就要枯死了。不，我不会等到他自己死去，我的剑将会把他连根割断。

实际上，我并不是想着怎样杀死他，而是想怎样在杀掉他之后逃

古灵魂

脱。连日的跟踪之后，我发现他每日上朝，都要经过一条小河，他的车总要在那个地方停下，他要下车沿着河岸走一回儿，好像想着什么心事，又好像在欣赏河边的美景，享受生活的好时光。我装着在河边垂钓，用斗笠压低我的脸，谁也看不清我是谁。可是我的目光能够伸向他，并看见他的每一个举动。有一次，他的侍卫向我走来，但就要走近我的时候转过了身。我用眼睛的余光看着他，但我还是装着专心垂钓的样子。

九月了，这已经过了最炎热的时候，天气变得温和，天地之间的气息已经平息了欲望和激情，野菊也渐渐展开了自己黄色的和白色的花瓣。杀气已经在酝酿，云彩也升高了，天空的蓝越来越深邃，它经常只有一朵云孤单地飘着，就像一个人在野地里漫不经心地游荡。它已经失去了目的，失去了耐心，也失去了野性。一些草叶就像泛黄的木牍残简，散落在地上。没有人收拾，也没有人阅读。上面的字迹已经漫漶，那些神奇的文字，神明的文字，已经藏在了岁月里，谁又能看见它呢？

这一天，我要动手了。这是一个好日子，我让几个兵丁藏在几棵大树的背后，我依然在河边垂钓。小河缓缓流淌，河面上显出了温柔的波纹，河底的石头被这波纹干扰，它们浑圆的表面映照出精细的纹理，就像粘贴了很多叶片上的纹脉。天上的云影在河上飘动，既像是漂浮在上面，也像是从河水中露出来的。它是水的一部分。我的钓竿伸到其中，我的面容也在其中，不过我的面容依然被头上的斗笠压低了，所以河水里的脸布满了阴影。我的剑紧紧地攥在手里，用宽大的袖子掩盖。

我的鱼篓里已经钓到了几条鱼，它们在鱼篓里挣扎着，跳跃着，肚皮上的白光不断闪烁，我用细绳将它们穿起来，让它们和我一起等待。它们的挣扎只是一个比喻，一个死的比喻。这样的比喻将成为事实。每一个比喻的背后都隐藏着事实，也可能是一个迟到的事实。没有空洞的比喻。我已经听见了车轮的声音，那声音从远处一点点靠近。然后我看见一辆车从一个低洼里升了上来，先是出现车辐和鞭子，然后马匹的鬃毛露出来了。

　　那是阳处父的车，他就坐在车上，几个武士跟随着这辆车。他们手中的兵器指向天空，仿佛就要刺穿天上的蓝。兵刃的尖端闪着光，好像他们举着一盏盏灯。太阳还没有升起，但天光已经十分明亮，万物都显现自己最后的生机，但这已经是一种绝望的生机了。车越过了小河，车辙在河水里消失了，然后又在岸边重新出现。车轮的辐条向着四方散射，又被车轮的边缘紧紧约束，它不再转动了。几匹骏马似乎还没有从昨夜的睡梦里醒来，它们静静地立住，一动不动，眼睛微微闭着，或者仅仅张开了一道小小的缝隙。它们还不适应这白日的亮光，在重温黑暗中的温馨。

　　阳处父走下车，像往常一样，沿着河边走着。几个武士远远地在后面跟随。我看着这个人，他正在向我走来，这简直太好了。他的步子不大，但却平稳有力，一棵棵草被他的脚踩扁了，然后又挣扎着立起来。河水里映出了他的影子，暗淡而干净，和云影一起移动，并被波纹敷在了上面。我盯着水面，有一条鱼好像上钩了，可是我已经不在意了。我轻轻地放下钓竿，站起身来，从鱼篓里拿出了已经串起来的鱼，迎着他走去。

古灵魂

我一点点走近了他。我看见他的脸上平静的表情和皱纹，好像是河里的波纹返照到他的脸上。唉，他已经老了，他的胡须已经花白了。他显然没有睡好觉，双眼充血，放出了兔子一样发红的眼光。这眼光中既有对生活的倦怠，也有对将来的期待。眼角的褶皱深深地嵌到了肉里，两道深纹像刀刻的疤痕，从鼻子的两边绕向了嘴角。他的额头是开阔的，一片饱满的、发亮的土地，却寸草不生。也许这是他的脑子里装满了东西的缘故。从他的面相上看，这就是一个十分聪明的人，但他所有的聪明就要被毁灭。他根本没有看见，我的袍袖里藏着剑，已经烧起了毁灭的火焰。

我向他施礼说，我给你这几条鱼，是我刚刚钓上来的。他的脸上露出了微笑。他说，我以前就看见过你，你是不是经常在这里垂钓？我说，是的，我无论是白天还是在夜晚，都在等待它们上钩。我在这里独坐，就是为了等待。你看我手中的鱼，它们从来不知道我，却被我放在了鱼篓里。我将这串鱼高高举起，鱼嘴还在一张一合，但鱼眼已经翻出了死亡的白，他看见这死亡了么？

我们越来越近了，我低声对他说，你认识我么？他说，我不认识你，但我看见过你，却没有真正看见你的脸。我说，我知道你，我垂钓只是为了你。他的眼中突然出现了几丝惊恐，那惊恐只是一闪，藏在袍袖里的剑已经伸向了他。我看见他的脸上露出了痛苦的神情，突然他惊叫起来。我拔出了剑，转身离去。我没有回头，但听见武士们的慌乱的脚步，藏在大树后面的兵丁已经一涌而出，我听见我的身后一阵惊心动魄的搏斗。兵刃相接的碰撞声和凄厉的呼喊，在我的身后就像秋风一样回荡，但我从容地离开，绝不会回头。

我大踏步地走向太阳，它已经从山边露出了半张脸，它的金光已经照亮了我，我的衣袍上沾满了它的金光，剑仍然被我紧紧攥着。我也该松开手了。它的使命已经完成，我轻轻地将这柄剑丢到了草丛里。我看着它慢慢落下，一片野草覆盖了它。这柄剑是锋利的，真是一柄好剑。可是它仅仅为了做一件事情。现在这件事情已经做完了，它也已没用了。我的步子越来越大，因为我急于告诉狐射姑，我已经为他复仇，他不必再想着他心中的仇人了。太阳越来越高，它越出了山峦，它燃烧着，点燃了万物，整个世界都在燃烧，我的内心也在燃烧，但我知道，这燃烧的不过是我生命的余烬。

古灵魂

卷三百九十二

狐射姑

续鞠居已经杀掉了阳处父，我的心里感到了复仇的快乐。但是我也深知，他们必定会知道这件事是我做的。即使他们不知道，也能猜得到。没过几天，赵盾就革除了我的官位，他对我说，阳处父死了，你知道么？他的两眼逼视着我，我的目光就像虫子的触须缩了回来。我低声说，我听说了，我们应该追究，应该找到刺客。他说，是的，我们要追究，我们一定要找到凶手，并让他知道自己所做的事情。

我感到赵盾的目光是灼烫的，它就像火焰一样烧着我的额头，我的浑身一颤。我知道自己逃不过去，我应该想办法逃走了。他们很快就找到了续鞠居，他已经承认自己杀掉了阳处父。十月来了，这是金色的十月，农夫们开始收割自己的谷子，天气渐渐凉了，安葬晋襄公的日子也到了。我在晋襄公的葬礼上放声痛哭，我的悲伤不是来自我对国君的忠诚，而是来自对自己的悲痛。我的眼泪就像涌泉一样，我的嗓子也变得沙哑。我的痛哭就像野兽的嗥叫，这甚至是对着自己嗥叫，这嗥叫甚至不是来自我的身体，而是来自我的灵魂。是的，我的灵魂在嗥叫。

我知道自己的痛哭意味着什么，因为我已经死了，我就要永远离开晋国了。我在这里已经没有立足之地了。我杀掉了阳处父，也杀掉了自己。若是我继续留在晋国，赵盾不会放过我，很多人也不会放过我。我曾有着雄心壮志，但是我现在一无所获，以后也不可能有所作为了。别人的逃跑，还可以在逃跑中等待，但我连等待的机会也不会有了。我所能等待的，就是在异国他乡度过自己的一生。在这苍茫的地上，我已经失去了前面的路。

十一月，寒冷已经降临。野地里的蟋蟀再也不叫了，它们只在我的墙脚偶然发出叫声，但就是这样的哀鸣，也已经消失。我看见一些人在我的房屋后面，他们也许是赵盾派来的，看来他们就要动手了。我在夜晚来到了屋外，月亮在天空显得格外耀眼。天上的明辉将我的暗影放在了我的前面，它随着我移动。除了寒冷的风不断将干枯的树枝摇动，一切都是安静的。这安静乃是寂寞和悲伤的，它让我感到了万物的死寂。几片残叶在地上翻滚，我的目光追赶着它，它的身上不停闪动着微光，直到它被西风吹到看不见的地方。

我就像那片残叶一样，也在寒风里翻滚，我不知道谁的眼光也在追赶着我。我也将到那个看不见的地方去。续鞫居已被赵盾诛杀了，我必须逃走了。续鞫居是因为我而死去的，我非常悔恨，自己将另一个人推到了坟墓里。我的眼前常常有着续鞫居的脸，他诚恳、单纯却愚钝，有着一身勇力，他是无辜的，但因为这次复仇而死。我也常常想着阳处父，他获得晋文公的信任乃是由于赵盾的父亲赵衰的举荐，他将赵盾举荐为正卿，乃是出于报恩的理由。这又有什么不可理解的？上一代人一次不经意的举动，都可能为下一代人埋下祸根。

古灵魂

也许我本不该杀掉阳处父。因为他所做的事情，自有他的理由。我的心胸太狭隘了，我只有自己的理由，却不能容忍别人的理由。在别人看来，我的理由就是正当的么？既然我的理由也不是正当的，别人不正当的理由怎能成为仇恨的根源？从这个意义上说，阳处父也是无辜的。说实话，阳处父是一个有智谋的人，他却因为对我的不公，失去了自己的生命。这是他不会想到的。可是我现在的处境，我也不曾想到。也许事情本来就是这样，想到的必将发生，想不到的也必将发生。

我只能趁着暗夜向狄国奔逃。狄国是我的父亲和赵盾的父亲追随公子重耳的落脚地，那里会接纳我。那是一个陌生的地方，也是一个熟悉的地方。那里有公子重耳的梦，也有我的父亲的梦和赵盾的父亲的梦，这些梦并没有随风飘散，它还留在那个地方。我将在以后生活在前辈的梦中。我将成为一个生活于别人的梦里的人，尽管这乃是一个从前的梦。但对我来说，从前的梦比现在的梦更真实。

是啊，我的父亲和赵盾的父亲曾是兄弟一样，他们从来没有因为争夺功勋而结怨，因为他们的功勋乃是在国君的心中。他们彼此爱护，为了公子重耳能够复国而历尽艰辛。在公子重耳成为晋文公之后，他们仍然彼此敬佩，知道对方也知道自己。他们的心胸是坦荡的，他们的心里撒满了月光。一个人所想的就是另一个人所想的，即使有什么内心的阴影，但都能很快被自己的光驱散。因为他们的身上以及内心，都带着自己的光，所以每一天都是明亮的，每一件事情都彼此相连，一个人的梦能够通往另一个人的梦。

有人问我，赵盾和赵衰有什么不同？或者说，他们一样么？我说，赵衰乃是冬日的太阳，而赵盾则是夏日的太阳。冬日的太阳是温暖的，是人们都需要的，而夏日的太阳则不一样，夏日本来就炎热难耐，可太阳又增加了这炎热。的确，赵盾太严厉了，甚至有点儿严酷。这和他的父亲不一样。但他们都是太阳，都有着不同寻常的光芒。他是赵衰的儿子，他从父亲那里取来了光芒，但他却在另一个季节来使用这光芒。

那么我和我的父亲有什么不同呢？我的父亲是足智多谋的，他有着开阔的心胸，有着容纳别人的力量。他为国君谋划未来的时候也给了自己以未来，他帮助别人的时候也帮助了自己，他爱别人的时候也获得了别人的爱。可是我不是这样。我承认，自己也是有智谋的，这是我从他那里取得的，他将他的智谋用血送给了我，但我也错误地使用了它。我不是为别人谋划未来，而是用这智谋为自己谋划未来，因而我失去了未来。我不是帮助别人，因而我也没有获得别人的帮助。我给别人仇恨，也给自己以仇恨，我的仇恨将我推向了深渊。我的父亲的光芒来自他的爱，而我却用仇恨熄灭了这光芒。

我在暗夜的路上奔逃。冬天的夜比别的季节更寒冷，干燥的西风就要将我吹向别处，我在这风中开始了漫长的飘零。广阔无垠的重重天空被无数星辰点亮，但月亮这最大的夜光却隐藏在别处。我隐隐可以看见前面发白的路，它像一条有着银光的蛇，从我的眼前爬行到远处，而我却在这巨蛇的背上，被它驮着，渡过人生的激流。

我坐在车上，身体斜靠着车栏，路上的坎坷让车身不断颠簸，我的身体也随之摇晃。整个世界都在晃动，这样的冬夜注定是不平稳的。两边失去了叶子的树木只剩下了干枯的枝条，它们在风中摆动，

古灵魂

一条条漆黑的、凌乱的线条，表达着世界的混乱不堪。它们层层叠叠、彼此交织，让地上的事物更加晦暗。在夏天的时候，旺盛的力量从地上冲出，呈现在繁茂的、密集的黑暗里，隐藏在背后的事情变得无比复杂，谁也不知道其中究竟会有什么，也不知道会有什么突然出现。

但是现在似乎变得简单了。林间野兽的嗥叫听不见了，夜鸟的尖厉的叫声也听不见了，虫子们的欢叫也没有了，这样的喧哗被一阵阵寒风的呼啸替代。好像这寒风将已有的一切扫除干净了。一片片收割过的旷野，无限地铺开，从我的车前一直铺展到黑暗的天边。偶然有一些农舍出现，但就像被抛弃了的一个个方块，神秘地蹲守在原地。它们似乎等待着寻找它们的主人。渐渐地，我昏昏欲睡，拉车的马匹在单调、沉闷、冗长的节奏中迈着脚步，据说，马匹可以在夜间看见一切，包括游荡的灵魂。

我为什么要和赵盾争夺呢？我究竟要和他争夺什么？不就是谁能获得主宰晋国的权力么？我们为什么不能像父辈那样彼此谦让？现在说起来，一切都已经晚了。也许这争斗乃是人的本性，这世界上所有的事情不就是不断争斗么？可是这争斗乃是毁灭的根源。我也看见了，无论是秦国还是晋国，也无论是楚国还是齐国，无论是一个个国君，还是一个个大臣，争斗使一个个国家衰败甚至灭亡，争斗也让一个个人从兴盛走向毁灭。可是那引发争斗的却仍然留在原先的地方，它还是那个样子，只是它的主人在不断变换。我原本是可以展现自己的才能的，但是争斗却使我失去了机会。我的才能只能藏在我的心里，我的一切也只能藏在能够收藏的地方。也可能这乃是毫无意义的收藏。

　　我听说，屋子角落里的无用的东西渐渐会腐烂，而所用的东西才能经常因被擦拭而呈现光亮。我已经是无用的东西了，我收藏的东西也将在时光里朽烂，我也将在时光里朽烂，一切都将朽烂。我所等待的乃是无意义的等待，所以这等待不是期待，而是在另一个地方消磨时光。不过，赵盾并没有对我怀有仇恨，我的仇恨乃是我的仇恨，但他却将我的仇恨在挥手之间拨到了一边。也许一个获胜者并不会在意一个失败者的仇恨，因为获胜者已经获胜，失败者已经失败，两者之间的仇恨已经没有意义了。就像在疾风暴雨中有着乌云里的雷电，有着暴怒的激情，但在风雨过后的天空却呈现出美丽的彩虹。

　　我来到狄国之后，赵盾将我的妻儿以及本族众人，以及我的财物，都派人送到了狄国。我和我的家人和族人都得到了团聚。他的仁慈让我感动。但是这其中也隐含着他的想法，那就是彻底断灭我回归的愿望，我在晋国再也没有人会帮助我了。他将我作为秋天的落叶扫除，并在野外用烈火焚毁。这意味着，我的身影不会在晋国出现了，我将退出晋国的视线，我将彻底失去我的故乡，故乡也会将我完全遗忘。一朵乌云开始向着我移动，寒冬又一次过去了，春雨就要来了，但天上爆裂的雷霆将为别人而生。但是这电光仍然将照亮我，那时我将坐在屋前的台阶上，默默地看着这个渐渐变暖的世界。

卷三百九十三

赵盾

　　安葬了晋襄公之后，狐射姑逃走了，晋国变得安静了。因为晋灵公的继位，齐国、宋国、卫国、郑国、曹国和许国等国君前来祝贺，晋国就和他们在扈地结盟。他们都来拜会我，因为他们知道，国君还很小，还不能亲自理政，晋国的政务都是我来主持。虽说我没有君主的名分，但我却拥有君主的权力。我已经把狐射姑的族人都送到狄国了，虽然他一直与我为敌，但毕竟我们是同僚，都曾服侍先君。我不能把仇恨放在心里，不然这仇恨什么时候才能终结？我也不能和他一样，试图将自己的仇恨加于别人，若是要怨恨，我只能怨恨我自己，因为我毕竟夺去了他的卿相之位。

　　但这一切不能归罪于我，并不是我想要这样做，而是先君更加信任我。这是一个国君的选择，他有这样的权力。阳处父曾和我说，先君也并不是想让狐射姑做正卿，而是不得不这样选择。后来他觉得为了晋国的大业，不能仅仅用前辈的功勋来决定后辈的位置，所以才改变了决定。我知道，先君乃是听了太傅阳处父的谏言，才这样做的，所以狐射姑就将复仇的剑指向了阳处父。他把对我的仇恨和对先君的仇恨，一起施加在阳处父的身上。他的作为也证明了先君改变主意是一个正确的决定。一个心胸狭隘的人怎能担当大任呢？

我还是将他的族人、他的妻儿以及他的财物都送到了狄国。我想到我们的父辈是多么友好和睦，曾一起跟随晋文公流浪四方，受尽了各种屈辱，终于回到了晋国。若是没有我们父辈的功业，我怎么会成为晋国的正卿？我乃是在他们的庇荫中得到了荣耀，我怎能忘记他们呢？若是他们的灵魂还在我的身边，必定不会让我们发生争斗。他们一定希望我们和睦相处，共同辅佐年幼的国君。若是那样该有多好。可是我没有按照他们的愿望行事，我只能怨恨我自己。我的怨恨也是他们的怨恨，那么就将这怨恨加在我的身上吧。我得到了我要得到的，那就同样要得到我不想得到的。

也许一切是公平的，得到和失去从来都不可分。狐射姑已经在遥远的狄国享受他的人生，享受他的自由，他将在快乐中度过好时光。春天的时候，他可以观赏农夫的耕播，夏天的时候，可以在树荫下乘凉，看着草木的生长和花朵的开放，看着蝴蝶的舞蹈和飞鸟的盘旋，或者到河边垂钓。秋天可以到山林狩猎，获得一个人本该享受的自由。可是我还要每日忙碌，并面对不同的烦恼。那么他现在在做什么呢？就在昨夜的梦中我还见到了他，他的脸还是过去那样，但却毫无表情地站在我面前。也许他想对我说些什么。他张开嘴却没有发出声音，他究竟想对我说什么呢？

若是我们坐在一起，他一定会将他心里所想的都倾倒出来。我们把酒畅饮，就像我们的父辈那样，那该有多好。我也会将我的心里所想都告诉他。这样我们将尽释前嫌，都归于从前的样子。可是他杀掉了阳处父，违背了国家的法度，我若原谅他，别人也不会原谅他。我若赦免了他，他也许会成为晋国的祸患。他的逃跑乃是他最好的选择，因为他的逃跑乃是带走了晋国的祸患，也带走了自己的仇恨，获得了享受和安宁。

但是很快就有另一件事情发生了，这样的事情仍然是先君埋下的祸患。当初在夷蒐兵的时候，晋襄公想任用前朝的将帅和卿相，曾与几个大臣商议，让士縠和梁益耳做正卿和亚卿，又将箕郑、先都拔擢为上军将和下军将。但先克谏言说，狐偃和赵衰曾跟随先君历尽艰辛，他们的功勋怎能被废掉？若是忘记他们的功业，谁还能为晋国效力？若无人为晋国尽忠，国家还怎样兴盛？先克的谏言让国君改变了主意，放弃了自己原先的想法。

但是每一个人都知道先克为什么这样说，因为他的私心一目了然。他的语言不含有另外的语言，真正的语言却在语言的背后。他真正要说的话，就是为了不让自己被排除在拔擢者之外。因为他的父亲先且居、他的祖父先轸都功勋卓著，那么在封赏狐偃和赵衰的后代的时候，他也应该获得自己应该得到的。事实上，他的谏言起了作用，不仅狐射姑和我都因父辈的功勋得到了高位，他也得到了中军佐的要职。

但是他所得到的，意味着别人失去的。箕郑、士縠、梁益耳和先都虽然也得到了拔擢，但却落在了资历尚浅的年轻者的后面。积郁的愤怒转化为复仇的意愿，先克的一句话，挡住了他们前面的路。他们一直在寻找机会。可是我一点儿也不知道。我应该意识到他们内心的不平，但因为忙于先君的葬礼以及寻找杀害阳处父的凶手，没有感到危机已经在寒冬里萌发。一切都在暗中，就像种子在土地里一样。

　　另一件事情也在暗中生长。幼小的国君即位之后，秦军已经护送公子雍越过了大河，进入了晋国境内。我发兵抗拒，以表明自己的决心，并防备秦军趁机夺取晋国的土地。先克作为我的辅佐，在令狐与秦军作战，将其击败。但先克却借机夺去了大夫蒯得在董阴的田地，因而让蒯得怀恨。这一个个诱因，让他们五个人联结在一起。他们一次次密谋，将先克杀死了。我发现，他们不仅对先克怀有仇恨，也对我怀有仇恨，因为我也是利益的获得者，我也是堵塞他们道路的石头。

　　若是这样下去，晋国将继续发生内乱，这内乱就要导致衰败。狐射姑逃走了，但他的影子还留在晋国，在这影子里还藏着更多的人。我必须将这影子铲除，连同在这影子里藏身的密谋者一起铲除。就像农夫将地里的杂草拔除，才能让庄稼旺盛生长。现在想来，先君太不谨慎了，他内心的想法总是在阳光里，让每一个人都能看见。《易》上说，一个国君若是不能保守秘密，就可能失去国家；一个大臣若不能保守秘密，就将失去自己的生命。一个完全没有秘密的世界是危险的，一个没有秘密的人也是危险的。一切秘密都是在不知不觉中产生，它看起来并没有说出什么，但它的泄露就是对这秘密持有者的出卖。

　　是的，它不仅出卖了国君，也出卖了与这秘密相连的人。秘密的泄露就是一个祸患的开始。我也是被出卖者。我必须用剑挽回被出卖者的危险，只有这样才能从悬崖的边缘走回安全的地方。我已经感到，无数双手已经伸向我，他们借着暗影藏起了自己的身影，但他们

古灵魂

的手已经伸向我的咽喉。他们就要掐住我了。我觉得自己已经窒息，我必须摆脱这个噩梦，我必须将这些肮脏的手斩断。

箕郑是一个有智慧的人，他曾在饥荒的时候告诉晋文公，要用信用来拯救饥荒。他知道怎样能够保持尊卑的秩序，但他却违背了自己的智慧，他竟然在黑暗里谋算，并杀死了先克。也许他更恨我，因为狐射姑逃走之后，他觉得应该任用他为辅佐，但我任用了先克。我怎么知道箕郑还有另一张脸呢？先克又怎会知道箕郑的另一张脸呢？士縠是士蒍的儿子，他的父亲就足智多谋，也残酷无情，他密谋杀掉先克，我本应有所防备，可我还是疏忽了。这疏忽的过错让我悔恨不已。

梁益耳也是一个阴险狡诈的人。这个人的智谋没有用到应该用的地方。先君曾十分看重他，可是他的本性是残酷的，心胸也是狭窄的，他对别人的谋害之心本应在预料之中。因私怨而杀人，这是谋反的开始。因为他既然可以因私怨而杀人，也可以因私怨而叛逆。他对我难道没有私怨么？只不过先克为我挡住了私怨者的剑，我将是下一个。先都是清原蒐兵时候的老将，这个人看起来忠厚老实，谁知道内心却是阴暗的。要对那些长着一副忠厚面孔的人怀有警觉，因为他的面孔就可以欺骗你。你所看见的和真实的那个人并不一样，可你却以为一个人的外表就是他内心的影像。

蒯得这个人我并不十分熟悉，但他的冤屈却能够理解。先克太年轻了，他还不懂得如何克制自己的欲望。他辅佐我在令狐击败护送公子雍入晋的秦军，却借机夺去了蒯得的田产。若是蒯得原本没有这田地，他也不会仇视别人，但他所拥有的却被无端夺走，仇恨就必定在内心滋生。石头上的种子不会发芽生根，因为它所收集的乃是干枯的寂寞，但农夫将种子放在了地里，它就会吮吸地里的养分和水气，转化为自己萌发的力量。而先克就是这样做的，他把本来在石头上的种子撒在了湿润的土地中。他因为自己的欲望点燃了别人复仇的欲望，他用自己的火焚毁了自己。

现在我要拿出自己的剑，不然人们还不知道我的怀中藏着利剑，也看不见这利剑的寒光。我让藏在暗中的谋杀者一个个显出真形，让他们在阳光里投下自己的影子，并将这影子扫除。我不喜欢的就要躲开，但令我憎恶的，就绝不容忍。我将这五个谋杀者杀掉，因为他们杀掉了别人。先克曾在我的身边，可是他现在不在了。那些杀掉他的人，也不能留在我的眼前。我这样做不是为了复仇，也不是为了先克而复仇，而是为了铲平道路。我杀掉他们，也杀掉了他们的仇恨。

古灵魂

卷三百九十四

臾骈

　　狐射姑逃到了狄国，赵盾命我将他的妻儿和族人以及财物送到狄国去。在夷蒐兵的时候，先君让狐射姑任中军将和正卿，又让赵盾做辅佐，这本来是对他的父亲狐偃和赵盾父亲赵衰的封赏，并不是由于他们个人的才能更为突出。阳处父从卫国出使归来，认为赵盾更适宜担当正卿，于是先君就将他们的位置调换了。这让狐射姑十分不满，心怀怨艾，就派他的本族续鞫居刺杀了阳处父。事情的真相被揭露之后，他就逃到了狄国。唉，这个人真是缺少仁德，心胸太过狭小，因为自己的私利而报复，失去了一个卿相应有的道义。

　　但是赵盾并没有以仇恨对仇恨，以杀戮对杀戮，而是让我将他的妻儿和族人都送到狐射姑的身边，这样的仁义让人感动。看来阳处父是一个有智慧的人，他具有高明的识人之术，一眼就看出了狐射姑难当大任。我记得在夷蒐兵的时候，他作为正卿趾高气扬，曾借着自己的威权侮辱我。可是我并没有犯什么过错，他为什么要随意侮辱一个人？也许他仅仅是为了显扬自己的威风，并让别人害怕他。事实上，他对我的侮辱，并没有使我感到难堪，因为在更多的人看来，他乃是通过侮辱别人而侮辱了自己。

　　现在他得到了报应，狐射姑先是派人去陈国迎接公子乐，以便对抗赵盾，但在公子乐半途被刺杀。他又向阳处父举起了刀，也对自己举起了刀。他杀了别人，也杀了自己。但是赵盾依然没有对他的本族和其他人报复，而是派我将他们还给狐射姑。这说明狐射姑已经退出了晋国，他的影子也不会在晋国出现了。他虽然还活着，但却在一个看不见的角落里活着，人们再也看不见他了，实际上他已经从看得见的地方消逝了。他活着，只是他觉得自己还活着，在别人的眼里他已经死掉了。

　　我带着士卒押解着他的家眷和族人，向着狄国而去。这已经是距离他逃跑之后几个月的事情了。他在冬天的寒风里逃走，而现在已经是春天了。风雪已经把他高高卷起，抛撒到了另一个地方，在我的眼前只有消融了残雪的春天，天气转暖的春天。鸿雁已经归来，它们经过的天空更加辽阔，更加碧蓝。树林里已经充满了生机，飞鸟在枝头跳跃，它们彼此谈论未来的消息，或者因为久未谋面而发出亲热的寒暄。我的车行进在路上，我倚着车栏，看着沿途的景色，觉出了季候的变化。

　　但表面上一切还处于荒凉之中，田野上仍然是光秃秃的，草木还没有长出地面，但在地下的黑暗里已经萌发。它们事实上已经苏醒了，在厚厚的土层下面，去年的宿根已经感受到了温暖，舒张自己手臂，蹬开自己的腿脚，曾被积雪重压的土粒已经疏松，远处传来了几声隐隐的春雷，乌云正向中心聚拢，一场春雨就要洒遍人间了。可是这一切都在我的视线之外，我看不见它们，它们却在发生。处于幽暗之中的和处于明媚之中的，似乎是两个完全不同的世界，但它们却在秘密地靠近。

我的从属中的一个人来到我的车边，跟着我的车疾步而行。他忽然对我说，现在是一个好机会。我问，你在说什么？你发现了什么好机会？他边走边说，狐射姑曾经侮辱过你，现在复仇的机会来了。我说，我已经忘记了这样的侮辱，若是这侮辱一直在心里记着，那才是真正的侮辱。他的侮辱只是属于他，他所侮辱的不是我，而是他自己。他侮辱了自己，于是获得了现在的结局。因为一个罪过必定会有一个结果。

他压低了声音说，我为你感到不平，虽然已经过去一段时间了，但我还没有忘记，我听说，一个人受到别人的侮辱应该永远记住，直到这侮辱给那侮辱者还回去。万物的往来都是对等的，你给我的，我还要给你，就像君子之间的礼物馈赠。我知道你是仁爱的，这些事情由我来做。这是一个荒凉的地方，也没什么人烟，我们不妨将狐射姑的家眷和族人都杀掉，对他的罪过予以严惩。

我说，不，不能这样。我听说古书上有这样的话，一个人的恩怨不能推及他的后嗣，这乃是忠义之道。赵盾以仁义之礼对待狐射姑，我却受赵盾的托付而报私怨，这怎么能行呢？赵盾之所以将这件事托付给我，乃是对我的宠爱和信任，我却要违背他的愿望，将自己的个人恩怨放在心上，这怎么能行呢？借助别人的宠信而行事，并不能称作勇敢。夹带自己的私心，报复曾侮辱自己的人，增加了别人之间的仇恨，这不是理智的行为。用私心来损害赵盾托付的公事，这乃是不忠诚的表现。我若杀掉这些人是容易的，但我以后还怎样侍奉赵盾呢？我还怎么对得起别人的宠信？

我想，我的跟随者既然有了复仇的想法，就可能会暗中行动。我虽然不赞同他们这样做，但他们若是真的这样做，我能怎样呢？为了防止他们做出伤害狐射姑家眷和族众的事情，我便格外警觉起来。我不能让狐射姑的家眷和族众受到任何伤害，我必须将他们完好无损地送到狄国去。这是我的使命，不然我将辜负了赵盾对我的信任。

路越来越难走了，车行到群山之中，道路狭窄而坎坷，两旁的山势蜿蜒曲折，春风从山林里的复杂的枝条间穿过，发出了嘶嘶的声响。这声音忽大忽小，似乎带着某种神秘的节奏，就像有无数人隐藏在林间吹奏。我让御夫停下车来，我要在这里看一看。我先绕到我的后面，看看狐射姑的家眷和族众是否安好，一张张惊恐的脸看着我，他们是不是猜测我要大开杀戒？我忽然觉得所有的人都是可怜的，无论是男人和女人、孩子和老人，都是可怜的，他们睁着大大的眼睛，却不敢正视你，当你的眼光和他们的眼光相撞的时候，对面的眼光就会缩回去。他们的惊恐不仅出现在目光里，还出现在他们的表情中。每一个人的脸因惊恐而缩小，就像有一双手紧紧地箍住了他们的脸。

我说，我不会伤害你们，我会亲自将你们送到狄国的疆界里，到时会有人接应你们。我看见他们似乎松了一口气，其中的一个老人向我施礼说，我已经看出来了，你是一个有仁德的君子，你得到的将会比别人更多。我听说，登上别人的城头而停止攻击，这是最吉祥的。若是人与人不相交害，那就是君子所追寻的仁义之道。现在你已经做到了。他的脸上似乎流下了眼泪，因为我看见他的脸颊上有点点闪光。

古灵魂

我就沿着这山谷徘徊，我知道就要到狄国的边境了。天上忽然飞过几只乌鸦，它们大叫着，从山崖的一边飞越到了另一边，它们就像是有人从高崖上向另一边投掷了几块石头一样。乌鸦的叫声在两山之间回荡，就像无数乌鸦在叫喊。这声音渐渐变弱，它似乎越来越远了。我看见它们飞过的天空什么都没有留下，它们没有人间的脚印，没有蜿蜒的道路，一片羽毛从空中缓缓飘落。它们要用这一片羽毛给我什么警示？这是它们携带的神灵的天书吗？我看着那片小小的羽毛，轻盈的羽毛，在风中翻转，降落在石头与石头之间。

万物之象都有自己的寓意，上古的人们所以能够看穿将来，都是从这万物之象中获得启示。未来不是真的存在于未来，而是存在于现在。不过它乃是隐藏在万物之中的。若是要获知未来，就要从万物中将未来分离出来。也许这乌鸦掉下的一片羽毛，一片黑色的羽毛，乃是一个文字中的一个笔画，或者是故意模糊了形象的字迹，只是我没有一双辨认它的眼睛。不论怎样，这从天而降的羽毛也许就是对我的莫大的奖赏。

那么我就照着这被奖赏的去做。我沿着这峡谷，穿过了高山之间的路，将狐射姑的家眷和族人送到了狄国的边界。狐射姑已经率领众人前来迎接，我见到了他。他向我询问晋国的状况，我就将我所知道的都告诉了他。他说，赵盾虽然是夏日的太阳，但我在冬日的时候却感到了他的温暖。我过去的看法和现在的看法已经有所改变，夏日的太阳和冬天的太阳是同一轮太阳，它在夏天的时候更加炎热，而到了冬天的时候却会怀念它，我希望它热一点，更热一点。

卷三百九十五

赵盾

　　臾骈是一个值得信赖的君子，我喜欢这个人。我让他将狐射姑的亲友送到狄国，他做到了。他走了之后，有人告诉我，你所用的臾骈并不是可靠的，因为狐射姑曾经在夷蒐兵的时候侮辱过他，也许在半途中，他会将狐射姑的家眷和族众杀掉，以报自己的私仇。我忽然感到内心的不安，若是那样我将无以做人。我本是怀着仁爱之心，总是想起我们的父辈是多么友爱，而我们却为了一己私利而争夺，心里感到了无限的悔恨，所以我要善待他的家眷和族众，善待狐射姑本人。可是若是臾骈真的杀掉他们，我的仁爱也将归于另一种恶行。

　　我相信，所有的事情都是前一件事情所生，它们应该具有同样的类别。一个人必定生于人，一只猿猴必定生于猿猴，一棵草木必定生于草木，虫子生于虫子，而恶行生于恶行，智慧生于智慧，仇恨生于仇恨……若是一件坏事情不被制止，下一件坏事情就会发生。若是一件好事情不能发扬，好事情就会被抑制，它就不能发芽生根。臾骈所做的乃是有智慧的，他能够放弃自己复仇的愿望而行事，说明这个人知道大义所在。他用自己的行动说出了自己的忠诚、信义和智慧，这

古灵魂

样的人，我怎能不予以重任呢？

秦军又一次侵犯晋国了，秦晋两国的结怨越来越深了，也许这是对我上次抗拒公子雍入境的报复。而且秦康公亲自率兵前来进犯，我必须击败他，才可以使得晋国更为安定。我让臾骈为上军之佐，这样的人在我的身边，将让我更有信心战胜对手。秦将孟明视和白乙丙曾是晋国的俘虏，几经战败，应该对晋军有着畏葸之心，但他们决心复仇，这就是他们的可怕之处。这已经是深冬时节，寒风越来越大了，土地被冻得裂开了口子，路上有着冰雪和一道道裂缝，马蹄在冰雪上打滑。

我们在河曲一带安营扎寨，和秦军在大河边对峙。这里是大河宽阔的地方，远远地可以看见结冰的河面在闪光。秦军的军营在夜晚点燃了篝火，把夜空照亮。我问臾骈，我们该怎样与秦军作战才可以取胜？臾骈说，秦军从远方来，他们所带的粮草是有限的，所以不能持久。我们可以挖壕筑垒加以固守，等待敌军的变化。我们这样做，必定将它拖垮，待它失去了耐心，耗尽了储备，就会自然瓦解。若是它强行发起攻击，则会对我军有利。

于是我采用了臾骈的计谋，一直固守待变，密切地观察敌军的动向。秦军几次挑战，我军都坚守不应。臾骈说，我们一直这样，敌军的兵锋就会变老，它的锐气就会受挫。据我观察，它已经坚持不了多久，因为它夜晚的篝火已经暗淡，白日灶垒上的炊烟也变小了。我说，好吧，我们继续等待秦军的变化。

我站在观战的高车上，向着秦军的营寨瞭望。臾骈所说的是真的，的确他们的灶垒也减少了，他们所带的粮食必定不多了。秦军的兵器也乱扔在一旁，就像散落在地上的草木，看来他们已经失去了发起进攻的能力了。我问奥驸，我们是不是可以趁机发起攻击？他说，还不到时机，因为看起来秦军已经力量穷尽，但他们仍然在内心充满了交战的欲望，一旦我们发起攻击，秦军必定会穷尽自己的余力，那时胜负仍然不可预知。

我知道了，奥驸是要等待秦军对自己完全失望，让他们的内心的激情衰落，让他们失去发起攻击的信心，那么他们就像失去了根基的房屋，必然就会垮塌。河边的冬风是剧烈的，它肆虐而疯狂，似乎要将这个世界一起卷走。我所站着的高车开始摇晃，我的脚跟也站不稳了。我看见河边的荒滩上一片霜雪，而河上的冰就像一条寒光闪闪的巨蟒，将自己的首尾伸向了不可知的远方。一个人在巨蟒的身边岂能安稳？你必须小心翼翼，随时要谨慎行事。

可是我最不放心的是我的堂弟赵穿，他从小跟随我的父亲，也常在我的身边，又娶了晋襄公的女儿为夫人，平日骄横惯了，又年轻气盛。若是秦军不断挑战，他若是出击怎么办？我知道他不会听从别人的劝阻，别人愈是不让他做什么，他就偏要去做。我太知道他的脾气了。我坐在营帐外不安地等待，秦军几次攻击都没有成效，不知道下一步将会发生什么。又一个夜晚就要来了，天空暗淡下来了，大河对面山顶的余晖渐渐消失，最后的一条蜿蜒的白线也沉入了晦暗之中，天空中出现了长庚星，它就像一盏灯，高高在天边斜挂。

可是对于这暗夜，一盏灯是不够的，它远不能照亮这黑暗。远处的秦军又亮起了篝火，它的火焰将地上的黑暗烧穿了，就像一个个发亮的空洞，仿佛穿过这空洞就可以到达光亮的另一边。我的士卒在

古灵魂

巡守着军营，他们每隔一会儿就会从我的眼前走过，他们手中持着兵刃，在星光下获得一点点辉耀。只有远处的大河仍然闪耀着白光，从我所在的地方看去，只是一道浅浅的白，它使得它的旁边的一切更加漆黑。

我漫无目的地想着，眼前不断晃动着毫不相干的形象。我想到了幼小的君主，他在做什么？我所做的一切都是为了保护他以及他的江山社稷，可是他并不会理解我所做的一切。应该说，他已经进入了睡梦之中。睡梦并不是漆黑的，是的，为什么所有的东西都被黑暗笼罩，而唯独一个人的睡梦却裸露在光亮中？在这样的夜晚，真实的东西都在黑暗里变得朦胧，只有睡梦在光亮中，因为你在睡梦中却能看见睡梦中的一切。

秦军中的将士也大都进入了睡乡，他们做什么梦？秦康公就在远处火光的背后，也许他也和我一样，难以入睡，或者就像我一样坐在军营旁边的野地里，看着繁密的星空。他在想什么？我不知道。也许他想着怎样破除我的固守，可是他能想出什么办法呢？他只有无奈地哀叹。我似乎已经听见了他的哀叹声。寒风越来越大了，夜风发出了不间断的呼啸，然而大河的波涛已经消失了，只有平静的冰面，它的声息已经被冻结了。从前浩大的涛声已经被掩藏在厚厚的冰层之下，它粗重的呼吸已经停顿。

但我可以听见自己的呼吸。我的呼吸呵出了一股股白气，可是我看不见。但在白日的时候我是能够看见的。这样的夜晚肃杀而荒凉，孤独而毫无生机，它极易让每一个人绝望。我的内心也是绝望的，因为我除了等待，还看不见获胜的星光，这漫天星光并不属于我。也许秦康公也是绝望的，因为这漫天星光也不属于他。但我们在同一个星空下获得依稀的光，我们都似乎可以看见对方，实际上我们都隐身于黑暗。我所想的也许和他所想的一样，但却是各自想着自己。

士会是不是在秦军的军营里？他是不是在秦康公的身边？这个人逃到了秦国，始终是我的隐患。这个人有着十足的智谋，有着超常的洞察力，若是他为秦康公出谋划策，那么秦军明天将做什么？它将从哪里开始？又在哪里结束？都是我的一念之差，竟然想着让公子雍即位，但却没有实现这想法，还让士会和先蔑逃到了秦国。他们都不会回到我的身边了，却为秦国增添了翅膀。他会给秦康公献上什么样的计谋？

古灵魂

卷三百九十六

秦康公

　　晋国是最没有信用的，我们一次次被欺骗，他们的狡诈十分罕见。从晋惠公开始，就一次次欺骗我们，所说的话从来是空话，可是我们却一次次相信了他们。他们欺骗，我们却相信，他们所说的我们都以为是真的，但总是被他们利用。这一次，他们派遣使臣先蔑和士会前来，请求秦国将公子雍送回晋国，我们又一次上当了。他们不仅欺骗了我，也欺骗了他们的使臣。结果当我们将公子雍送还的时候，他们却派兵击败了我们。我再也不会相信他们了，我再也不会对晋国抱有幻想，我要将从前的被欺诈的屈辱化为仇恨，我要复仇，我要将晋国击败，让他们牢记欺诈者的报应。

　　他们一次次得逞，秦国却一次次失败，这样的结果让我坐卧不宁。我心中的愤怒就像火焰的喷泉，从地下向上喷吐，我的心似乎已经被我自己的火焰烧焦了。多少天来我的脸上的笑容被夺走了，我照着镜子，看见了脸上布满了愁云，我的眼睛里闪烁着不安的、痛苦的光，我必须有一次痛快淋漓的复仇，才能从这乌云里摆脱。现在我率领大军渡过了冰河，将要向晋国发起讨伐，要向它的不义和欺诈，它的失信和无礼以及种种罪过，降下冰雪般的惩罚。

可是我们在严寒中扎好了营寨，晋国的大军却在对面固守。我几次向它挑战，它却不予回应。他们将壕沟挖深，又在对面筑起了营垒，我的几次冲击都没有击破它。我派人辱骂他们，他们也还以辱骂，但他们就是不与我对阵。我的力量就要消耗干净了，我已经失去了耐心。我不知道该怎么办。昨天夜里，我好像在半醒半睡中，看见一棵树上在开花，地上掉落的果子竟然神奇地回到了树上。我不知这是一个怎样的梦，也许是一个吉兆？

我一早醒来就把士会召来，我问他，这些天来晋军坚守不出，一只乌龟将自己的头缩回到肚子下面，我们有什么办法咬破它的硬壳？士会说，现在臾骈是赵盾的辅佐，这样的计谋必定出自臾骈。这个人十分聪明，具有常人没有的智谋，他这样做就是让我们自己失去锐气，因为我们远道而来，而晋军则以逸待劳。等到我们兵锋挫钝，他们就可以趁势出击了。而且我们所带的粮草也是有限，必然不能持久与之对峙。

我问，那我们怎么办？我们怎样能够尽早和晋军决战？士会说，臾骈尽管聪明，但赵盾的兄弟赵穿并不服气，他对于赵盾任用臾骈为上军之佐必定心生嫉妒。这个人既是赵盾的兄弟，晋襄公的公主又嫁给了他，所以平日骄横，十分气盛。若是派遣一支军队不断向他挑战，他必定会出兵和我们交战，这样我们就可获得有利战机。当赵穿出兵追击的时候，我们就可将之引入我们的包围，一旦将他俘获，或者将他击杀，就等于击败了晋国。

可是我们真能将他引诱出来么？若是他不上当呢？我们又该怎么

古灵魂

办？士会说，我深知他的性格，这个人喜欢炫耀自己的才能，却并没有什么才能，他的脾气又十分暴躁，所以我们很容易激怒他。何况他不愿听从臾骈的计谋，因为他从内心藐视臾骈，所以他必定认为臾骈太怯懦了。愚蠢而骄横，愤怒而缺少理智，嫉妒别人、不听从别人的劝诫又缺少自己的判断，这就是他失败的开端。林间的野兽一旦陷入猎手布设的陷阱，就不会逃脱了。真正的诱敌之计，应该施加于可以引诱的敌人。不能被引诱的，引诱就不会发生作用，而可被引诱的，引诱就可以成功，因为被引诱者的内心就有着被引诱的力量。

我听从了士会的谏言，就将诱敌之计施与赵穿身上，我要从这里撕开缺口，以进一步击破晋军的防御。我派遣一支军队前往袭扰，赵穿果然出兵追击，但却没有追上。于是我又一次让我的军队前往袭扰，这一次赵穿真的又一次出击了。我的军队边战边退，已经将赵穿引入了我的军阵。

一切都是天意，这是惩罚晋军的最好时机。北风怒号，天云向着天顶集聚，我已经让另一支大军截断了赵穿的退路，就要向他发起攻击了。这将是对年轻狂妄的赵穿的致命击打，将让他替代晋国而受死。我的仇恨将向着他的头顶倾泻，我的大军将用风雪般的力量将其席卷而去。天光渐渐被云翳遮挡，冰封的大河在我的身边窒息，我用自己的全部力量擂响了战鼓……一片愤怒的喊杀声从地上升起，顺着寒风弥漫于旷野。这样的喊杀声带着我内心的节律，忽强忽弱，我感到自己脚下的土地在震颤。

但就在这个时候，赵盾率领大军赶来了，两军厮杀在了一起。晋军将我的战阵冲开了。我问士会，赵盾怎么突然杀来了？士会说，若是有人将赵穿独自追杀出营的消息告诉赵盾，赵盾必然会率军追来。不过我们已经打乱了晋军的计策。既然他们来了，就只好与之搏杀了。我说，我们能不能取胜？他说，两军相持已经很久，我军长途奔袭，本来已经疲惫，再加之将士都在两军对峙中失去了耐心，恐怕交战对我不利，若是能够及时收兵，则可以说已经获胜了。若是久拖不决则胜负难料。

我看见两军交织在一起，地上的尘土在空中飞扬，两军的战车横冲直撞，我的将士奋起厮杀，痛苦的尖叫和愤怒的呼喊与尘土一起，飞向了天空。云翳已经遮没了，天地之间渐渐变得暗淡，只有兵戈的碰撞不断闪现微微的火花，士卒们的血流到了我的脚下。我的战马奋起了四蹄，它们鬃毛上的霜雪已经被蒸腾的热气融化，只有点点水滴粘在鬃毛的梢顶上，发出了晶莹的光芒。

古灵魂

卷三百九十七

臾骈

我担心的事情果然发生了。赵穿禁不住秦军的袭扰，擅自率军追击秦军去了。本来赵盾已经下令筑垒固守，坚不出战，但赵穿这个纨绔子弟，借着自己兄长执政，竟然违背命令，放弃了防守之策。我想，秦军的诱敌之计乃是出于士会，因为士会足智多谋，又深知赵穿年少气盛，轻狂行事，必定经受不住引诱。

赵盾与大臣们正在军帐中议事，得到赵穿擅自攻秦的消息，立即站了起来。他紧锁眉宇，内心的慌乱和焦急就像风暴一样在眉宇间聚拢，他不断在营帐中走来走去，就像雷电在乌云里徘徊闪耀。他好像是对我们说，也好像是对自己说，我没有很好地管教这个昆弟，他违背了军令，都是我的罪过，可是现在该怎么办？他年少轻狂，贸然出击，必定要吃亏，若是秦军俘虏了赵穿，就捕获了晋国的一个卿大夫，那么我们此次出征就已经失败。

他的双眼看着我，问我，你说我们该怎么办？事情已经发生，怎么做才能弥补他的过错？我说，我们的计谋已经被识破，这一定是秦军中士会的主意。他看中了我们的弱点，然后从这弱点开始击破。现在一切都已经放在了明处，我们只好集中全力出击了。秦军必定会用尽全力，我们也必须用全力应对，这将是一场血腥的搏杀。

于是赵盾率军出击，冲入了敌阵，此时赵穿已经陷入了重围。当晋军冲破了秦军的阵形，一场混战从白日直到傍晚，才各自收兵。原本制定的计策失效了，两军重回对峙的状态。这一天的夜晚变得格外深沉，狂风停息了，剩下了干燥的严寒。我被赵盾召来，秦国派来了使者，对赵盾说，秦晋两军未能展开痛快淋漓的交锋，一天真是太短了，我的君王派我前来，让我告诉你，明天我们就开始一场决战。我的君王说，你们应该不会怯懦，因而不会拒绝。我们明天一早就会摆开战阵，在大河边等待。

我借着军帐里的灯火，仔细观察着秦国的来使。他的声音似乎是反常的，因为他发出的声音有一点颤抖，而他的眼睛尽量避开别人的目光，他的眼神也游移不定。赵盾对我们说，秦军已经给我们送来了战书，我们该不该应战？大臣们都保持着沉默。好一会儿，我为了打破这难耐的沉默，就说，我们当然要迎战秦军。今天我们的大军已经就要击垮秦军了，但因为天色已晚，只能收兵了，明天我们必定击败他们。

赵穿说，是啊，多少天来，我们不知听从了哪个人的愚蠢计谋，面对秦军的不断挑衅，却胆小懦弱，不敢出战。现在终于找到决战的机会，我们哪能缩回自己的脖子，任由秦军欺凌？晋国什么时候害怕过秦国？崤山之败你们应该还记得吧？晋军不仅大败秦军，还俘获了你们的将帅，你们等着吧，明天我们必定再次击败你们，让你们再也不敢入侵晋国。我将第一个杀向你们的军阵。

古灵魂

我知道赵穿的一番话是指向我的，他显然是因为我被任用为辅佐而嫉恨我，他的语气中含有对我的讥讽。但我不屑于反驳他，我蔑视这个轻狂无知的人，我相信他不会有好的结局。赵盾呵斥赵穿说，你就不要说了。他又转向秦军使者说，好吧，你就回去告诉你的国君，我们明天必定迎战。秦国的使者走了，他消失在军帐之外的茫茫夜色中。

我对赵盾说，我一直看着秦国使者的动作，他的手势是僵硬的，并不是自然而然的，显然他试图掩盖什么。他说话的声音有着微微的颤抖，说明他说话的时候害怕泄露什么。他的眼神飘忽不定，又避开别人的目光，说明他心神不安，必定他的话中有诈，他想掩盖的却反而泄露出来，他所害怕的，正好在他的颤抖中说出了所害怕的。我已经看见，这个人平时是诚实的，但他却装扮了他所不能装扮的，因为他用自己的外表说明了他的内心。

赵盾说，那么他究竟想说什么呢？难道他所说的不是他真的所说？他究竟要掩盖什么？他不是来给我们送战书的么？我说，是的，这是他的表面，但他真实的意图却是要欺骗我们。他的战书乃是假象。他们已经难以支撑了，所以就要逃走了，但又害怕我们在他们逃走的时候发起攻击，所以派遣使者来迷惑我们。我们应该在他们渡河的地方连夜安排伏兵，待他们要逃跑的时候，突然发起攻击，必定可以大获全胜。

赵盾说，是啊，我也觉得这个使者什么地方显得僵硬，这已经说出了他内心所藏的诈情。秦军多次求战不得，我们坚守不出，已经让他们的士气和储备消耗得差不多了，他们不可能坚持下去了。今日的交战，秦军已经显露出疲态，他们已经感到自己难以获胜了。那么就照你所说，今夜在河边布设伏兵，天亮时他们必定要逃走了，我们就趁着秦军逃跑时一举击溃它。我认为这是一个好主意。臾骈的观察是细心的，这个使者眼睛不断转动而言语也十分生硬，不想他已经暴露了他内心的真实。他害怕我们追袭，那么我们就发起追袭。

这时，赵穿满脸不悦，说，我们这样做，简直太阴险了，既然秦军与我们明天约战，那就必定在明天交战，怎么会逃走呢？这样的猜测不过是阴谋者的妄断。何况我们的战死者的尸体还没有收殓，怎么可以不顾及死者的灵魂而在河边设置埋伏？这样的事情乃君子不为，我绝不做这样的事情。我也观察秦国的使者，我就没有看出他有什么诡诈之心，也没有看出他的战书有什么破绽。既然秦军已经与我们有了约定，就要遵守约定。若是违背约定，那是诡诈者和怯懦者，我绝不做这样的事情。

下军之佐的胥甲接着说，赵穿说得对，我也觉得这个使者并无诡诈。他说话十分得体，用词十分典雅，我不知道臾骈从哪里看出他心神不安，又从哪里看出他动作僵硬。至于他的声音，他的声音就是这样的本色，你难道听过他以前的说话声？既然都出自本色，又在哪里藏有诡诈？我们也在细心观察，难道仅仅是臾骈一个人独自观察？我们都没看出来的，难道臾骈就可以看出？赵穿所说的，乃是怀有仁德的人所说的，若是我们不能遵守约定，别人还怎么信任我们？我们以后所说的，还有谁来听从？若是我们失去信用，即使我们的将士也不会听从命令，我们还怎么率军作战呢？

我说，两军交战，不仅是显示自己的勇力，也要显示自己的智谋。我们是为了击败秦军，而不是为了取得秦军的信任。难道你就那么信任你的敌人么？若是你信任他，他就不会是你的敌人。两国交战乃是在生死之间的搏杀，生或死乃是在一念之间。机会是转瞬即逝的，它不会等待你。我相信自己所看见的，也相信自己所判断的，不论从秦国使者的行为上，还是在战场上的表现，秦军已经不可能有获胜的可能。我们能想到的，别人也能想到，所以我断定秦军就要撤军了。若是失去了这个机会，以后就没有了。

赵穿说，我绝不做这样的事情，谁想去做那就由他去吧。《易》上说，田地里出现了害稼的禽兽，狩猎的时候也要有正当的理由，不然就会引来灾难。别人前来相约而战，你却违背与别人的约定，要在河边伏兵以待，这有什么理由？若是没有什么理由而这样做，岂不是违背了道义？若是违背了道义，又怎能获得大胜？我还没有见过违背了道义而获胜的军队，也没见过不遵守约定而获胜的国家。一个没有信用的人怎能立足于世？一个没有信用的将帅怎样发布命令？一场没有理由的争战怎么去聚拢你的军队？难道你的士卒可以相信一个没有信用的将帅？你的士卒怎会为一个没有理由的理由去搏杀？

我已经知道他们所说的理由并不是真正的理由，仅仅是为了和我对抗。赵穿不是为了夺取胜利，而是为了发泄怨气。唉，我不在乎说什么了，因为在这样的时候，你说什么别人也听不进去，你的言辞不论有多少理由，也是无效的。我看着赵盾，他皱着眉头，两眼变得暗淡，可以看出他的内心充满了苦闷。若是他采用我的谏言，就可能挫伤赵穿和许多人；若是依照赵穿的想法，他非常清楚将错过一个击败秦军的良机。

他不愿意得罪赵穿，更不愿意得罪更多的人，因为赵穿的身边站着许多人，赵穿不是一个人。胥甲也不是一个人。赵盾需要他们，他需要依赖这些人。若是没有他们，他就无法调动军队，那么赵盾就变成了一个人，一个孤独的人，一个无所依凭的人，一个在月光下面对自己影子的人。他用低沉的声音说，那么我们就准备明天的决战吧。他的声音里有着无奈和失望，这也是我的无奈和失望。

古灵魂

卷三百九十八

赵盾

秦康公就要逃走了。我看见我的大军彻夜未眠，都在准备着明天的决战，实际上这是并不存在的决战，一场虚幻的决战。因为不会有明天的决战了。可是我所知道的，却不能按照我知道的去做。我知道臾骈所说的都是实情，而赵穿所说的必定是虚幻。可是我必须放弃真实的，而又必须进入虚幻。若是我照着臾骈所说的下达命令，赵穿和胥甲将会违背我的命令，那样我又怎能去处罚他们？我不是国君，但我要代替国君去料理晋国的一切，我仅仅是国君的影子，却不是真正的国君。

我明白自己的位置。我必须依靠更多的力量，才可以实现自己的想法。但我若要依靠他们，又要放弃自己的想法，这是多么令我痛苦和烦恼的事情。所以这一次我只好放弃了可以击败秦军的良机。我必须用事实来证明别人的想法是错误的，除此之外我还能做什么呢？其实，冥冥之中我似乎已经看见了我将面对的一切。昨夜我做了一个梦，我梦见一棵树突然开花了。我已经两次做过同一个梦。

我知道这并不是一个好梦。你想吧，在严寒的冬天，一棵树怎会开花呢？这样的花朵绝不会结出果子。所以我在想，这一次征战将会无功而返。现在这个梦即将变为现实。我来到了营帐的外面，看见对面秦军的篝火仍然在燃烧，它比昨夜的篝火燃烧得更旺了，这意味着，他们用这样的方式迷惑我们，他们的确要逃走了。是的，一棵树还在开花，一棵树在严冬开花，这乃是我所要面对的虚幻。

我站在寒冷的风中，感受着来自严冬的酷寒。我的身上裹着皮袍，内心的火焰在燃烧。我一点儿不感到冷，相反我觉得自己的身上裹着一层火焰。我甚至能看见这火焰冒出的浓烟。因为我在等待，等待着明天，等待着似乎永远也不可能来到的明天。这样的等待多么让人绝望，多么让人郁闷，多么让人烦心，可是我却必须在等待中度过这样的长夜。

天空没有一丝云，因为我能够看见缀满了天穹的繁星，它们闪烁着，它们无奈地闪烁，它们从很高很高的地方看着人间，看着我。我也在看着它们。这仅仅是夜晚寂寞中的对视，仅仅是寄予某种希望的对视，我从中看着自己，可是我在哪一颗星的背后？这些星光遮盖了黑暗，也遮盖了我想看见的东西。我已经知道，并不是每一样事情都能够被预测，也不是每一样事情都能够被主宰，我又怎么能主宰自己？那么又是什么在主宰着我？

东方渐渐露出了一点点白色，但整个地上仍然处于黑暗中。我带着自己的随从试图接近秦军的军营，想看看他们是不是真的已经撤走了。我从高处向着秦军的军营走去，看见他们的篝火快要燃尽了，营帐已经撤走了，没有一个士卒在走动，看来他们已经逃走了，已经渡过了冰河，回到了秦国的土地上。臾骈的判断是正确的，秦军的确已

古灵魂

经不翼而飞。

　　我坐在秦军的篝火旁，身上感到了从余烬中散发出来的温暖，然而我的背部却感到无限的寒冷。那些堆积的树枝已经被烧尽了，微火从发黑的灰烬里透出一点暗红，不断有一丝丝烟雾从中升起，被河边袭来的风从半空截断。这就是这场交战的结局——一点点暗红，一点点温暖，却有着无边的严寒。

　　已经没有什么可说的了，充满了希望的良机被赵穿和胥甲的任性弄丢了，它从希望中掉落到了劳而无功的绝望中。赵穿是我的弟弟，我能说什么呢？现在想的是怎样惩处他，以便让众臣看见权力的公正。他们都暗中持着尺子，在量度微光中的正义。从另一个角度看，他也需要一次处罚，这处罚将把他的骄横和任性压灭，挫掉他的飞扬跋扈之势，让他多一些理智，多一些稳重和成熟。他需要这处罚，就像我需要他一样。

　　我顺手捡起一根树枝，拨弄着地上的余火。它就是这个样子了，它不用掩饰什么了。他们派遣使者来掩盖逃跑的真相，用旺盛的篝火来掩盖逃跑的真相，赵穿却真的以为秦军要展开决战了。臾骈一眼就发现了，可是他的发现已经失去了意义。他还告诉我，这样的计谋一定是士会想出来的，这个人已经认为赵穿必定会抗拒命令，因为他对臾骈的怨恨，使他必定做出叛逆的举动。可是我有什么办法呢？

　　我拨弄着地上的余火，灰烬借着热力从烧焦了的柴草间飞扬起来了。这灰烬顺着热气上升，被暗红的微光照着，很快就进入了暗淡之中。废弃的灶垒散布在大河的滩涂，灶垒的石头冷却了，所有的一切已经冷却了。我面对着大河，能够感受到我背后的天光渐渐发亮，因为冰封的大河上发出了镜面一样的反光。我所注视的是秦军回归的方向，仿佛那镜面上还遗留着无数秦军将士的面容。

我回到了军营，发布了撤军的命令。做了一夜预备的军士们，脸上露出了疲惫，一双双眼睛里布满了血丝。他们手中的兵刃雪亮，他们的斗志高昂，但是这一切都没有用处了。他们不能相信我的命令，不是秦军已经下了战书了么？不是要在早晨开始决战么？一场虚幻的决战在虚幻中结束了。赵穿和胥甲低着头来到了我的面前，我没有和他们说话，也不愿意听他们说话，我只是倾听我内心的忧郁。

回到了晋都，就像以往征讨归来所做的，我开始论功行赏。我奖励了臾骈，并论罪定罚。我必须处罚赵穿和胥甲。若要按照先祖的法度，他们都应该是重罪，可是我怎能对我的兄弟痛下杀手？我想到赵穿从小就跟在我的身后，他小时候是那么可爱，我十分喜爱他。可现在他又因为跟着我而背负罪过，我的手在颤抖。可是我若不处罚赵穿，也不能处罚胥甲，但主要的罪过应该属于赵穿，他是引发混乱、让晋军失去良机的主谋。面对众臣的目光，我觉得十分为难。

我准备让赵穿到郑国去做人质，把胥甲驱逐出卿相之列，他也只好到卫国去了。胥甲是胥臣的儿子，毕竟和我的父亲一起跟随晋文公受尽辛劳，他们的功勋不可磨灭。我就将胥甲的儿子胥克任用为下军之佐，这样他也好为他的父亲立功赎罪。胥克是一个既有忠诚又有谋略的将领，他更像他的祖父胥臣，也有着满腹的学问。我需要这样的人，晋国需要不断更新，需要充满活力的新人，只有这样，晋国才能充满活力，才能不断兴盛。

可是，通过这次与秦国交手，我更担忧的乃是，士会这样的人才

古灵魂

逃到了秦国，这对以后十分不利。因为士会太了解晋国了，也知道晋国的每一个大臣，若是没有士会的谋划，也许这一次将大败秦国，让秦康公再也不敢轻举妄动。可是怎样能够消除这样的后患呢？我召集众臣商议，说，狐射姑到了狄国，因为狄国弱小，不会对我造成威胁。可士会逃到了秦国，秦国乃是我们的强邻，它一直对晋国虎视眈眈。士会这个人足智多谋，若是他帮助秦康公，我们将不能安睡。

郤缺说，狐射姑身在狄国，并不需要担忧，若是把狐射姑召回，这个人喜欢作乱，即使回到晋国也不会安于本分。把士会召回还是上策。我深知士会这个人，处于异国他乡，原本不是他的本意，只是不得不做出这样的选择。这个人有着羞耻之心，他的本性比较柔弱，但有着不受侵犯的自尊。他有着满腹智谋，这让他不论走到哪里都可以凭藉自己的智慧而立足。若是他留在秦国，秦康公必定会重用他，那时一切都晚了。士会奔逃到秦国，并不是他的罪过，而是因为我们的错误而使他被迫出奔。现在若要消除这个后患，最好的办法就是将他召回。

我说，秦国宠信士会，我们若请他回来，他不可能服从，秦国也必定设法阻拦。我们怎样才能让士会回来呢？臾骈说，我知道一个人，这个人擅长临机变化，也擅长言辞，十分雄辩，不论什么事情他总能找到最好的理由。要是让这个人诈降，假装逃到秦国，就会有办法接近士会并说服和引诱他归来。我急问，你说的是哪个人？臾骈说，这个人叫作魏寿余，他非常聪明，反应机敏，若是能够让他赴秦，必定能够诱归士会。

我说，好吧，那就照你的想法去做。臾骈走了，我的心里依然不能安定，我不知道臾骈的计谋能不能成功。不过我相信臾骈，他出的主意总是最好的。他所做的事情，每一次都符合我的心意。我走出朝堂，回到自己的家宅，却毫无倦意。夜已经很深了，我还是没有睡意，一次次躺下又坐起来。我索性来到屋外，天气仍然夹杂着寒气，尽管冬天已经走到了尽头。空气是多么新鲜啊，我大口大口地呼吸，好像我的肺腑被这寒气灌满了。

我想着自从先君离世之后，多少事情发生了。一幕又一幕，就像是一连串荒诞的梦。许多事情都不曾预料，但都过去了。我曾在清晨看着镜子，发现自己似乎变老了。我的头发已经稀疏，鬓发也花白了，就像每一个寒冬的霜雪骤然降临，落满了我的头。我不知道这样的日子何时才能穷尽。我似乎已经感到了厌倦。昨天我见到了年幼的国君，他好像已经长大了。我等待着，盼望着，他长大之后，我就不用这样呕心沥血了。

今夜的天空是明亮的，因为一轮明月升上了穹顶。我看见月亮上有一些暗影，我不知道它的上面究竟住着哪些神灵。但我还是看见了他们的影子。他们在做什么？是不是和人间的事情一样？神灵的脸上是不是也滋生出了皱纹？他从那么遥远的地方俯瞰着我，在他的眼里，我是多么渺小又多么脆弱。也许他看着我，就像我在夏天的时候看着树上的一个虫子，那虫子蠕动着，我又怎么知道它要到哪里去？又怎么知道它想做什么？我多么希望神明能够理解我，若是他不能理解我，又怎么佑护我？

古灵魂

魏寿余

已经深夜了，我睡着了，似乎在做一个梦。我这是到了哪里？到处都是流水，发出了一阵阵喧哗，我似乎就躺在这流水上，这么柔软和舒适，我的身躯漂移着，却不知自己究竟置身何处。这时我听见了一阵急促的敲门声，可是我的门又在哪里呢？我所在的地方并没有门，只有遍地的流水和葱郁的树林。是啊，这敲门声似乎就在树林的背后，可是这需要我走出这树林才可以把门打开。

可是这敲门声时断时续，似乎越来越急促了。我突然觉得这不是在梦中，乃是现实中的敲门声。我睁开了眼睛，眼前一片漆黑，有人在我的窗前说，臾骈来访，有要紧的事情要商量。我穿衣坐起，将寝室里的灯点燃，屋子里一下子亮了。我把发暗的火盆拨开，火焰冲破了表面的炭灰，从方块的木炭中冒了出来。我穿好了衣袍，用凉水梳洗，整理好容颜，头脑清醒了，内心也变得明亮了。

我和臾骈对坐在火盆旁边，火焰将他的脸映照得通红。他的轮廓是分明的，双眼在火焰的明暗之间闪烁，脸颊也随着火焰忽明忽暗，似乎不断变为另一个人，又不断回到自己。我问，深夜来访，必定有重要的事情，现在你就说吧。臾骈是我的老朋友，但他现在反而陷入了沉默。他坐在那里，一动不动，就像一块坐在河边的石头，但我知道他的内心也许早已波涛汹涌。我们相互对视着，被屋外的暗夜包围，我们就像坐在一个精巧的盒子里，等待着一个沉重的盖子从上面揭开。

臾骈终于说话了，他的声音很低，我只有俯身凑近他，才能听清他说的每一个字。他说，你要先原谅我，我再跟你说。我问，究竟是什么事情？你就直说吧，莫不是我惹上了什么灾祸？他说，那倒不是，但需要你付出极大的辛劳，还需要你忍受痛苦。可是这件事只有你能做到，别人没有这样的本领。不过这也是你发挥能力的时候。我不知道这个人究竟要说什么，他平时和我说话可不是这个样子。我看着他在炭火映照中明暗不定的脸，他脸上的每一条褶皱都是那么清晰，他的表情也是那么神秘。

他说，士会逃到了秦国，你知道吧，士会是一个很有计谋的人，秦军进犯的时候，赵盾曾率军与秦军在河曲对峙，秦军显得狡猾多变，必定是士会在旁边出主意，所以我们只好无功而返。我说，我知道士会逃走了，但是这并不是他的过错。他也是奉命前往秦国迎接公子雍，他犯了什么罪？可是赵盾改变了主意，将太子立为国君，可是秦军已经护送公子雍渡过了大河，进入了晋国之境，士会有什么罪？谁又能预知晋国将发生什么事情？在这样的情况下，他和先蔑不得不逃走，若是留在晋国，不知会有什么灾祸。

臾骈说，是啊，他并没有过错，可是他到了秦国，就会成为晋国的灾患。现在赵盾和大臣们商议，必须派人除掉这个灾祸。我问，难

古灵魂

道是让我去杀掉士会？我从小体弱，也没什么武艺，我可没有能力赴秦国刺杀士会。臾骈说，你误会了，我们商议的结果是要除掉祸患，不是要杀掉士会。现在需要你诈降秦国，然后说服士会，让他回到晋国。这样不也是除掉了后患？若是士会归来，便可被晋国所用，晋国不是又多了一个贤能之才？

我想了想，说，现在晋国需要我，我将竭尽自己的力量，但我不知自己有无这样的能力。臾骈说，以我对你的了解，你满腹经纶，能言善辩，对每一样事情都洞若观火，只有你可以完成这样的使命。我已经向赵盾推荐了你，只有你可以引诱士会归来。谁还比我更了解你呢？他的声音渐渐大了，他将手中的一块木炭投入了火盆，火焰突然跳了起来，火星迸溅，他的脸也更加明亮了，他的眼睛里也充满了火光。

我说，好吧，既然晋国需要我这样做，我就试试吧。士会虽然奔逃秦国，但这个人还是有一颗柔软的心，我曾和他有过交往，他即使远走他乡仍然心恋故土。但是士会太聪明了，他必然洞悉我的意图，若是他将我的诈降之举揭示于秦王，我的性命也就难保了。不过我为了晋国，愿意冒死赴秦。我的生与死都在士会的举手之间了。

我将臾骈送出门外，返回了屋内。我叫醒了我的妻孥，告诉他们我要做的事情，让他们不必为我担忧。我的小儿子捂着脸哭了，他说，你这样走了还能不能回来呢？他的话让我的眼睛发热，我好像也哭了，可是我忍住了眼泪，我告诉他，我很快就会回来，你们等着我吧。重要的是，不论遇见什么事情，都不要把我要做的说出来。若是我的秘密被泄露，那么我就回不来了。我抱起了小儿子，为他擦去了泪水。

第二天早晨，我被召到了朝堂，赵盾以晋灵公的命令让我回到我的封地魏地守护疆土。我说，我乃是文弱书生，虽然被封往魏地，我理应守护我的封地，但我却没有这样的能力。秦国乃虎狼之师，对一河之隔的魏地觊觎已久，随时可能侵犯，我怎能守护住呢？你应该派大军驻守才是。赵盾立即说，你竟然敢于违抗国君之命？我辩解说，我哪里敢违抗国君的命令，我只是面对朝堂的大臣们说明我的难处而已。我的确没有能力守护好疆土，你还是另外派遣别人去吧。赵盾说，若是每一个人都像你这样抗命，国君还怎么行使权力？国家还怎么运行？祖宗的法度还怎么得以维护？

我回到家的时候，赵盾已经派韩厥率兵围住了我的家宅。因为我已经将我所要面对的事情告诉了家人，他们并不慌乱。我按照私下和韩厥的约定，从一处墙角逾墙而走。外面已经有我预先安排的车马在等待。韩厥捉拿了我的家眷，赵盾用这样的方式保护了我的妻儿。不然我只能带着家眷逃往秦国，待我完成使命归来，就只有将他们留在秦国了，那样他们将面对未知的命运，将徘徊于生死之间。

我连夜奔往秦国，秦康公接见了我。我立即向秦康公哭诉自己在晋国的遭遇，并请求接受我投降。我说，我已经没有路可走，我的妻儿已经被赵盾捉拿，要是我不能逃脱，恐怕就要被杀掉。秦康公问站在我身边的士会，你觉得魏寿余是不是真的投降秦国？士会答道，晋国人一向诡诈，国君不能轻信，若是真的投诚，可有什么可以凭信的东西？仅仅几句述说，怎能让人信任？

这时我从袍袖中取出准备好的一卷文书，这是我封邑的土地和臣

古灵魂

民书册，我对秦康公说，我没有别的凭证，唯有我的封地和人民，若是国君能够收留我，我愿意把我的食邑献给秦国。秦康公仔细审视我献上的图册，我趁机将目光投向旁边的士会，并踩他的脚，暗示我的来意。他显然已经明白了一切，就对秦康公说，河东的城邑，没有比魏地更大的了，也没有比它更重要的了，若是可以收取魏地，就可以扼居河东要津，逐步收取河东之地，这乃是长久之策。只是害怕魏地的官吏不肯答应。因为若是他背叛，就会招来晋国的讨伐，因而他必定会感到恐惧。这样他怎敢归顺秦国呢？

我立即说，掌管魏地的有司从名分上说，属于晋国的大臣，可是魏地是我的私属封地，他应该听从我的决定。请你派遣一位熟知晋国情况的人，随我一起前往魏地传达我的意旨，国君可率领大军在河西遥相呼应，随时准备出兵渡河，谁还敢不响应？他必定会衡量自己的祸福，听从我的安排，只要按照我的办法，魏地就可以归顺秦国。

秦康公想了想说，那么派谁去合适呢？他用手指敲了敲自己的头，将目光投向了士会，士会便低下了头，似乎在回避。秦康公说，我看士会就是一个合适的人选，没有谁比你更熟悉晋国的事务，不知你是怎么想的？士会回答说，既然国君派我前去，我本不应该有什么别的想法。但是晋国人有着虎狼般的残暴，他们怎么对待我，我真的不知道，现在一切都难以预料。倘若我跟随魏寿余到魏地宣谕，万一管理魏地的有司不听从，那我就可能被捕捉拘执，我将因此而失去自由，就不能回到秦国了。那么我就会因没有完成使命而获罪，国君若将我的罪过施加于我的家眷，我该怎么办？若是这样，我所做的不但对国君无益，又让我的家眷遭受祸殃，我为了秦国而死，我并不会感到恐惧，但我所做的事情却会让我追悔莫及。若是这样的事情真的出现了，我该怎么办？我又能怎么办呢？

秦康公安慰士会说，你就放心前往吧。若是获得魏地，我要给你重赏，若是被晋国拘执，我会把你的家口都送回晋国，以表达君臣一场的情分。士会表达了对秦康公的感激之情。过了几天，秦康公让人打探晋国的情况，想了解我所说的是不是实情。得到的消息是，赵盾的确捕捉了我的家眷，而且不知道我逃到了秦国，还发布命令对我进行通缉。这样，秦康公就亲率大军来到了大河边。对面就是我的封地魏地了。大河汹涌而去，巨大的波涛一个接着一个，好像要将眼前的一切席卷而去。

看来我就要完成赵盾交给我的使命了，只要渡过大河，我就可以顺利地将士会交给晋国了。我面对着大河的滚滚波涛，不知道在这最后的一刻还可能发生什么。我的心仍然高高悬着，就像漂浮在这波涛上，不知在什么地方可以停靠在岸上。太阳照着这河流，浑浊的河水夹杂着泥沙，不断隆起高高的波峰，又从高处快速跌落到谷底。无穷的力量不知来自哪里，来自耀眼的源头？那源头的力量又从何而来？我只看见这充满了力量的波涛，只听见这波涛震耳欲聋的喧嚣。仿佛这波涛和它的喧嚣不是来自河流本身，而是来自我的内心，来自我的灵魂。是的，我的心灵里有着我的河流。

现在这河流就要归往本该归往的地方了，我就要归往我本该归往的地方了，这喧嚣的激情已经充溢我的浑身，但我还必须保持着我的外表的平静。不然秦康公就该看出我的欺诈，我的生命也就因此而终结了。我必须保持我本来的样子，必须掩盖我的激情，必须掩藏我的

古灵魂

本意。我要将自己内心所想的，都埋在大河的波涛之下，就像激起这波涛的深藏在河底的大石头，它在深水的黑暗里被敲击，却保持自己冲动中的沉寂。

卷四百

士会

　　我从一开始就看出了魏寿余是前来诈降的，可是我要看看他究竟为什么诈降。尽管他所说的似乎天衣无缝、毫无破绽，但我还是看见他眼睛转动的时候，语调略有迟疑。他在不断观察秦康公的反应，以便随机应变。他已经觉察出我识破了他的诡计，所以趁着秦康公不注意的时候，用眼睛斜视我，暗示我，又用脚来踩我的脚。于是我知道他乃是为我而来，他乃是晋国暗派的使臣，意在召我归去。

　　我离开晋国已经很长时间了，我甚至不知过了多少个日子了。好像我已经忘掉了我的父母之邦，忘掉了我出生和成长的地方，可是魏寿余的到来将我的思乡之情唤醒了。秦国的国君对我很好，也十分信任，若是我背叛了秦国，我将感到不安，但我若背弃了我的晋国，我也将悔恨无穷。

　　我从来就没有想过要离开晋国，但是我接受了赵盾的派遣而出使秦国，却成了我的罪过。因为赵盾对自己原先的决定反悔了，于是将他自己的罪加在了我的身上。就这样我不得不逃走了，来到了秦国。我若仍然留在晋国，那么就生死不测。因为我到另一个国家试图迎回一个人做国君，岂不是对晋灵公的反叛？我出奔到秦国，原本只是为了逃命，就是为了活下来，却没有想到秦国不仅信任我，还将我委以重任。我十分感激秦国，感激秦康公，感激那些和我一起做事情的人们。可是我就要离开他们了，而且是用不光彩的欺诈对待他们，我这是在做什么呢？我为什么要这样做？

一个人所做的事情也许并不由着他自己，似乎有着另外的主宰者主宰着你。你内心所想的并不是你所做的。我现在的内心充满了痛苦和重重矛盾，那里叠加了一片片阴影，它们都不是我自己的影子。这阴影覆盖了我的心。我多么想穿透这阴影看见真正的阳光，可是我的眼睛即使睁到最大，也仍然看不见阴影之外的阳光。我甚至觉得自己是被更浓重的乌云所笼罩，我渴望突然爆发的雷电将我照亮。

当魏寿余使劲踩我的脚的时候，我感到了脚面的疼痛，这疼痛从脚一直通往我的心灵。我似乎突然记起了自己曾经失去的东西，记起了从前的一切，记起了我从小生活的地方。我并不是生活于秦国，我只是逃到了秦国。在这里我所过的每一个日子，都是逃亡者的日子。我多么想过一种正常的、和从前一样的日子。我以为那样的日子绝不会回来了，但现在却由魏寿余带到了我的面前。他用脚使劲踩我的脚，他的脚上粘着晋国的泥土。

那一刻，我的心立即向着逃跑的路飞去，我张开了翅膀，乘着逆风，向着我曾经的生活飞去。我意识到我在异国他乡的生活就是一场梦，一场我无法预料的、也无法改变的梦，我在这梦中似乎是快乐的、满足的，但这毕竟不是清醒中的真实，或者说这也是真实的，却不能给我带来真实的感受。我要将自己的梦亲手击碎，我只带着其中一个碎片飞向我的生活，这一个碎片向我证实我曾经在一个梦中生活过。这个碎片已经落在我的心里了，我随时都会感到它深深的划伤。

我尽量配合魏寿余的言语，秦康公竟然以为都是真的。说实话，我一点儿也不想欺骗他，但我还是要欺骗他。因为只有通过欺骗才可以实现我的内心的愿望。我不仅自己欺骗我不想欺骗的人，还和别人一起共同欺骗。可是我所欺骗的人都不是我的敌人，他们都曾给予我恩惠。我没有以恩惠报恩惠，却以欺骗报恩惠。我究竟是一个什么样的人？我的心里还有仁德么？我的内心充满了自责，我因这自责而痛苦。

我想到，我若一个人逃回晋国，那么我的妻孥就会留在秦国，那么我背叛秦国的罪过就会加诸于我的亲眷身上，他们也将生死不卜。那样我怎能心安？那样我就太过自私了，我也不会原谅我自己。于是我对秦康公说，我此次奉命去晋国，不知会遭遇怎样的事情，晋国乃虎狼之地，他们若不顺从，就会将我拘押甚至杀掉我，要是遇到这样的情况，我该怎么办？倘若真的这样，你又不原谅我的失败之罪，我的妻儿就会遭殃，我岂不是会追悔莫及？

秦康公说，若是真的这样，我将把你的妻儿送归晋国，让他们回到你的身边，现在就让眼前的河神做证。你就放心去吧，我也为你祝福，让这河神保佑你。若是能够收取魏地，我也将给你重赏。我看着秦康公真诚的脸，我却愈加感到痛苦。我欺骗他，他却给我许诺。我背叛他，他却给予期望。我在他的期待中行事，却要最后让他失望和痛苦，那样他的痛苦也将加深我的痛苦。

我就要渡河的时候，我望着秦康公，他以为我依然为我的妻儿担

古灵魂

忧，于是他指着大河说，我对着这大河发誓，若是你回不到秦国，我必定将你的妻儿送回晋国。你就放心去吧，我等待你归来。我的心里一阵酸楚，几乎掉下眼泪。魏寿余不断催促我登船，对我说，我们一定能把我的封地拿回来，魏地的有司必定会听从我的话，你就放心登船吧。就在河的对面，魏地的城邑若隐若现，似乎远处的城邑在云中闪耀。秦康公看着那闪耀的城邑，似乎进入了无限的遐想。

这时秦国的大夫绕朝走到了我的身边，他将脸贴近我的耳朵，说，我将我的马鞭赠给你，我知道你不会回来了。魏寿余的诈降之计我早已看见了，我也知道你要回到晋国了。你不要以为秦国没有人才，看不出你们的诡诈之术，只是我的国君太诚实了，不会听从我的劝告而已。他用马鞭朝着空中一甩，鞭子发出了一声脆响。然后他将鞭子递到了我的手中。我看了他一眼，没有说什么，只是想用这样的眼神告诉他，我不喜欢别人虚假的炫耀。但我似乎也感激他，他至少没有泄露我的秘密。

这一声鞭响好像狠狠抽打在了我的心上，大河的波涛声立即将这鞭响淹没了。绕朝的耳语也被淹没了。我迟疑不决，有几分犹豫，但还是登上了渡船。我站在船尾向岸上的秦康公施礼，我看见他的身影越来越小，似乎在波涛之间晃动。岸上的士卒和兵车也越来越小了，他们将自己的身影投入奔涌的河流，被这河水已经冲刷到泥沙里去了。绕朝也远远地退到了后面，他的马鞭就攥在我的手里。这马鞭就是他最后要和我说的话，或者说，他的形象最后只有这一根马鞭了。

过了大河就到了晋国境内的魏地了，魏地的城邑已经变得真切了。一群人已经从远处迎来，他们是魏寿余封地上的民众。他们迎接自己的主人，也迎接我从秦国归来。我感到背后一双愤怒的眼睛在看着我，尽管那目光隔着开阔的大河，我仍然能够感到利箭般的光刺向我。是的，秦康公在河的那边看着我，他现在终于知道我逃走了。他应该是多么失望，多么悲愤，多么沮丧。我不仅辜负了他的期待，也骗取了他的期待。我将他满脸的微笑撕掉了，他的微笑已经被我夺去了，他被迫换上了一张悲愤的脸。

可是我看不见他的真实的表情，我只看见对岸一个个小小的人影，从这里看去，一个国君和其他人并没有什么两样，他们都是一些小小的人影。若是在对岸的人们看来，我也是无数人影中的一个，那么对岸的人中间少一个人影又有什么呢？就像这河水中少了一粒泥沙一样，不会让这流水变得更慢，不会让这波涛更小，也不会减小轰隆隆的喧嚣。另一方面，一粒泥沙在哪里不是一样呢？

我踏上了晋国的土地，回到了父母之邦，也回到了自己从前生活的地方，忽然感到了无比的自由自在，身体也变得轻快起来了。可是我仍然牵挂着对岸秦国的妻儿。他们将面对怎样的命运？秦康公会不会遵守自己的承诺？这样我轻快的身体立即被压上了石头，内心的快乐很快就消失了。但我还是相信秦康公的，我忘不掉那张真诚的脸，他的微笑或者他的愤怒都是诚实的、明亮的、纯净的，都可以被阳光穿透。一连几个夜晚，我都在梦中见到那张脸，他仍然对我发出明亮的微笑。

太奇怪了，我的妻儿为什么不在我的梦中出现？我最思念的不就是我的妻儿么？也许一个人更思念的不是真正思念的，而是手里捏着你所思念者的命运的人，这就是秦康公在我的梦中闪现的原因。或

古灵魂

者，他真的进入了我的梦中，他用这样的方式告诉我，他的真诚不会改变。他似乎在说，我想留住你，但我不能留住一个想离开的人。我早已看出了魏寿余的诈降之术，也看出了你不可挽留的归心。但我仍然装作什么都不知道。我的用意是，让你毫无阻拦地逃走。你不就是想着回去么？我喜欢你，所以就成全你。

是的，诚实的人并不是愚蠢的人。你欺骗了诚实的人，你就失去了一个诚实者的信任，你表面的收获，意味着背后的巨大的损失和亏空。信任比你到手的东西更珍贵。因为你已经失去了别人的信任，他以后再也不会相信你了。若是一个人被信任者抛弃，他以后还会获得什么呢？果然，秦康公比我更知道信用的意义，他将我的家眷都送回了我的身边，并且捎话告诉我——你虽然离开了秦国，但你不应该采取这样的方法欺骗我。你要是将内心的想法说给我听，我也会准许你离开。你在秦国的日子，帮助我做了很多事情，所以我也要遵守我的诺言，将你的妻儿送还。

秦国给我的恩惠太多了，这让我心里更加难受。我的罪过被别人赦免，却不能被自己赦免。可是我怎么才能报答秦康公的恩德？我不知道。因为我虽然回到了晋国，但这里的一切似乎已经变得陌生了，我不知道我的前途在哪里，也不知道我在以后将遭受怎样的命运。这已经是又一个春天了，这是一个充满了希望的季节，因为从这里开始，地上的一切都会渐渐走向繁荣。寒冷的日子已经过去了，所有的河流早已经解冻，我渡过大河的时候，已经看见了它的奔腾之势，水中的冰凌已经消失。两岸的山头虽然还是荒凉的，但万物的萌发乃是从这荒凉里发生。

卷四百零一

赵盾

晋灵公渐渐长大了，但他的行为却让我担忧。他不能恪守一个国君应该遵循的道义，到处搜刮民财，若是见了自己喜欢的东西，都要弄到手。他就像一个长不大的童稚，总是贪得无厌，而且无所顾忌。他还在宫墙上画满了彩画，炫耀世间的色彩。是的，他从小就是这样，总是用彩色画满地面和墙壁，若是有人阻止，他就不断哭闹。现在他还是这样，于是这王宫的威严就因这五彩涂画而荡然无存了。

他从宫殿的高台上用弹弓随意瞄准行人乱射，看见行人不断躲避的惊恐之状，就高兴地大笑。我不知道他为什么会为这样顽劣的事情而感到快乐。他每天所做的事情都充满了恶，简直是某个恶灵附身。又一次，宫女们抬着一个大筐从宫中出来，经过大臣们议事的朝堂。士会告诉我，大筐的外面露着一只手，好像是一具死尸。我赶紧上前询问，才得知事情的原委——死者是一个宫廷里的厨师，因为没有将熊掌煮烂，晋灵公就将这个倒霉的厨师杀死了，并让将尸体放到这个筐子里，抬到外面扔掉。

我为国君的无道而忧虑，就对士会说，我打算向国君进谏，让

古灵魂

国君知道自己应该成为一个国君的样子，若是这样无道无德，不断作恶，随意而为，对自己毫无节制，那么晋国的江山社稷将难以稳固。士会说，若是你进谏他都不能听从，那么就没有别人能够规劝了。你就让我先去劝谏，若是国君不予接受，你再接着去劝说。我说，好吧，你擅长说服他人，也许国君会听从你的规劝。

过了几天，士会对我说，我去觐见国君，还没等我说出来意，国君就说他已经知道错误了，准备改过自新。然后士会给我描述了他觐见国君的过程。士会去见国君的时候，往前走了三次，走到宫室的屋檐下，国君才抬起头来对士会说，我已经知道错了，我就要改正了，你就不要说了。士会就对国君说，哪一个人能不犯错误呢？若是犯了错误又能够矫正自己，还有什么事情比这更好的呢？

国君眼睛看着别处说，我已经知道了，你还有什么要说的么？士会说，《诗》上说，每一件事情都容易出现好的开始，却不容易获得好结果。若是真的如此，那么就是因为很多人来不及弥补自己的过错。国君若是能够向善而行，心中怀有仁德，那么晋国就会牢固，民众就会称颂，我们不仅有所依靠，也将称颂你的英明。《诗》上还说，天子有了过失，要由仲山甫来纠正。这就是说，周宣王能够听从仲山甫的谏言，弥补自己的过失，让天下百姓安居乐业，天子的位置才会稳固。

国君不耐烦地说，我已经知道了，这些诗书上的话我也知道，我改了不就可以了么？士会说，国君若是改正自己，那就是国家的幸运。说完他就退了出来。但士会的进谏并没有收到什么效果。国君仍然是原来的样子，还是那么任性、残暴、顽劣，大臣们都不愿意看见他，都城里的民众都远远躲开他，因为他们不知道国君会做什么，说不定什么时候就会给他们加以无妄之灾。

我的内心愈加担忧了，国君一天天长大了，他一旦成人就将亲政，那么晋国将朝着哪里行进？国君若是这样肆意妄为，大臣们和民众都将与国君离心离德，大树上的鸟儿将四散而去，国家必将陷入混乱和衰败。我为国君担忧，更是为了晋国的将来担忧。我只好自己去劝说国君了。我不知道自己的劝说是否有效。我为了劝谏，想了很多很多，我要好好和国君谈一谈，让他知道自己的所作所为会带来怎样的利害。

我见了国君，国君深知自己的过错，他低下头，等待我的劝谏。我说，我听说南海有一种大鸟，它每年的冬天都要飞到寒冷的北方，而在夏天炎热的时候飞回南方。所以它不是被冻死，就是被热死，所以它们就变得越来越稀少。就有另一种鸟儿劝说这大鸟的头领，你要想让你的后代繁盛，就要改变自己的做法，你要在寒冷的时候留在南方，而在炎热的时候飞到北方，这样你们就不会被冻死，也不会被热死。但是，这鸟儿的首领不听从善意的劝告，它以为自己多少年一直这样，为什么要改变自己呢？现在这种大鸟已经绝迹了，人们再也看不见它们了。那曾经劝告它的鸟儿只能叹息，却再也没机会发出劝告了。

国君说，我知道你说什么，我也知道自己不断犯错，我很想改掉，但我却总是改不掉，我也不知该怎么办。我说，你要知道晋国的先祖是怎样做的，他们不是不犯错，而是因为能不断纠正自己，才将这大业一代代传下来，直到你接住了它。就说先君文公吧，他不能在

古灵魂

自己的土地上居住，在异国他乡辗转流浪，也曾想着放弃自己的愿望，但还是回到了晋国，并且励精图治，获得了诸侯霸业。还有你的父君也是这样，他从善如流，也曾因为柔情而犯错，在崤山之战后放掉了秦军的囚将，但他立即就认识到自己的过错，并能够礼贤下士，向冲撞冒犯他的先轸认错。这是多么好的德行啊，所以众臣都愿意为他献上计策，将帅也愿意为他死于战场。

国君说，好吧，你的教诲我已经领受，我会改正自己过错，做一个好国君。我说，那就好，因为你已经长大了，快要亲自料理朝政了，若是不断犯错，将会把晋国的大业断送。国君一再承认自己的错误，那么我还能说什么呢？可是过了一些时候，他依然故我，我不断听说他所做的事情太荒唐了，我就再一次前往规劝。每一次他都承认自己的过错，但却从来没有改掉自己的荒唐。我已经没有什么办法了，我的担忧只能在更深的担忧里，这担忧不断在我的心里叠加，我的内心十分苦恼。

我对士会说，国君每一次都承诺要改掉自己的过错，但前一个过错还没有纠正，后一个过错又出现了，我该怎么办呢？我真为国君感到忧虑啊。晋国这样的兴盛，乃是一个个国君精心治理的结果，要是在这里开始衰落，那可是我的罪过啊。我已经没有什么办法了，我该怎么做呢？要是你有什么好主意，就告诉我。

士会说，我怎么会有好主意呢？你都没有办法了，那就真的没有办法了。我听说，一个国君从幼童开始即位，他的将来就不可预测。因为你不知道他的本性究竟怎样，也不知道他将成为怎样的国君。就像农夫拿着一把看起来相似的种子，只有等待它发芽，你才会知道它究竟是什么种子。所以我现在想来，你原先的决定是正确的，若是那个时候将公子雍迎回晋国，那么就会避免现在的结果。

我说，过去的事情就不必说了，你还因为这件事情而逃到了秦国。这都是我的过错，我虽然所犯的过错和现在国君的过错不一样，但每一个过错都会带来坏结果，从这一点看，过错和过错并没有区别。我派遣魏寿余将你诱归，乃是我对自己错误的弥补。但是弥补了的错误，仅仅是将错误引来的损失减少，但错误已经发生了，它从根本上已经无法挽回。你要知道，穆姬的哭诉打动了我，也因为我曾许诺先君，要将太子扶立为国君，所以我还是动摇了，那时我的心里是多么痛苦啊。

士会说，一个过错将引发另一个过错，一个痛苦也会引发另一个痛苦，就像一颗种到地里的种子，要在秋天收获更多的种子。那么你就接受这过错吧，国君的无道就是这过错的结果。你想吧，国君在年幼的时候已经成为国君，他还没有能力承担责任的时候，已经赋予了他不能承担的名分。因为这国君的名分，在他还没有掌管国家的时候，已经认为自己拥有了在这个国家随心所欲的所有权力，那么他的本性中的贪欲就会飞扬无度。尤其是现在，他既没有责任，也没有收敛和节度。我听说，一个人的野性和恶劣一旦被释放出来，就不能再将其收归。

我更加烦恼了，因为我本来是要向士会请教的，希望他能说出好的谋略，可是他却给我增添了绝望。是啊，我要当初将公子雍扶上君位，那么就不会产生这些事情了。可是你想做的，却总是被阻拦；你不想要的，却要放在你的眼前。若是朝中有人品性顽劣，那么可以革除他的官职，可以驱逐他，可以杀掉他。可我面对的却是我一手扶立的国君，我该怎么办？一个国家不能没有国君，一个顽劣的国君也不能被随意废黜。何况他还没有亲政，若要他真正掌管了晋国，他将会怎样？我都不敢往下想了……也许将是一个可怕的结局。

我对士会说，要么我再去试一试？士会的眉宇间露出了疑虑，他说，我劝你还是不要去了，既然你不能改变别人，为什么还要耗费自己？我猜测，这样的人，会因一点点事情而心生怨恨，你若去一再规劝他，他先是会觉得厌烦，继而产生怨恨，最后就会产生仇恨。他是一个没有长大的、也许永远也长不大的童稚小儿，还缺少容纳之心。若是君臣之间产生了仇恨，就会有祸殃缠身。而且，你将他扶立为国君的时候，他尚在襁褓之中，所以他在这个世界上只有一个人让他心生畏惧，那就是你。谁愿意有一个畏惧的人在自己的身边呢？而且你不仅让他畏惧，还不断对他施加压力，那么你就可以想见，他可能会做出什么事情。

我说，你说的也许有道理，但我们所依赖的国家怎么办？我们总不能看着一条船在波涛中颠覆和沉没吧？何况我们都在这条船上。我们对这条船施与救援，乃是我们的自救。我们需要一个国君，需要一个好国君，我们需要一条船，一条能够载着我们平稳行驶的船。士会说，你说得对，我们都坐在这条船上，但这船却不属于我们，它是别人的，若是别人想要毁坏它，我们将怎样阻拦呢？因为它不属于我们，船主愿意毁坏，就有着毁坏它的权力。现在我们暂且乘着别人的船往前走吧，船主若要毁坏它，只能由他去了。

我的内心越来越烦闷了。屋外起风了，树枝间发出了呜呜呜的呼啸，好像一头巨鸟从天空飞过。我被这巨鸟的翅膀所扇动，我感到了一阵阵恐惧。士会离开之后，我才知道已经是深夜了。是的，我感到自己就在这巨鸟的翅膀下挣扎，它已经伸出了利爪，就要抓住我了。我蜷缩着，躲避着，可是我将去哪里躲避？就在这风中，夜枭的叫声被风卷起，在我的双耳中盘旋。它只有那么几声，却显得那么凄厉和苍凉、虚弱和无奈，也许这夜枭在梦中看见了它所害怕的恶灵？

鉏麑

国君将我召去，派我前往刺杀赵盾。他告诉我，赵盾要谋反，所以让我杀掉他。我知道这个人，他十分威严，因为国君还年幼，一直由赵盾主持朝政。我想，他已经掌握了国家的最高权力，为什么还要谋反？我很难理解，不过既然国君将这样的事情交给我，那就是国君对我的信任，我一定要将赵盾杀掉。

我与赵盾并无个人私仇，我只是执行国君的命令。我是晋国的大力士，在很小的时候，我就能举起巨大的石头，让大人们感到吃惊。然后我跟从一个山里的隐士习武，在天还未亮的时候就挥舞各种兵器，我的身形和刀剑一起在黑暗中飞舞。我的身体就像长了翅膀，几乎是在半空中飞翔。我可以沿着狭窄的悬崖飞奔，追逐奔跑的野狐，我甚至能在一跃之间，捉住树上的栖鸟。我只知道我的师傅是一个隐士，却从来都不知道他的姓名。我不知道师傅的武艺得自何方，他告诉我这一切乃是出自上古的秘籍，可是这秘籍从何而来？

我虽然拥有一身好武艺，但我乃是能分清是非的人，我从不滥杀无辜，我只是杀掉那些有罪的人和行恶的人。现在我被国君指派去杀掉一个谋反者，而且我知道赵盾这样的卿相，居住的府宅必定会戒备森严，会有很多武艺高超的武士守护。于是我准备好了我的长短兵刃，也许这将是一场恶斗。我从来没有畏惧，也从不知道畏惧是什么。我凭藉自己非凡的本领，曾杀掉多少恶人。

我穿着夜行的黑衣，腰间带着绳索和短剑，手中拿着长铗，在深夜潜往赵盾府宅附近。这一个夜晚，没有月亮升起，天上还有着一片片乌云，只有很少的星辰从云隙中闪现。地上一片漆黑，可是我似乎能够分辨出微白的路，也能认出赵盾的住宅，四面围绕着高墙，里面的大树将树枝伸出了墙外。我决定将绳索搭在这树上，只要纵身一跃，就可以进入其中。我都想好了，在我就要杀掉他的时候，要问问他，他究竟为什么要叛乱？因为我想探知他谋反的原由。我也想知道，他的内心究竟是怎么想的。我还要告诉他，我为什么要杀掉他。因为一个人临死的时候，应该知道他死的原因。

我围绕着高墙，寻找更好的潜入的地点，也了解守卫者的情况。转到他的门前的时候，发现赵盾的大门已经敞开，里面并没有什么武士护卫。不仅大门敞开，他的寝室的房门也已经敞开了。我藏身于门前的一棵巨槐背后，仔细观察赵盾在做什么。灯光照着他的脸，在这漆黑的夜晚，这灯光就显得尤其明亮。我看见他早已起床，穿戴好礼服准备上朝，因为时间太早，就坐在那里打盹。

他的住宅并没有我想的那么豪华奢侈，相反却出人意料地朴素、简陋。灯光照着他疲倦的脸，他的双眼闭着，但一会儿就睁开眼看一看，似乎害怕延误了上朝的时间。我可以几步就走近他，将我手中的兵刃对准他，可是我却开始犹豫了。我为什么要杀掉这个人？他一心

古灵魂

为了国君，可国君却让我杀掉他。别人都在睡梦中的时候，他已经起来穿好礼服，随时准备侍奉国君，可是国君却让我杀掉他。

我想，他这么勤勉为国，真是民众的依靠，我却要杀掉他。这怎能符合仁义和忠信之道？我若杀掉这个人，那么我将对国家不忠；而我若不杀掉他，我将对国君失信。我不论怎么做，都必然会违背其中的一条，我将成为一个令人唾弃的罪人。我杀掉了多少罪人，现在要让我来犯罪了。我若成为一个罪人，我从前所做的还有什么正义可言？若是我躲避这罪过，我又到哪里去躲避？

天变得更黑了，天上的乌云似乎在集聚，这是天亮前的黑暗。这天亮前的一切，包括我自己，却被这无边的黑暗死死压住了，只有赵盾前面的灯火是那么明亮。那一点小小的光焰，却放出了那么巨大的光，它的光芒冲决了漆黑的重压，让我看见了黑暗的边界。赵盾的脸在这灯光里是明亮的，就像他自己发光一样。我不能杀掉这个人，我不能让自己成为罪人。我虽然是一个刺客，但我绝不会使自己的手沾上无辜者的血污，那样我就洗不干净自己的手，也洗不干净自己的灵魂了。

我在这巨槐前徘徊，我无法做出任何选择。我又围绕着这巨槐转圈儿，我走着，甚至感到了眩晕。这棵巨槐究竟有多少年了？它一直站在这里，都看见了什么？它虽然在沉默中度过了无数风雨，历经了冰雪严寒，可它却仍然保持沉默，它只是默默地看着人世间。它的躯干上已经生出了空洞，里面住进了鸟雀，但它仍然沉默不语。它倾听着鸟雀温暖的语言，观看着人间的残暴和不义，却仍然沉默不语。它为什么要活这么多年？也许是几百年？也许是几千年？它的寿限在哪里？它在等待什么？

现在我就在它的身边，我相信它不仅看见了我，也听见了我心里说的话。我多么想让这槐树为我做出抉择，是的，我想问问它，因为它看见的和听见的太多了，也许它会给我一个解答。可是它仍然沉默不语。我听见了微风吹动它的树冠的声息，它的每一片叶子都在瑟瑟抖动，这不太像是一个人在说话，而更像是传自久远的众声喧哗。它没有回答我，却将自己千百年来听见的一起释放出来，让我倾听它所倾听的一切。

所有的声音混合在一起，其中的意义就消失了。我从中听不出任何意义，也不知道大树所要说的。也许这就是它要说的。它用所有的声音对我说话，告诉我答案就在其中，选择就在其中。我明白了，我看起来有着两种选择，要么杀掉赵盾，要么失信于国君。实际上还有另一种更好的选择，那就是死。也许我只有死去才能保全自己，我只有死去才能保全正义，也只有死去才能使我感到无愧。我曾杀死过别人，现在我将杀死我自己，这不是公平的么？我杀死自己，就是杀死我将要犯的罪，这不是一件德行么？

我看了一眼正在灯下打盹的赵盾，就站起来，用尽自己平生的力气，向着老槐树撞去。我听见了砰的一声，这声响巨大而沉闷，伴随着一阵阵回响，就像在山谷中听见的那种连绵不绝的回响。我感到自己突然变得很轻很轻，顺着微风在上升。我升到了老槐的树顶上，在一片树叶上停住了。我看见树下面躺着一个人，他的头已经裂开了，血一点点渗入土地，并进入了槐树的根须，又沿着这树根来到了我所停留的叶子上。

古灵魂

我惊骇地发现，那个躺在树下的人就是我。我死了？可是我不是活着的么？我看见了一切，看见了我自己的身躯，也看见了我已经闭上的眼睛，就像睡着一样。那么香甜，那么安逸，没有一点痛苦。甚至我的双眉上翘，似乎是愤怒，又似乎是微笑。这样两种完全不同的表情竟然连在了一起。这就是死的意义么？因为我卸下了沉重的负担，卸下了沉重的罪，抛弃了痛苦的选择，也抛弃了我的肉体，我就变得这么轻，这么轻。

我的目光也变得清澈，因而能够看见从前看不见的东西。我能穿透从前的遮蔽，穿透阴影和黑暗，眼前有了无比明亮的灯光。甚至每一片树叶都是透明的，它们遮不住我的视线。土地是透明的，石头是透明的，黑暗是透明的。我眼前的暗淡一扫而空，只剩下了无边的辽阔、无边的宁静、无边的洁净、无边的澄明。而我自己也成为一个可以被穿透的空洞，是的，我已经感到了微风从我的身形穿越，是啊，我的身形不是已经丢弃在了地上了么？

而赵盾房屋里的灯变得更加耀眼。我看见那灯火在渐渐扩大，一点点蔓延到了整个地面。整个世界都变得十分明媚。我看见赵盾起来，在士卒们的簇拥下开始出门了。这些士卒是从哪里突然冒出来的？他们似乎就像喷泉一样从地下涌出，跟随赵盾走了出来。一个人发出了惊叫，这是谁？他发现了我遗弃的死尸，我的留在人间的证据，我的曾经活跃的形躯。他发现了我，发现我躺在老槐树下。

他们从我的身上搜出了短匕和长铗，还从我的腰间搜出我准备攀越高墙的绳索。赵盾说，这个人是为我而死的，是一个有义气的武士，他死在了老槐树下，就将他葬在这老槐树下吧。我听见有人对赵

— 345 —

卷三百四十六—卷四百零九

盾说，我们应该查清这个人是谁，是谁派来行刺的？不能就这样掩埋。赵盾说，埋了吧，他已经死了，他是为我而死，这一点已经很清楚了。我们不必再问他是谁，他已经用他的死回答了我。还有什么比死更清楚的证据？

他扶了扶冠冕，在迷蒙的黎明中走向都城的朝堂。我看着他的背影，他在我的视线里变得越来越小，但他的每一个动作，他的每一步，都是清晰的。他甩动宽大的袍袖，他的衣摆在风中飘动。他没有回头张望。我似乎看见那盏寝室里的灯，始终在跟着他，他的四周总是比别的地方更明亮。我觉得自己是多么轻松啊，因为我不用告诉国君了，他马上就会知道我行刺的结果。我没有失信于他，但却让他感到失望。

古灵魂

卷四百零三

晋灵公

　　我原以为赵盾已经被鉏麑杀掉了，可是他依然那么早就来上朝。我只好匆忙整理衣冠，到朝堂上接见众臣。我看见赵盾就像什么都没有发生，他还是和以往一样，以我的名义向众臣颁布每一项命令。可是我是真正的国君，为什么他却借用我的名分？这个人让我既厌恶又恐惧，因为朝堂的大臣都听从他的话，我只是呆坐在这里昏昏欲睡，听他们不断说些我不喜欢听的言辞。我不喜欢赵盾，也不喜欢这些朝臣，他们都不是我所中意的人。

　　可是我仍然感到害怕他们，因为他们既然可以将我扶立为国君，也可以废黜了我。我能够在我的国家为所欲为，乃是因为我是国君，是这个国家的主人。在我的疆土上，每一个人都应该害怕我，可是我却害怕赵盾。所以我痛恨这个人。他一次次劝谏，让我改正自己的行为，可是我有什么错？这是我的国，我想做什么就做什么。这难道不应该么？

　　我生下来就是这里的主人，可是我却要让另一个人代替我做一个主人。那么我是谁？若是不能除掉赵盾，我就不是一个真正的国君，我仅仅是一个别人可以利用的名分。我不是我自己，我只是别人的影子。我从前在襁褓里，但我现在已经长大了，我应该夺回我的该有的一切，可是这一切却攥在赵盾的手里。我派鉏麑去行刺，他没有刺杀赵盾，却自己先死了。我不知道他是怎样死的，从赵盾的表情上看，他不知道这刺客乃是我所差遣。

是的，什么都没有发生，但实际上已经发生了，我若不除掉他，他也许就会对我动手了。我必须抢在他的前头。已经是又一个秋天了，多少事情应该在秋天发生。秋天不仅是为了收获，也为了埋葬。农夫们收割他们所要的粮食，而秋风却要埋葬那些将要坠落的果实以及树上的叶子。这正是我埋葬我所憎恶的人的日子。

我宴请赵盾饮酒，又在我的宫殿里布设伏兵，这一次赵盾再也逃不走了。为了免除他的疑心，我在筵席上不断劝他饮酒，又让他吟诵诗篇。我的伏兵已经从四面开始聚拢，我似乎已经听见了异样的响动。但是赵盾的戎右提弥明出现了，我不知道他为什么会在这个时候出现，是不是他看出了什么？他对赵盾说，我听说臣下在君王筵席上饮酒，要多有节制，若是酒过三巡还不告退，那么就失去了礼仪。而明知不合乎礼仪还要继续饮酒，那就有对君王轻慢的嫌疑。

提弥明扶起赵盾就要离开，但大队伏兵还没有赶到。眼看他就要走下宫殿的台阶，我立即让人放出猛犬。这是我喜爱的一条猛犬，它聪明、敏捷、凶猛，力量巨大，有着锋利的牙齿。它懂得从什么地方发起攻击，能够选取最好的角度。它腾空跃起的时候，就像猛禽高飞。现在我看见一道闪电飞了过去，它已经张开了嘴，露出了利牙。赵盾一个躲闪，躲过了我的猛犬的攻击。提弥明转过身来，和猛犬徒

古灵魂

手搏击。

猛犬扑上去咬住了提弥明的胳膊，但他用另一只手掐住了猛犬的脖子，它挣扎着，松开了牙齿，被提弥明提了起来，扔到一旁。这条猛犬死了，我心爱的猛犬，竟然就这样被掐死了。赵盾朝着我怒吼，说，你抛弃了贤臣，却使用恶狗，这恶狗虽然凶猛，但又有什么用？你抛弃了天道，却使用诡计，虽然狡诈，但又有什么用？

我身边的卫士一拥而上，但提弥明掩护赵盾逃走，而他一个人和我的卫士们搏斗。我知道，我若杀不掉赵盾，我就会被废黜，甚至被杀掉。所以我决不能让他逃走。我在殿堂前的石阶上大声喊叫，说，不能让他逃走，不能让他逃走……可是提弥明却夺过了一个卫士的剑，在和几个卫士搏杀。他是那么凶猛，几个卫士已经死在了他的剑下。我又喊叫说，赶快去追赶赵盾，别让他跑掉……可是提弥明却一个人挡住了卫士们的路。

我恨不得自己冲上去，可是我深知自己不是别人的对手。这个时候我才开始感到了恐惧，赵盾就要跑掉了，我也不可能做国君了，或者我也将死掉。可是我还很小，我还没有好好活过，我怎么能就这样死掉？我可不愿意死去。人世间有我喜欢的各种东西，我怎能丢弃它们？我想要什么就可以得到什么，我怎能轻易丢弃这快乐的日子？不，我要让赵盾去死，我要让别人去死，而我要活着，我要获得我应该得到的所有快乐。

我原先安排的伏兵终于来了，这是天神在救我。他们围住了提弥明，终于将他杀死了。这个人几乎将我的事情坏掉。我走过去，举起剑来，一跃而起，向他的死尸砍去。他的衣袍被我的剑砍开了一道缝隙，血从这缝隙里缓缓渗出。我说，你们赶快去追赶赵盾，别让他逃走。武士们冲出了宫苑，向赵盾逃走的方向追击。

我跟随在后面，我要亲眼看见捕捉或者杀死赵盾的结果。为了这样的观看，我登上了高台。我看见我的士卒已经在接近赵盾了，赵盾的四周又有几个武士护卫，就要冲出我的都城了。这时突然从追杀赵盾的武士中冲出一个人，他用长戈拦住了我的兵卒。他一边喊着什么，一边与我的兵卒厮杀起来。这个人是谁？他为什么要这样做？难道赵盾在我的武士中秘密安插了他的亲信？

我问旁边的侍卫，那是谁？我的侍卫说，他是灵辄，是国君的武士，这个人非常勇武，一个人可以抵挡几十个人。我又说，我以前怎么没有发现这个人？他说，灵辄十分谦逊，从来不会显示自己，他拥有非凡的武艺，却又从不炫耀。我又问，他怎么会帮助赵盾？是不是赵盾的亲信？他说，我从来没有听说过，也没有看见他和赵盾有什么往来。我又问，那他为什么背弃我？

古灵魂

卷四百零四

赵盾

　　我没想到晋灵公竟然是这样一个恶毒而无道的君主。我虔诚地侍奉他，为他的国家竭尽忠诚，可他却总是想杀掉我。他先让鉏麑刺杀我，但鉏麑没有听从他的命令，在最后的时刻自杀身亡。鉏麑是有仁义的，他既不想违背国君，也不想违背自己，于是就以头撞槐，保全了自己的名节。可国君仍然想杀掉我，他为什么对我充满了仇恨？

　　也许士会说得对，我不断劝谏，想让他成为一个好国君，但他的本性就是一个坏人和恶人。我不可能改变他，但我却试图改变他。这就是我的过错。我的好意不但没有获得好结果，还引来了恶人的仇恨。我要是在当初坚守自己的想法，让公子雍做国君该有多好。可是我却有着人的弱点，穆姬的眼泪让我内心的怜悯之情发芽了，我对晋襄公的承诺也给我戴上了枷锁，让我不能选择最好的，只有将希望寄予一个襁褓中的稚儿。

　　我不知道这个人会变成这样，或者说，他原本就是这样，我却没有识别他的目光。我只是盼望着他快一点长大，然后将先君交给我的晋国完整地交给他。但他还是不放过我，他要抛弃所有的忠诚者和贤良者，却更喜欢豢养的恶狗。唉，晋国就要结束了。因为晋国将交付给一个坏国君，一个无道者，一个背弃天意的坏国君。

他违反先祖的规矩，将宫墙涂画为五彩，把国君的威严游荡于嬉戏之中，让晋国成为他游乐的地方。他豢养恶狗，经常放出去撕咬行人，以至于行人都绕开国君的宫殿。他还用弹弓随意弹射行人，这样的肆意妄为，怎可治理国家？他的身边集聚了一些帮助他行恶的人，他们不是帮助他成为一个有德行的人，而是一起胡作非为，到处施恶。这就像无数苍蝇围绕着大粪一样，在臭气中互相追逐。

幸亏我的戎右提弥明救了我。他也许看出了国君的诡计，让我从筵席上离开。国君竟然放出了恶狗，他要让恶狗为他杀人，却宁肯抛弃身边的贤臣。这样的人一旦掌握了国政，必将把晋国带向毁灭。我不知道，我竟然将这样的人扶立为国君。我真是没有眼光啊，我乃是被妇人的眼泪遮挡，又被先君的托付牵引，竟然走到了现在的窄路上。

我必须从这窄路上奔逃了。提弥明挡住了国君的武士，让我得以脱身，但提弥明却为我而战死了。我不敢回头看他，因为我不忍心看他怎样死去。但他还是为我而死去了。我似乎看见了我的背后，看见他在乱刀中倒下，看见我的背后闪耀着血的红光。这红光从我的背后一直追赶着我，火焰一样在我的后面燃烧，并将其光芒投射到了我的前头。

好像有更多的人在追杀我。在宫中所饮的美酒已经在我的腹中变为了水，转化为我的浑身的汗水。在这激烈的奔逃中，我已经十分清醒。我知道自己在奔逃，我也只能不断奔逃了。我不知道能不能逃出国君的手掌。若是我停下脚步，我就会被立即杀掉。我的身上涌起了一种逃命的渴望，我曾觉得自己并不畏惧死，但是我真的感到了恐惧，我也觉得我不能就这样死去，因为我不明白自己为什么要死去。我没有罪，我是无辜的，我所犯的错误就是将这个幼儿扶立为国君。可现在他长大了，要杀掉我。

我听说山中有一种凶兽，它不会哺育自己的幼崽，就想了一个办法——将自己生下的幼崽放到别的野兽的巢穴里，又将别的野兽的幼崽吃掉。觅食归来的兽不知道自己的孩子已经换为别人的孩子，就开始精心哺育这别人的孩子。但是这样并不会给它带来好结果，待到这头幼崽逐渐长大，并长出了牙齿，那哺育它的兽就要遭殃了。那头凶兽露出了它本来的模样，将哺育它的兽一口咬死，并吃尽它的血肉。在这个故事中，除了贪婪还是贪婪，除了凶恶还是凶恶，除了血肉还是血肉。

我是不是这个故事里的哺育者？哺育者的仁爱不会换来仁爱，也不会换来任何补偿，哪怕是换来冷漠也比结果要好。可是它却忘记了自己真正的孩子，也不知道这阴险的调换，却付出了盲目的爱和心血，最后又付出了自己的血肉，付出了死。这是怎样的悲哀，让人感到痛心，也感到对一个凶兽的一切付出是多么没有意义。你若不辨别，你就会死去；你若不辨别，你就会付出本不应该付出的；你若不辨别，你就不知道你的结果。总之，你若不辨别，你就失去一切，你若不辨别，你就有了罪，这罪不是因为别人，而是因为自己的愚蠢。在这里，爱是愚蠢的，仁义是愚蠢的，德行是愚蠢的，自己所做的一切都是愚蠢的。

这怎么能怪罪别人呢？所以我只好沿着一条窄路狂奔。这是愚蠢的代价。逃命是愚蠢者最后剩余的力量。可是我听见追杀者的脚步离我越来越近了。我回头看去，发现他们就要冲到我的跟前了。他们手中的兵刃闪闪发亮。他们的目光都对准了我。他们的目光照亮了手中的兵刃，而兵刃又映亮了他们的双眼。是的，他们就要接近我，他们的长矛和刀剑就要碰到我了，看来我逃不走了。

但是事情突然发生了逆转。追杀我的武士中突然出现了一个人，他将长戈横在了追杀者的面前，拦住了他们。他对我大声喊道，快跑吧，我在城外已经预备好车马。我大声问，你是谁？为什么要救我？他回答，我是翳桑的饿汉，也许你早就把我忘掉了。我又问他的名字和住处，他没有回答我。我还是没想起他究竟是谁，但我知道我得救了。

我边奔跑边回头张望，那个人和那么多武士在搏杀，他一会儿跳跃，一会儿后退和进击，他的步子敏捷地腾挪，和那么多武士纠缠在一起。他们的兵刃彼此碰撞，发出了噼啪之声，就像烈火中迸裂出的那种响声。我看见他们的脚下血在流淌，就像从地下冒出的泉水。我很快就逃出了都城，跳上了一辆马车。车夫举起了鞭子，四匹骏马将车身带了起来，向着远方飞驰。

晋国的都城越来越远了，城墙围拢的都城只剩下了浮在地面上的一些齿状的城垛。白云在上面缭绕，就像这城池冒出的烟雾。我确信自己已经逃脱了追杀。这时车夫转过脸来，我才发现，这个车夫竟然是士会。我十分惊愕，说，怎么是你？他说，我被你诱归晋国，却没有机会报答你的恩德，现在就让我给你驾车吧。若是没有你的计谋，我现在还在秦国。我归来后你又重用我，我怎么能不感激你呢？现在你在危险之中，就让我陪伴你吧。

我问，那个营救我的人是你派去的？他说，不是，是他要报答你曾经给他的恩惠。我已经想到国君就要谋害你了，因为他不愿意让你阻挡他的路。他想做的你不让做，还要不断给他教诲，这让他厌恶和仇视。那个人叫作灵辄，他是晋灵公身边的武士，是他将晋灵公埋设伏兵、要在筵席上刺杀你的消息告诉了我。他让我派人在城外等待，我想，我自己来等待要比别人等待更放心。你重视我，任用我，我所能做的事情却很少。

我又问，那个人为什么要救我？我疑惑地看着士会。他说，以前你曾到首阳山狩猎，不就住在翳桑么？我说，是的，就住在翳桑。他接着说，听说你有一次在一棵桑树下看见一个人倒在地上，就上去问他得了什么病。我说，我想起来了，他告诉我三天没有吃什么了，他是因为饥饿晕倒的。然后我给了他食物，但这个人只吃了一半就不吃了。我就问他，你为什么不吃完？是不是吃饱了？

士会问道，他怎么回答？我说，这个人说，我已经给别人做了三年奴仆，现在我想回家，不知家里的老母还是不是活着。这里已经离我的家不远了，我想把这些饭菜留给我的老母。我被他的孝心所感动，就让他把饭菜吃完，另外给他准备了饭和肉。那个人吃完之后立即就有了力气，站起身来就走，也没有说一声感谢。我觉得这个人太古怪了。后来我就忘记了这件事。若不是你提起，我都想不起来了。

士会对我说，这个人就是今天出手救你的人，他叫作灵辄。曾给晋灵公做过厨师，后来成为他的武士。他不怎么说话，但却非常勇武。一身非凡的武艺，平时并不展现给别人看，更多的时候保持着沉默。我听说有一次，晋灵公豢养的一条猛犬疯了，没有人敢于接近，只见他一点儿也不恐慌，走到了猛犬面前。这猛犬一跃而起，向他扑过来，但他闪电一样捉住了猛犬的头，制服了这条疯狗。晋灵公又让他和武艺高超、力大无比的武士们搏击，十几个武士竟然不能接近他，这样晋灵公就让他做了自己的侍卫。

我明白了，多少年前一次无意的施惠，竟然获得了这样的报答。一个小的过错可以引发一个大过错，一个小的无意的施惠，也可以引发大的好报。就像野地里的野草一样，一条蔓延于地下的根是看不见的，但在地上却可以看见许多同样的花朵。我们所做的一切，似乎也有一条长长的根，只是我们看不见它将延伸到哪里。你看见一朵花从地下冒出来，才会发觉，那原本是从以前的根须上萌发的。

古灵魂

卷四百零五

士会

　　我为赵盾驾着车，向着大河边狂奔。我早已料到会有这一天，但不知道这一天来得这么快。我发现晋灵公早已做准备了，他不想一直躲在别人的背后，他要走向前边，让别人知道他乃是晋国真正的君王。可是怀有宽厚仁德之心的赵盾却不知道。我曾婉转地提醒他，可他并没有放在心上。

　　鉏麑刺杀他，应该是对他的另一次提醒，但他仍然没有放在心上。他也不想一想，一个刺客为什么要触槐而死？他乃是要用自己的死警告他，让他做好防范，可是他仍然没有放在心上。鉏麑的死并没有唤醒他。一个仁厚的人往往是迟钝的，可恶人却早已藏在他的背后，他却听不见恶人的脚步声。

　　晋灵公的身边聚集了许多恶人，因为恶人的身边就会聚集恶人。就像树上若是栖息着众多的乌鸦，就不会有别的鸟儿落在旁边，因为别的鸟儿不喜欢乌鸦的声音，而只有乌鸦自己喜欢同类的沙哑的鸣叫。他们不仅肆意挥霍，还违背国君之道，到处搜刮民众，横行无度。在曲沃这样的宗庙之地修筑豪华的狗圈，给各种狗穿上绣花衣

—357—

裳，然后随意在城中攻击行人。只要看见有人牵着狗走来，民众远远就躲开了。

据说有一只野狐进入了母后穆姬的宫室，穆姬很不高兴，晋灵公就让饲养的猛犬和狐狸搏斗，但是他的猛犬并没有获胜。有一个奸佞之徒屠岸贾，想尽办法讨好晋灵公，就让守林人捕杀了一只野狐，告诉晋灵公说，这是国君的狗捕获的。这让国君十分高兴，就告诉他的母亲穆姬说，你以后也不用担心狐狸闯入宫中了，我的狗能够捕杀狐狸。为了博取国君的欢欣，屠岸贾经常赞美所养的狗，这让国君对狗更加迷恋。他用大夫们才可以享用的肉食来喂狗，还对国人颁布命令，若有人触犯他的狗，就是犯了罪，就要对触犯者施以刖刑，砍掉犯罪者的腿。

这样，国君豢养的狗四处横行，甚至闯入民众的集市上抢夺猪羊。即使赵盾前去进谏，也经常被狗拦在门外。这个屠岸贾顺着国君的恶性，训练恶狗一起撕咬无辜者。屠岸贾深知国君对赵盾憎恨，听说有一次狗进入宫苑吃掉了国君的羊，屠岸贾就告诉国君，这是赵盾的狗吃掉的。国君就更加仇恨赵盾，总是想着怎样除掉赵盾。

现在赵盾终于亲眼看见国君要杀死他，不然他又怎么相信呢？我驾着车，载着赵盾奔驰在逃跑的路上。赵盾问我，我们将逃往哪里呢？我说，还是逃往秦国吧。他说，我一直与秦国交恶，又在交战中多次击败秦军，秦康公怎么会收留我呢？我说，你别忘了，我曾在秦国待了几年，秦康公对我十分偏爱，还对我委以重任，我和你一起投奔秦国，他必定会接受我们。而且秦康公是一个求贤若渴的君王，他要是看见你降秦，会非常高兴。

古灵魂

就在我们到了大河边的时候，赵盾望着滚滚河水，伫立在河边对我说，我不能去秦国，若是过了河，也许我就回不到晋国了。可是我的一切都在晋国。国君骄奢无度，他必定不会持久，我们不妨在这里住下来，以观察晋国的变化。无论是大夫还是民众，早已对国君感到不满，晋国将陷入混乱。既然这样，我为什么要继续逃跑呢？

我说，你说的也许有道理，但是国君可能随时派兵前来追杀。他说，到了那个时候我们渡河也不晚。现在我们不妨卜筮，让神灵指引我们的前途吧。于是我摆开蓍草，赵盾对天祈祷，然后开始卜筮，最后得到了上巽下乾的小畜卦象。他说，这是一个吉卦，西面浓云密布，在酝酿着大雨，上卦为巽，巽为风，下卦为乾，乾为天，这意味着风行于地，草木被压低，是万物勃然滋生的意象。草的低垂仅仅是因为风的到来，但风一旦过去，草木又要挺起。凶险只是暂时的，适宜蓄养力量，静待时机。而且密云乃是来自西方，它会随风而飘到东面，一旦大雨降落，地上的尘土就会被洗净。

然后，我们在大河边坐下来，默默看着眼前的大河。摆渡的舟船过来了，船夫让我们登船，赵盾说，风浪太大了，我们已经过来了，为什么还要再渡过去？船夫说，我摆渡乃是让人从河上往来，过去的仍然可以过来。我在这渡口已经几十年了，无数人乘着我的船过去，又有无数人乘着我的船过来，在这两岸上，又有无数人不断等待。若是没有风浪，谁都可以过去，谁都可以过来，还需要我来摆渡么？我想，你们在等待什么，因为你们的脸上充满了犹豫，若是在犹豫中等待，不如在犹豫中犹豫。

我不知道这个船夫究竟在说什么，我问，你也是在犹豫中犹豫么？他说，是的，摆渡就是不断地犹豫，又是不断地等待。我过来就是为了等待你们，因为我在对岸的时候就开始犹豫。赵盾说，你说得好，我和你正好完全一样，刚才还在犹豫中，现在我们在等待。船夫说，是啊，我看出来了，因为你们的脸上露出了悲伤。等待是悲伤的，而犹豫却充满希望，因为犹豫孕育着选择，等待意味着择定。

船夫接着说，不论什么事情，一旦择定，其中必有令人悲伤的事情。就拿我来说吧，我每天既不犹豫也不等待，或者说既犹豫又等待，我总是在两者之间徘徊。我一会儿离开了河岸，一会儿又返回来。离开的时候，我满载着乘客，归来的时候也满载着乘客。离开的时候已经完成了等待，回来的时候仍然在等待中犹豫，因为我不知道还会不会又出现了一个乘客。不过每一次，我都很快会看见结果，而你们的等待则是真正的等待，因为你们不知道什么时候出现结果，也不知道那结果意味着什么。

他就要离开的时候，又说，不过这是一个好兆头，因为你们坐在这里就是一个卦象，这是同人于郊野的意象。它的主卦是离卦，离表示火，火光四射，能够照亮四方，这是对你们有利的运势。但你们的心情是暗淡的，因为你们刚逃脱杀身之祸，又坐在了水边，水为坎卦，说明你们的坎坷还很多，一旦你们离开了水边，就会看见自己的前途。你们来到这里，又坐在这里，并且遇见了我，我已经从你们的眼睛里看见了好兆头。

他驾着船又返回了风浪之中。渡船在波涛中起伏，它乃是波涛本身的形象，渡船已经不是自己，船夫也不是自己，而是波涛的显现。我坐在这里，也是波涛的显现，因为我们看见的时候，已经置身其

古灵魂

中。我从这波涛中看见了自己。那个船夫也许说对了，一旦离开了水边，就脱离了波涛的力量，就回到了自己。

我将和赵盾离开这大河，并在不愿住的地方住下来，以便观察晋国的动势。我不知道以后会怎样，但在这里静观，就像在平静的水中观察自己的形貌。大河中的水是盛大的，它裹挟着一个秋天向另一个季节而去。许多事情都是在秋天发生的，因为秋天的变化乃是最明显的，也是最富于激情的。天上的白云也在聚集，它们顺着流水的方向，顺着波涛的方向，也顺着万物变化的方向，不断变化着自己的形象，缓缓地转弯，缓缓地飘动，缓缓地远去。

卷四百零六

赵穿

　　我因为河曲之战的失误，被罚到郑国做人质。但这河曲之战的失误真是因为我么？若是一直采用臾骈的计谋，又怎能将秦军赶走？跟着我的胥甲就被驱逐出了晋国，他大概不能再回去了。可是仅仅过了几年，晋国已经发生了微妙的变化。因为国君已经渐渐长大了，许多大夫都开始向国君靠拢，尤其是一些人为了以后的事情，用各种方法博取国君的欢心。

　　但我也看见了另一面。赵盾仍然牢牢掌握着晋国的命运，还没有什么人能够撼动他的权威。晋灵公虽然长大了，迟早要接管国家，但他从小骄奢淫逸、挥霍无度、肆意妄为，他身边的人不但不予劝谏，还顺着国君的恶性，帮助他做违背道义的事情。所以，国人也已经不再亲附他，若是他哪一天开始亲政，晋国的基业将会被毁坏。

　　我的兄长赵盾太仁厚了，若要换了我，早就废黜了这个坏国君。晋灵公甚至派刺客去刺杀赵盾，但赵盾仍然不能惊醒，还是照常料理国家大事，侍奉这个不义的国君。明知国君的不义，还要去侍奉尽忠，这不是真正的忠诚，而是另一种不义。帮助不义者就是让不义更

古灵魂

为猖獗，这和国君身边的那些奸佞还有什么区别？明知自己所尽忠的国君要谋杀自己，还不能及时回头，这是十足的不智，或者已经堕入愚蠢了。一个人既不义又不智，他所做的事情还有什么意义？那么国君利用了我兄长的宽厚和仁义，而被利用的宽厚和仁义，则已经不是宽厚和仁义了，因为它已经成为狭隘自私和不义的殉葬物了。

国君越来越仇恨我的兄长了。我几次提醒他，他都不以为意，现在他终于大祸上身了。国君设下伏兵，要在酒宴上杀死他，可他仍然在梦中。他不仅前往赴宴，还几乎被国君用美酒灌醉，幸亏他的戎右提弥明发现了其中的诡计，掩护他逃脱一劫。他只能逃走了，可是他逃到了哪里？后来我知道他已经在河边，若是国君继续追杀，他只有逃到秦国去。可是秦康公真的会接纳他么？他现在将自己弄成了这个样子，全都是因为自己的宽厚、仁义和忠诚，这些看起来的好品质，实际上转变为软弱、犹豫不决、烦恼和坐以待毙的不幸。

他已经逃走了，我若不采取行动，我也会获得同样的命运。这时候，我找到国君，告诉他我对赵盾的怨恨。我说，我在河曲之战中立功，却被他惩罚，被迫到郑国做了人质。现在他已经逃走了，但他一旦归来，你就会有凶险。国君相信了我，觉得我是可靠的，还向我寻求对付赵盾的对策。我说，他已经快要逃到了秦国，但他与秦国有着宿怨，一旦到了秦国，就会被杀掉。我们能做的，就是拒绝他回到晋都。他要发现自己回不来了，必定就会到秦国去，那时秦国就会替你除掉他，这样就将绝除后患，你就可以高枕无忧。

他说，是啊，本来我就是国君，但他却不将权力早一点归还，还要不停地劝说我，这也不能做，那也不能做，难道一个国君就不能随便做什么？这个国家就是我的，而不是他的，他所说的都颠倒了本末，我怎么能不除掉他？何况这个人并不聪明，他只知道按照他自己的想法行事，却不知道别人也有自己的想法。难道一个国君的想法就不重要么？本来应该他听从我，可现在倒要我听从他了。

——他什么都不让我做，我喜欢狗有什么错？我喜欢将自己的宫墙涂画为五彩，这不是更好么？这有什么错？他总是用先祖的规制约束我，让我成为一个呆傻的国君，这样我即使掌握了权力，仍然要听从他。若是这样，做一个国君又有什么意义？那样我还不如一个普通人，一个普通人尚且可以按照自己的偏好生活，可国君却失去了所有快乐的理由。一个人来到人间，天神就要赐给他快乐，为什么别人有的我就不能有？我已经厌倦了循规蹈矩的郁闷的日子，我为什么必须过这样的日子？

我说，是啊，也许很多人没有这样大胆想过，或者他们没有勇气这么想。即使想过也不敢说出来，或者即使悄悄说过，或者仅仅对自己说过，但却从来不敢去做。只有国君有这样的勇气，也只有国君敢于去做。自己说过了，又要去做，这需要非凡的胆魄和足够的勇气。更多的国君只是按照别人的想法去做事，却从来没有按照自己的想法去做事。要么照着先祖的样子去做，因为他们不敢想自己所想，也不敢做自己所做，他们是胆怯的，看起来好像是一国之君，实际上从来不敢逃离别人的影子。他们不知道，一个人应该有自己的影子，不然你怎么知道自己在哪里？

国君十分高兴，他似乎获得了在别人那里难以得到的真正理解。可是他怎么知道，我并不是理解他，也不是赞美他，我乃是为了利用他。我若不能赞美他，我就难以接近他，若是不能接近他，我又怎么能够将他杀掉？我就是仇恨他，我要将他杀掉。别人不敢这样做，我的兄长不敢这样做，但我乃是真正有勇气的人，我要做别人不敢做的事情，我说给国君的话，乃是对我自己所说。是的，我应该有自己的影子，我要从别人的影子里逃离，我杀掉国君，乃是这逃离的关键一步。

我要杀掉他，但我又要在杀掉他之前，让他感到我和他乃是同样的人。我要掩盖自己的样子，扮演为他的样子，这样他才能觉得自己并不是孤单的。我要暂时失去自己真实的形貌，我先要变为别人，让我感到自己竟然是多么陌生。这是重归自己的途径，我要从失去的地方走过，以便获得我自己。我也要让我的兄长看见我的勇气和胆魄，看见他所做不到的事情，是怎样在我的手里完成。那时他就会用欣赏的眼光看着我，我也欣然接受这样的目光。

在每一天夜晚，我都在等待着明天，只有在明天才可能寻找到机会。可是每天夜晚我都不断被各种梦境搅扰，一会儿就会醒来。可是大多的梦不会被记住，它仅仅是从我的睡眠中一掠而过。是兴奋激动？又或是焦虑不安？还是恐惧和未知的折磨？我不知道，但多少个夜晚就在这样模糊的、转瞬即逝的梦中度过。可是一个个梦竟然没有留给我以任何痕迹，就像蝴蝶的翅膀擦过花瓣，花瓣仅仅是摇晃了一下，甚至不知道这摇晃是由于风还是由于飞过的蝴蝶。我知道自己在摇晃，但我不知为什么摇晃。

但有一个梦却无比清晰地呈现在面前，但我仍然不知道它的意义。我看见月亮那么明亮，让四周就像点燃无数的灯。一只异兽悄悄从我的背后爬上了我的肩头。它的脸是圆的，很接近于人脸，但它的眼睛却紧紧闭着，好像在睡梦中漫游，碰巧来到了我的肩膀上。它手里拿着笔，在我的脸上涂写。我吃惊地问，你在我的脸上写了什么？我看不见自己的脸，也看不见你写的字。它说，我也看不见，你看不见的我又怎能看见？

我不知如何应对，于是我想把它甩掉，我的身体却不能动，仿佛被什么东西所禁锢，我便只能任由它在我的脸上写字。我又问，你既然不停在写，你一定知道在写什么，请你告诉我，不要让我着急。我的好奇是有限的，若你不告诉我，我就会失去这好奇。它说，我听不懂你说什么，因为我也是为了好奇才这样做，你的好奇也是我的好奇。看起来是我在你的脸上写什么，实际上是你自己在写，只不过你够不着自己的脸。

它接着说，让大河奔流吧，让灯光照亮吧，让血燃烧吧，也让每一样东西获得滋养，让它们都在变化中变化。你看，我已经写好了，都在你自己的脸上，你需要在镜子里看自己的脸。我竟然被它的最后一句话所惊醒，我的身上在冒汗。它所说的更像是来自天上的咒语，是的，谁能听懂咒语呢？

我根本不知道这个梦在说什么。那只异兽是谁？它是从哪里来到了我的肩膀上？我的脸上究竟写了些什么？我在半夜醒来，眼前一片漆黑。我既看不见自己，也看不见四周的一切。于是我点亮了灯，举起了铜镜，我看见我的脸上什么都没有，只有我的眼睛在注视着自己的眼睛。是的，我的眼睛里既没有悲伤，也没有绝望。我对着自己笑了笑，可是这样的笑似乎并不属于我自己。

古灵魂

我忽然感到了恐慌。我坐了起来，来到了屋外，我所面对的似乎是一个永远不会亮的夜，但又分明是有着月亮所照耀的夜。秋风将这夜变得更为明澈，现在我的兄长又在哪里呢？他会不会也和我一样在做梦呢？我竟然变得这样孤独和寂寞，也从来没有像现在这样感到渺茫。我不能再犹豫了，也不能再等待了，一直这样等待机会，也就意味着永远的等待。机会从来不会在等待中产生，就像那次被处罚的交战，我若是不出击，秦军也就一直待在那里。他们怎么会像乌云一样散去？

　　一个没有勇气的世界是一个失去了生机的世界，一个失去了勇气的人也是一个失去了生机的人。我要像那个梦中的异兽所说的，要让大河奔流，要让灯光照耀，要让万物得以滋养，也要让该变化的都变化，没有变化哪里会有繁荣？我返回屋子里，让灯光照耀着我，我不需要月光，我只需要灯光，因为这灯光乃是我自己点亮，而月光是原本就有的。就在天亮的时候，我将自己的兵丁集合在一起，我的武士们，他们都拿出了各自的兵刃。我不能生活于一个奇异的梦中，因为梦不能给我真正的东西，我不能沉溺于梦中。所有的梦都是神奇的，都是一个个不能理解的谜，可我所需的乃是揭破它的谜底。

卷四百零七

屠岸贾

国君还是太小了，还不太懂得人间的凶险。他以为自己是国君，但不知道他还不是真正的国君。或者他是真正的国君，但他还不知道他乃是国君的影子，而别人却站在这影子里，人们就以为他的影子乃是别人的影子。他也感到痛苦和烦恼，可是这一切由不得自己，因为趁着他幼小的时候，别人已经抢先占据了他的位置，现在他想要将自己的位置归于自己，但别人已经在那里了。

他只能委屈地缩回到国君的座位上，可那却是一个虚幻的座位，他一坐在那里，座位就会陷下去，他就会陷入看不见的黑暗里。他的座位的背后站着赵盾，人们看见的永远是赵盾，一个国君的辅佐，却成为国君的替代者。我靠近国君，乃是为国君感到不平和义愤，我希望为国君铲除眼前的不平，归还他本应拥有的一切。

赵盾是一个忘恩负义的小人，他不配做晋国的正卿。这个人看起来有一副公正无私的外貌，但他的骨头里却浸透了血腥和无义。他的残酷无情只是用温柔的毛皮包裹起来的，里面却充满了可怕的诡计。我怂恿国君除掉这个人，因为他挡住了国君的路。你看吧，晋襄公将

古灵魂

他从一个大夫擢拔为执掌国政的卿相，临死的时候将太子托付给他，但他却在先君死后就忘记了自己的诺言，而是想着从秦国迎回公子雍来做继承者，这是怎样地忘恩负义？

幸亏穆姬到朝堂哭诉，据理力争，赵盾才不得不放弃自己的想法，将太子扶立为国君。所以，国君不必为此而感激他，相反应该对他的不义之行有所警觉。在国君渐渐长大之后，他竟然用各种手段来控制国君，也在朝堂和国君的身边安插了他的党羽，这是多么阴险。他就是想将晋国永远揽入自己怀抱，沦为他的私产。为此他不惜在三年内连续杀掉一个公子、两个卿相和三个大夫，还逼走了先蔑和士会，驱逐了胥甲，又将赵穿放于郑国做了人质。为了自己牢牢掌控权力，他已经不择手段了。

为了讨取国君的欢心，我为国君营建了漂亮的桃园，里面有各种珍奇的异兽，有各种珍奇的异鸟和鸣禽，还栽种了各种珍奇的树木。尤其是种满了各种山野的桃树，每当三四月间，满园花开，里面有了世间所有的美好事物。中间我又筑造了三层高台，站在上面可以遍览风月。我陪同国君在高台上饮酒，他就向我倾诉内心的烦恼。可是这倾诉又有什么用？我想帮助他，可是我又怎样来帮助他？一个国君都不能做到的，我又怎能做到呢？

我想，只有用卑劣应对卑劣，只有用诡计应对诡计，只有用阴险应对阴险，若是用光明中的等待，则只有等到灾祸的降临。我为国君饲养了各种猛犬，这些猛犬有一天就会派上用场。我训练这些猛犬，让它们学会怎样凶猛地攻击和将被攻击者一击致命的技法，因为在很多时候，禽兽比人更为忠诚可靠。国君非常喜欢这些狗，他给自己喜欢的狗穿上了绣花衣裳，它们因而变得鲜艳夺目。

国君只有用各种办法来消磨时光，以消除自己内心的烦闷。他还是一个孩子，所以他所喜欢的就是按照自己的想法来装扮自己的宫殿。他将宫墙涂画为五彩，在上面绘制各种各样的想象，让自己居住在一个幻想的世界里。他难道没有这样的权力么？他是一个国君，他想将自己的宫墙染成什么样，就可以将之染成什么样。但是就是这样，赵盾也不容许他做这些喜欢的事情，将他仅有的权力也要剥夺。

于是他在这样的情境下，不得不用各种方法来获得别人的注意，这乃是对自己隐身甚至消失的一种反抗。他用弹丸射向行人，看着行人躲避的窘相而获得一点儿欢笑。我理解他，这仅仅是为了消除自己的烦恼和寂寞，仅仅是为了解除这奴隶般的禁锢。他希望用这样的方法让别人看见他，看见一个真正的国君，但引来的却是别人的谴责。

所以我让他私自收留和训练自己的武士，准备刺杀挡住自己光亮的赵盾。是的，必须将这个人刺杀，国君才可以走到前面，才可以夺回自己失去了的光芒。国君太着急了，他还没有来得及准备好，就派遣鉏麑前去刺杀赵盾。他低估了赵盾的力量，他怎能知道这鉏麑竟然是赵盾安插到自己身边的武士，因为国君对这个人的善待，他不得不自己触槐而死。这个人还是仁义的，因为他不想背叛国君，也不想背叛自己命运的安排者，所以他只有用自杀来交代自己，用自己的死来面对生前的一切。他完全可以杀掉赵盾，但他放弃了，他也完全可以杀掉国君，他也放弃了，所以他只有用死来补偿内心的负疚。

国君又布设了筵席，也布设了伏兵，决心除掉赵盾，但我们怎能知道，就在我们的伏兵中仍然有着赵盾的亲信。这让他又一次逃脱了。赵盾真是诡计多端啊，他早已在国君的四周布设了无数伏兵，谁又能辨认出暗藏的那些刀斧手？我们的伏兵中隐藏着他的伏兵，伏兵中又有伏兵，光影里又暗藏着别人的光影，然后他总是能从这秘密的光影里脱身。他的愚钝的外表背后藏着狡诈，在这狡诈中还藏着狡诈。

现在赵盾已经逃走了，若是他真正逃走，他就回不来了。但是逃走不是死去，他的逃走仅仅是躲避到了另一个地方，而不是他真正的消逝。他的影子仍然从他躲避的地方遮盖着晋国，他只要活着，就意味着随时而来的灾祸。我获得的消息是，他并没有逃出晋国，而是藏在了晋国的边界上。可是他在哪里？我向国君进谏，应该派遣大军去搜捕。可是国君对我说，现在统率大军的将帅都是赵盾的亲信，我怎能行使国君的权力？怎能调动我的军队？我只有让他放松警惕，在等待中捕捉他。

国君似乎在荒唐的生活中，但这是不得已的荒唐，是用荒唐来掩饰自己的用意，也用荒唐来掩饰荒唐，掩饰平静而无聊的时光。这荒唐中却有着惊心动魄的雷电。但是，赵盾的伏兵无处不在。就在秋天游园中，赵盾的兄弟赵穿埋设了伏兵。谁又能想到赵穿也是另一支伏兵？赵穿曾因在河曲之战中贻误战机而被派往郑国做人质，他回来还没有多久。他在国君面前表达了他对赵盾的不满，还竭尽所能博取国君的欢心，以至于国君竟然相信了他。

我接受国君的委派前去搜寻美女，可是我似乎预感到要有什么事情发生。我听说，国君在桃园游园的时候，面对秋天成熟的满树的桃子，亲手去采摘。好像一切都是正常的，满园的果实在枝头上跳跃，阳光也在这成熟的桃子上跳跃，国君伸出了自己的手，触到了最大的一个。就在这时，赵穿的伏兵一拥而上，杀死了国君。

我知道这个消息的时候，一下子惊呆了。我说不出话来，浑身失去了力气。我的身体也似乎被一种魔力控制了，心里变得一片空白。是的，这是一个奇怪的白天，一个渺茫的只有微光的白天。这个白天既没有天光微渺的黎明，也没有余晖暗淡的黄昏，只有无尽的白天，只有停住了的光亮，只有停在万物不变的光亮里的白天。时间停住了，车轮停住了，马匹的鬃毛在狂风中也不飘动。

这是毫无征兆的停止，就像一个弓箭手拉开了强弓，却忽然将这动作停在了半空。他的箭还在弓弦上，这巨大的力还在那里，箭还在那里，但一切都停住了。国君就这样死了，他还十分年轻，甚至还没有获得他本来有的东西，他正在触住那个树上的桃子，他就要将它摘下来，可是一切停住了。他的血染红了自己，那个桃子已经不属于他了，连他自己也不再属于自己了，只有死属于他。

卷四百零八

赵盾

我听了那个船夫的话，离开了水边，住在了山里的一座猎人的房舍里。我派人到都城里打探消息，并让他与赵穿取得联系。我现在和士会待在这里，就像水里的石头，被激流卷着，却又看不见水面上发生了什么。我能感受到巨浪的击打，却不知道这巨浪的形状，也不知它从哪里涌起。我听见了狂风的呼啸，又不知这狂风是怎样地激烈。因为我已经被一层又一层的河水覆没了，我离开了别人的视线，也远离了自己的视线，我看不见别人，也看不见自己。我只是在这样的房舍里烤着猎肉，在满屋的香气中呼吸，窥视着石头垒筑的火灶里喷吐的火苗。我的脸一会儿被照亮，一会儿又沉入了暗淡。

秋风吹着屋顶，从屋顶上传来了一阵阵风啸，有时还夹杂着响哨般尖厉的声音。山间的风比平地上的风要大得多。我觉得屋顶随时可能被狂风掀起，露出上面的蓝天。但是我离开了水边就真的离开了坎坷？我等待着，内心的焦虑一日甚于一日。我想，国君没有杀掉我，他怎么会甘心呢？他虽然年幼，但他身边有很多有着坏主意的人，现在他会做什么呢？我低估了国君，没想到他早就想要杀掉我。

他的伏兵就在我的四周，我却从没有发现他们的脚步。他的阴云就在我的头顶，我却没有看见其中的闪电。我是多么迟钝，又是多么愚蠢。我身处凶险之中，却不知道自己就在凶险之中。我的渡船就在大浪之中，我却以为自己坐在平地上。我为他守护着这个国家，他却要杀掉我。现在我逃到了这山中，倾听着山中的狂风，又不知自己究竟置身何处。我让人打探消息，可是我需要怎样的消息？我究竟在等待什么？

我既是聋子也是瞎子，我听不见也看不见，我只有等待。一个个白天过去，一个个夜晚来临，我却觉得时间既不是向前的，也不是向后的。因为我所经历的每一天都是一样的。白天到夜晚的变化仅仅是一个个幻象，它并不是真实的。只有每天所做的梦并不重复，让我感到梦中的一切比真实更真实。因为梦中时光仍然在变化中，生活仍然在变化中，可是我不知道这变化的意义。

不过，没有过多久，船夫的话应验了，赵穿派大夫前来迎接我。我知道了事情原委——赵穿已经将晋灵公杀掉了。唉，这真是咎由自取，这个国君乃是自己寻找到了生的尽头。原本是他自己的江山社稷，却不予珍惜，原本属于自己的一切，却不愿意等待。原本应该做一个好国君，但却处处荒唐行事，怎么能让国人亲附他？原本可以在自己的身边集聚贤良和忠臣，却愿意听信各种谗言，抛弃对他真正有用的仁义者，又怎么能让自己运势持久？原本应该效法古代的仁德之君，应该效法自己的仁德的先祖，应该效法先君，却抛弃了已有的法度，突破了国君所应遵循的规矩，那么他还有什么可以依附？

与其说是赵穿杀掉了他，不如说是自己杀掉了自己。他只是借助

古灵魂

了赵穿的手，借助了赵穿的剑，结束了自己的生命。他不能控制自己的手，就只能借助别人的手。一个荒淫无道的国君，就这样死了。他所驯养的恶狗也跟随着它的主人，被民众宰杀和烹蒸，成为别人的美食。本来不应该有这样的结局，但是本来中又有本来，原因中又有原因，可是这结局中会不会还有另一个结局？

多少人希望国君能够成为一个好国君，可是他却固执地向黑暗里行走。士会为了劝谏，曾三次伏地而拜，他却装着没有看见。他答应士会说要改正和自新，可又决然违背自己的许诺。士会曾告诉他，人的弱点不是不可以克服，因为没有谁一开始就是完美的。但若是能够发现自己的弱点，又能改正它，还有什么比这更大的善行呢？还告诉他《诗》上所说的，没有哪个人缺少好的开头，但却很少有人能将这好的开头得以持续。现在看来，国君就是这样，他本来就有一个好的开头，还在襁褓之中就成为一国之君，还有比这更好的开头么？可是他却不能将这好的开头得以持续。

士会还告诉他《诗》上说的话，天子也会有过失，但有仲山甫来弥补。就是说，一个人不会完全没有过失，但这样的过失可以得到弥补。当初周宣王犯了过错，就有仲山甫来弥补，可是这样的弥补，先要周宣王愿意弥补，不然谁又能弥补别人不愿弥补的过错呢？可是国君的身边，又怎能出现一个仲山甫这样的贤臣？他怎能容忍一个贤良者来纠正他的过错？他更喜欢和众多的奸佞、恶狗、谗言、放纵的享乐和冷酷无道的奸计在一起。

我回到了都城，似乎一切都已经平静了，国君死了，必须有另一位国君坐在那里。一个国家若没有国君，那么这国家属于谁？一块没有主人的土地将变得荒草萋萋，既没有耕种者，也没有收获者，锄头将在土里锈迹斑斑，将烂在泥土里。我在朝堂召集众臣商议，要将晋文公的小儿子黑臀迎回来，现在只有这个人做国君是最适当的。因为公子黑臀乃是晋襄公的兄弟，母亲又出自周王室，一直在周王的身边，有着高贵的德行和渊博的学识，而且他身居天子身旁，对天下的大势居高望远，明了世事变化和遵循天道，不仅可让晋国的众臣依附，也可取得天下诸侯的禀敬和信服。

我就派遣赵穿前往天子的都城成周迎接公子黑臀，请他回到晋国做国君。已经是九月底了，天气已经渐渐寒冷，秋景越来越鲜艳了，整个山野变得五彩斑斓。我的府宅的周围，高大的树木各自展示凋零前的美艳的忧愁。这乃是一年中最后的艳丽，它甚至贯穿了整个时间，只是它的美艳被另外的美艳所掩藏。现在它们的颜色再也不受禁忌的约束，几乎用一种放纵的方式，展现自己就要失去的欲望。它们的繁荣时代并没有呈现这样的绝美，现在每一片树叶都变为一朵花，可是这是一个多么令人唏嘘的、虚幻的花朵簇拥的世界啊。

一切似乎是一种提示，一个人就像一片树叶，所能做的只有这么多了。不到最后的时光，就不会发现自己，但你发现的却是自己的限度。我所能做的，也只有这么多了，我接受了先君的嘱托，将太子扶立为国君，尽管这并不是我情愿的，但还是这样做了。但最后的结果也证明了我原初的忧虑，也违背了先君的初衷。若是不将太子立为国君，怎会有后面的事情？若是没有将他立为国君，他也许还在夏日般繁盛的快乐中。可现在他却死了。现在想起来，我觉得愧对先君的信任。

古灵魂

这一次我不能犯错了。我已经让赵穿去迎接新的国君了。一个又一个国君，就像一个又一个季节，似乎是变化中的不变，又是不变中的变化。一会儿天气会变冷，一会儿天气又变得炎热，一会儿又要冷了。这玄妙中有着玄妙，我却行走在这不断变化的玄妙之中。我从这艳丽的秋色中看见了寒冷，也看见了往日的繁荣，同时也看见了万物在另一个季节复苏。所以这秋天绝望的艳丽，乃是欲望的昭示，也是往日繁荣的见证，还是将来繁荣的开始。因为万物都由这欲望所推动，后面就会留下长长的辙印。我们很难看见前头的样子，但可以看见身后留下了什么。

卷四百零九

黑臀

　　我曾梦见我是一个国君，但这并没有发生过。我还是一个公子，一个被放逐的公子，一个被放逐到自己母亲生长的地方的晋国公子。我的父亲是晋国的国君，他已经变得十分陌生，他曾经用细长的手指抚摸过我，我的头发上还留着他的指纹，可是我已经忘记了他。他就像一只树洞里的异兽，把所有的孩子都扔到荒野上，只把其中的一个留在了树洞里，让他留守这个巢穴，继承这个巢穴，守护这个巢穴，这个巢穴将只属于这个孩子。

　　我的父亲深知这个巢穴是血腥的，这个巢穴里已经流淌了太多的血，它有着无数的杀戮、无数的谎言、无数的残忍和不幸，所以不能让争斗重演。他生养了我们，又让我们四散而去。就像野地里黄花丛中伸出来的毛茸茸的球形种子，它有着白白的绒毛，有着细小的翅膀，随时准备在风中飞翔。它长成了这个样子，就是为了告别和飘散，就是为了让每一个孩子在风中飞得远一点、再远一点。他们离开了自己的土地，在不同的地方寻找不同的生活。他们离开自己的土地，就是为了永不相见。只有永不相见才能永不争斗，才能避免残酷

古灵魂

的杀戮，才能各自获得安详的日子。

我知道，自己的出生就是为了飘零，就是为了到另外的地方，就是为了远离家乡，就是为了到另一个家乡。因为注定要失去家乡，我就会有另外的家乡，而我的母亲的家乡却是永恒的。我的母亲出自天子的家族，出自天下的中心，所以我就到了天子的都城，我在那里成长，我在那里生活，我在那里度过漫长的时光。我觉得自己的一生就要这样过去了，所以我做的所有的梦都是不能实现的。可是我曾梦见我做了国君，这怎么可能呢？可是我转眼一想，不曾发生的，难道就不是真实的么？没有发生的就不会发生么？

那就是说，发生了的必定是真实的么？不，我曾看见多少发生了的事情，但它是虚幻的，结果也是虚幻。似乎那发生的与真正发生的并不相关，人们好像在其中生活，又好像并不在其中，你怎么认定这一切都是真实的？可是好多不曾发生的事情，我们却似乎长久地生活于其中，它比真实还要真实。不过，我做梦都是很早很早以前的事情了。我以为自己已经忘记它了，就像忘记我的父亲一样。

尽管是从前的梦，但那不过是一个一闪而过的梦而已。它并不会在我的生活里留下更多，或者说它只是浅浅的一道若隐若现的痕迹。我的父亲曾在异国他乡流亡了十几年，最后回到了晋国，并成为一个好国君。他完成了晋国的霸业，他成为天下诸侯中的霸主。可是这和我有什么关系呢？我不过是他众多儿子中的一个，我只能在另一个地方度过一个个日子。可是他的面容却不断在我的面前闪耀。我常常在无聊的光阴里看见他，他似乎要和我说话，但很快就云烟一样消散了。

我曾想过来时的路,从晋国到天子的都城并不是很远,但那是一条非常弯曲的路,一条贯穿了我的忧伤的路,似乎是一道长在了我的心里的长长疤痕,每当阴雨连绵的时候就会隐隐作痛。因为这并不遥远的路上,却相隔了无数世代的洪荒,我再也回不到我出生和成长的地方了,因为那个地方已经不属于我了,它只属于被父亲指定的那个人。也许一片树叶只有掉落之后才可以靠近根须?或者在腐烂之后才重归自己的根?

我已经被抛弃了,我已经是一个失去了家的孤儿。我没有父亲,因为他早就和我告别,他早已死了。我也没有自己的国,因为我也很早就告别了它,离开了它,它也不属于我了。或许我因此而获得了自由,一种无边的自由。我在无边旷野上徘徊,观看野草的成长和花开花落,我也在河边垂钓,将长长的钓线放到涟漪里。我将鱼儿钓到之后,又将它放还到河水里,因为我知道它同样留恋自己的家园。它们的家园是清澈的,不仅自己能够在其中畅游,也让别人可以看见它们的畅游。

现在我不会在意晋国发生的任何一件事情了。有时也会有人谈起晋国,我就像完全和它无关,就像在听一个遥远的故事。那里抛弃了我,我也抛弃了它,就像我抛弃了一件破旧的衣裳,这衣裳已经被扔掉了,被扔在了一个荒野上。有人和我说起那件衣裳的时候,我已经记不起它了。每当我听到一个国君死去的时候,我就庆幸自己在远处,自己不是故事里的主人,而只是一个倾听故事的人。我用的不是自己的心灵,而是自己的耳朵。

可是每一次死亡又都和我相关,因为死去的都是我的亲人。我知

古灵魂

道他们的曾经，十分熟悉他们的模样。是啊，一个国君将承担死的凶险，他的背后总是隐藏着可怕的死。可是谁的背后没有死呢？只不过每一个人的死，看起来是一件遥远的事情，越是遥远就越是觉得不存在，你只是被阴影支撑的岁月迷惑了。可是一个国君就不一样，他每天将面对生与死的路，他就走在这生与死的路上。因为巨大的权力就在他的身上，每一个人都想着从他的身上剥夺一块肉，所以他的身边布满了刀戟和火焰。

我从来没想过自己要做一个国君，从来没想过。我从来没有这样的欲念，从来没有。但我曾做过这样的梦，梦中细节已经记不清了，我甚至觉得这是多么荒唐的梦。我心里从来没有的，为什么会在梦中出现？天上没有浓黑的云，那么闪电和雷霆将依附什么？但是我也从没有想过，这个梦竟然在现实中出现了。一个梦跨越了一个个日子，一个个年头，跨越了无限的星空和不断穿行的日月，竟然在一个秋天的日子里打开了我的门。

晋国的大夫赵穿来了，他走了进来，带来了他的微笑和他的祝愿。更重要的是，他带来了晋国正卿赵盾的信函，赵盾用谦恭的言辞说出了我曾经的梦，那个被遗忘了的梦。晋国请求我回去，因为他们选中了我做他们的国君。这似乎印证了我的想法，不曾发生的并不是不会发生，梦中所看见的也不是虚幻。因为没有发生才会出现在梦中，也因为从未想过才出现在梦中，我平静的日子就要结束了，我要过另一种日子了。

赵穿给我讲述晋国发生的一连串事情，晋襄公和晋灵公的死，以及大臣们对我的期待。别人的期待乃是别人的，可我的期待究竟是什

卷三百四十六—卷四百零九

么？我从来不知道。我被这突如其来的消息惊呆了。我对赵穿说，我已经忘记了晋国，我也不知道晋国究竟发生了什么。我听你所说的，就像听一个别人的故事。我既不了解我曾经生长的国家，也不知道朝堂中所有的事情，我怎么能担当一个国君的责任？你们能不能找到更合适的国君？

赵穿说，没有人比你更合适，这是晋国的期待。你是晋文公的儿子，是晋国的公子，是晋襄公的兄弟，又是晋灵公的叔父，这是多么适合啊。你胸怀着仁德，又在天子的都城生活，对天下的事情有着登高而望的宽阔视野，万事万物都在你的观望之中。你对天下发生的事情的细微变化都能洞若观火，因为你不是介入者，从来没有卷入事情的漩涡，所以你能用平静的心来看待一切。因为你多年来不在晋国生活，晋国的一切也似乎和你不相关，所以你能用公正和公平来料理国家的事务，民众就必定会拥戴你，晋国就必定会因你而兴盛。你将像你的父君一样，成为暗夜的圆月，众星将拱卫于你的四周，地上会得到你的光明。

我又说，可是我从来没有想过做国君，我还没有做好准备。我还不知道怎样来治理国家，也不知怎样能遵循天道。而且我也不熟悉朝堂上的大臣们，我不了解他们的脾性，也不知道他们的才能，又怎么能对他们发号施令？又怎么能任用他们？我也不了解晋国的民众，不知道他们究竟需要什么，喜欢什么和不喜欢什么，我又怎能做出最好的抉择？若是我不能做他们喜欢的事情，他们又怎会拥护我？一个不受拥护的国君又怎能成为好国君？那么这个国君又怎样能让国家繁盛？

古灵魂

赵穿说，我听说，一个好国君不需要做所有的事情，因为他的心性中已经包含了一切，他只要顺从自己的心性，一切都可以做好。他也不需要知道怎样治理国家，因为他的仁德已经包含了治理国家的办法。大臣们的脾性也不需要你了解，他们的才能也不需要你知道，因为你的仁爱和善行，他们就会自动发挥自己的才能，你只要有一个好想法，他们就会竭尽心力来实现。你若没有想出最好的办法，他们就会向你谏言，就会将各自的好想法都说给你听，因为他们相信你能选择其中最好的。若是这样，你就是最好的国君，晋国就会走向繁荣，民众就会和睦和欢喜。难道一个国君这样做还不够么？一个好国君是在民众的心里，也是在好国君自己的心里，因而你了解自己，就能了解民众，就能了解大臣，就能了解一切。你知道了自己，也就知道了一切。

　　赵穿所说的话，就像天上的雨水，已经开始缓缓渗入了土地，我内心深处被压迫了的种子似乎开始萌动，从前我不知道这些种子的存在，现在我感到了它们正在向上生长，露出了新芽。我告诉他，我再想一想，因为你所说的让我感到太突然了，我的心里感到了震惊，所以我需要平息我内心的激动之情，让我平静地面对将要面对的一切。我摆酒设宴款待赵穿，我们说了很多，但我一边说着，一边就忘记了。因为该说的已经说完了，该忘记的就不该记住，外面的秋风已经将无用的事物都一一扫空。